民国演讲

MINGUO YANJIANG

有教养者的责任

民国演讲

第六编

刘文典 等 著

中国文史出版社

出版说明

本丛书选取的六百余篇民国时期的演讲，来自社会地位、术业专攻、身后评价不同的近二百位民国人物，政界、军界、商界、新闻界、学术界、教育界、文艺界、民间团体等，无所不包，力求全面地呈现多元化的民国风貌。

本丛书涉及史料庞杂，文章取舍与编排依循一定原则，具体说明如下：

一、本丛书收录的演讲稿，时间范围从 1912 年 1 月起，至 1949 年 9 月末止。全套共分为十编，每一编均以时间为轴，依演讲者出生年月排次；以人物为面，按演讲发表时间排序。每位人物均附生平简介。

二、本丛书收录篇目以演讲为主，其他如宣言、广播稿、采访谈话、讲义以及当众宣读的论文、报告、答辩词等，亦有部分收录。

三、本丛书所选资料来源广泛，多为翻阅国家图书馆及各地方图书馆馆藏民国文献，如民国时期出版的各种文集、报纸、杂志等，经重新录入、点校所得。所收录文章有不同版本者，以出版（发表）时间较早或内容较全的版本为主。

四、本丛书所选之演讲者，均为在其所属领域具有代表性或典型性的人物，但限于篇幅、编者知识水平以及其他种种因素，尚有部分人物演讲未能收录。

五、对于生平演讲颇丰的人物，在筛选其文章时，编者在主题不重叠的前提下，尽量撷取背景、场合、受众不同，且较有内容价值的若干篇目，以求多方位地展现该人物的思想和主张。

六、鉴于本丛书的史料性，编者在进行编校加工时，以尊重原作为基本原则，对于严重违背史实、观点偏激、存在不当舆论导向的个别语句，酌情做删节处理，处理后并不影响原文主旨大意的表达。

七、由于民国时期语言文字、标点的用法与现在有所不同，为方便现代读者阅读，编者在尽量保留作品原貌的情况下，做了如下处理：

（一）繁体字改为简体字。

（二）原文竖排均改为横排。

（三）原文无标点或仅有部分标点的，由编者根据文意断句加标点。原文标点有明显错漏的，编者予以修改或增补。

（四）原文有明显错误、漏缺等情况的，由编者加“〔 〕”，并在六角括号中注明正确或增补的字，以供参考。原文有明显衍字的，由编者直接删改，以免造成困惑和歧义。原文不清、无法辨识且难以根据上下文推断的文字，用“□”表示。其他无从判断正误的情况，不妄作改动。

（五）原文不符合现代汉语写法的词语，如“澈底”、“那末”、“罢”（吧）、“底”（的）等，均按现代汉语习惯写法进行更改，并不影响语句原意。

（六）原文中的人名、地名等的译名以及相关专有名称，在不影响读者理解的情况下，原则上不改为现今通用译名；有碍理解的，由编者作注说明。

（七）凡未标“原注”的注释，均为编者所加。

本丛书卷帙浩繁，尽管尽心竭诚，力求取精用宏，然因我们能力有限，亦难免存在缺失疏漏，热望社会各界批评与指正。

编　者

2019 年 10 月

前　　言

民国是新旧思想交替的时代，是中外思潮碰撞的时代，是政治风云变幻的时代，更是文化色彩斑斓的时代。

了解一个人，多是先听其谈吐；了解一个时代，自然也少不得听它的声音。于是，便有了这套“民国演讲”系列丛书——说民国与民国的说；声音的历史与历史的声音。

演讲，即是就某个问题对听众说明事理或发表见解，展示想法或愿景，归根结底是一种交互行为。从某一个角度来说，交互推动进步。人与物的交互刺激发明和创造，比如工具的使用及生产技术的革新；人与人的交互产生人文伦理和传世价值，激发人类去思考良知、理性和社会责任。演讲作为一种人与人之间的交互方式，既能将物质的也能将精神的文明成果集合并发散，承前并启后，抑扬顿挫，精准了当，让讲者内心燃烧，让故事迸溅火花，由是观之，可谓是顶高级的传播艺术。至今为止，这种艺术仍既是经典的，也是前沿的。

我们本着这样的认识和眼光，从瀚如烟海的故纸堆中，拣选出近二百位民国时期来自不同领域的出色人物，收录了六百余篇民国时期的各类演讲。其中一些人物的一些演讲还是第一次进入读者的视野，这样的瞩目当属来之不易。这些演讲作品中，既有关乎济世救国的拳拳之心，或王者之气，或匹夫之责；也有阐述百年树人的教育方略，或家长之情，或师长之意；更有充满文学之妙的作家才情，或指点江山，或陶醉草野。无论是叱咤风云，还是低吟浅唱，无论是逆势反常或是领情会意，无论是节日祝词还是庆生悼挽，都明确无误地引领读者进入了那个年代的景色深处，其中自有仰山之高，悬河之美。

操持数年，自知不免挂一漏万，也还是不肯罢手，一一敛来，旨在使一个时代的演讲作品得以归拢，得以装束，得以排列齐整地成体系地被集结，被收藏，被后人打量、阅读和品味。

既然说的是民国的人、民国的事，自然就回避不了民国的某一些人、某一些事——那些有过态度的和要过态度的、那些受待见的和不受待见的——人和事——也还是听听他们的说。我们通过斟酌与报备，予以选录和保留，以显示这份记载与收藏的确实与丰富。可以说，这是迄今为止收录量最大、编排体系最完备的一套民国演讲作品。

由于对民国时期文化的珍视与体恤，对于个别未能联系上演讲者后人的篇目，我们不忍轻易舍弃，只有将作品先行用之，望有关人士能够谅解，并在见到该书后及时与我们联系，以便奉寄样书和稿酬。

编　者

2019 年 10 月

目　录

CONTENTS

冯玉祥

(1882—1948)

生平简介

冯玉祥（1882—1948），字焕章，原名基善，原籍安徽巢湖，生于河北沧州。中国国民革命军陆军一级上将，西北军阀。1911年辛亥革命爆发后参加滦州起义。1917年张勋复辟时率部入京击溃张部。1921年7月后任第十一师师长、陕西督军。1924年发动“北京政变”，推翻直系军阀控制的北京政府，并将所部改称为国民军，任总司令兼第一军军长，电请孙中山北上主持大计。1926年在直奉联军进攻下通电辞职，9月17日在绥远五原誓师，任国民革命军联军司令，率部北伐。1930年3月与阎锡山组成讨蒋联军，任陆海空军副总司令。中原大战失败后隐居。1933年5月在察哈尔组织民众抗日同盟军，任总司令。1935年任国民政府军事委员会副委员长。1937年8月在苏州就任第三战区司令长官，9月任第六战区司令长官，不久又被蒋介石调到平汉线。同年10月去南京参加国防会议，到南京后即被免职。1938年9月至次年5月任督导长官，负责检阅和督练新兵。1946年9月赴美，同时被强令退役。在美期间，始终关注国内形势，并公开呼吁国共停止内战，同时抨击蒋介石政府的暴行。1947年被蒋勒令回国，严厉拒绝后被蒋吊销护照。1948年1月1日被选为民革常务委员和政治委员会主席。同年7月13日应中共中央邀请参加中国人民政治协商会议筹备工作，自美国回国，9月1日在归国途中因轮船失火遇难。

参加国民革命，打倒帝国主义[1]

1926 年 9 月

玉祥本是一个武人，半生戎马，未尝学问，唯不自量，力图救国；无奈才识短浅，对于革命的方法不得要领，所以飘然下野，去国远游。及至走到苏联，看见世界革命起了万丈的高潮。中国是世界的一部分，受国外帝国主义与国内军阀双重的压迫，革命运动早已勃兴，又受世界的影响，民族解放的要求愈加迫切。孙中山先生的三民主义，与所领导的国民革命，即由此而生。于是我明白了救国的要诀，已经有人开辟了道路，我们只是照着他的法子做，便有出路。中山先生说得好，行易知难。我既是知道了，自然是刻不容缓地马上干起来。又因最近中国的国民，从国民军退后，受压迫比前更厉害，我的热血沸腾起来，情不获已，遂赶紧回国，与诸同志上革命战线，共同奋斗。我这是没有办法而去，有了办法而来。走的时候，不是洁然鸣高，来的时候，也不是什么东山再起。现当归国之始，有些必要的话，特掬诚以告国人。

---

① 本文是冯玉祥在五原誓师大会上的演讲。

我生在工人的家庭中，父为瓦工，贫无立锥，完全是无产阶级的人。自幼失学，及长入伍当兵，逢着庚子年八国联军攻打中国，结下辛丑条约，我受了极强烈的刺激，愤政府失政，改革的思想于是萌芽。后来受了革命影响，也形成了推倒满清的志愿。辛亥武昌起义，我与张之江、李鸣钟、张树声、韩复榘诸同人，同王金铭、施从云、白亚雨诸烈士，举兵响应，而有滦州之役。不幸为王怀庆所欺，功败垂成，王、施、白及诸烈士即时遇害，我和张、李、韩均被递解回籍，仅以身免。民国以后，我又出来治兵，苦力经营，以成陆军第十六混成旅。袁世凯叛国称帝，我在四川抗兵与蔡松坡联络，并助成四川独立。民（国）六（年）张勋复辟，我正去职养病西山，力疾到廊坊，先马厂誓师而起兵，进攻北京，击溃辫兵。民（国）七（年）南北军战于长岳，十六混成旅停兵武穴以牵制南下之师。民国十三年，曹锟贿选窃位，吴佩孚骄纵横暴，用武力统一政策，以乱川扰粤，而直鲁鄂豫受其直辖，为祸更烈，并逞其凶残，残杀工人学生，尤为国人所共弃；后来又动全国之兵，攻打奉天，穷兵黩武，涂炭生灵。我与胡景翼、孙岳均痛心疾首，不能不取断然的行动，遂率师回京，举行首都革命，倒曹败吴，并驱逐帝制余孽溥仪，以完辛亥革命未竟之功。这一次的意义，一是讨伐贿选，为中国人争人格；二是反对武力统一，用免兵祸；三是铲除帝制祸根，免得再闹复辟的乱子；四是开远东民族解放的局面。当时段祺瑞以革命政府相标榜，我们看着他遭过失败，养晦多年，当有觉悟，所以请他出来当临时执政，以便做解放民族的事业。不料他出来之后，仍是引用私人，败行失政，解决金佛郎案，使国家受莫大的损失，国人至今痛心。他的革命政府完全是假的，对于民众不但不解放，而且严重地压迫，弄到后来演成“三一八”的屠杀案子，枪击学生，出了极暴烈的惨剧，政府成了杀人政府，岂有再拥护的余地，所以又有倒段之举。

以上这些事实，都是从革命的路线上做的，他人不知，乃斥我为几次倒戈，责我为惯于逼宫，这是由于不明白革命，所以我特为述出来，好使国人对于我有明确的认识。有人骂孙中山先生，说孙中山真是有点革命癖，无论走到什么地方，就是要革命，若是他的儿子孙科做了大总统，他也要革命的。在他人以为这是骂孙先生，其实孙先生的伟大，正是在此。一个革命者，只要看见统治者不对，就得要革，无论他是亲戚也好，长官也好，站在民众的意义上，这些个人私情，一概都顾不得。吴佩孚张嘴闭嘴所抱守的纲常名教，尽可由学究们放在故纸堆里保存，不能拿到20世纪的民主国里害人。

但是有一层，我虽然做过几点革命事业，我却没有鲜明革命旗帜，因为我对于革命只有笼统的观念，没有明确的主张，革命的主义，革命的方法，在从前我都没有考察，所以只有一点两点改革式的革命，而没有彻底的做法，我也赤裸裸地说出来，好使国人知道我所做的，忽而是革命，忽而又不像革命，其缘故到底是怎么一回事。就革命的观点上说，过去的我，若说是一个中国革命者，是一个中山主义者，我都不配，至于马克思主义列宁主义与世界革命的话，更是说不上了。不意当时有人说我是赤化了，现在看起来，真是惭愧。当时的冯玉祥哪里够得上赤化，不但骂我的不知赤化是什么，就是我自己也不知道什么是赤化。骂我的人，也说不出根据来，只说不该与苏联亲善。我想世界各帝国主义者，用不平等条约压迫中国，致中国的死命，只有苏联自动地取消不平等条约，以平等待我，自是引起我们的好感，使我们彼此亲善。若对于以平等待我的人而不与之亲善，反去巴结以奴隶待我的国家，这是何等亡国的心理？这是要请国人明白的。至于吴佩孚乱造谣言，说我与苏联结了什么密约，尤其是荒唐之语。我向来是痛恶卖国军阀与外人结密约，岂有躬身自蹈之理？苏联把种种不平等条约都自动地取消了，哪有再结不利于中国的条约之理？况且我个人的性格所在，决不屑做这种鬼祟的事，如果有什么密约，也不能久瞒于人，什么密约，什么条件，何以绝无所闻？若说苏联帮助中国革命有所怀疑，要知道苏联是以解放世界上被压迫者，并扶助弱小民族为己任，主义在此，什么不利于人的事都做不出来。吴佩孚肚子里比谁都明白，他明白冯玉祥不是一个结密约的人，无论如何做不出这种事来的。他又明白离赤化离得很远，够不上戴赤帽子，而他偏要说什么密约，又是什么讨赤，完全是骗人来共同反对国民军以泄他自己的私愤。大家不知道，随声附和，实在是上了他的大当。

吴佩孚先是号召所谓讨贼战争，后来忽又变而为反国民军的战争，国民军退天津，退北京，一再让步，谁知你越让，他越攻。军阀何以如此的强呢？军阀本身实在无此力量，乃是帝国主义者在背后主持，因此我们知道要想战胜军阀，必须先打倒帝国主义，帝国主义者在中国压迫之甚，几使中国不能生存。工人农人及一切受苦受难的人，为什么这样穷，这样苦？就是帝国主义所给的。帝国主义的各国，强迫中国订下了许多不平等条约，于是中国有租界，有租界地，有海陆军驻扎权，有航行权，有领事裁判权，修铁路，开矿山，把持中国的海关，强制中国行协定关税，压迫剥削，不一而足。例如关税，只能值百抽二五，使中国国库少收入，整理财政，无从下手。而最大的害处，是在阻碍中国工商业之发展，致中国经济之死命，使他们的货物尽量输入，使中国的原料贱价输出，于是中国每年进口货超过出口货，其价在三万万两银子之谱，赔款及外债本息偿还，单是在关盐两税项下拨付的，每年就是九千八百万元。至于他们在中国所经营的矿山、轮船、各种工厂、各地银行纸币，所吸去的大批现金，更是无算。又因关税不自主，不能保护国货发展，致使洋货遍中国，吸去的银钱又不可胜计。如此中国只得困穷，而且穷到现在的地步。帝国主义经济的侵略把中国弄穷了，又用政治的侵略陷中国于危境。东交民巷的使团是何等的强狠，稍微明白中国的政局没有不知道的，他们对于中国的内政动辄加以干涉，如去年大沽事件，干涉国民军即是一例；其最厉害的，是利用中国军阀压迫民众，又唆使军阀互相战争不已，以巩固其在华之权利，遂使民国成立十五年，年年都有战祸。已经被他弄穷了的中国，又加上十几年的战争，于是农民、工人、商人、学生、机关职员、新闻记者、兵士及一切的民众，穷的穷死的死，其原因都出于此。

苦痛的来源已经求出来了，我们要解决这深切的苦痛，唯有推翻帝国主义的压迫，因此我就投袂而起，与革命同志们共同担负这个使命。现在我所努力的，是遵奉孙中山先生的遗嘱，进行国民革命，实行三民主义，所有国民党一、二两次全国代表大会的宣言与议决案，全部接受，并促其实现。今后将国民军建筑在民众的意义上面，完全为民众的武力，与民众深相结合，军队所在的地方，工人组织，农民组织，均当帮助，并联合其他民众的团体，共负革命之责任；同时对于学生、教员、商人、机关职员、新闻记者各阶级之利益，均极力顾全，意义是在解放被压迫之中国民族，以与世界各民族平等，解决军阀之压迫，使工人不受剥削，农民不受穷苦，商人不破产，学生有书读，教员及机关职员都有薪水发，新闻记者不发生性命的危险，以及其他人民的痛苦，均为解除。至于政治主张，我是一个国民党党员，又是国民政府委员之一，一切由国民党决定，由国民政府主持，我唯有与诸同志，同集合体的力量，履行就是了。谨此宣言。

新军人与旧军人

1928年2月2、3、4日

一

今天给大家讲一件事，题目是："新军人与旧军人"。就是讲新军人与旧军人不同之点。新军人与旧军人处处不同，目兵不同，官长亦不同。旧军队的官长为的是要做大官，发大财，多得钱，少做事，吃好的，穿好的，住好的。新军队的官长便不是如此，吃苦耐劳，早起晚眠，每早兵还未起，自己便先起了，每晚兵都睡了，自己才肯去睡。旧军队的官长，不是这样的，他们只知安富尊荣，懒得连鞋子都不愿意自己穿，要叫别人来替他穿，叫人连名字也不愿意叫，只叫"来呀！"新军队的官长，与士卒是一律平等的，饭食起居都是一样的。不过在职务责任上各有不同，例如骑兵骑马，炮兵用马拖炮，步兵则荷枪步行，这都是因为各人所处的地位不同，所服的任务不同，绝不是有尊卑阶级的分别。旧军队的官长，总是看见个个人都不可靠，只有他的兄弟亲戚朋友乡亲都靠得住，所以部下所引用的人，不是他的兄弟，就是他的亲戚。也不问贤不贤，能干事不能干事，只要是他的弟兄亲戚都是好的。张敬尧在湖南的时候就是如此。他自己是大帅，他的弟兄是二帅、三帅、四帅、五帅，以至六帅、七帅。他的妻舅称舅帅，甚至他的小姨子的丈夫也称姨帅。凡到过湖南的，大概都知道的。你们说军队有此种官长，这个军队能不糟糕吗？国家有这种军队，国家能不倒霉吗？新军队的官长，用人是用贤用能，就是墨子所说的尚贤尚能。什么叫作用贤用能呢？譬如五百米远的靶子吧，别人打不中，你能打中，就用你。他的用人是凭贤能不贤能定取舍的，不是徇私的。旧军队的官长用人，不问贤不贤，先问亲不亲；不问能不能，先问乡不乡。这是新旧长官不同之点，你们听见了没有了？（齐答：听见了！）

旧军队的官长只知讲应酬，讲巴结，不办正事，整天的只是打算娶媳妇，嫁女儿，爷的生日，娘的寿日，孩子的满月，都要出份子，要送礼，非常地注意，非常地讲求。当师长、旅长的是如此，所以营长大人、县长老爷也就要如此。一方面是为的是多收些礼可以发财，一方面是为的多送点情，可以讨上官欢喜。新军人不讲求这些应酬的，只讲求革命，讲求救国救民。遇到这类嫁娶寿诞的事，绝不花许多无谓的钱，见了面道一声贺而已。因为我们是革命军，花一文钱，也要与老百姓谋一文钱的幸福，处处站在革命的观点上为民众着想。你们懂不懂呢？（答：懂得！）

再说旧军队的官长只知自私自利，为他自己一个人谋利益，在中国有两所银行还不够，还要在外国银行存下三千万五千万八千万。新军队的官长与兵士是一样，同甘苦，共患难。饭熟了，兵士未吃，自己不敢先吃；水开了，兵士未喝，自己不敢先喝。这也是新军人与旧军人不同的地方。

以上所说的种种，不过略举几个例子。其实新军队官长旧军队官长不同的事情还多，一时也说不完。现在且说新军队兵士与旧军队兵士是怎样的不同。旧军队的兵士，有的因为穷所迫而当兵，有的因没有妻子而当兵，有的因与妻子不和睦而当兵，更有因在家赌博输了钱，或是因为闹奸情，或是因为在家杀人放火犯了罪而当兵。所以俗语有“好儿不当兵，好铁不炼钉”的两句口号。分子既如此复杂，入伍以后，他们不肖的官长，又不知训练他们，管教他们，他们哪能不胡闹呢？所以一天一天的只是吃喝嫖赌，开口骂人。有一人不会嫖赌，不会骂人，众人便说是“肉头”；又说什么“吃喝嫖赌是赵匡胤，不吃不喝是武大郎”这一类坏话来轻薄，来讥诮。所以就是有一个两个好的，也被他们熏陶坏了。而且每逢上操的时候，总是不带一点儿气力，下了操赶快把枪往下一丢，说声：“哎哟！这可完了。”你们想，这样的军队哪能去打仗呢？记得我当兵的时候，栅子里许多人长杨梅疮，他们的名字叫什么王火烧、半斤馍、牛毛等等，可见这些人的乱七八糟了。俗话说得好：“龙生龙，凤生凤，老鼠的儿会钻洞。”又说：“种瓜得瓜，种豆得豆。”当官长的为家不为国，为己不为人，所以当兵士的，亦绝不会学好。当兵既是个坏兵，回家亦必为坏百姓，绝不肯安分守己地经商耕地，非偷即摸。同志们！近年土匪遍地，尤其是河南的土匪比他处特多，这是什么缘故呵？因为一班恶军阀为保持他私人的权利，尽量地在各处招兵，尤其是河南是他们的招兵目的地。他们既把兵招去了，一般的混账官长，又不教兵士学好，只教兵士嫖赌吃喝、奸淫抢夺。这类兵士既学会打枪，又染许多坏习气，回家后哪有不为非作恶的呢？因此才把河南及各处造成这许多土匪，害地方，害百姓。至于我们新军队，是要训练出多数革命军人，多数救国救民的军人。凡是到我们军队里当兵的，我们要设法加以崭新的教育。所以我们军队兵士在家时不会识字，入伍后便会识字了；在家时不会讲话，入伍后便会讲话了；在家时吃烟赌博，入伍后便烟赌都戒了。像这样在军队为一爱国的军人，回家后又当一安分守己的好百姓。那么，国家能有不强的道理吗？你们说对不对呢？（齐答：对！）

我国以前大概都是旧式的军队，所以兵即是匪，匪即是兵，把老百姓害得不能生活。他们都是从强盗学校毕业，所以退伍后，没有不为匪的。同志们！要知道坏军队好似一坑黑水，年轻子弟走到里头去，就好似一碗清水投入黑水坑，哪能有不被染黑的呢？

再说当军人的要讲求忠心，但是我们新军人所讲的忠字与他们旧军人所讲的不同；他们旧军人的忠字是要忠于皇帝，忠于大帅。我们新军人的忠字是要忠于人民，忠于国家。我们军队的兵士要本着忠于国家，忠于人民的宗旨，人人成为一个救国救民的军人，做一个顶天立地的汉子，为国家之栋梁。要人人皆知道，我们是利他主义的，只要有益于国家，有益于民众，即粉骨碎身亦所不辞。这是我们的目标，你们懂不懂呢？（齐答：懂得！）

现在，或者有新入伍的弟兄们对于我们的目标不能认识清楚，以为我自己吃喝嫖赌与他人有何相干，为什么禁止呢？这实在是错误了。同志们，好弟兄们！须要知道，我们是同生死、共患难的。你们的好，就是我的好。你们能做一个好军人，你们能拼命出力去救国救民，是我冯玉祥对得起国家，对得起民众。我很希望你们新入伍的弟兄们能明白这个道理才好。军队里坏人多，但是我们军队不许有一个坏人。如有，便立刻把他剔除，不要染着我们。今天就说到这里。盼各位好弟兄们记着！努力！

二

昨日所讲的“新军人”因未讲完，今日仍继续着讲。以前所讲的是关于新旧军队的军官如何、兵士如何，今天要讲的就是：

旧军队的军佐如何？军需如何？新军队的军佐如何？军需如何？旧军人平时战时如何？行军驻军如何？现在要把它一样一样地说明。

旧军队的军佐行动时不坐车即坐轿，走路的时候，总是拿着八字步，有一般穷秀才的酸腐味儿。什么规矩，什么纪律，都不守。记得在四川时，军佐个个坐轿，弄得司书生也非骑骡子不可。他们的生活很浪漫，早晨不起，晚间不眠。军队走到一处，他们先跑到街上逛一逛。衣服随意穿，帽子随意戴，有的时候还要故意弄出个别样儿，显出他的师爷派来。至于吃喝嫖赌抽大烟种种嗜好，更是以一身而俱备的了。

再看新军队的军佐是个什么样子呢？他们是与兵士一样的。不但无以上诸种嗜好和臭架子，且因为他们读过书的有知识，比军官更守纪律。并且每次打仗，主官走到哪里，军佐跟到哪里，个个都能上马杀贼。这次我们军队在前线作战，军佐伤亡的很不少，就是一个明证。

旧军队的军需与新军队的军需也不一样。旧军队的军需对于账目弊幕重重，无论是官存的钱，兵存的钱，或菜钱饷糈等，莫不随便吞没。袁乃宽当袁世凯的军需，所以发了大财，在信阳盖许多洋楼。像是这等克扣军需发大财的坏种们，他们的行为，真可以说是“喝兵的血”！也可以说是“喝兵的精”！新军队革命军队的军需绝不是这样子。他们办事，是要针针见血，一步一个脚印，一丝一毫也不许错的！

以上把新旧军队的军佐军需人员说了大概。以下再说新旧军队平时是怎样，战时是怎样。旧军队平时不讲究打仗。操练的时候只知道讲正步走，向左转，向右转，托枪，预备放，还要左右左，左右左，一二三四地数着，对于实际上作战的方法是丝毫不知道讲求的。我们新军队，革命的军队，就只注意战术，亡国式的操法是不注重的。所以平时专练习跑步、瞄准、挖沟垒、越阻栏等，不管托枪得齐不齐，步走得响不响。不但如此，旧军队于平素操练的时候，最忌说伤亡二字，说了便以为不祥。他们只爱说升官发财一类的好话。因为官长或是兵士从来没听过伤亡两个字，所以他们一遇打败仗时，看见伤亡的很多，便是手足无措地崩溃下去，再不能支撑了。新军队于操练时，专注重打败仗的事情，专讲求救济伤亡方法。当演习假战斗的时候，常常地报告某旅长阵亡，某连长受伤，于是军队又是怎样地调遣，人员怎样地补充，十字队怎样地救护。所以一至临阵，便能处之裕如。旧军队于平日驻防时，个个寻暗娼，扰乱里巷，使百姓痛恨。新军队革命的军队则每日早起晚睡，上讲堂，习战术，并且忙得和老百姓割麦的一样。所以个个强壮得如铁弹钢球一样，不会赌博，更不会嫖妓！新军队革命军队就是如此的，你们听见了没有？（齐答：听见了！）你们是不是新军队？是不是革命的军队？（齐答：是！）你们既是新军队革命的军队，怎样做才对呢？怎样做便不对呢？大家一想即会知道。新旧军队平时的不同，已略如上述。

至于打仗的时候，他们有什么区别呢？旧军队一遇打仗便两腿打战。新军队则奋勇异常，这就是因为平时练习有素，天天练习跑栏阻瞄准射击，所谓“外练筋骨皮，内练一口气”。艺高人胆大，临阵自然气壮；所以一遇着敌人时候没有一个不是奋勇向前，绝不会张皇失措的。至于打仗方法是应该什么样的呢？战术上曾说：“利用地物，发扬枪火为第一，遮蔽己身次之。”革命的新军队打仗，都是注意第一义的。所以他打仗的时候要先察看地势，在什么地方放枪，能便于瞄准，能增加射击的力量，能打着敌人，便在什么地方放，然后再讲求遮蔽自己身体。旧军队就不同了，他们是专门注重第二义的。所以打仗时候，总是把身体头颅完全藏在地物下，两手举起枪来，不讲求瞄准，搁在头顶上胡放一气！我们放枪，为打死敌人；他们放枪，为吓跑敌人，以为一放枪，敌人就会吓跑了。这样的打仗能不败吗？你们说，像这种战法对不对呢？（齐答：不对!）他们打一次仗，军纪废弛一次。其起初大官不敢管束小官，小官不敢管束目兵，处处低声下气，尚可维持；及经过三四次仗后，小官比大官还厉害，目兵比小官又要厉害，谁也管不了谁，更说不到军纪两个字了。兵士奸淫掳掠，见了牛杀牛，见了骡杀骡，以至见了鸡鸭无一不杀；官长对于他们这种行为，不唯不敢管，连哼也不敢哼一声。我们的新军队是纪律化的。打一次仗后，仍然是照例上课。到一个地方，不是扫街，就是修路，目兵见了官长，小官见了大官都是两腿直立，规规矩矩的，不敢有丝毫放肆，有丝毫骄傲的意思。所以我们越打仗，纪律越严整，精神越振作。你们看，就是张之江、鹿钟麟、韩复榘及其余各将领，是与我同生死共患难的好朋友，比自己同胞兄弟还要亲爱，但他们若有事向我报告时，也是立正说："报告总司令，一是什么，二是什么……"我们决不能因为私情便忘却纪律。这次韩复榘在东路作战，把他调往河北打谢玉田；又从河北调回，午后四点到郑州，征尘未去，六点便又上讲堂，且官长亦不能缺席！这是何等的精神呢？若在旧军队还能不怨声四起吗？

同志们！我们当兵是与国家出力的，并不是与长官出力的。是与传授这个国家于我们的祖宗，及永远做个国家国民的好子孙出力，并不是与长官出力的啊！我们的新军队，不但是纪律化，并且是平民化。官与兵向来是甘苦同尝，患难相共的。旧军队哪能如此呢！旧军队官长把自己看作天神一样，看待目兵连牛马也不如。自己穿好的，吃好的，兵士有穿的没有，有吃的没有，他就不问了。你们想一想，这样地待兵，还能使部下听命，还能使部下帮助他打仗吗？我上次在开封问潘部的俘虏怎样缴械的，他们说："我们是把枪架起缴的。裹着价值七百元的大氅，我们还着单衣，所以不给他那个小子打了！"所以平民化与否，也是新旧军队不同的一点。

新军队打仗时，奋不顾身，旧军队则畏缩不前。我在四川打仗时，第十六旅赵团长同我站在一处，我说："这是我旅长的地位，你要到在上方五百米以外站着。"他听了我的话，向前去了，便传令他的陈营长说："陈营长上啊！"陈卧在一个坟的后面，遮着身体，不肯前进，仅回头看了一看就算了。我又下令前进，赵仍令陈营长前进，陈又不肯动。我着急了，责问赵团长，赵便拔出刀来，一面骂陈，一面向他砍去，陈营长才连忙爬起说："前进！"你们说可笑不可笑呢！这次我们的军队与张宗昌、褚玉璞打仗，共伤一万八千人。伤了一个师长，伤了十四个旅长。现在治好了的，有一万六千人。当打得正激烈时候，韩总指挥、石军长都是亲自提着手提机关枪站在散兵线上督战，师长孙桐萱受伤仍不肯下，旅长张印湘受伤后，调养二日，又赴前线。有一营长被敌打堕二指，他把手略事束绑，把手指放在衣袋里，指挥如故。因为他们如此勇敢，所以鲁逆十五万人完全覆没；钢甲车四列，都给我们丢下。同志们！革命军队新军队与旧军队不同也就在这里，你们听见了没有？（齐答：听见了！）

现在再说对待伤兵是怎样。旧军队的兵士受了伤无人管，我们的医院随着军队，一有受伤的人，便赶快抬回医治，每人给他换上一套新棉衣服，一床新被褥，省政府委员亲自照顾，我亲自给他们擦澡，我才给他们洗，他们便哭起来。我问他们为什么哭，他们说：我们在家里，就是自己父母也没有这样地照顾我，怎能叫我们不感激，不哭呢？我便安慰他们："不要哭吧！我们不分尊卑，都是好弟兄，革命的同志。"

同志们！我们是新军人，革命的军人。处处要实现救国救民的主义和精神，处处要表现我们与卖国贼的军队不同之所在，那才不愧为新军人，革命军人呢！

天气甚冷，大家鹄立多时，不便多说；请大家回去各人把我所说的话细细地想一想好了。

三

前昨两日所讲新军人与旧军人的不同，我们知道旧军人是为个人的，新军人革命军人是为大多数人的，非一二人的。旧军官有许多习气，吃喝嫖赌吸大烟，骄傲懒惰不一而足。新的革命的军官克勤克俭，吃苦耐劳，无一切嗜好，只知努力救国家，救人民，视军队如家庭，视部下如手足；管理熏陶，人人成材，事事就绪。昨天又把新旧军队的军佐如何、军需如何、平时如何、行军如何、驻军时如何、作战时如何，说得清清楚楚。今天再继续讲下去：

旧军人崇尚浪漫态度，愈不规矩愈受称赞；反之，守规矩的人倒被目为“肉头”！譬如问路这一件事，旧军人不但态度蛮横，毫无礼貌，且开口骂人，说：“问你，你听不见吗！瞎耳朵吗？妈的……”新军人则态度和蔼，礼貌周详，说：“先生！请问往某处，是从哪条路走？”及至人家告诉以后，又很感激地说：“谢谢你！”好弟兄们！问人路反骂人家的对不对？（答：不对！）说“谢谢你”的对不对？（答：对！）我们是革命的军队，应当注意守规矩，有礼貌，绝不可浪漫。这是第一。

第二，旧军人自私自利心太重，无论走到何处，见物就借。由借而霸占，直与掠夺无异。如马夫饮马，借人的水桶，随即收为己有。革命军人有一线之路，亦不借老百姓的东西。有苦尽吃，非至万不得已，不向老百姓张口言借，就是借一把扫地笤帚，借前恭逊有礼，奉还时又感谢有加，这才是新军人的办法！旧军人在街上行走时，必须人家与他让路，如有人无意撞着他，便立即开口大骂。新军人则靠左边走，逢人让路，无论其为老幼妇女，皆一样地看待。不但如此，姿势上也很讲求：一人走路，挺身直，两人走路，则步法整齐。若在旧军人走路时，两人便随走随闹，一人则胡思乱想，左顾右盼。这就是新军人受过教育，与腐败军人无教育可言不同之所在啊。常见旧军人在人稠的地方，有人无意中踏着他的脚时，他立刻躁怒起来，连骂带打。新军人如遇有此等情事，便很客气地说："没有什么，请勿介意！磕着你的脚没有？"同志们！这样子对不对？（答：对！）因为我们是老百姓的军队，应该处处让着老百姓，并且我们的父母、兄弟、亲戚、朋友，都是老百姓，让着老百姓，正是让我们的父母兄弟亲戚朋友啊！

旧军人还有一件坏行为，就是欺诈财物。譬如当采买的，买油数斤，自己不小心洒了一半，于是跑回去，强令商人添补，还骂人不公道。新军人绝无此事发生；即或商人真少给了，也是据实说明，或是报告长官，令官长扮作目兵，从中调查。又旧军人因未受训练，毫无涵养，如当他行经一家铺号的门前，适值铺伙泼水，溅他一身，他必暴跳起来，非打即骂。若值新军人，必说："不要紧，我是你们的仆人，仆人过门不打招呼，所以弄一身水，是应得之咎！请不要在意。"好弟兄们！这就是讲道理、受训练、爱人民的军队！你们听见没有？（答：听见了！）

旧军人在野外服勤务时，不注视敌人，只注视官长。官长不在，则任意妄为，或言不及义；官长在时，就立刻规矩。我们新军人，无论何时，思念着自己的责任，或彼此研究利用地物歌，背诵精神书等。旧军人对于粮秣随意糟蹋，并且虚报人数，多领给养，以便从中扣卖。所以兵士怨声四起，唾骂他，甚或觑着机会报复他！新军人，革命军人，把一文钱当作老百姓的血汗，不敢妄费。即一芥一草，也须喂到马肚里，否则对不起老百姓！你们看，不革命，假革命的军队，马粪里满杂柴草，把百姓血汗取来任意挥霍！所以革命的军人为老百姓惜力，亦所以爱百姓爱国！你们听见没有？（答：听见了！）

同志们！一个无行的人，在旧的说法谓之坏人；新的说法谓之“未受训练，未受教育的人”。这十个字比骂还要厉害。受过训练的人，即一举一动，至细至微的事，如绑腿带、扣衣纽等，亦必有一定手续。如进屋之前必先叩门，不可排闼而入。他人正看之书放在桌上，自己不可拿起乱翻。他人写信的时候，要回过头来，不可注视。因为窥人秘密是一件极不道德的事，受过训练的人，绝对不许如此！常见有许多军人，未受过训练的军人，赴铺中买物，往往走入柜台的里面，既妨害人家营业，又陷自身于嫌疑之地。柜台之内，为金钱货物堆积的所在，我们绝不可入内！

以上所举数例，不过就其较为显而易见者言之。总之，新旧军人，一举一动，处处不同，不暇逐一缕述。希望我们弟兄们本此宗旨留心做去，使人家一望而知我们为纪律之师、救国之师，才不愧为新军人、革命军人呢！

在南口战役阵亡将士追悼会上的讲话

1928 年 7 月 9 日

死为人人所不能免，然而死有重于泰山，有轻于鸿毛者。我南口战役阵亡将士，可谓死重于泰山矣。其死之日，固无意流芳百世，然今竟名垂简册矣，非所谓为国牺牲死有余辜者耶？忆昔我军在南口苦战时，吴佩孚倾巢北上，而南方革命军得以乘虚袭取湘鄂，打倒军阀，铲除万恶势力。及南口失守，吴佩孚为救援后路计，转而图南，对于我军，未得穷追，使得从容转进整理，是北伐军若无我军在北，固一时未必得胜；而我军如无北伐军在南，亦早已葬于五原之黄沙蔓草中而无今日矣。所以今日开会，一面固为纪念已死之朋友，而另一面则对援救我军之北伐军，尤不能不深致其感谢之忱也。夫革命军之目的，非为求中国之自由平等乎？然不平等条约尚未废除，经济压迫尚未解脱，三民主义尚未实现，目的未达，责任仍在，甚望大家继续努力也。尤有进者，今日到场之人，对于阵亡将士，非亲即友，乞转达诸烈士家族，凡阵亡者，无论官长兵夫，其父母即我辈之父母，其子女即我辈之子女，誓必竭力相助，使老者得养，壮者得业，少者得教，决不辜负烈士于地下，息壤在彼，决不食言。今日来宾辱临，愧无招待，只好冯某代表阵亡将士之家属，向大家致谢而已。

如何建立我们的自信和互信[①]

1936 年 5 月 12 日

上一次的广播我说到：在我们整个民族最后关头的现在，我们应当把全部的物质同精神拿来争取民族的生存。全国上下，一切个人的意见以及已往的成见，因为民族危险的缘故，都应该统统放弃；一切自相冲突，自相抵消，浪费精力的行为，都因为急于救亡的缘故，把它停止。大家紧紧地团结起来，要团结得像一家人一样，要团结得像一个人一样。只有这么办，才能够“多难兴邦”，只有这么办，才能挽救我们整个民族的危难。

但是，要怎样大家才能消除一切的意见呢？要怎样才能紧紧地团结到一起呢？关于这个问题，我的回答是：一方面，需要我们大家对于求取民族解放的奋斗运动共同建立一个坚决的、不可动摇的信仰；同时，另一方面，我们大家彼此之间需要建立一个忠诚的坚定的互信，——就是互相信任。今天，我就在这个意思上，要同大家谈一谈。

我们的国家弄到现在的地步，原因当然非常复杂。对于这些

① 本文是冯玉祥在中央广播无线电台的演讲词。

原因，大家的看法往往不同，因之，也就缺少互信。另一方面，因为国难时期拖延得这样长久，它的程度又日益加深，于是使得有些人陷入一种失望和悲观的境地里面，觉得前途黯淡，难以挽救，这又是没有自信的表现。这两个现象，意义是非常严重的。这样地影响下去，我们对于民族将一天一天地失去自信；彼此之间，也不能紧密地携起手来，为民族解放而共同奋斗。现在，敌人无穷无尽的压迫，已经给了我们足够的教训。我们已经到了最后觉悟的时期。要觉悟，救大难，应先树立对民族自由平等的信仰；更要觉悟，救大难，要建立大家的互信。

我现在说一个历史上的故事给大家听一听。离现在二千二百一十五年以前，就是战国时代，那个时候有一个齐国，受许多邻国的侵略和攻击。其中有个燕国，在短短几个月中，占据了它七十多个城池，剩下的只有莒同、即墨两个城，但不久也被燕国军队重重包围起来。现在只说即墨城。这里有一个小官儿，姓田名单（田就是种田的田；单就是简单的单，念“善”字的音）。这个人很有点才干同能力。即墨城的百姓公举他出来做军事领袖，负责守城。但是即墨这个地方城池小得很，百姓们看见敌国的军力那样强盛，恐慌得了不得，都各人打各人的主意；又看到自己国里抵抗力量的微弱，都觉得前途没有希望，大家都抱着一个悲观的态度。田单看见这种情形，心里忧愁，就想出许多办法来巩固百姓们的信心。第一，他教即墨城的百姓每天吃饭的时候，把饭菜摆出来先祭祖先。这个时候，天上飞过的鸟雀看见饭菜，都纷纷停留下来，不肯飞走。于〔是〕，田单就告诉百姓，说这是一个预兆，说不久天上当有神师来教导我们抵御燕军。他又买通了一个小兵，叫他扮作一个神师，让他告诉百姓，预言齐国一定要复兴；又说出种种应做的战事准备；又演述敌军对于齐国的暴行同虐待，比如挖掘坟墓，烧杀淫掳，借以激发百姓的爱国心，爱祖先的感情同思想。这样一来，百姓们个个愤怒起来，个个热心起来，愿意为国家拼命。田单于是把全城男女老幼都编成队伍，有的守城，有的帮忙防御工事，有的制造军械，有的出粮食，有的出银钱，真是万众一心，全体动员，军势大大振作起来。田单乘机会带领五千个壮丁勇猛反攻，一仗把燕国几万军队都打得落花流水，所有被燕国占去的地方，都由百姓自动地收复回来。

诸位同胞！这个历史的故事，是极有意思的。它启示我们：在国家濒于危亡的时期，全体人民必定要坚定地拿稳我们的自信，相信民族复兴是有把握的。在这个一致的信仰下面，我们万众一心，为了民族解放，誓死奋斗到底。一定要这样，不管形势如何危急，不管环境如何艰难，我们的国家总会有翻身的一天。自然，田单所用的迷信方法，在现在看来觉得可笑，而且是错误的；不过我们要知道，在二千多年以前，百姓的文化程度很低，他不能不利用百姓这个弱点激发他们，巩固他们。那么，我们现在应该怎么办呢？我有三点意思，说出来，请大家注意：

第一，我们要彻底地认识，现在的亡国，同过去历史上的是截然不同。现在的侵略者是帝国主义者。他们的残酷，他们的毒辣，绝不能用我们历史上的事件来比拟。现在亡国的惨痛同危险，也绝不是历史上更换朝代，更换皇帝所可比拟。许多的世界亡国惨史，才是我们的借镜。他们现在是没有半点自己的自由，更不能表示半点自己的意志。他们每天被人家当作奴隶，当作畜生蹂躏着，奴使着，鞭打着，屠杀着。那种猪狗不如的惨痛生活，我们应当时时刻刻记牢在心里，替他们设想，为我们自己警惕。我们得知道：现在我们唯一的活路，就只有为民族的解放而斗争！

第二，我们要绝对地相信，全国一致、万众一心的民族解放的斗争，一定能得到胜利。试看一百多年以前，美国的独立运动，同新近土耳其民族革命的胜利成功，就是最好的证明。在1783年以前，美洲还只是英国的一个殖民地，移住在那里的居民，受英国政府多少繁重课税的剥削，受多少不平等的待遇。十三州的人民忍无可忍，联合同盟，宣告独立，打了八年出生入死的血战，终究得到胜利，建立了他们自己的共和政府。再说土耳其。大家都知道，这是东方一个弱小国家。自从19世纪以后，一百多年没有一天不在内忧外患交相煎迫之中。国内政治腐败，生产落后；外面，意大利、保加利亚、法国、希腊一步不放松地侵略它，攻打它，土地一天天地丧失，国势一日一日地衰弱。可是到了欧战以后，1920年，凯末尔领导的民族革命爆发，推翻了腐败无能的旧政府，在安哥拉地方成立了革命的政权把侵略者的军队一一驱逐出去，不平等条约一一废除，经过不断的奋斗同埋头苦干的结果，如今已经成为世界上极有希望的一个新兴国家。这就是告诉我们，只要我们在复兴民族的目标之下，比如不买一件于救国无用的外国货，不浪费一点于救国无用的力量，大家都肯为民族牺牲一切，学着美国人、土耳其人的榜样，发动广大的民族革命战争，国难是容易解除的，胜利是一定稳稳当当握在我们手里的。

第三，我们应当知道，国家危急到今天的地步，救亡图存是我们全体人民的责任，是我们全体人民的权利同义务。这时候最要紧的，一方面是努力唤醒民众，领导他们努力于救国运动。另一方面，只求救国大业的成功，抱着有功归人、有过归己的信念，那么，彼此之间，自然能互相原谅，互相依赖，互相督促和批评。能这样，我们的国家民族自然马上就能形成一个伟大的，不可侮辱的力量。

说到这里，我又想起战国时候信陵君的故事。信陵君原是魏国的一位公子，他因与国内当局的意见不合，跑到赵国去。后来秦国攻打魏国，魏王于是打发使者到赵国，请信陵君回去同赴国难。信陵君想起从前的事情，就不肯回国。信陵君有两位朋友，一个是毛公，一个是薛公。他们对信陵君说：“你现在所以被人家看重的，就是因为有一个魏国在；假使魏国果真亡了，你也得做亡国奴，哪里再有名誉地位，哪里还有人再来尊敬你呢?”信陵君听了这段话，立刻觉悟起来。他觉悟到，个人意见的不同事小，国家的危亡事大，所以马上回到魏国，又连合五国诸侯的军队，到底把秦国打败，追到函谷关，解除了魏国的危难。

信陵君的故事，是一个正面的例子。我们再看看现在的犹太人，因为国家早已灭亡了，他们都流落在外国。他们中间，有很有钱的商人，有很著名的学者，也有很著名的政治家。可是，因为没有国家，就时时受压迫，受侮辱，受排挤，尝尽了亡国奴的痛苦。这又是眼前最显著的一个例证。诸位同胞！现在是我们国难严重之最后关头，我们全国上下，不论农、工、兵、商、学，这个时候，都应当在国家存亡利害的前提之下，不顾一切地携起手来，相亲相爱，共同为民族解放的目标而奋斗、而牺牲！

现在的时代，是一个要依靠群体的力量才能生存的时代。尤其是我们被侵略、被侮辱的国家，更只有全体一致地奋斗，才能解脱亡国的命运；只有坚决地抵抗，才能开拓光明的前途。所以我们全国上下，都应赶紧树立自救救国的坚定信仰，树立相互间的信赖。我们确切地相信：全国人民，甘心帮助敌人的，只是极少的少数。最大多数的人民和官吏，都是忠于国家，忠于民族的。即使他们的言论和行动，或许有过分或不及的地方，也都是有可以原谅的原因。我们只有在互相原谅的精神下，统一我们的意见，调整我们的步伐，集中我们的力量。我们国家和社会的组织，原来是比较散漫松懈的，所以更要坚强我们救国的阵容。我们的经济发展，原来是比较落后的，所以更要加倍地爱惜物力；一粒沙子，一块石头，都要用来打到敌人的要害上去。这样做下去，就是我们国家复兴的起点，就是我们民族解放最确切的保证。

我今天的谈话，到这里为止，希望我们大家互相奋勉，共同努力！

抗日救亡，匹夫有责[①]

1936 年 5 月

民众抗日同盟军举义，转眼之间已到三年。第一周年纪念在烟台举行；第二周年纪念在泰山举行；三周年纪念日，今天在南京举行。回顾三年来的经过，以及现时国家民族危机的严重，瞻前思后，不禁抱有万分隐痛。

三年前日本大举攻察[②]，拟欲乘长城各口战胜之余威，一举而下张垣，进而做南进之企图。当时我在张垣，身边仅有两百手枪队；诸友好多劝我离察，咸以形势紧迫，不可久留。我因忝为军人，志在守土，且平素衣、食、住、行均为百姓所供给，寇来，决不忍舍人民而去，更不忍弃国土以资敌。是时吉林一带大批义军向张垣后退，同时各地民众代表络绎来张，促我树旗抗日。经数日夜之筹划，始于 5 月 26 日通电抗日，成立民众抗日同盟军。

民众抗日同盟军组织意义非常纯正，守土卫民为军人应尽之天职，抗敌图存亦系人民应有之义务。同盟军成立后，曾规定三

① 本文是冯玉祥在民众抗日同盟军举义三周年纪念大会上的演讲。

② 指当时的察哈尔省。

步工作计划：第一步收复多伦，第二步收复热河，第三步收复东三省。当时最困难之问题，为军费无法筹措。六月溽暑天气，士兵尚有着皮衣皮帽者，经济困难之情形，已可见一斑。通电前，朱子桥先生从上海汇来十万块钱，并以大义相勉。我得此款，始树旗抗日，才能于短期内收复察东四县失地。

收复多伦之前敌总指挥是吉鸿昌，左副指挥是李忠义，右副指挥是邓文。康保于6月22日克复，宝昌、沽源于7月1日克复。最剧烈一役为多伦战役。吉鸿昌甫抵多伦，一经交绥，即被城内伪军击退，军心为之一挫。这时吉鸿昌从前方来电报给我，说："前方军事失利，多伦一时急切不易攻下。"我接电后，立即亲复一电，我说："你干不了，请你离开，我来指挥；抗日本来是我死的，横竖我在后方也没有打算活着。"吉鸿昌接了我的电报，痛哭流涕地回了我一电，说："打不下多伦，我也不回来了。"经了五日夜的鏖战，吉鸿昌亲卒士兵三次肉袒爬城，多伦卒于7月12日晨克复。总计各战役，共计伤亡一千六百余人，内有团长四人；阵亡者三百一十二人，重伤者四百五十三人，轻伤者九百七十二人。当时我令吉鸿昌将伤亡各官兵尽量运至张垣，以便分别运平医治，或妥予安葬。

多伦收复，第一步保察之计划已经完成，即进行第二步计划，预备收复热河，同时又成立了一个"收复东北四省计划委员会"，从事规划一切。正在这时，日关东军部宣言逼迫抗日军即日退出多伦。我当即答复限日本军应即日退出东四省。隔日，关东军复威吓同盟军说：三日不答复，即以全力取察省。我即答复，限倭奴三日内速觉悟，否则，即以全力取热河。我遂一面调大军三师协守多伦，一面严命守将吉鸿昌、张凌云严修战备。最后，同盟军因种种关系，内政、经济、外交均一筹莫展，不得已遂于8月5日通电收缩军事，政权交诸政府，复土交诸国人。

回忆张垣抗敌至今，瞬已三年；今强邻压境，敌焰大张，河山半壁，名存实亡。在座诸先生，度必与玉祥同感切齿之痛。去岁国家形势日危，举国惶惶，玉祥凛于匹夫有责之义，不敢再度山居生活，遂毅然来京，促成中枢团结之局面。中央坚以军事委员会副委员长相畀，玉祥自愧才能弗胜，力辞未获；然就职之日，以竭诚辅佐蒋委员长抗敌挽救民族危亡相期。中国历史前程，大势所趋，舍求民族之解放与自由以外，殆别无他途。近日国际形势日非，敌人大举增兵，意在囊括我整个之国家，初不仅只限于华北一隅。刻时机已迫，抗敌图存之关键，稍纵即逝。深望各同志奋起努力，自救救亡。玉祥虽愚，当誓本初衷，为民族存正气，为国家留完人也。

在中央军官学校特别训练班的演讲

1936 年 8 月 12 日

诸位同学：

兄弟今日有机会来和诸位谈话，这是一件很难得很欣快的事。

诸位都是担任各种职务有了长久经验的。现在从各地聚集来受短期的训练，在这样优美平静的环境中，在这样规制完善的教育氛围中，以及在这样规律严肃的生活中，实在是不可多得的一个机会。总理说："先行后知，进化之初级也；先知后行，进化之盛轨也。"现在诸位都已有了相当的"行"的经验之后，再来求"知"，则所"知"的自然更为深切；诸位在这里求得了"新知"之后，再去见之于"行"，自然"行"得更为有效而远大。

总理在民国十年对桂林学界演说时，曾有几句遗训说："求学的意思便是求知识。因为世界上有很多的事情、很多的道理，都是我们不知道的。又因为世界的文明，要有知识才能够进步，有了知识，那个进步才快。我们人类是求文明进步的，所以人类便要求知识。"这几句遗训，自然是指示了我们求学的意义，指示了我们人类必须日日求知求进步的道理。但是目前民族国家已在生死存亡千钧一发之时，我们的求知，不单是为了人类的文明进步，更急迫的，更主要的，还在救亡图存——抗日救国。

总理在遗嘱中说，奋斗四十年的目的，“在求中国之自由平等”。中国处于不自由不平等的原因，就是在帝国主义者所加予中国的束缚和侵略。其中最厉害最危险而与中国处于绝对对敌地位的就是日本帝国主义。这个后起的先天不足的日本帝国主义，完全是靠侵略中国起家的。1894 年的甲午战争，我国的赔款割地，树立了它的侵略基础；1915 年的“二十一条”，促进了它的发展；而 1931 年的“九一八”，已是日本帝国主义穷凶霸道到疯狂的地步了。它的最有力的代言人田中义一首相说：“欲并吞全中国，必先并吞东三省；欲统治全世界，必先统治全中国。”可以说是最无忌惮地表明了日本帝国主义的根本精神和政策。从甲午战争、“二十一条”以至“九一八”的一贯的事实，尤其是五年来各种方式的侵略事实，完全暴露了日本帝国主义的真正目的，实在是灭亡整个的中国。我们知道，东北四省的土地共有四百万方里（等于十二个江苏，十三个浙江，八个江西，三个半四川，三个日本本部），三千五百万人民（等于两个江西，一个半浙江，半个四川及日本本部的人口）。经济的资源尤为重要而丰富，一切轻重工业的材料可以说无不具备，尤以重工业的材料为重要，如铁矿储量占全国百分之七十八（约八万万吨）、煤占百分之二（约五十万万吨以上）、煤油代用品的油母页岩达五十万万吨，产量已占全国百分之九十五。以及大豆、杂粮、盐、牲畜、羊毛等等，都甚丰富，而为建设新中国所不可少的一部分。反之，日本帝国主义抢去了东四省后，又凭借东四省，向我华北、华南做更进一步的侵略。无论它侵略的方式，或是“断然处置”的军事行动，或是“共存共荣”的“经济提携”，而其中所表现给我们看的事实是：成立冀东政府，嗾使华北、华南的伪自治运动，增加驻兵，大规模走私，要求铁路及矿产的开发，成立“大元帝国”，发动对绥远的侵略等等，其目的显然非使全中国成为日本的殖民地、全中国人民非成为日本的奴隶不止的。所以，我们坚决地相信，为求中国的自由平等，为建设新中国，为我们不做亡国奴，都只有抗日民族革命战争，才是阻止日本帝国主义的唯一有效方法。抗日则生，不抗日则死，这里并没有可以犹豫的第三条路。

从我国政治、经济上说，抗日战争是绝对必要而无可怀疑的事。但是我们能抗日吗？抗日有胜利的把握么？古兵法云：“知己知彼，百战百胜；不知彼而知己，一胜一负；不知彼不知己，每战必败。”现在我们来对日本及我们自己做一番“知己知彼”的研究。

首先我们来观察日本在国际间的形势：

我们都知道日本在远东最大的敌人是美国和苏联。美国的上议院外交委员长彼得门公开地宣称和日本的开战是不可避免的；因日本的野心侵略已成为美国太平洋利益的破坏者。日、苏冲突的事实，更是每天报纸上都可以看见的。虽然美国大总理声明彼得门的谈话并不代表美国政府的政策，但这不过是官样文章而已。

过去在欧洲，法国是苏联的最大仇敌，但自德意志进兵莱茵以后，他们却联合起来成立法苏协定，以共同对付希特勒。这样一来，就减轻苏联在西欧的顾虑，可以集中力量以应付远东的事件，对日的态度也日趋强硬。

英国向来在明中暗中都是袒护日本的，但自日本实行倾销政策及积极南进政策以来，使英国也感到威胁，急谋对策，以保持其在远东既得的利益。李滋罗斯的来华，新加坡的筑港，澳洲的抵制日货，都是这一政策的表现。

在东欧方面，英国鉴于希特勒的野心勃勃，遂与苏联订立《英苏海军协定》，并贷款四千万镑予苏联，以巩固英苏邦交。

凡此种种，都表现出现在的国际形势又恢复了大战以前的局势，英、美、法、苏几个大国倾向联合起来，以与日、德、意相对抗。德国远在欧洲，呼应不易，所以目前的国际关系上，日本是异常孤立的，而处于不利的地位。

反之，我国的国际关系，自本年1月开始，转换到有利的形势。在过去，因为我国国势衰弱，列强谁也不愿和我们做个与国，更谈不到联盟。自德国出兵莱茵，日本在华北加紧侵略与大规模地实行走私以来，形势为之大变。不特法、苏等国都伸手要求与我们联合，就是英、美各国，也都对我们表示同情，这是于我们非常有利的。

其次，我们再看看日本国内的情形：日本的优点是军备的充实锐利。但其原料如铁、煤油、棉花、橡皮等，几乎完全依赖于国外的输入；同时，工业生产品又大半依赖于国外市场的销售。日本由侵略中国而发达起来的产业，完全垄断在十个资本家的手中，如三井、三菱、住友、安田等；数百万的工人，则在极端痛苦的生活中挣扎着。另一方面，几千万的农民仍在地主的剥削之下过着非人的生活；农村负债达五十万万元之巨，农民全部的生产品尚不足以还债。

我有几个朋友在日本读书，时常有信来。最近他们实地到北海道去考察农村情形。有一个朋友在旅途当中给我来了一封信，他说有一天从一个小镇市上经过，看见十几个二三十岁的乡下青年，围着抢客人扔在地上的西瓜皮吃。这种情形，在中国几岁的小孩子或许有的，二三十岁的人绝对不会干的。由此足见日本农村贫困情形的一般了。

和农村情形对比的，是日本资本家的穷极奢侈。他们宴一次客，鲜花费就花了五十万；碗口大的蝴蝶在客厅里到处飞翔，这一笔费〔用〕又花了好多万。所以说，日本社会的贫富悬殊较之中国社会，实在大过千百倍！这是它很大的弱点。

再从政治方面看，日本的军部和政党是冲突的；陆军和海军又未能完全一致；而陆军内部又有统治派、元老派、稳健派、少壮派的分别，意见分歧，纠纷迭起。“二二六”事变，日本的大将死难六员，充分表现出日本国内政治的不安定，随时都有爆发革命的危险。

因为农村的破产，劳苦大众的生活日益恶化——日本士兵多来自田间，目睹身受，遂使其战斗意志不能坚定。这种种冲突矛盾，都是日本帝国主义致命的弱点。

我们知道了日本在国际及国内情形以后，再来看看我们国家里面的情形，做一个缜密的检讨。

我们毫不掩饰地说，我们的飞机大炮，是赶不上日本的精良与众多。有些人就以此为口实，作为我们不能抗日的理由。殊不知现代的战争固有赖军械之优劣，而最后决定的力量，还在于人民的抗战精神。只要全国人民能万众一心，中华民族的复兴，一定是有把握的。战前的德意志，其军备之精巧，世界无与伦比，但终于失败；土耳其为有名的远东病夫，但其人民能万众一心，坚强不屈地奋斗，终于得到最后的胜利。这些都是我们最好的榜样。

我国近年以来逐渐统一，而法币政策的完成，更给日本以有力的打击，实在是最值得提出来向大家报告的事情。

当我们实行改革法币之初，日本帝国主义就多方破坏，大声疾呼地说，“不出两个礼拜，非失败不可”。及至过了两个礼拜，日本帝国主义又在诅咒说："三个月以后，中国的法币政策一定要失败。"但是我们的法币却日趋巩固，日本无可奈何，便又在强词巧辩地说："中国法币政策早晚是要失败的。"

这种法币政策太重要了。我们有了法币，便可把全国的金银集中起来，购买一切军用品，准备抗日之用。在法币政策没有完成以前，我们是什么事也办不到的。

再一个要向大家说的，就是华北的事情。华北自冀察政委会成立以来，对日态度渐趋强硬。如塘沽日军自行登岸，为驻军开枪击退；丰台失马事件，二十九军的马跑到日本兵营，日本派军官交涉，即为驻军营长扣留，非日本交还马匹，绝不释放日本军官；又如天津市政府前开枪打死日本特务队队员，结果虽屡次交涉，但以冀察政委会态度之强硬，日本亦无可如何。日本向来是得寸进尺，但是我们的态度果真强硬起来，它也就不敢招招进迫了。

诸位同志，我们看清中日情势之后，我们只要发扬民族意识，统一和集中人民的抗敌力量，在抗日战争中利用我们的优点（如地域的辽阔，民族精神的发扬，士兵的愤怒，国际的同情援助，日本国内的不安，等等），以克服我们的弱点（如军备的窳劣，工业的落后……），我们相信最后的胜利是属于我们的。

诸位同志，我们必须抱定抗日的决心，抱定最后胜利的信仰，把我们的精力集中起来，来争取抗日战争的胜利。我们的最后一滴血，都要准备在抗日战场上去流，这就是诸位在这里求学的目的和责任，也就是我最热切的希望。

最后，我再对大家贡献一点意见：

中国的学生在国外求学的，一般地说起来，无论德育、体育、智育都不劣于外国人，但是一等到在社会上去做事，中国人便远不及外国人。推其原因，便是中国人缺乏群育。单一个人的时候，中国人和外国人是不分上下的，但是到了三个人以上便完全不同了。外国人是人愈多事情愈办得好，中国人是人愈多事情越办不成。原因便是缺乏群育。所以我特别提出，希望大家加以注意，只有群育发达，万众一心，中华民族才有复兴的希望。

从奋斗中去求生路

1937 年 1 月

诸位官长，诸位同学：

在今天和诸位见面的时候，让我想起了五年前光荣的抗日的“一·二八”淞沪战争。

参加“一·二八”的英勇战士们，用他们的血肉和敌人做了三十三天的拼命斗争。他们打碎了敌人四小时占领上海的美梦，使敌人不得不四易主将，损失了上万的所谓“帝国的皇军”；他们证明了中华民国有充分的自卫力量，抗日战争是应该得到光荣的胜利的。

但是“一·二八”的战争，终于因为受到中途的挫折而失败了。五年来，热河的丧失，《塘沽协定》的签字，冀东伪自治政府的成立，察北六县的变相沦陷……我们的国难又深重了不知多少倍！现在民族国家已经临到最后的关头，若再不能从抗战的路途中去找寻解放民族国家的道路，那么就只有灭亡了。

幸好五年来惨痛的经验，使得全国上下都认识了一个重要的教训，就是国内任何一种意见的不同，都可以讨论、商量、调解，一切可能的一点一滴的抗日力量，都要精诚地互相团结起来，不给敌人半点可乘的机会。这种教训的影响，在去年夏天的两广事件中，去年年尾的西安事变中，和全国对绥远战争之热烈的援助中，都可以看得非常清楚。

而且五年来列强对中国的认识比以前是日加正确，对中国的同情也比以前更加具体。譬如，在五年以前美国只能够空喊着对中国同情，而不能有实际的援助；英国时时想牺牲中国和日本妥协，来保持它在中国所既得的利益；法国对日本在远东的侵略行动装作不闻不问，把解放远东问题的责任推到国联身上去。就是苏联，也因为忙于自己的经济建设，无暇援助受压迫的中国。一直到最近一两年来，由于敌人进攻的毫无止境，由于我们对敌人的进攻已开始加以抵抗，列强对于我们也才渐有善意的评论和实际的援助。美国总统罗斯福在战胜兰顿得以连任之后，就召集“泛美和平会议”，企图团结南北美洲，准备对远东日本的疯狂举动加以实力的制裁。英国则自前年冬天以来，便对中国实行经济的援助；对于日本在华的许多阴谋不惜逐一加以破坏。法国虽然到现在在远东也还不能有什么实际的行动，但是在舆论上也已经把日本当作一个侵略的国家而加以非难。至于苏联的第二个五年计划次第完成，西伯利亚军备已经完全充实的现在，对于中国的统一抗日战争，也已经不仅只在舆论上加以同情，而是能给我们以实际的援助了。

所以在民国二十六年的开头，我们看见国内之日趋于团结抗日，国际对我之日趋于同情与援助，我们在今天就要立下决心，这关系重要的民国二十六年，我们千万不要让它空过。要知道，敌人是在天天找机会挑拨离间，要使我们国内自己发生战争，它好收渔人之利。我们若不能在民国二十六年给敌人一个大打击，那么，我们国内的团结将不会稳固，必定会因为对敌缓进急进的分别，而使国内发生纠纷，错过了复兴民族的机会。而在国际上，假若我们今年不能把对敌强硬的态度发展下去，那么，列强对我们的同情和援助，也会中止，而恢复鄙视我们看不起我们的旧态度。从前，我有个朋友曹亚伯先生从欧洲回来，被人误认为日本人，他很不高兴地说："我们中国有四万万五千万同胞，你们为什么看不起中国人?"那个外国人回答他说："你们人多有什么用呢？夏天把一块肉放在院里，一两天就可以生长出几千几万蛆来，只要科学家倒上一杯杀虫药水，便通通死绝了。"所以，假若我们不能自己努力，错过这个自救的机会，那么，列强也无法帮助我们，又要把我们看成那些无用的蛆了。

那么，我们在今年开始有计划地收复我们的失地，我们一定有胜利的把握么？我可以确定地说一句，只要我们和敌人斗争，我们是一定会胜利的。不仅"一·二八"，长城战争，察哈尔同盟军收复多伦的战争，东北义勇军继续不断的战争，和最近绥东绥北剿灭敌伪的战争都证明了他们的必然胜利；就是一年来日本内政外交的种种失策与矛盾，也说明了日本的必然失败。

去年日本爆发了"二二六"事变，杀死了高桥财长、斋藤前首相等的事，是大家已经知道的了。这个事变不仅暴露了日本国内秩序的纷乱，和日本国家的无组织；而且自此事变以后，军阀对政治的干涉更加彻底；而一般国民对政府的不满意，也更加表现得明显。军阀木偶的广田内阁完全执行军部的意见，一方面通过了"万万日金"的军费预算，给日本国民增加了三万万元的租税的负担（过去三十年日本增加了租税四万万元，而"二二六事变"以后的马场财相，却一年增加了三万万元的租税）；一方面限制国民言论出版的自由，否定议会对政府的弹劾权。所以现在日本社会很是不安，国内的矛盾非常的厉害。

而在外交方面，广田内阁标榜着只要枪杆的自主积极的外交，结果是等于没有外交，引起全国的非难。最初发生"南进乎？北进乎？”的争论；继而发生要求政府树立外交国策的运动；最终因中国退还川越的备忘录与日德协定的缔结，使全国国民攻击政府的秘密外交。具体地说，在对华外交上，八次谈判没有什么结果，在华北压迫恐吓的政策，也不能奏效。对苏联的关系，年初有苏满、满蒙边境纠纷的交涉，年终又因日德同盟而将谈判就绪的渔业协定中止签字。对英关系，最初是伦敦海军会议日本的退出，继而是李滋罗斯到东京遭受日本官方人士的白眼，结果英日关系恶化，去年6、7月英国与苏联缔结商业借款协定与海军协定。至于对美国的外交，去年2月美国上院外交委员会委员长毕德门发表演说，攻击日本，同情中国。5月，美国购买中国白银五千万盎司，稳定中国的金融与财政，此外并增加日本棉织品输入美国的关税。只有在对德意外交上，算缔结了日德同盟和日意协定。而德国在中国的贸易，仅次于美，居第二位，日本反降至第三位，所以引起日本一般人对政府外交的攻击。至于日意协定，日本承认了意并阿比西尼亚（即埃塞俄比亚），只换来了在阿比西尼亚经济利益的保持，站在日本帝国主义的立场上看起来，连承认满洲国的条件都没有实现，也不能不认为是一种失败。总之，日本除与德意比较接近，但仍各怀鬼胎，不能亲密合作外，对其他国家，可以说是完全站在孤立的地位的。

在日本内政外交都陷于失败的时候，我们和敌人战争，焉有不胜利的道理？而且我们和敌人的战争支持越久，敌人内部的危机也就越加厉害，越加深刻。只要看我们去年对日外交稍表强硬，绥远战争才初步胜利，而日本政府已大受攻击。这几天诸位都在报纸上看见，说日本议会最近重开，因为各议员对广田的质问，致使广田的施政演说未能终场而宣告延会，开日本议会史上未有之先例，这件事情清清楚楚地证明了，我们对敌人的侵略决不能忍耐，忍耐就是自找灭亡。我们只有用战争来回答敌人的侵略，只有战争可以促使日本自己的崩溃，而带给我们伟大的胜利。在民国二十六年的开头，是我们复兴民族、复兴国家的好机会。我们全体官长、全体同学，都要把这个意思深刻地认识。

那么，在民国二十六年，我们军人应该尽些什么任务呢？我们应该怎样去尽我们救国的责任呢？我现在简单地提出三点来，请大家注意研究、讨论。

第一，我们今年要把收复失地的计划建立起来，至少要完成收复冀东和察北六县的工作。

第二，我们今年要继续去年对内和平的良好办法。只要不是汉奸，只要不是阻碍我们抗敌的力量，便都可以团结起来，共同对外。任何挑拨自己战争的主张和计划，我们都要认为这是于敌人有利的而加以反对。

第三，对于日德联合起来对我们的压迫，我们军人誓以武力做政府的后盾，做外交的后援。

国家的生死存亡已经到了最后关头，我们要从奋斗中去求生路，不能忍耐，不能苟且偷生，去等待着死亡。我们大家起来，共同努力吧！

邵力子

(1882—1967)

生平简介

邵力子（1882—1967），原名邵景泰，字仲辉，号凤寿，浙江绍兴人。政治家、教育家。复旦大学杰出校友。中国共产党发起人之一。1906 年留学日本，加入同盟会。1907 年春回国，与于右任等一起创办《神州日报》，宣传反清思想。1916 年 1 月与叶楚伧在上海创办《民国日报》，任经理。1919 年 10 月加入中国国民党。1921 年加入上海共产主义小组，同年加入中国共产党。1922 年 10 月与于右任等筹办国共两党共同创办之上海大学，历任副校长、代理校长。1925 年任黄埔军校秘书长、政治部主任。1926 年退出中国共产党。1927 年后任国民党司令部秘书长、中国公学校长、国民党甘肃省政府主席、陕西省政府主席、国民党中宣部部长。抗日战争全面爆发后，任国际反侵略同盟中国分会副主席，国民外交学会会长，中苏文化协会副主席，中华全国文化界抗战协会理事，国民党政府驻苏大使，国民参政会、宪法促进委员会秘书长。1945 年作为国民党代表参加重庆谈判，对促进签订《双十协定》起了积极作用。1949 年国民党政府拒绝签订和平协定后，脱离国民党政府。新中国成立后留驻大陆，任多届全国人大常委、全国政协常委、民革常委。同时在全国文联、华侨事务委员会、中国人民外交学会、中苏友好协会、世界和平理事会任各种重要职务。1967 年 12 月 25 日在北京病逝。

时代潮流

1924 年 6 月

欲顺应时代潮流者，必须有历尽艰苦备受疑谤而不辞的精神。我这句话或者有人要怀疑，以为既已顺应时代潮流，那便应如顺水推舟，无往不利，功成名遂，众论咸归，还有什么艰苦和疑谤呢？不知就顺应时代潮流最后的结果而讲，固然应当如此；但在正进行的程途中，尤其在开始进行的时候，便必然遇着种种艰苦，而且疑谤之来，也绝无从避免。明明是一条进化的轨道，但前进尚有许多荆棘。你要举步前进，爱你的必牵裾曳袂，说这条路是很危险的，走不得的，还是走旧路的好；仇你的更要说你别有野心，率众人而共入歧途。由专制而立宪，由君主而共和，在今日看来，是最顺应时代潮流的一件事了；然而无论在哪一国里，首倡这种运动的人，多是与牢狱为缘，甚至牺牲生命，暴徒乱党的头衔更是推辞不掉。时代潮流是永远前进的，所以在每一个时代，总有预察潮流所趋的人，而以反抗此因袭的社会为顺应潮流的手段，“乱党”之后，又有“激党”，理正在此。

提高妇女地位，实行男女平等①

1924 年 12 月

各位女士，各位男宾：

鄙人今天代表上海国民会议促成会到这里来说话，很觉荣幸。国民会议本来可以不分男女，因为国民会议的意义没有两样。照同样道理来说，中华民国最好没有国民会议促成会，假使国民已得了政权，何必还要国民自己促成会议呢？可是中国有特别的情形，中国名为独立国，中国人实是奴隶，尤其一般的平民，所以有国民会议促成会。中华民国，到于今十三年了，起初无论男子、妇女，都很为国努力，但是在女子努力的时候，受男子无耻的嘲笑很厉害，所以从此多数昏沉的女子，通通不敢继续地奋斗了。我国人民受两重压迫，我国女子除男子所受的以外，还要受旧礼教压迫。所以中国国民党在其党纲上明白地规定，在社会上、教育上要实行男女平等。这次国民会议，国民党总理孙中山先生一定要把这个党纲作为议案提出，所以一定能容许妇女参加。可是他所规定的组织国民会议的九团体中间，是有妇女

① 本文是邵力子在上海女界国民会议促成会成立大会上的演讲。

的，何必还要组织独立的妇女参加呢？这又是因为中国妇女有特别的情形，例如江苏女教育家很多，而江苏的省教育会议没有女会员，所以妇女有单独组织的必要。上海国民会议促成会，在使国民会议成功，使中国人民脱出双重压迫，并使女界脱出本身的痛苦！今天开会的事很多，不能多说，只把上海国民会议促成会对于上海女界国民会议促成会的意见代表说明。

怎样开发西北[1]

从前英国大文豪萧伯纳在上海对去访问的记者说，文化的定义是在为人类谋幸福，利用大自然，控制自然，今天拿来用在开发西北上也很适当。要使西北有文化，必要利用控制西北的自然。有种极无聊的人说："开发西北，是为自己发财。"我们要为西北人之幸福而开发西北，不是为中央或其他省的人而开发西北。怎样开发呢？就是怎样利用自然、控制自然的问题。讲到这一点，普通人有两种观念。一则以为西北遍地都是富源，只要大家肯去，就有办法。中国文化本来发源于西北，后来渐衰而移向东南，是受政治的影响，与西北本身无关。一则是相反的观念，以为西北是没有办法的，中国民族在历史上有许多时期受异族压迫而南迁，若东晋，若南宋。当他们驱逐了异族之后，何不再回到发源地呢？历史大势观察，民族南迁确为自然之趋势，南迁后而不北归，这就是自然趋势的明证。然则，这两种观念孰是孰非呢？要说到西北马上有办法，未免言之过甚；若说不容易开发，也不尽然。现在苏俄五年计划成功，他们的眼目中没有"不能"两个字。

---

① 本文是邵力子在西北协会发表的演讲，具体时间不详。

西北的实情究竟是些什么？兄弟到过甘肃，拿甘肃来讲吧，一般情形，不是好的地方。甘肃的土壤是好的，瓜果长得都很肥大，米类收获也很丰富。它的坏处是三年一大旱。天一旱就没有办法了。兄弟去年到甘省，恰好雨水较多，但是隔了几天，又有好多县来报水灾。它的情形是山洪暴发，冲坏了桥梁道。致灾之源在于山上无树，又没有堤防，猝然发作，无可收拾。有时更下冰雹，一阵可以打毁一大块田地。所以去年下半季旱灾免了，而雹灾降临。此外还有一种大的灾害，那就是地震了，往往压毙人畜。在报纸上，诸君是常可以见到的。最坏的地方，乃是交通不便。这是研究开发西北问题的人士应当特别注意的。举个实例来讲，甘肃虽有旱灾，但是一年的丰收可以有三年的吃用。可惜因为交通不便，丰收的尽管堆积如山，灾旱的反倒路有饿殍。自从鸦片烟解禁以来，老百姓多喜种烟。烟的面积小而重量轻，不若粮之不易转运。我们南方人去不外农垦与开矿，粮食运转不便，也是无办法的。

这样讲来，西北不容易开发吗？不是的。我是要诸君真实深刻地明白西北的真相，好知下手的门径，觉悟开发西北不是唱高调可以奏功的，马上从新下大决心。没有决心的人，可以不做开发西北的梦想了。这种情形，要不给他知道，他贸贸然跑了去，结果一定会失望。现在我要提出来讲的是怎样利用自然与控制自然，不外两种方法：运用科学与集中经济力量。这两种方法实施的先决问题，要推交通了。把陇海铁路延长，西安段最近可以完成，从西安方至兰州，再至塔城，便成了问题。假使能够继续修筑下去，至少还须几年才能完成。它的补救方法是兴办汽车，筑轻便铁路，或者改良旧式交通工具。交通工具改良一分，就是多一点希望，多一点办法。固然不是说等待交通问题解决了方去开发，我不过是要请大家特别注意这一点。陇海路的完成，中央本已屡有决议，但因为种种困难，暂时还难实现。一般人心中，多存有完成此路是不可能的，无利益的。然而美国的开发西部美洲，俄国的开发西伯利亚，都是很好的教训。除交通外，紧要的是水利。王君曾有一种计划，是引洮河之水入渭河，则渭河流域皆可借之灌田。但是要解决此问题，在交通问题没有解决之前，也是要事倍功半的。若江苏等交通便利的省份，小的抽水机可以随意转运，甘肃则就困难了。前几天报上载着兄弟买了一架水机，其实是前省府没付清价钱，不得不偿清了去取。因为交通困难，这架二吨半的机器，从西安到兰州简直没有办法。况且用它所需的石油，在此地每百斤仅五元，要运至甘肃，至少要耗去十元运费，算起来百斤石油要费十五元了。所以交通问题没有解决前，不论军事、财力，要能充分进入西北都是很困难的。

东北的开发，是内地人的力量。内地人何以喜欢到东北去，就是因为交通便利，有许多纵横的铁路。西北则不然，从西安到平凉已不安稳，至兰州则时有土匪。铁路未完成时，沿路的安全保障是很困难。中国的财富，多集中于上海，放在金库里不用，这是他们眼光短浅的地方。我在兰州时，曾劝上海银行到兰州设分行，并许诺无论政府怎样困难，决不向他们借钱。不但我如此，若有大的银行团，在任何军阀，也不敢胡为的。所以我希望东南的企业家，也像东北的义勇军前仆后继地冲上前去，将来的成功是可预期的。我们深信总理所谓从人口繁密到人口疏稀的地方的铁路，是极有利益的。如果铁路须国营，则资本家企业家尽可营较小的事业。

此外兄弟还有一点感觉，就是现在是救济西北的时候，不是开发西北的时候。此外更有重大的危险。政治本来是从人民的土地生出来的，现在的西北，有土地而无人民来种植，人民都哪里去了？都逃亡了。以陕西讲，关中道数县无烟火，甘肃除去特殊的数县外也有此种现象，大体上都是趋向这条路。十七、八、九三年大旱死了百余万，这是“逃荒”。现在更有“逃款”。他们辛苦一年，把应纳的地粮缴了后，当地的驻军还要“派款”，一级一级地派下去。如此村摊派五百元，逾期不交则拿人，绑起来打，用火烤。碰见军队如此，碰见胡匪更厉害了。这么一来，渐渐地都逃走了。这就是“逃款”。乡村里无衣穿的人太多了。有一家七八口，仅有一套衣服，谁到外面去谁拿起来穿。十几岁的女孩子，往往裸着身体。有时土匪来了，她们裸体跑到山里去躲避。过了几天，竟至冻死在山谷里。诸位试想，这种现象是不是需要救济？空谈开发有效吗？

总之，开发西北，必先救济西北的百姓。怎样能使他们安居在家里，不再转死于沟壑，然后再进而为西北谋幸福？开发的方法，是在利用科学方法与集中经济力量。而先决的问题，则在交通便利。便利交通以后，一切问题都能迎刃而解了。

蔡 锷
(1882—1916)

生平简介

蔡锷（1882—1916），原名艮寅，字松坡，湖南省宝庆府（今邵阳市）人。1898年考入长沙时务学堂，深受梁启超的赏识。1899年赴日本读书。1900年随湖南革命者唐才常回国，准备参加武装起义，事败后又回日本。为表示拿起武器从事革命的决心，改名为“锷”。先后入日本陆军成城、士官两校学习，曾参加组织留学生的“拒俄义勇队”。1904年回国后从事军事教育工作，先后在湖南、广西、云南等省训练新军。1911年初调云南，任新军第十九镇第三十七协（相当于旅）协统。同年与革命党人李根源在昆明领导新军，响应武昌起义，被推为临时革命总司令。成立云南军政府后任都督。1913年被袁世凯调到北京，任命为陆军部编译处副总裁、参政院参政。1915年袁世凯酝酿称帝，他伪装意志消沉，混迹于妓院，麻痹袁世凯，随后摆脱袁的特务的监视，辗转回到云南。同年12月25日和云南将军唐继尧等宣布云南独立，组织护国军发动讨袁的护国战争，任护国军第一军总司令。1916年春率部入川。袁世凯死后，北京政府委任他为“盖武将军”，并出任四川都督兼民政长。后因喉疾赴日本福冈大学医院治疗，1916年8月不治而逝。有《蔡松坡先生遗集》传世。

在统一共和党云南支部会上的演讲

1912 年 5 月

清廷失政，虑人民之起而干预也，乃百端钳制，使不得伸。人民亦久困于专制压力之下，不复敢仰首伸眉，论列是非。于是，人民参政思想愈薄，则爱国之心愈微，险象环生，危症百出。仁人志士，不忍以数千年之祖国与亿万姓之同胞，沦于异族，坐以待毙也，养精蓄势，奔走呼号，以求一当，于是有去岁震撼天地之大革命出。

今革命告成，共和成立矣。第半年以来，海内俶扰，民生穷蹙。军队为莠民麇集之薮，兵嚣将窳，南北一辙，焚劫叛变之惨剧，层出叠见。加以人重私图，党见分歧，省界加严，争权夺利，置国家问题于不顾，而内政之纷纭，人心之浮动，殆不可以终日。识者惄焉忧之，亟思联结同志，标帜政纲，以收声应气求之效，用以挽回国难，奠安民生。近月以来，各省政治结社，日见发达，至有数十起之多。姑无论其主义如何，方针是否稳健，揆其初意，要皆以国利民福为宗旨。海内健者，果能归纳吸收，使之蔚为中华之二三大政党，未始非民国前途之福。鄙人月前曾致〔电〕黎、熊、谭、张诸公，请其将民社、联合会合而为一，而免分歧。嗣接函电，深表赞同；唯联合一层，此时尚非其时。并经派肖君前赴腹省联络一切，现已得多数同志之赞成，于四月朔日在上海开本党成立大会，合国民共进会、政治谈话会、共和统一党三者而为一，名曰统一共和党。溯本党之起因，系根据于东京留学同志之旧团体；归国以来，复分途联络，同志极众。首创之际，取格甚严，非学识品性为同人所共许者，拒不收引。故党基极固，而分子极为健全。现已组为政党，尤宜鉴世界之趋势，察本国之情形，务择最有利于国计民生，最稳健之政策而采用之。陈义不求过高，着眼务求远大。以愚所见：本党主义，务以国家为前提。亡国之痛，远则如犹太、波兰、印度、埃及，近则如安南、朝鲜，诸君当能知之，抑为我万众同胞所刿心怵目者。而弱国之奇耻特辱，苦况惨状，即鄙人与在座诸君，或多身历其境，或受间接之影响。即四万万同胞，何莫不然。天赋人权之说，只能有效于强国之人民，吾侪焉得而享受之？故欲谋人民之自由，须先谋国家之自由；欲谋个人之平等，须先谋国家之平等。国权为拥护人权之保障。故吾党主义，勿徒骛共和之虚名；长国民凌嚣无秩序之风，反令国家衰弱也（近日平等自由之义每多误解）。苟国家能跻于强盛之林，得与各大国齐驱并驾，虽牺牲一部〔分〕之利益，忍受暂时之苦痛，亦所非恤。国权大张，何患人权之不伸！默察世界潮流，国家主义之膨胀发达，几有一日千里之势。即共和先进国如美国者，早已变易其夙昔所抱之孟罗主义，孜孜唯对外之是谋矣。在满清未覆以前，国家维持之责任，尚可委卸于政府。民国既成立，以从前此项责任应分负于四万万同胞个人之双肩。“天下兴亡，匹夫有责”一语，在今日尤为适切。

其次，在务期本党内部之巩固。欲图党事之发达，政见之贯彻，须内部巩固，乃能有济；欲求内部之巩固，端在党内分子之健全。故本党党员，与其骛多数之虚名，广为征引，致涉于滥，不如定格稍严。取具有常识，足以为齐民之表率者而结合之，庶足以举国利民福之实而罔滋流弊，即党事亦不患无含弘光大之期矣。政党者，结合关于政治上抱同一之主义而进行者也。故其目的，以国家之乐利、人民之幸福为旨归，个人之利益不计焉。其有思借党势以谋私利，图个人之侥幸，或借党援以为倾陷排挤之资者，是大误也。共和国民，人人生息于自由平等之域，优游于法律围范之中，尊重人格，严守秩序，是其天职，不能有一毫私意夹杂于中。即对于他党，纵主义不同，趋向互异，可以言竞争，而不可以施排挤。尤不可以异党之故，伤及个人相互之友爱。此则私心所以自励，而期盼于吾党诸君者也。

最后，尚有一言陈告于诸君之前者：锷本武人，谬预政事，今复承同人敦劝，预闻党务，才辁德薄，曷克胜任。而军人投身政党，流弊滋多。鄙人现在虽未直接统兵，第部曲因此而生误解，以为隶戎籍者均得蹑足党社，与闻政治，则贻误无穷。此中理由，前已陈述于同人之前。君等乃以值此政党萌芽之候，非鄙人等出而提倡赞助，难观厥成而言，是以腼然任之。一俟党务渐有头绪，务恳遂我初心，脱离党事，俾得一意戎行。是为至幸。

在蒙自军政警各界欢迎会上的演讲①

1912 年 8 月

鄙人今日辱承军、政、警三界欢迎，并进以祝词，奖饰溢量。自问无以副诸君之厚望，殊增惶悚。鄙人此次巡阅南防，不能不经过蒙自一次者，诚以今日之蒙自，非前此闭关时代之蒙自所可同日语。考诸蒙自之隶版图，始于元宪宗七年立蒙自千户；至元十三年改为县，隶临安路。唐、宋以前尚荒裔无稽。自前清辟为商埠，株守一隅之蒙自，一变而为商业竞争之蒙自。自滇越铁道告成，商业竞争之蒙自，再进而为国防重要之蒙自。故蒙自之安危，直接为一省之关系，间接则一国之关系也。去岁反正，虽小有变动，如天之福，不日敉平，尚未贻误大局。此皆军、政、警竭力弹压之功，用能保卫安宁，维持秩序。此后内政、外交，尤当力求进步，勿仅以回复原状为能事已毕。此则鄙人所希望于诸君者也。抑更有进者：吾辈之实行革命，宁牺牲巨万之生命、财产而不顾者，原为改良腐败之政府计，故破坏为建设而破坏也。破坏而不能建设，不第不为功之首，且为罪之魁矣。虽

---

① 本文及后文是辛亥云南光复后，蔡锷任云南军都督，8 月南巡时，在云南各界欢迎会上的两篇重要演讲。

然，破坏固易言之，建设则难言矣。譬之改造房宇，焚毁推倒，一举手可以奏功；至大启尔宇，始而庀木，继而鸠工，非惨淡经营，永无大厦落成之日。溯自武汉倡义，以至南北政府统一之日，相距仅数阅月，同时达政治、种族革命之两目的。视美之血战六年，法之流血八十年所仅得之者，吾国则以最短之时间，最廉之代价购之，此足为破坏最易之征。德意志联邦毕士麦竭毕生之心力，始克统一完成。加富尔之于意大利，其力任巨艰，与毕士麦同，而迭经波折，不获永其天年，至今国势犹未达圆满之域。即以吾国而论，自政府统一而后，南北隔阂，意见未消，政党勃兴，竞争剧烈。内则兵变频闻，外则风云日亟。内阁迭更，国务院如暂住之大旅馆；舆论未张，参议院如新制之留声器。此皆民国前途之悲观，亦建设维艰之一斑也。然吾辈既任破坏于前，自当力任建设于后。进行之法，唯永矢忠贞，和衷共济而已。夫共和以人民为主体，譬之一家之主人翁也。为公家服务者，则为公仆。仆从而负主人之委托，不克称职，是为不忠。从而家道衰微，不陷主人翁于流离失所之惨境不止，仆之罪不胜诛矣。公仆之对于国家，何以异是？和衷共济，为共和国之真精神，譬之肩舆然，前者唱许，后者唱邪，则进步自促，无中途竭蹶之虞。廉、蔺相下，则秦兵不前；洪、杨交哄，而大业以坠。自古已然，于今为烈。区区之私，愿与诸君共勉之！

在蒙自绅商学三界欢迎会上的演讲

1912 年 8 月

今日承绅、商、学三界欢迎，使鄙人得与父老子弟相见于一堂，不可无一言以答诸君之雅意，借以展鄙人之愚忱。诸君亦知吾辈倡言改革，必推倒专制，建设共和，其目的之所在乎？缘专制国以君主为神圣不可侵犯，土地视为私产，人民视为奴隶。故挥霍财产，有如泥沙；草菅人命，有如牛马；恣睢暴戾，听其所为，人民不得而干涉之、抵抗之。以此，人民之无国家观念，理乱置之不闻。而对国家负责任者，厥唯君主一人。下此仅有少数臣工，仰其鼻息，代君主而负担之。此种国家，在锁港时代，犹堪闭关自雄。一旦与欧美文明国遇，如摧枯拉朽，岌岌不能终日。前清晚季所以削弱而不能自存者，职是故也。共和国则不然，人民即一国之主体，凡制定宪法，推举总统，选任议员，皆出自一班人民之公意。故人民对于国家，立于至高无上之地位，即对于国家负无穷之义务，担无限之责任。上下一体，万众一心，乃能共济艰难，匡扶大局。美、法今日所以擅雄世界，职此之由。吾国自去秋武汉倡义以来，不数月而掀翻专制，得与美、法列强相见于 20 世纪之大舞台，何幸如之！他日制定宪法，自当采其所长，弃其所短，以收折中尽善之益。至于内力之充实，须视人民自治之能力以为衡。如美之中央政府，仅总揽外交、军政、用人诸大权，即总统之权限亦仅在乎此。各州之分政府，号有特权，其实不过将关于集权之事，间接递之中央，其中坚而饶有势力者，则最下级之自治团体也。如教育、实业、交通以及卫生、慈善诸要政，皆地方自治团体负完全责任，而无事中央及各州分政府之过问，稍闻国政者所共知也。自治发达，则内力自然充实，然后可言对外。一旦国际有伤平和，取决武力，亦非难事。况事事展布于平日，即可以保武装之平和。如滇地多山，富于矿产，多方开采，货不弃地，外人自无从垂涎。交通不便，便广兴路政，使铁道、电车、马路次第发达，既可以戢列强铁道政策之野心，而已失之路矿权亦可徐图收回，作亡羊补牢之计。再进而推广学校，以谋教育之普及；改良警察，以保地方之安宁。岂第自治之能事已毕，即折冲御侮之宏谟，具于是矣。虽逼处强邻，夫何畏哉！孟子曰：“夫人必自侮，而后人侮之；国必自伐，而后人伐之。”又曰：“入则无法家拂士，出则无敌国外患者，国恒亡。”明训昭然，可深长思，愿与诸君共勉之！

个旧绅商学各界欢迎会答词

1912 年 9 月 8 日

鄙人南巡到个，今日承各界欢迎，得与诸君接洽，曷胜荣幸！际此盛会，不可无一言以为诸君勖。

溯自云南反正，继湘、鄂之后援，倡黔、粤之先声，西南大局视此为转移，影响民国至为伟大。但反正之初，本省则特为危险。缘滇省接壤强邻，前清时代已有朝不保夕之虞，一有不慎，动贻外人以口实而祸患随之，鄙人当日窃以为隐忧。乃义旗既树，如响斯应，风声所播，迎刃而解。对内则匕鬯不惊，对外则怀柔备至，苟非各界深明大义，曷克臻此？前此外人谓吾国人民无改造政府之能力，即吾国政界之稳健派，亦深以人民程度未齐，难倡革命。岂意武汉发难，各省靡然从风，不数月而掀翻专制，五族共和，遽开五千年未有之创局。此固专制时代各国所不及料，而吾国对于外人轻视之言，差堪一雪斯耻者矣。虽然，破坏既终，建设伊始，方针一错，登岸无望。勿以前此破坏之功为大可恃，勿以后此建设之业为遽可期。自南北统一以来，各省则兵变频仍，政党则竞争剧烈，兼以日俄联盟，瓜分将兆，蒙、藏离析，瓦解可忧。丁此危局，即众擎以举，一致进行，犹恐巨浪狂风之压迫，无出险之望。此鄙人对于民国前途甚抱杞忧，窃愿与诸君同舟共济，力挽时艰者也。抑更有进者，个旧自宋以前，犹沦荒裔，自锡矿发现以来，人争趋之，以此户口繁滋，商务殷盛，遂成吾国唯一著名之锡厂。前清光绪十一年，将双水同知移驻于此，诚以一省富源攸关，故较他属特为注重。鄙意此间锡矿，倘能竭力提倡，开采得法，每年所入当不止四五千万元。改良之法，若从根本着手，非从事教育不可。若建设一矿业学校，研究开采冶金等术，一便实地练习，二免借才异域。数年之后，当改旧观。为急则治标之计，亦宜渐变土法，广聘矿师，开采冶炼，均用机器。一资本家之力量不足，则合众资本家以谋之。如此则获利必厚，厂主无倒闭破产之虞，砂丁鲜沉沦地狱之苦。然后再筹畅销之路，从事路政，以铁道为主，以马路为辅。输出之品，滇越铁道公司不至垄断其利，价愈廉，则销路愈广。输入之品，源源接济，不至米珠薪桂。十年之后，所谓黄金世界者，殆无以易之矣。勉旃！

云南省议会开会祝词

1913 年 2 月 13 日

天相中国，汉祚复兴，泱泱亚东大陆，竟不数月间，而涌现庄严灿烂、硕大无朋之共和国家，与北美合众国遥相对峙。噫嘻，吾人何幸而得享此莫大之荣幸也！吾国既由专制而跻于共和，则立法机关之权责至重且巨，在国则曰国会，在省则曰省议会。今云南正式省议会成立，本都督兼民政长躬逢其盛，窃于忭颂之中，而怀有无穷之希望，请为诸君一言。

滇自反正以还，迄今已历年余。中间事变百出，深赖临时议会诸君群策群力，隐予维持，大局得以安定。然改革目的不在消极之保守，而在积极之进行。共和真相，不徒形式上之美观，要求乎精神上之建设。今试回溯此年余中，其政革者几何？建设者几何？窃以为未足以语于此也。夫所谓建设之事非他，亦曰财政、军政、民政、教育、实业荦荦数端而已。凡前此所悬而未决之问题，今将唯贵会诸君是赖。代表民意，发抒谠论，内体社会一般之要需，外应世界潮流之趋势，务尽其机关本能，以定吾滇适用之方策。裕我民生，恢我国权，固我滇疆，使金马碧鸡焜辉于寰宇，皆将于成立之始预卜之。本都督兼民政长忝握政权，责在执行，愿督饬僚属，振厉精神，与贵会连轨并进，冀收福国利民之功，绝隔阂拘牵之弊，想亦诸君子所共表同情者也。抑共和肇造，主体在民，立法在权，操之议会。顾善用之，则福祉可期；不善用之，则流弊滋大，远稽近察，足资警惕。今省议会者，固民选代表之所组织，亦即人民总意力之所结合。忘小己而谋大局，蠲意见而持公理，集人民之意思以为意思，合全省之喉舌为其喉舌。发一言也，而事理昭然，建一策也，而苍生蒙利，行见国命以相行而弥长，民生亦滋大而禔福，又岂一省一邑之幸！共和前途，胥有攸赖。本都督兼民政长窃愿与诸君子各尽厥职，以践斯言。

在进步党云南支部欢送会上的演讲

1913年10月5日

鄙人行将去滇矣，滇与鄙人感怀甚好。……今进步党诸君为鄙人开会送别，鄙人特为诸君进一言：夫共和国家不可无政党，政党与国家虽非直接关系，而间接之影响于国家者，关系最为重大。一年来，党争剧烈，牵动大局者已不一而足。然此亦必经之阶级，无足异者。进步党应世界之趋势，为中央所倚重，社会所欢迎，似已立于健全之地位矣。而鄙人犹有虑者，今之政界分为两派：一曰暴烈派，一曰官僚派。暴烈派以破坏为事，苟可以达其目的，即牺牲全国而不恤。然其进锐，则其退速，今已一落千丈矣，其剿绝易易也。所最难征伐者，官僚派耳。官僚派之臭味，其进也以渐，其退也实难，根深蒂固，欲图征伐，诚非易事。党中有暴烈派，则酿乱固不待言；党中有官僚派，势必至萎靡不振，一切进行，障碍滋多，所谓因循等于残暴也。进步党今后所应行做到之事，正须防止暴烈派，而洗涤官僚派。暴烈派之失败，虽以兵力为之，而进步党之鼓吹社会扶助政府者，其功亦诚不小。今后进步党之所虑，唯在官僚派耳，诸君尚其注意。

在北京国民大学欢迎会上的演讲

1913 年 11 月

今日世界有强国有弱国有亡国，其所以强所以弱所以亡者，大抵决于其国国民学问之程度。学问盛则国强，学问衰则国弱，无学问则国亡，此不易之理也。我国辛亥革命克奏成功，无非戊戌以后诸先烈志士自海外输入新知识新学问之结果。今者民国成立，破坏人才已无所用，而欲共谋建设，以致此新造之国家于强盛之域，则必别有待于建设之人才，此学问所以为今日之急务也。昔日本当开国之先，吉田松阴先生集徒讲学，讲席不过斗室，学生不过二十余人，而一时名流如西乡隆盛、伊藤博文、大隈重信等皆出其门，是实日本维新之大人物。迨开国事定，诸人者即从事造就建设之人才，而私立大学，一时称盛。其宏大者莫如大隈重信所创之早稻田大学。其初规模狭小，学生不过数十人。今则几及万人，卒业生遍于全国，而日本之人才不胜用矣。鄙人在滇，即闻国民大学之名誉，故被推为校董不敢辞，谨当协力维持，以副诸君之希望。望诸君潜心求学，相与有成，共致力于建设前途，奠我民国于最强国之地位。他日斯校即为东洋第二早稻田大学亦意中事。诸君责任岂不重乎！古人云：学然后知不足。欲他日临事无不足之虞，则今日之学问尤不可一息或懈，是又鄙人所希望于诸君者也。

在参政院第十五次常会上的演讲

1914 年 10 月 2 日

质问书简直系全体对于政府外交上之质问。要知国家外交，纯以军实为后盾，若无军实，则外交手段无论如何均归无效，此人人所知。但此次青岛之役，日本所持之态度，亦尽人所知，其无非欲施行其近二十年之大陆政策。盖日本原为岛国，非在大陆上活动，实难以展其野心。所谓其大陆政策，非在大陆上活动不可。质而言之，即吞并我中国之政策也。故第一次甲午之役，即占我台湾。至于辽东半岛虽已退出，其实系俄、法、德合力从其口中取出，忍气吞声至于今日。第二次则侵略南满。现南满虽仍为中国所有，实与日本之领土无异。现则为其施行大陆政策第三次之机会。其因在东三省不能大为活动，故趁此时机，借青岛问题与德开衅，占领胶济铁路，其目的所在，无非思于媾和条件中，提出取得津浦北段铁路之权。其目前虽视其兵力所到之区为中国本土，将来施行大陆政策之结果，恐以山东为第二之南满。此第一层可虑者。第二层，欧洲战事非一二年所能了结，德如破法，必转戈以相向。所以，日本赶于一年内，竭其全力从事于东方而为所欲为，以施行其二三十年来所抱定之大陆政策。苟日本有此两种情事，对于中国，试问我政府将何以自处？我中国向来立国方针，以及外交当局所持以为交邻之手段，莫非苟延残喘，或联甲国以制乙国，或联乙国以制甲国，使其互相牵掣。及今欧洲战事发生，均势之局已破，全不能致于东方，致东方舞台为日人所独占。现稍有余力者，唯美国一国而已。美国海军虽素称精强，较胜于日，然当日美战争时，曾有某军官列表比较谓：美之海军实倍于日，美军百余万吨，日军不过五十余万吨。但美国虽有如此之海军，必须以若干数驻于墨西哥，以若干数留备本国之保护，即将来能到东方者，约七八十余万。且须于东方取得有军港，否则，即不易于从事。但美国在东方本有菲律宾领地可以集合，其实该处亦无甚良好之军港。日本若乘其势力未达东方之前，以三十万兵来集中国亦已足矣。即令将来美之军力达到东方，而主客异形，劳师袭远，不战而疲。且美国为合众国，不若日本之统一，其人种杂糅，有所谓拉丁人种及红色人种等，故其爱国心亦不若日本之强，海军究能胜于日本，未敢操券。中国今日所希望者唯美一国，而美国在现时实不能为我中国外交上之援助。况罗斯福既退职，而威尔逊继任，从前政策一概更变，专讲保守主义，绝不敢轻举而来。中国处此时代，较庚子、甲午及光复之际，尤加十倍危险。如处今日之中国，欲谋国家之保存，外交既不可恃，唯有全仗己国。现所提之质问书，自是毫无疑义。至于军事、财政究竟如何筹备，万一日本以山东为第二之南满，施行其大陆政策，政府究竟如何对付？当此国家存亡危急之秋，非合全国之力以谋之不可，必须上下一心。或者政府对于现所质问之处，已有办法，实亦本院现所乐闻。至本席所提各意见，能否合并质问，尚请诸君讨论。

在成都绅界会上的讲话

1916 年 8 月

我自滇省起义，首及四川。不幸曹、张、李[①]诸军入川，致川省大受蹂躏。又不幸陈、周[②]交恶，复受种种影响。此次奉命督川，因病屡辞不获。继乃请病假。旋因各方面欢迎，不得不扶病到省。窃以四川土地之大，物产之富，远过日本，使我经营数年，不特可使川省大治，并能使四川一省为全局增莫大之势力。惜病久未愈，不能不暂时休养，拟即请假三月，到东瀛或沪上就医，所有军民事务暂交罗君佩金代行代拆。我历来办事倚为左右手者唯戴[③]、罗两君，戴君现在渝，早经中央任命他处要职，罗君已任为广西省长，经我再三挽留帮助一切。又四川现有之护国军甚多，若用上年贵州办法，恐过于操切，反生他事。罗君向来办事刚柔相济，收效必胜于我。川省有少数人说滇军抱侵略主义，川、滇非二国，不能言侵略。即以过去之事实论，滇省前往贵州平乱，事平仍交还贵州人即可见也。现滇军在川者约计两师，我要在川省办事，不得不暂时留驻川省，事毕立即撤回。

---

① 指曹锟、张敬尧、李长泰。

② 指陈宧、周骏。

③ 指戴戡。

马一浮
(1883—1967)

生平简介

马一浮（1883—1967），字一浮，号湛翁，别署蠲翁、蠲叟、蠲戏老人，浙江会稽（今浙江绍兴）人。国学家、书法家、篆刻家，近代新儒家学派的代表人物之一，与梁漱溟、熊十力合称"新儒学三圣人"，有"一代儒宗"之称。1899 年应科举乡试名列第一。1901 年与谢无量、马君武等人合办《翻译世界》杂志，时有"天下文章在马氏"之誉。1902 年妻子病逝，立志终身不娶。1903 年 6 月赴美国主办留学生监督公署中文文牍，后又赴德国和西班牙学习外语。1904 年东渡至日本学习日文。1911 年回国，支持孙中山领导的辛亥革命，常撰文宣传西方进步思想。辛亥革命后潜心研究学术，古代哲学、文学、佛学，无不造诣精深，又精于书法，合章草、汉隶于一体，自成一家。蔡元培曾邀其赴北京大学任教，蒋介石许以官职，均不应命。抗日战争全面爆发后，应竺可桢聘请，任浙江大学教授，又去江西、广西讲学。1939 年夏在四川乐山创办"复性书院"，任院长兼主讲。1953 年任浙江文史研究馆馆长。1964 年任中央文史研究馆副馆长。1967 年 6 月 2 日在杭州病逝。

对浙江大学毕业生的讲话

1938 年

诸君学业终了，便是事业开始。将来行其所学，对于国家社会，能尽其在己之责任，这是学校全体师友所期望的。某以校长之属，便向诸君贡献一言，以相勉励。写得一篇小文奉赠，不用赘言。如诸君不以老生常谈为厌，其间所引《大戴礼》孔子之言“知不务多，而务审其所知。行不务多，而务审其所由。言不务多，而务审其所谓”这三句话的意义，今略为申说，或者于诸君不是无益的。

国家生命所系，实系于文化。而文化根本，则在思想。从闻见得来的是知识；由自己体究，能将各种知识融会贯通，成立一个体系，名为思想。孔子所谓知，即是指此思想体系而言。人生的内部是思想，其发现于外的便是言行。故孔子先说知，后说言行。知是体，言行是用也。依今时语，便云思想、行为、言论。思想之涵养愈深厚愈充实，则其表现出来的行为、言论愈光大，不是空虚贫乏。今时国人，皆感觉物质之贫乏，而思求进。至于思想之贫乏，须求其充实，似乎尚少注意。关于此点，今略为分疏。孔子说不务多而务审者，多是指杂乱而无统系，审则辨别分明之称。所知，是思想主要点。所由，是行为所从出的动机。所谓，是言论之意义。此本通三世说，今为易于明了，故不妨以三世分说之。吾人对于过去事实，贵在记忆判断，是纯属于知。对于现在，不仅判断，却要据自己判断去实行，故属于行的多。对于未来，所负责任较重，乃是本于自己所知所行，以为后来做先导，是属于言的较多。故学者须具有三种力量。

一、认识过去。历史之演变，只是心理之表现。因为万事皆根于心，其动机往往始于一二人，其后遂成为风俗。换言之，即成为社会一般意识。故一人之谬误，可以造成举世之谬误。反之，一人思想正确，亦可影响到群众思想，使皆归于正确。吾人观察过去之事实，显然是如此。所以要审其所知，就是思想要正确，不可陷于谬误。

二、判别现在。勿重视现实。近来有一种流行语，名为现实主义。其实，即是乡原之典型。乡原之人生哲学曰："生斯世也，为斯世也，善斯可矣。"他只是人云亦云，于现在事实，盲目地予以承认，更不加以辨别。此种人是无思想的。其唯一心理，就是崇拜势力，势力高于一切，遂便正义公理无复存在。于是言正义公理者，便成为理想主义。若人类良知未泯，正义公理终不可亡。不为何等势力所屈服，则必自不承认现实主义，而努力于理想主义始。因现实主义即是势力主义，而理想主义乃理性主义也。所以要审其所由，就是行为要从理性出发，判断是非，不稍假借，不依违两可，方有刚明气分，不堕柔暗。宁可被人目为理想主义，不可一味承认现实，为势力所屈。尤其是在现时，吾国家民族，方在被侵略中，彼侵略国者，正是一种现实势力。须知势力是一时的，有尽的；正义公理是永久的，是必申的。吾人在此时，尤须具此坚强之信念，以为行为之标准。这是审其所由。

三、创造未来。凡自然界、人事界一切现象，皆不能外于因果律，绝无无因而至之事。现在事实是果；其所以致此者必有由来，非一朝一夕之故，这便是因。因有远有近。近因，在十年、二十年前；远因，或在一二百年以上。由于过去之因，所以成现在之果。现在为因，未来亦必有果。吾人于现实社会，如已认为满意，则无复可言。如或感觉其尚有不善或不美，必须发愿，创造一较善较美之未来社会。这不是空想，是实理。未来之果如何，即系于现在吾人所造之因如何，因果是绝不相违的。此种思想，表现出来的就是言论，所以要审其所谓。《易传》曰："辞也者，各指其所之。"就是审其所谓之意。所之，即是所向往的。吾人今日言论，皆可影响未来，故必须选择精当，不可轻易出之。因其对于未来所负之责，是最重的。这是审其所谓。

诸君明此三义，便知认识过去，要审其所知；判别现在，要审其所由；创造未来，要审其所谓。具此三种能力，方可负起复兴民族之责任。《易》曰："唯深也，故能通天下之志。"是审其知之至也。"唯几也，故能成天下之务。"是审其行之至也。诸生勉之。如此，不独为一国之善士，可以为领导民众之君子矣。

说忠信笃敬

1938 年

前在泰和，得与诸君共讲论者数月，不谓流离转徙，今日尚得到此边地，重复相聚，心里觉得是悲喜交集。所悲者，吾国家民族，被夷狄侵凌到此地步。吾侪身受痛苦，心怵危亡，当思匹夫有责，将何以振此垂绝之绪，成此恢复之业，拯此不拔之苦。今实未能，焉能不悲？所喜者，虽同在颠沛之中，尚复有此缘会，从容讲论，得与诸君互相切磋，不可谓非幸。诸君感想，谅亦同之。校长暨教授诸先生，不以某为迂阔，仍于学校科目之外，约某继续自由讲论，此虽有似教外别传，却是诸法实相。圣贤血脉，人心根本。诸君勿仅目为古代传统思想，嫌其不合时代潮流。先须祛此成见，方有讨论处。

某向未所讲，谓一切学术，皆统于六艺。六艺之本，即是吾人自心所具之义理。义理虽为人心所同具，不致思则不能得。故曰“学源于思”。要引人思唯，先须辨析名相。故先述六艺大旨，其后略说义理名相。欲指出一条路径，以为诸君致思穷理之助。但因时间有限，所讲至为简略，不能详尽。若能切己体究，或不无可以助发之处。否则，只当一场话说，实无所益也。

大凡学术，有个根源。得其根源，才可以得其条理。得其条理，才可以得其统类。然后原始要终，举本该末，以一御万，观其会通，明其宗极，昭然不惑，秩然不乱，六通四辟，小大精相，其运无乎不备。孔子曰："吾道一以贯之。"《大学》所谓知本，知至，便是这个道理。（知本，是知其所从出。知至，是知其所终极。华严家所谓"无不从此法界流，无不还归此法界"与此同旨。）所以说，天下万事万物，不能外于六艺。六艺之道，不能外于自心。黄梨洲有一句话说得最好，曰："盈天地间，皆心也。"由吾之说，亦可曰："盈天地间，皆六艺也。"今日学子，只知求知，以物为外，其结果为徇物忘己。圣贤之学，乃以求道，会物归己，其结果为成己成物。一则向外驰求，往而不反；一则归其有极，言不离宗。此实天地悬隔。学者要养成判断力，非从根源上入手不可。初机于此理凑泊不上，只为平日未尝治经。其有知治经者，又只为客观的考据之学，方法错误。不知反求自心之义理，终无入头处。吾今所言虽简，即是自己体验出来，绝不相诳。望诸君着实体究，必有省发之时。一念迴机，便同本得。方知此是诚谛之言，方不辜负自己，不辜负先圣。此是夷狄所不能侵，患难所不能入的。天地一日不毁，此心一日不亡，六艺之道亦一日不绝。人类如欲拔出黑暗，而趋光明之途，舍此无由也。

某尝谓"读书而不穷理，只是增长习气。察识而不涵养，只是用智自私"。凡人心攀缘驰逐，意念纷飞，必至昏昧。以昏昧之心，应事拨物，动成差忒。守一曲之知，逞人我之见，其见于行事者，只是从习气私欲出来。若心能入理，便有主宰。义理为主，此心常存。无有放失，气即安定，安定则清明。涵养于未发以前，察识于事为之际。涵养愈深醇，则察识愈精密。见得道理，明明白白，胸中更无余疑。一切计较利害之私，自然消失。

逢缘遇境，随处皆能自主，皆有受用。然后方可以济艰危，处患难，当大任，应大变，方可名为能立。能立才能行，学不至于能立不足以为学。《学记》曰：“古之学者，九年知类通达，强立而不反谓之大成，然后足以化民易俗。”放曰“己欲立而立人，己欲达而达人”。立以体言，达以用言。体立而后用有以行，未有不能立而能行者。己立己达是立身行己，立人达人是化民成俗。先体而后用，故先立而后达。浅言之，立只是见得义理端的，站得住，把得定，不倾侧，不故倒，不为习俗所动，不为境界所移。（自己无有真实见地，只是随人起倒，一味徇人，名为流俗。不能自拔于流俗者，不足与立。境界不出顺逆二种，如富贵、贫贱、夷狄、患难、毁誉得失、忧喜苦乐，皆能移人。以仕宦夺志，以饥渴害志者，不足与立。程子曰：“教学者如扶醉人，扶得东来西又倒。”此言最善形容不能立之病。）到此田地，方可以言致用。举而措之天下之民谓之事业，不是知识技能边事可以当得的。如今一般为学方法，只知向外求事物上之知识，不知向内求自心之义理。不能明体，焉能达用？侈谈立国而罔顾立身，不知天下国家之本在身。身尚不能立，安能立国？今谓欲言立国，先须立身。欲言致用，先须明体。体者何？自心本具之义理是也。义理何由明？求之六艺乃可。明六艺之道不是空言，须求实践。实践如何做起？要学者知道自己求端致力之方。只能将圣人吃紧为人处，尽力拈提出来，使合下便可用力。今举《论语》子张问行一章，示一最切近之例。

子张问行。子曰：“言忠信，行笃敬，虽蛮貊之邦行矣。言不忠信，行不笃敬，虽州里行乎哉？立则见其参于前也。在舆则见其倚于衡也。夫然后行。子张书诸绅。”

子张问行，与问达一般，是无往不宜之意。犹今言适应环境也。蛮貊是异俗，无礼义，难与为缘，而默化足以消其犷戾。州里是近习，情本易合，而失道亦足以致其乖离。故中孚，则信及豚鱼（豚鱼比蛮貊尤远）。不仁，则道不行于妻子（妻子比州里尤近）。行有不得，反求诸己，乃为君子之道。学者当知，子张问的是行，而孔子告之以立。换言之，即是子张问的是用处施设，孔子答以体上功夫。子张病在务外为人，孔子教他向里求己。有人问程子："如何是所过者化?"程子曰："汝且理会所存者神。"此与孔子答子张同旨。如今欲问："如何立国致用?"则告之曰："汝且立身行己。"立自行己之道，即从言忠信行笃敬做起。言行是日用不离的，忠信笃敬是功夫，亦即是本体。忠是恳切深挚，信是真实不欺。笃是厚重不轻忽，敬是收敛不放肆。《易·象》曰："风自火出，家人。君子以言有物而行有恒。"（火炽则风生，风自火出，自内而外之象。言出乎身，加乎民，行发乎迩，及乎远，自内而外也。有物，谓充实不虚。有恒，谓法则有常。义理，是心之存主处，言行，是用之发动处，亦自内而外也。所存者是忠信，发出来为忠信之言。所存者是笃敬，发出来为笃敬之行。诚中形外，体用不违。圣人之言，该本末，尽内外，彻上彻下，只是一贯。世亦有矫饰其言行，貌为忠信笃敬者，只是无物无恒。可以欺众人，不可以欺君子。此诚伪之辨。）言不忠信，便是无物。行不笃敬，便是无恒。圣人以天下为一家，中国为一人，家人之象也。始于立国，终于化成天下，须从一身之言行做起。这便是立身行己最切要的功夫。人人合下可以用力，从自己心体上将义理显发出来，除去病痛，才可以为立身之根本。知道立身，才可以为立国之根本。一切学术以此为基，六艺之道即从此入。

开讲日示诸生[①]

1939 年 9 月

天下之道，常变而已矣。唯知常而后能应变；语变乃所以显常。《易·恒》之《象》曰："雷风，恒；君子以立不易方。"夫雷风动荡，是变也。立不易方，是恒也。事殊曰变，理一曰常。处变之时，不失其常道。斯乃酬酢万变，而无为；动静以时而常定。故曰吉凶之道，贞胜者也。观其所恒，而天地万物之情可见矣。今中国遭夷狄侵凌，事之至变也；力战不屈，理之至常也。当此蹇难之时，而有书院之设置，非今学制所摄，此亦是变。书院所讲求者在经术义理，此乃是常。书院经始，资用未充，斋舍不具，仅乃假屋山寺，并释奠之礼而亦阙之，远不逮昔时书院之规模，此亦处变之道则然。然自创议筹备诸公及来院相助诸友，其用心皆以扶持正学为重。来学之士，亦多有曾任教职，历事多师，不以自画，而远来相就，其志可嘉。果能知所用力，亦当不

---

① 本文辑自《复性书院讲录》。1939 年，马一浮受聘为复性书院主讲，总持讲学事宜。该书院从是年 9 月开始讲学，到 1941 年 5 月停止讲学，前后共一年零八个月。《复性书院讲录》共有六卷，是马一浮先生对书院学生所讲之全部讲稿。

后于古人，此又书院之常道也。时人或以书院在今日为不亟之务，视为无足重轻，或又责望备至，病其规制不广。前者可置不论，后者亦未察事情。盖力愿之在己者是常，事物之从缘者是变。常者，本也；变者，迹也。举本，则范围天地而不过，未足以自多也。语迹，则行乎患难而无辞，亦未足以自沮也。凡我书院同人，固不宜妄自菲薄，卒安于隘陋；亦不可汰然自许，有近于奢夸。如是，则大行不加，厄穷不闵。持常以遇变，不累于物，而有以自全其道矣。至于师资之间，所望熏习以渐，相喻益切，斯相得益彰，不务速化，而期以久成；不矜多闻，而必求深造。唯日孜孜，如恐弗及。因时而惕，虽危无咎。如是，则气质之偏，未有不能化；学问之道，未有不能成者。盖人之习惑是其变，而德性是其常也。观变而不知常，则以己徇物。往而不返，不能宰物，而化于物，非人之恒性也。若夫因物者，不外物而物自宾；体物者，不遗物而物自成。知物各有则，而好恶无作焉，则物我无间。物之变虽无穷，而吾心之感恒一。故曰“天下之动，贞夫一者”，言其常也。老氏亦曰：“不知常，妄作凶。”故天下之志有未通者，是吾之知有未致也；天下之理有未得者，是吾之性有未尽也。睽而知其类，异而知其通。易简而天下之理得，夫岂远乎哉。穷理尽性，明伦察物，是人人分上所有事。不患不能御变，患不能知常。不患不能及物，患不能尽己。毋守闻见之知，得少为足。毋执一隅之说，以蔽为通。讳言病而拒药者，将不可医。不自反而责人者，必至丧己。骛广者易荒，近名者亡实。扬己矜众，并心役物，此皆今日学者通病。其害于心术者甚大。诸生虽才质志趣，并有可观。其或狃于旧习，而不自知。有一于此，必决而去之。然后于经术义理之学，方能有人。语有之：“为山假就于始篑，修涂托至于初步。”儒者先务立志，释氏亦言发心。此须抉择是当，不容一毫闲杂。圣狂由此分途，惑智莫能并立。随时变易以从道，斯知变矣。夭寿不贰以俟命，斯知常矣。君子小人之归，吉凶悔吝之惭，系乎当人一念之辨而已。敬则不失，诚则无间。性具之德，人人所同。虽圣人不能取而与之。学而至于圣人，方为尽己之性。此乃常道，初无奇特。须知自私用智，实违性德之常：精义入神，始明本分之事。书院师友所讲习者，莫要于此。今当开讲之初，特举是以为说。当知此理平实，勿谓幽玄。此语切近，勿谓迂阔。《说命》曰："敬逊务时敏，厥修乃来。"程子曰："敬之一字，聪明睿知，皆由此出。"君子进德修业，欲及时也。诸生远来不易，当念所为何事。敬之哉，毋怠，毋忽。若于此能循而行之，庶几可与共学，可与适道矣。

学　规[1]

在昔书院，俱有学规。所以示学者立心之本，用力之要。言下便可持循，终身以为轨范。非如法令科条之为用，止于制裁而已。乃所以弼成其德，使迁善改过而不自知。乐循而安处，非特免于形著之过，将令身心调熟，性德自昭，更无走作。《书》曰："念兹在兹，允出兹在兹。"朱子白鹿洞学规，刘忠介证人社约，由此其选也。与今时学校之有校训实不同科。彼则树立鹄的，驱使力赴。此乃因其本具，导以共由也。又今日所谓养成学风，亦非无验。然其原于一二人之好乐，相习而成。有分河饮水之嫌，无共贯同条之契。此则合志同方，营道同术，皆本分之事，无门户之私也。昔贤谓："从胡安定门下来者，皆醇厚和易。从陆子静门下来者，皆卓然有以自立。"此亦可以观矣。孔子家儿不知怒，曾子家儿不知骂。颜子如和风庆云，孟子如泰山乔岳。圣贤气象，出于自然，在其所养之纯，非可以矫为也。夫率性之谓道，闻道者必其能知性者也。修道之谓教，善教者必其能由道者也。顺其气质以为性，非此所谓率性也。增其习染以为学，非此所谓修道也。气质之偏，物欲之蔽，皆非其性然也。杂于气，染

① 本文辑自《复性书院讲录》。

于习，而后有也。必待事为之制，曲为之防，则亦不胜其扞格。童牛之牿，豮豕之牙，则恶无自而生矣。禁于未发以前则易，遏于将萌之际则难。学问之道无他，在变化气质，去其习染而已矣。长善而救其失，易恶而至其中。失与恶，皆其所自为也。善与中，皆其所自有也。诸生若于此信不及，则不必来院受学。疑则一任别参，两月以后，自请退席可也。书院照章考察验其占行，若立志不坚习气难拔者，随时遣归，绝不稍存姑息。转以爱人者误人，慎之戒之，毋贻后悔。盖不能长善，即是长恶。无论如何多闻多见，只是恶知恶觉。纤芥不除，终无入德之分也。今立学规，义取简要，言则丁宁。求其易喻，事非得已。盖遮止恶德，不如开以善道。譬诸治病于已锢，不如摄养于平时。使过患不生，无所用药。象山有言："某无他长，只能识病。"夫因病与药，所以贵医。若乃妄予毒药，益增其病。何以医为？病已不幸而医复误之，过在医。人若不知择医而妄服药，过在病人。至于有病而不自知其为病，屏医恶药，斥识病者为妄，则其可哀也弥甚。人形体有病，则知求医，唯恐其不愈，不可一日安也。心志有病，则昧而不觉，且执以为安，唯恐其或祛，此其为颠倒之见甚明。孟子曰："指不若人则知恶之。心不若人则不知恶。"岂不信然哉。诸生须知，循守学规，如航海之有罗盘针，使知有定向而弗致于迷方。如防毒之有血清注射，使抵御病菌而弗致于传染。此实切己之事，不可视为具文。孔子曰："谁能出不由户，何莫由斯道也。"舍正路而不由，乃趋于旁蹊曲径，错用心力，唐费光阴。此杨于云所谓："航断港绝潢以求至于海，不可得也。"今为诸生指一正路，可以终身由之而不改。必适于道，只有四端：一曰主敬，二曰穷理，三曰博文，四曰笃行。主敬为涵养之要，穷理为致知之要，博文为立事之要，笃行为进德之要。四者，内外交彻，体用全该。优人圣途，必从此始。今分言之如下：

一曰：主敬为涵养之要者。孟子曰："苟得其养，无物不长。苟失其养，无物不消。"凡物不得涵濡润泽，则不能生长。如草木无雨露，则渐就枯槁。此是养其生机，故曰涵养也。涵有含容深广之意。喻如修鳞之游巨泽，活鲅自如。否则，如尺鲋之困泥沙，动转皆碍。又有虚明照彻之意，如镜涵万象，月印千江。如谓黄叔度如汪汪千顷之陂，澄之不清，挠之不浊。即含容深广之意。朱子天光云影一诗，即虚明照彻之意。人心虚明不昧之本体，元是如此。只为气禀所拘，故不免褊小，而失其广大之量。为物欲所蔽，故不免昏暗，而失其觉照之用。气夺其志，则理有时而不行矣。然此是客气，如人受外感，非其本然。治病者先祛外感客邪，乃可培养元气。先以收摄，继以充养，则其冲和广沛之象，可徐复也。孟子曰："持其志毋暴其气。"志者，气之帅也。志至焉，气次焉。心之所之谓之志。帅即主宰之义。志足以率气，则气顺于理。而是气固天理之流行也。何以持志主敬而已矣？伊川曰"涵养须用敬"，即持志之谓也。以率气言，谓之主敬。以不迁言，谓之居敬。以守之有恒言，谓之持敬。心主于义理而不走作，气自收敛，精神摄聚，则照用自出。自然宽舒流畅，绝非拘迫之意。故曰"主一无适之谓敬"。此言其功夫也。敬则自然虚静，敬则自然和乐，此言其效验也。敬是常惺惺法，此言其力用也。尚书叙尧德，首言钦明。傅说告高宗，先陈逊志。盖散乱心中，决无智照。无智照，故人我炽然。发为骄慢，流为放逸。一切恶德，皆从此生。敬之反为肆、为怠、为慢，怠与慢，皆肆也。在己为怠，对人为慢。武王之铭曰："敬胜怠者吉，怠胜敬者灭。"《孝经》曰："敬亲者，无敢慢于人。"故圣狂之分，在敬与肆之一念而已。主忠信，即是主敬。《说文》忠敬互训。信者，真实无妄之谓。此以立心而言。居处恭，执事敬，与人忠。程子曰：“此是彻上彻下语，圣人元无二语。”此该行事而言，心外无事也。礼仪三百，威仪三千，一百以蔽之曰：毋不敢。礼以敬为本，人有礼则安，无礼则危。故武王曰：“怠胜敬者灭也。忠易为礼，诚易为辞。”（语在《韩诗外传》）忠即敬也。诚即信也。敬以直内，义以方外。敬义立而德不孤。未有敬而不能为义者，即未有忠信而不能为礼者。内外一也。一有不敬，则日用之间动静云为皆妄也。居处不恭，执事不敬，与人不忠，则本心汩没，万事堕坏，安在其能致思穷理邪？故敬以摄心，则收敛向内，而攀缘驰骛之患可渐祛矣。敬以摄身，则百体从命，而威仪动作之度可无失矣。敬，则此心常存，义理昭著。不敬，则此心放失，私欲萌生。敬，则气之昏者可明，浊者可清。气既清明，义理自显，自心能为主宰。不敬，则昏浊之气展转增上，通体染污，蔽于习俗，流于非僻，而不自知，终为小人之归而已矣。外貌斯须不庄不敬，则慢易之心入之。心中斯须不和不乐，则鄙诈之心入之。未有箕踞而心不慢者。视听言动，一有非礼，即是不仁。可不念哉！今时学者通病，唯务向外求知，以多闻多见为事，以记览杂博相高，以驰骋辩说为能，以批评攻难自贵，而不肯阙疑阙殆。此皆胜心私见。欲以矜名哗众，而不知其徇物忘己。堕于肆慢，戕贼自心。故其闻见之知愈多者，其发为肆慢亦愈甚。往而不返，不可救药。苟挟是心以至而欲其可与入理，可与立事，可与亲师取友进德修业，此必不可得之数也。今于诸生初来之日，特为抉示时人病根所在，务望各人自己勘验，猛力省察，无使疮疣在身，留为过患。须知敬之一字，实为入德之门。此是圣贤血脉所系。人人自己本具德性之知，原无欠少。不可囿于闻见之知遂以为足，而置德性之知任其隐覆，却成自己辜负自己也。圣人动容周旋，莫不中礼，酬酢万变，而实无为，皆居敬之功也。常人憧憧往来，朋从尔思，起灭不停，妄想为病，皆不敬之过也。程子有破屋御寇之喻，略谓："前后左右，驱去还来，只缘空虚，做不得主。中有王，则外患自不能入。"此喻最切。主者何？敬也。故唯敬可以胜私，唯敬可以息妄。私欲尽则天理纯全。妄心息，则真心显现。尊德性而道问学，必先以涵养为始基。及其成德，亦只是一敬，别无他道。故曰："敬也者，所以成始而成终也。"

二曰:穷理为致知之要者。先须楷定，何谓理？何为知？穷理尽性以至于命，《易·系辞传》文也。致知在格物，《大学》文也。向来先儒说大学格物，各明一义，异执纷然。大略不出两派：一宗朱子，一宗阳明。朱子释格物为穷至事物之理，致知为推极吾心之知。知者，知此理也。知具于心，则理不在心外明矣。并非打成两橛。不善会者，往往以理为外。阳明释知善知恶是良知，为善去恶是格物。不善会者，亦遂以物为外。且如阳明言，则《大学》当言格物在致知，不当言致知在格物矣。今明心外无物，事外无理，即物而穷其理者，即此自心之物而穷其本具之理也。此理周遍充塞，无乎不在，不可执有内外。（学者须知，儒家所言事物，犹释氏言万法，非如今人所言物质之物。若执唯物之见，则人心亦是块然一物质耳，何从得有许多知识?）阳明致良知之说，固是直指，然《大学》须还他《大学》。教有顿渐。《大学》说先后次第，明是渐教。《中庸》显天人一理，君子笃恭而天下平，中和即位育，方是顿教。（儒者不言顿渐，然实有是理。）阳明是就自家得力处说。来子即还他《大学》原来文义。论功夫造诣是同论。诠释经旨却是来子较密。上来约简旧说，是要学者先明穷理致知为何事。非于先儒妄生异同，心存取舍，亦非欲为调停之说也。此意既明，学者须知格物即是穷理，异名同实。今言穷理为致知之要者，亦即是致知在格物也。何以不言格物而言穷理，只为从来学者都被一个物字所碍。错认物为外因，而再误复认理为外。今明心外无物，事外无理。事虽万殊，不离一心。（佛氏亦言当知法界性一切唯心造。心生法生，心灭法灭。万行不离一心，一心不违万行。所言法者，即事物异名。）一心贯万事，即一心具众理。即事即理，即理即心。心外无理，亦即心外无事。理事双融，一心所摄。然后知散之则为万殊，约之唯是一理。所言穷者，究极之谓。究极此理，周币圆满，更无欠缺，更无渗漏，不滞一偏一曲，如是方名穷理。致者，竭尽之称。如事父母能竭其力，事君能致其身。《孝经》言，养则致其欢，丧则致其哀之致知，是知此理唯是自觉自证境界，拈似人不得。如人饮水，冷暖自知。一切名言诠表，只是勉强描摹一个体段。到得此理显现之时，始名为知。一现一切现，鸢飞鱼跃，上下与天地同流。左右逢源，触处无碍。所谓头头是道，法法全彰。如是方名致知，所谓知之至也。清凉观答唐顺宗心要云："语证则不可示人，说理则非证不瞭。"证者，方是真知。证后所说之理，方是实理。不然只是揣量卜度，妄生分别。如盲人揣象，各说一端。似则似，是则不是。在佛氏，谓之情识思量境界，谓之遍计执，全体是妄。在儒家，谓之私智穿凿，谓之不诚。故穷理功夫入手处，只能依他古来已证之人所说一一反之，自心仔细体究，随事察识，不等闲放过。如人学射，久久方中。到得一旦豁然贯通，表里洞然，不留余惑，所谓直到不疑之地，方可名为致知也。大学只此一关，最为难透。到得知至以后意诚、心正、身修，乃是发悟以后保任长养之事。譬如顺水行船，便易为力。故象山曰："向上事益简易不费力。"但穷理功夫，直是费力，不是吃紧用力一番，不能致知。朱子所谓："唯于理有来穷，放其知有不尽。"此系诚言，不容妄生疑虑。孟子曰："尽其心者，知其性也。知性则知天矣。"朱子《集注》曰："心者人之神明，所以具众理而应万事者也。"性则心之所具之理，而天又理之所从以出者也。人有是心，莫非全体。然不穷理，则有所蔽，而无以尽乎此心之量。故能极其心之全，而无不尽者，必其能穷夫理，而无不知者也。既知其理，则其所从出亦不外是矣。以大学之序言之，知性则物格之谓，尽心则知至之谓也。《易·系辞》："穷理尽性以至于命。"穷理，即当孟子所谓知性。尽性，即当孟子所谓尽心。至命，即当孟子所谓知天。天也，命也，心也，性也，皆一理也。就其普遍言之，谓之天。就其禀赋言之，谓之命。就其体用之全言之，谓之心。就其纯乎理者言之，谓之性。就其自然而有分理言之，谓之理。就其发用言之，谓之事。就其变化流形言之，谓之物。故格物即是穷理，穷理即是知性，知性即是尽心，尽心即是致知，知天即是至命。程子曰："理穷则性尽，性尽则至命。"不是穷理了再去尽性，尽性了再至于命。只是一事，非有三也。《大学》说："致知在格物。"不是说欲致其知者先格其物。故今明穷理为致知之要者，须知合下用力。理穷得一分，即知致得一分。在佛氏谓之分证。到得知至，即满证也。《中庸》曰："唯天下至诚，为能尽其性，能尽其性，则能尽人之性。能尽人之性，则能尽物之性。能尽物之性，则可以赞天地之化育。可以赞天地之化育，则可以与天地参矣。"朱子《章句》曰："尽其性者，德无不实。故无人欲之私，而天命之在我者。察之由之，巨细精粗，无毫发之不尽也。"人物之性，亦我之性，但以所赋形气不同而有异耳。能尽之者，谓知之无不明，而处之无不当也。此是一尽一切尽，其间更无先后。肇公曰："会天地万物为自己者，其唯圣人乎？"圣人无己，靡所不己，是故成己即所以成物，成物乃所以成己。"成己，仁也。成物，智也。性之德也，合外内之道也。"此是一成一切成，其间更无分别。"己欲立而立人，己欲达而达人。能近取譬，可谓仁之方。"良以物我无间，人己是同，于中不得安立人见我见。契此理者，是谓正理，是谓正知。反是，则非正理，为不正知。此是知之根本。曾子闻一贯之旨，直下承当。及门人问，只道个：“夫子之道，忠恕而已矣。”尽己之谓忠，推己之谓恕。此事学者合下可以用力。“己所不欲，勿施于人”，推己之事也。“行有不得，反求诸己”，尽己之事也。此亦是彻上彻下语。到得一理浑然，泛应曲当，亦只是个“忠恕”，别无他道。学者须于此信得亲切，行得真实，方可以言穷理，方可以言致知。更须知，理是同具之理，无可独得。知是本分之知，不假他求。故象山曰：“宇宙内事，即吾性分内事。吾性分内事，即宇宙内事。”此亦知至之言。今时学者，每以某种事物为研究之对象，好言解决问题。探求真理，未尝不用思力，然不知为性分内事，是以宇宙人生为外也。自其研究之对象言之，则己亦外也。彼此相消，无主可得，而每矜为创获，岂非虚妄之中更增虚妄。以是为穷理，只是增长习气。以是为致知，只是用智自私。非此所谓穷理致知也。至穷理之方，自是要用思唯。思曰睿，睿作圣。程子曰：“学源于思，不思则罔。”若一向读书，只匆匆涉猎，泛泛寻求，便谓文义已了，能事已毕，终其身，昏而无得也。欲入思唯，切忌自谓已了。若轻言易了，决定不思，是闭门而求入也。读书既须简择，字字要反之身心。当思圣贤经籍所言，即是吾心本具之理。今吾心现在何以不能相应，苟一念相应时复是如何？平常动静云为之际吾心置在何处？如此方有体认之意。当思圣贤经籍所言，皆事物当然之则。今事物当前，何以应之未得其当？苟处得是当时复是如何？平常应事接物之时吾心如何照管？如此方有察识之意。无事时体认自心是否在腔子里，有事时察识自心是否在事上，如此方是思，方能穷理。思如浚井，必当及泉。亦如抽丝，须端绪不紊。然后引而申之，触类而长之，曲畅旁通，豁然可待。体认亲切时，如观掌纹，如识痛痒。察识精到处，如权衡在手，铢两无差。明镜当台，豪发不爽。如此方有知至之分。此在散乱心中必不可得，故必先之以主敬涵养，而后乃可以与于此也。

三曰:博文为立事之要者。须先知不是指文辞为文，亦不限以典籍为文。凡天地间一切事相，皆文也。纵一身推之，家国天下皆事也。道外无事，亦即道外无文。《论语》朱注曰：“道之显者，谓之文。”今补之曰：“文之施于用者，谓之事。”博者，通而不执之谓。立者，确乎不拔之称。易言之，亦可谓通经为致用之要也。世间有一等质美而未学之人，遇事尽能处置，然不能一一皆当于理。处甲事则得，处乙事又失之。此谓不能立事。其故由于不学，即未尝博文也。虽或偶中，而幽冥莫知其原，未尝穷理也。(恒言斥人不学无术，本《霍光传》中语。不学，言未尝读书。无术，即是没办法。可见遇事要有办法，必须读书穷理始得。)《中庸》曰：“文理密察，足以有别也。”文理，亦可析言之。在心则为理，见于事则为文。事有当然之则，谓之理。行此当然之则，谓之文。已明心外无事，离体无用，更须因事显理，摄用归体。故继穷理致知而言博文立事也。穷理主于思之意多，博文主于学之意多。《论语》曰：“学而不思则罔，思而不学则殆。”盖不求诸心则昏而无得，不习其事则危而不安。此见思学并进，亦如车两轮，如鸟两翼，致力不同而为用则一。无思而非学，亦无学而非思也。“不学操缦，不能安弦。不学博依，不能安诗。”操缦博依，博文也。安弦安诗，立事也。“不学《诗》无以言”，“不学《礼》无以立”。《诗》《礼》，文也。言、立，事也。六艺之文，即“冒天下之道”，实则天下之事，莫非六艺之文。明乎六艺之文者，斯可以应天下之事矣。此义云何？《诗》以道志而主言，在心为志，发言为诗。凡以达哀乐之感类万物之情，而出以至诚恻怛，不为肤泛伪饰之辞，皆《诗》之事也。《书》以道事。事之大者，经纶一国之政推之天下。凡施于有政，本诸身加诸庶民者，皆《书》之事也。《礼》以道行。凡人伦日用之间，履之不失其序，不违其节者，皆《礼》之事也。《乐》以道和。凡声音相感，心志相通，足以尽欢忻鼓舞之用，而不流于过者，皆《乐》之事也。《易》以道阴阳。凡万象森罗，观其消息盈虚变化流行之迹，皆《易》之事也。《春秋》以道名分。凡人群之伦纪大经大法至于一名一器，皆有分际，无相陵越，无相紊乱，各就其列，各严其序，各止其所，各得其正，皆《春秋》之事也。其事即其文也。其文即其道也。学者能于此而有会焉，则知六艺之道何物而可遗，何事而不摄乎？故凡言文者，不独前言往行布在方策，有文史可稽者为是。须知一身之动作威仪、行业力用，莫非文也。（孔子称“尧焕乎其有文章”，乃指尧之功业。子贡称“夫子之文章可得而闻”，乃指孔子之言行。）天下万事万物之粲然并陈者，莫非文也。凡言事者，非一材一艺一偏一曲之谓。自入孝出弟，爱众亲仁，立身行己，遇人接物，至于齐家治国平天下，开物成务，体国经野，大之礼乐刑政之本，小之名物度数之微，凡所以为因革损益裁成辅相之道者，莫非事也。《学记》曰：“九年知类通达强立而不反。”夫“知类通达”，乃可谓博文矣；“强立而不反”，乃可与立事矣。在《易》则曰：“圣人有以观其会通而行其典礼。”夫观其会通，是博文也。行其典礼，是立事也。（《朱子语类》：“会通，谓物之节角交加处。”盖谓如人身之有关节，为筋脉活动之枢纽。又喻如水之众流汇合而为江河，虽千支万派俱入于海。此所谓会通也。）足以尽天下之事相而无所执碍者，乃可语于博矣。足以得举措之宜而不疑其所行者，乃可语于立矣。若乃事至而不免于惑，物来而莫之能应，是乃不可与立事，亦不足以语于博文也。今与《诗》教，以明一例。如曰：“诵《诗》三百，授之以政，不达；使于四方，不能专对；虽多，亦奚以为？”“小子何莫学夫《诗》，《诗》可以兴、观、群、怨。迩之事父，远之事君。”“人而不为《周南》《召南》，其犹正墙面而立也欤?”今学《诗》者，能详其名物训诂矣，又进而能言其义矣，而不达于政，不能事父事君，其为面墙也如。故谓之未尝学《诗》可也。他经亦准此可知。故言“博文”者，决不是徒夸记览，徒骋辞说，以炫其多闻而不切于事遂可以当之，必其闳通淹贯，畜德多而谨于察物者也。言“立事”者，不是智效一官，行效一能，不该不遍，守其一曲遂足以当之，必其可以大受当于物而卓然不惑者也。复次当知《易》言：“观乎天文以察时变，观乎人文以化成天下。”观天之文与地之宜，非如今言天文学或人文地理之类。天文即谓天道，人文即谓人道。阴阳消长，四时错行，天文也。彝伦之序，贤愚之等，人文也。《系辞传》曰：“道有变动，故曰爻。爻有等，故曰物。物相杂，故曰文。文不当，故吉凶生焉。”“六爻之动，三极之道也。”“兼三才而两之，故六。”阴阳刚柔仁义之相，皆两也。等犹言类也，阴阳、刚柔各从其类，谓之物。物相杂而成文，谓之文。物犹事也。事之相错而著见者，咸谓之文。故一物不能成文，成文者必两。凡物之对待而出者为文。对待之物交参互入。错综变化，至赜至动，皆文也。唯圣人有以见其“至赜而不可恶”，“至动而不可乱”，故“拟诸形容象其物宜，是故谓之象”，“观其会通以行其典礼”，是故谓之爻。学者知此，则知所谓文为事相之总名可以无疑也。文以变动而有，事以变动而生，故曰“功业见乎变”。功业者，事也。“举而措之天下之民，谓之事业”，此乃从体起用，亦谓之全体作用。“行其所无事”而非有计功谋利之心焉，斯立事之要也。故天地虽万物并育，不居生物之功。圣人虽保民无疆，不矜畜众之德。博文，如物之生长，必积渐以至广大。立事，如物之成实，必贞固而后有成。今人欲立事而不务博文，是犹不耕而望获也；徒事博文而不务穷理，是犹卤莽而耕之，灭裂而耘之也。欲责之以立事安可得哉？复次当知博文属知，立事属能。《中庸》曰：“匹夫匹妇之愚可以与知与能。及其至也，圣人有所不知不能焉。学者切忌自谓已知已能，如此则是自画而不可以进于博，不可以与于立矣。”试观圣人之气象为如何？达巷党人曰：“大哉孔子，博学而无所成名。”子闻之曰：“吾何执？执御乎？执射乎？”太宰问于子贡曰：“夫子圣者欤？何其多能也？”子闻之曰：“吾少也贱，故多能鄙事。君子多乎哉？不多也。”又曰：“君子之道四，丘未能一焉。”又曰：“吾有知乎哉？无知也。有鄙夫问于我，空空如也。我叩其两端而竭焉。”夫圣人知周万物而道济天下，然其自以为无知无能。如此，非故为谦辞也，其心实如是也。鄙夫云者，执其一端之见而汰然以自多者也。圣鄙之分，由此可见。老子曰：“其出弥远，其知弥少。”释氏亦曰：“若作圣解，即是凡情。”必其自视欿然，然后虚而能受。此所以必先之以穷理致知，而后乃可语于博文立事也。

四曰:笃行为进德之要者。德行为内外之名，在心为德，践之于身为行。德是其所存，行是其所发。自其得于理者言之，则谓之德；自其见于事者言之，则谓之行，非有二也。充实而有恒之谓笃，日新而不已之谓进。知止而后能笃，不为物迁，斯可以载物；行健而后能进，自强不息，乃所以法天。无有欠缺，无有间断，乃可言笃；无有限量，无有穷尽，所以言进。行之积也愈厚，则德之进也愈弘。故《大畜》曰：“刚健笃实辉光，日新其德。”《商颂》曰：“汤降不迟，圣敬日跻。”言其进也。《乾》文言：“君子以成德为行，日可见之行也。”故行之未成，即德之未裕。《系辞》曰：“默而成之，不言而信，存乎德行。”此所以言笃行为进德之要也。言行，同为中之所发，故曰：“言出乎身，加乎民；行发乎迩，及乎远。”“言行，君子之所以动天地也。”

"言行，君子之枢机。枢机之发，荣辱之主也。可为慎乎？"此以言行并举，今何以单言行？《论语》曰："有德者必有言，有言者不必有德。""始吾于人也，听其言而信其行；今吾于人也，听其言而观其行。""论笃是与，君子者乎？色庄者乎？""君子不以言举人，不以人废言。"此明言行有不相应者，不可不察也。《曲礼》曰："鹦鹉能言，不离飞鸟。猩猩能言，不离走兽。""君子耻其言而过其行。""视其所以，观其所由，察其所安，人焉瘦哉！"人之色取仁而行违者尽多，依似之言，可以乱德。学者当知以此自观自儆。"言顾行，行顾言"，"庸德之行，庸言之谨，有所不足，不敢不勉，有余不敢尽"，方可语于笃行也。此是言行分说。然当知合说，则言亦行之所摄。《洪范》"五事"，《论语》"九思""四勿""三贵"，并属于行。广说无尽，今只略说五事，曰貌、言、视、听、思。曰恭，曰从，曰明，曰聪，曰睿，即行之笃也。"恭作肃，从作乂，明作哲，聪作谋，睿作圣"，即德之进也。"九思""四勿""三贵"，皆笃行之事。曰仁，曰礼，曰信，皆德也。德之相广说亦无尽。仁者，德之总相也。开而为二，曰仁智、仁义。开而为三，曰智仁勇。开而为四，曰仁义礼智。开而为五，则益之以信。开而为六，曰智仁圣义中和。如是广说，可名万德，皆统于仁。学者当知有性德，有修德。性德虽是本具，不因修证则不能显。故因修显性，即是笃行为进德之要。全性起修，即本体，即功夫；全修在性，即功夫，即本体。修此本体之功夫，证此功夫之本体，乃是笃行进德也。孔子曰："德之不修，学之不讲，……是吾忧也。"讲本训肄，即是指"时习"，并非讲说之谓。即今讲说，亦是"时习之"之事，亦即笃行之事，亦即修德之事，即是因修显性也。前言学问之道在变化气质，须知变化气质即是修。汉儒每言才性，即指气质。魏锺会作《四本论》，论才性异同，其文已佚，当是论气质不同之书，或近于刘劭之《人物志》。其目为才者，指气质之善而言。气质之不善者，固当变化，即其善者，只名为才，亦须变化，乃可为德。此即是修德。如《虞书·皋陶谟》行有九德："宽而栗，柔而立，愿而恭，乱而敬，扰而毅，直而温，简而廉，刚而塞，强而义。"宽柔是才，须"宽而栗，柔而立"，始名为德，此非变化不能成就。其下准此可知。《周书·洪范》又用三德："一曰正直，二曰刚克，三曰柔克。平康，正直；强弗友，刚克；燮友，柔克。沉潜，刚克；高明，柔克。"此皆明气质必假变化。《通书》"刚柔善恶"一章，所谓"俾人自易其恶，自至其中"亦是此旨。刘劭《人物志·九征篇》虽名家言，亦有可取，大致以偏至为才，兼才为德，全德为圣，故曰："九征皆至，则纯粹之德也。九征有违，则偏杂之才也。"（九征者，谓九质之征。谓精神筋骨气色仪容言也。文繁不具引。）"三度不同，其德异称，故偏至之才，以才自名，兼才之人，以德为目，兼德之人，更为美号。是故兼德而至，谓之中庸。中庸者，圣人之目也。具体而微，谓之德行。德行者，大雅之称也。一至谓之偏才。偏才，小雅之质也。一征谓之依似。依似，乱德之类也。一至一违，谓之闲杂。闲杂，无恒之人也。无恒依似，皆风人末流。末流之质，不可胜论。"名家之言，乃以品核人流，未必尽为知德，然其所谓三度则有当也。知此可明修德须学，由偏至而进于兼，由兼德而进于全，非进德之谓乎？然又须明性修不二，不是性德之外别有修德。修德须进，性德亦有进。性德本无亏欠，何以须进？当知天地之道只是至诚无息，不息即进也。"与天地合其德"，只是贵其不已。所谓"不息则久，久则征，征则悠远，悠远则博厚，博厚则高明"，"博厚配地，高明配天，悠久无疆"，此进德之极致也。行之不笃，即是不诚，不诚则无物。一有欠缺，一有间断，便是不笃。行有欠缺，即德有欠缺。行有间断，即德有间断。故虽曰性德无亏，亦须笃行。到极致处，始能体取，所以言笃行为进德之要也。易言之，即是践形所以尽性，进德即尽性之事，践形即笃行之事。孟子曰：“形色，天性也，唯圣人而后可以践形。”气之凝成者为形，形之变动者为色。(此与佛氏言色法不同。参看《宜山会语》五说视听言动。)天性即行乎气中之理也。如视听言动，皆有其理。视极其明，听极其聪，言极其从，貌极其恭。始为尽视听言动之理，始为得耳目口体之用。是谓尽性，是谓践形。朱子曰：“众人有是形而不能尽其理，故无以践其形。唯圣人有是形而又能尽其理，然后可以践其形，而无歉也。”故知视有不明，听有不聪，则是未能践其形，即未能尽其性。视听言动皆行也，四者一于礼，则是仁是德也。人生所日用不离，最切近而最易体认者，孰有过于四事者乎？所以应万事而根于心之所发者，舍此岂别有乎？故颜渊问仁，孔子告以“克己复礼为仁”。颜子直下承当，便请问其目，只此视听言动四事。知此便知笃行之道，合下当从非礼勿视、听、言、动入手。才有非礼即是不仁，到得四事全是礼，则全体是仁。是故言笃行为进德之要，此理决定无可疑也。

复次当知《中庸》曰“温故而知新”，博文之事也；“敦厚以崇礼”，笃行之事也。此所以继博文而言笃行也。《乾·文言》曰“知至至之，可与言几也”，主敬、涵养、穷理、致知、博文、立事当之；“知终终之，可与存义也”，则笃行、进德当之。又此门总摄前三，如主敬须实是主敬，穷理须实是穷理，博文须实是博文，此便是笃行。一有不实，只是空言。涵养得力，致知无尽，应事不惑，便是进德。若只言而不行，安能有得？行而不力，安望有进？故言虽分三，事唯是一。总此四门，约为一行。《论语》曰：“博学于文，约之以礼，亦可以弗畔矣夫。”文以知言，礼以行言，博约亦是同时，文礼非有二致。故孟子曰：“博学而详说之，将以反说约也。”前三是博，此门是约。又中二为博，初终均约。总该万行，不离一心。即知即行，全理是事；即博即约，全事是理。始终本末，一以贯之，即下学，即上达。“子以四教，文、行、忠、信。”文即六艺之文，行即六艺之事，忠、信则六艺之本。今此四门亦略同四教，全体起用，全用归体。此乃圣学之宗要，自性之法门，语语从体验得来，从胸襟流出，一字不敢轻下。要识圣贤血脉，舍此别无他道。于此不能有会，决定非器，难与入德。若只作一种知解、一种言说领取而不肯笃行，则是辜负自己，辜负先圣。曾子曰：“尊其所闻，则高明矣。行其所知，则光大矣。”闻是闻道，知是知德。道为万行，德是一心。今有言说显示，但名为“闻”，诸生体之在己，乃可名“知”。勤而行之，斯可与适道；得之于心，斯可与入德。如此则日进于高明光大之域，必可期也。“为仁由己，而由人乎哉？”勉之，勉之。

读书法[①]

前讲学规，乃示学者求端致力之方。趣向既定，可议读书。如人行远，必假舟车。舟车之行，须由轨道，待人驾驶。驾驶之人，既须识途，亦要娴熟。不致迷路，不致颠覆，方可到达。故读书之法，须有训练，存乎其人。书虽多，若不善读，徒耗日力，不得要领，凌杂无序，不能入理，有何裨益？所以《学记》曰："记问之学，不足以为人师也。"古人以牛驾车，有人设问曰："车若不行，打车即是？打牛即是？"此以车喻身，以牛喻心。车不自行，曳之者牛。肢体运用，主之者心。故欲读书，先须调心。心气安定，自易领会。若以散心读书，博而寡要，劳而少功，必不能入。以定心读书，事半功倍。随事察识，语语销归自性，然后读得一书，自有一书之用，不是泛泛读过。须知读书，即是穷理博文之一事。然必资于主敬，必赖于笃行。不然，则只是自欺欺人而已。

《易·系辞》曰："上古结绳而治，后世圣人易之以书契，百官以治，万民以察，盖取诸夬。"夬者，决也。（决是分别是非之意，犹今言判断。决去其非，亦名为决。）此书名所由始，契乃

---

① 本文辑自《复性书院讲录》。

刻木为之，书则箸于竹帛。故《说文》曰："书，箸也。从聿。"所以书者，是别白之词，声亦兼意。孔颖达《尚书正义》曰："道本冲寂，非有名言。既形以道生，物由名举，圣贤阐教，事显于言，言惬群心。书而示法，因号曰书。"名言，皆诠表之辞，犹筌蹄为渔猎之具。书是能诠，理即所诠。《系辞》曰："书不尽言，言不尽意。"故读书在于得意，得意乃可忘言。意者，即所诠之理也。读书而不穷理，譬犹买椟还珠。守此筌蹄，不得鱼兔，安有用处？禅家斥为"念言语汉"，俚语谓之"读死书"。贤首曰："微言滞于心首，转为缘虑之场，实际居于目前，翻成名相之境。"此言读书而不穷理之过。记得许多名相，执得少分知解，便傲然自足，顿生狂见，自己无一毫受用，只是增长习气。《圆觉经》云："无令求悟，唯益多闻，增长我见。"此是不治之证。故读书之法，第一要虚心涵泳，切己体察，切不可以成见读书，妄下雌黄，轻言取舍，如时人所言批评态度。南齐王僧虔《诫子书》曰"往年有意于史"，后"复徙业就玄"，"犹未近仿佛。曼倩有云：'谈何容易。'见诸玄，志为之逸，肠为之抽。专一书，转诵数十家注，自少至老，手不释卷，尚未敢轻言。汝开《老子》卷头五尺许，未知辅嗣何所道，平叔何所说，马、郑何所异，《指例》何所明，而便盛于麈尾，自呼谈士，此最险事"，"就如张衡思侔造化，郭象言类悬河，不自劳苦，何由至此？汝曾未窥其题目，未辨其指归；六十四卦，未知何名；庄子众篇，何者内外；《八帙》所载，凡有几家；四本之称，以何为长。而终日欺人，人亦不受汝欺也"。据此文可知，当时玄言之盛，亦如今人之谈哲学、新学。后生承虚接响，腾其口说，骛名无实，其末流之弊有如是者。僧虔见处，犹滞知解。且彼自为玄家，无关儒行。然其言则深为警策，切中时人病痛，故引之以明"知之为知之，不知为不知，是知也"之旨，慎勿以成见读书，轻言批评。此最为穷理之碍，切须诫绝也。

今以书为一切文籍记载之总名，其实古之名书，皆以载道。《左氏传》曰：“楚左史倚相，能读《三坟》《五典》《八索》《九丘》。”读书之名始此。《尚书·序》曰：“伏羲、神农、黄帝之书，谓之《三坟》，言大道也；少昊、颛顼、高辛、唐、虞之书，谓之《五典》，言常道也；至于夏、商、周之书，虽设教不伦，雅诰奥义，其归一揆。是故历代宝之，以为大训。八卦之说，谓之《八索》，求其义也。九州之志，谓之《九丘》。丘，聚也。言九州所有，土地所生，风气所宜，皆聚此书也。”此见上古有书，其来已远。《书·序》复云：“孔子生于周末，睹史籍之烦文，惧览者之不一，遂乃定《礼》《乐》，明旧章，删《诗》为三百篇，约《史记》而修《春秋》，赞《易》道以黜《八索》，述《职方》以除《九丘》。（疑当时《八索》者，类阴阳方伎之书。故孔子作《十翼》，以赞《易》道之大，而《八索》遂黜。《职方》，孔颖达以为即指《周礼》。疑上古亦有方志，或不免猥杂，故除之。）讨论坟典，断自唐、虞以下，讫于周。芟夷烦乱，翦截浮辞，举其宏纲，撮其机要，足以垂世立教，……所以恢弘至道，示人主以轨范也。”此义实通群经言之，不独《尚书》也。《尚书》独专“书”名者，谓其为帝王遗书，所谓“文武之道，布在方策”者是也。“文王既没，文不在兹乎？”文所以显道，事之见于书者，皆文也。故六艺之文，同谓之书；以常道占，则谓之经；以立教言，则谓之艺；以显道言，则谓之文；以竹帛言，则谓之书。《论语》记“子所雅言，《诗》、《书》、执礼”，“子不语怪、力、乱、神”，此可对勘。世间传闻古事多属怪、力、乱、神，如《楚辞·天问》之类。《山海经》疑即《九丘》之遗。如《竹书纪年》《汲冢周书》《穆天子传》等，固魏晋间人伪书。然六国时人最好伪撰古事，先秦旧籍多有之。故司马迁谓：“诸家言黄帝，其言不雅驯，荐绅先生难言之。”可知孔子删书，所以断自唐虞者。一切怪、力、乱、神之事，悉从刊落。郑康成《书论》引《尚书纬》云：“孔子求书，得黄帝玄孙帝魁之书，迄于秦穆公，凡三千二百四十篇，断远取近，定可以为世法者百二十篇。今伏生所传今文才二十九篇，益以古文，并计五十八篇。”《古文尚书》虽有依托，并非全伪。据此可见，孔子删后之《书》，绝无不可信者。群经以此类推，为其以义理为主也。故曰：“述而不作，信而好古，窃比于我老彭。……我非生而知之者，好古，敏以求之者也。”此是孔子之读书法。今人动言创作，动言疑古，岂其圣于孔子乎？不信六经，更信何书？不信孔子，更信何人？“夏礼，吾能言之，杞不足征也。殷礼，吾能言之，宋不足征也。文献不足故也。足，则吾能征之矣。”“吾犹及史之阙文也，……今亡矣夫。”此是考据谨严态度。今人治考古学者，往往依据新出土之古物，如殷墟、甲骨、汉简之类，矜为创获，以此推论古制。单文孤证，岂谓足征？即令有当，何堪自诩！此又一蔽也。孔子读《易》，韦编三绝，漆书三灭，铁挝三折，其精勤专久如此。今人读书，不及终篇，便生厌倦，辄易他书。未曾玩味，便言已了，乃至文义未通，即事著述，抄撮剿袭，自矜博闻，谬种流传，每况愈下。孔子曰：“盖有不知而作之者，我无是也。”此不独浅陋之甚，亦为妄诞之尤，其害于心术者甚大。今日学子，所最宜深诫者也。

《易》曰：“天在山中，大畜。君子以多识前言往行，以畜其德。”伊川曰：“天为至大，而在山之中，所畜至大之象。……人之蕴畜，由学而大，而多闻前古圣贤之言与行，考迹以观其用，察言以求其心，识而得之，以畜成其德，乃大畜之义。”此学之所以贵读书也。“登东山而小鲁，登泰山而小天下”，乃知贵近者必遗远也。河伯见海，若而自失，乃知执多者由见少也。读书非徒博文，又以畜德，然后能尽其大。盖前言往行，古人心德之著见者也，畜之于己，则自心之德与之相应。所以言“富有之谓大业，日新之谓盛德”。业者，即言行之发也。君子言而世为天下法，行而世为天下则，故乱德之言，非礼之行，必无取焉。书者何？前言往行之记录是也。今语所谓全部人生，总为言行而已矣。书为大共名，六艺为大别名。古者左史记言，右史记事，言为《尚书》，事为《春秋》，初无经史之分也。尝以六艺统摄九家，总摄四部，闻者颇以为异。（《泰和会语·楷定国学名义》）其实理是如此，并非勉强安排。庄子所谓“道术之裂为方术，各得一察焉以自好”。《汉志》以九家之言“皆六艺之支与流裔”，亦世所熟闻也。流略之说，犹寻其源，四部之分，遂丰其蔀。今言专门，则封域愈狭，执其一支，以议其全体，有见于别，而无见于通，以是为博，其实则陋。故曰：“井蛙不可以语于海，拘于墟也；夏虫不可以语于冰，笃于时也；曲士不可以语于道，束于教也。”守目录校雠之学而以通博自炫者，不可以语于畜德也。清儒自乾嘉以后，小学一变而为校勘，单辞碎义，犹比窥观。至目录一变而为板本，则唯考论椠刻之久近，行款之异同，纸墨之优劣，岂徒玩物丧志，直类古董市谈。此又旧习之弊，违于读书之道也。

以上略明读书所以穷理，亦所以畜德。料简世俗读书不得其道之弊，大概不出此数端。然则读书之道，毕竟如何始得？约而言之，亦有四门：一曰通而不局，二曰精而不杂，三曰密而不烦，四曰专而不固。局与杂为相违之失，烦与固为相似之失。执一而废他者，局也；多歧而无统者，杂也；语小而近琐者，烦也；滞迹而遗本者，固也。通，则曲畅旁通而无门户之见；精则幽微洞彻而无肤廓之言；密则条理谨严而无疏略之病；专则宗趣明确而无泛滥之失。不局不杂，知类也；不烦不固，知要也。类者辨其流别，博之事也；要者综其指归，约之事也。读书之道尽于此矣。

《学记》曰：“一年，视离经辨志。”郑注：“离经，断句绝也。辨志，谓别其心意所趋向。”是离经为章句之学，以了解文义为初学入门之事。继以辨志，即严义利之辨，正其趋向，否则何贵于读书也。下文云：“三年视敬业乐群；五年视博习亲师；七年视论学取友，谓之小成；九年，知类通达，强立而不反，谓之大成。”敬业、博习、论学，皆读书渐进功夫。乐群、亲师、取友，则义理日益明，心量日益大，如是积累，犹只谓小成。至于“知类通达”，则知至之目，“强立而不反”，（郑注云：“强立，临事不惑也。不反，不违失师道。”犹《论语》言“弗畔”。）则学成之效，是以深造自得，然后谓之大成。故学者必有资于读书，而但言读书，实未足以为学。今人读书，但欲了解文义，便谓能事已毕。是只做得离经一事耳，而况文义有未能尽了者乎？

《汉书·艺文志》曰：“古之学者耕且养，三年而通一艺，存其大体，玩经文而已，是故用日少而畜德多，三十而五经立也。后世经传既已乖离，博学者又不思多闻阙疑之义，而务碎义逃难，便辞巧说，破坏形体；说五字之文，至于二三万言，后进弥以驰逐，故幼童而守一艺，白首而后能言；安其所习，毁所不见，终以自蔽。此学者之大患也。”此见西汉治经，成为博士之业，末流之弊，已是如此，异乎《学记》之言矣。此正《学记》所谓“呻其占毕，多其讯”者，乃适为教之所由废也。汉初说《诗》者，或能为《雅》，而不能为《颂》。其后专主一经，守其师说，各自名家。如《易》有施、孟、梁丘；《书》有欧阳、夏侯；《诗》有齐、鲁、韩，人持一义，各不相通。武帝末，壁中古文已出，而未得立于学官；至平帝时，始立《毛诗》《逸礼》

《古文尚书》《左氏春秋》。刘歆《让太常博士书》，极论诸儒博士不肯置对，专己守残，“挟恐见破之私意，而亡从善服义之公心”，“雷同相从，随声是非”。此今古文门户相争之由来也，此局过之一例也。及东汉末，郑君承贾、马之后，遍注群经，始今古文并用，庶几能通者，而或讥其坏乱家法。迄于清之季世，今文学复兴，而治古文学者亦并立不相下，各守封疆，仍失之局。而其为说之支离破碎，视说“曰若稽古”三万言者，犹有过之，则又失之烦。汉宋之争，亦复类此。为汉学者，诋宋儒为空疏；为宋学者，亦鄙汉儒为锢蔽。此皆门户之见，与经术无关。知以义理为主，则知分今古汉末为陋矣。然微言绝而大义乖，儒分为八，墨分为三，邹、鲁之间，断断如也，自古已然。荀子《非十二子》，其态度远不如庄子《天下篇》言“古之道术有在于是者，某某闻其风而说之”，故道术裂为方术，斯有异家之称。刘向叙九流，言九家者，皆六艺之支与流裔，礼失而求诸野，彼异家者，犹愈于野已，此最为持平之论。其实末流之争，皆与其所从出者了无干涉。推之儒佛之争、佛老之争，儒者排二氏为异端；佛氏亦判儒家为人天乘，老庄为自然外道；老佛互诋，则如顾欢《夷夏论》，甄鸾《笑道论》之类；乃至佛氏亦有大小乘异执、宗教分途，道家亦有南北异派，其实与佛、老子之道皆无涉也。儒家既分汉、宋，又分朱、陆。至于近时，则又成东方文化与西方文化之争，玄学与科学之争，唯心与唯物之争，万派千差，莫可究诘，皆局而不通之过也。大抵此病最大，其下三失随之而生。既见为多歧，必失之杂；言为多端，必失之烦；意主攻难，必失之固。欲除其病本，唯在于通。知抑扬只系临时，对治不妨互许，扫荡则当下廓然，建立则异同宛尔，门庭虽别，一性无差。不一不异，所以名如；有疏有亲，在其自得。一坏一切坏，一成一切成，但绝胜心，别无至道。庄子所谓：“恢诡谲怪，道通为一。”荀卿所谓：“奇物变怪，仓卒起一方，举统类以应之，若辨黑白。”禅家所谓：“若有一法出过涅槃，我亦说为如梦如幻。”《中庸》之言最为简要，曰：“不诚无物。”孟子之言最为直截，曰：“万物皆备于我矣。”《系辞》之言最为道彻，曰：“天下同归而殊途，一致而百虑，天下何思何虑?”盖大量者用之即同，小机者执之即异。总从一性起用，机见差别，因有多途。若能举体全该，用处自无差忒，读书至此，庶可“大而化之”矣。

学者观于此，则知天下之书不可胜读，真是若涉大海，茫无津涯。庄子曰：“吾生也有涯，而知也无涯，以有涯随无涯，殆已。”然弗患其无涯也，知类，斯可矣。盖知类则道，通则无碍也。何言乎知类也？语曰:群言淆乱，折中于圣人，摄之以六艺，而其得失可知也。《汉志》叙九家，各有其长，亦各有其短。《经解》明六艺流失，曰愚，曰诬，曰烦，曰奢，（亦曰礼失则离，乐失则流。）曰贼，曰乱。《论语》“六言”“六蔽”，曰愚，曰荡，曰贼，曰绞，曰乱，曰狂。孟子知言显言之过为诐淫邪遁，知其在心者为蔽陷离夯。皆各从其类也。荀子曰：“墨子蔽于用而不知文，宋子蔽于欲而不知得，慎子蔽于法而不知贤，申子蔽于势而不知知，惠子蔽于辞而不知实，庄子蔽于天而不知人。故由用谓之，道尽利矣；由欲谓之，道尽嗛矣；由法谓之，道尽数矣；由势谓之，道尽便矣；由辞言之，道尽论矣；由天谓之，道尽因矣。此数具者，皆道之一隅也。夫道者，体常而尽变，一隅不足以举之。”荀子此语，亦判得最好。蔽于一隅，即局也。是知古人读书先须简过，知其所从出，而后能知其所流极，抉择无差，始为具眼。凡名言施设，各有分齐。衡诚悬，则不可欺以轻重；绳墨诚陈，则不可欺以曲直；规矩诚设，则不可欺以方圆。以六艺统之，则知其有当于理者，皆六艺之一支也；其有乖违析乱者，执其一隅而失之者也。祛其所执而任其所长，固皆道之用也。《诗》之失何以愚？《书》之失何以诬？《礼》之失何以离？《乐》之失何以流？《易》之失何以贼？《春秋》之失何以乱？失在于不学，又学之不以其道也。故判教之宏，莫如《经解》，得失并举，人法双彰，乃知异见纷纭，只是暂时歧路，封执若泯，则一性齐平，寥廓通途，谁为碍塞？所以囊括群言，指归自性，此之谓知类。

何言乎知要也？《洪范》曰："会其有极，归其有极。"老子曰："言有宗，事有君。"荀卿曰："圣人言虽万变，其统类一也。"王辅嗣曰："物无妄然，必由其理，统之有宗，会之有元。故繁而不乱，众而不惑。自统而寻之，物虽众则知可以执一御也；由本以观之，义虽博则知可以一名举也。故处璿玑以观大运，则天地之动未足怪也；据会要以观方来，则六合辐凑未足多也。"此知要之说也。《诗谱序》曰："举一纲而万目张，解一卷而众篇明。"康成可谓善读书者也。试举例以明之，如曰：《诗》以道志，《书》以道事，《礼》以道行，《乐》以道和，《易》以道阴阳，《春秋》以道名分，六艺之总要也。"思无邪"，《诗》之要也。"毋不敬"，《礼》之要也。"告诸往而知来者"，读《诗》之要也。"言忠信，行笃敬"，学《礼》之要也。"惧以终始，其要无咎"，学《易》之要也。"君君、臣臣、父父、子子"，《春秋》之要也。"礼，与其奢也，宁俭；丧，与其易也，宁戚"，此亦《礼》之要也。"报本反始"，郊社之要也。"慎终追远"，丧祭之要也。"尊尊亲亲"，丧服之要也。"谨始"，冠昏之要也。"尊贤养老"，燕飨之要也。"礼主别异，乐主和同，序为礼，和为乐，礼主减，乐主盈。礼乐只在进反之间"，此总言礼、乐之要也。"好贤如《缁衣》，恶恶如《巷伯》"，"将顺其美，匡救其恶"，此亦《诗》之要也。"《天保》以上治内，《采薇》以下治外"，"《小雅》尽废，则四夷交侵，中国微矣"，

《诗》通于政之要也。“婚姻之礼废则淫僻之罪多；乡饮酒之礼废则争斗之狱繁；丧祭之礼废则倍死忘生者众；聘觐之礼废则倍畔侵凌之败起”，“明乎郊社之礼、禘尝之义，治天下如示诸掌”，议礼之要也。“逝者如斯夫”，“四时行，百物生”，读《易》观象之要也。“清斯濯缨，浊斯濯足”，“未之思也，何远之有”，读《诗》耳顺之要也。“智者观其《彖辞》，则思过半矣”，亦学《易》之要也。“杂物撰德，辨是与非，非其中爻不备”，则六位之要也。六十四卦之大象，用《易》之要也。“齐一变至于鲁，鲁一变至于道”，《春秋》三世之要也。“其或继周者虽百世可知也”，《尧曰》一篇，皆《书》之要也。《乡党》一篇，皆《礼》之要也。孟子尤长于《诗》《书》，观孟子道“性善”，言“王政”，则知《诗》《书》之要也。《论语》群经之管钥，观于夫子之雅言，则知六艺之要也。他如子夏《诗序》、郑氏《诗谱序》、王辅嗣《易略例》、伊川《易传序》、胡文定《春秋传序》、蔡九峰《书集传序》，皆能举其大，则又一经之要也。如是推之，不可殚述，验之于人伦日用之间，察之于动静云为之际，而后知心性之本，义理之宗，实为读群书之要。欲以辨章学术，究极天人，尽此一生，俟诸百世，舍此无他道也。此之谓知要。

《孔子闲居》曰：“天有四时，春秋冬夏，风雨霜露，无非教也；地载神气，神气风霆，风霆流形，庶物露生，无非教也。”观象、观变、观物、观生、观心，皆读书也。六合之内，便是一部大书。孟子曰：“观于海者难为水，游于圣人之门者难为言。”夫义理无穷，岂言语所能尽？今举读书法，乃是称性而谈，不与世俗同科，欲令合下识得一个规模，办取一副头脑，方免泛滥无归。信得及时，正好用力，一旦打开自己宝藏，运出自己家珍，方知其道不可胜用也。

周诒春
(1883—1958)

生平简介

周诒春（1883—1958），亦名贻春，字寄梅，祖籍安徽省休宁县，出生于湖北汉口。著名教育家。十二岁考入上海圣约翰书院。1904 年毕业，自费留美，在威斯康星大学学习教育学、心理学。1909 年获耶鲁大学硕士学位。同年回国，任教于上海圣约翰大学、吴淞中国公学。1911 年参加清廷留学生考试，中进士，被点为翰林，时人称为“洋翰林”。1912 年出任南京临时政府外交部秘书、孙中山英文秘书。同年4 月任清华学堂教务长，改为清华学校后任教务长，后任副校长。1913 年1 月任清华学校第二任校长。在任期间，首先提出把清华改办为完全大学计划，主持修建清华早期四大建筑，推行德智体全面教育。1918 年卸任。1933 年担任燕京大学代理校长。1935 年起先后任南京国民政府实业部次长、国民政府咨议。1937 年担任中国茶叶股份有限公司董事长。抗日战争全面爆发后，担任贵州省政府委员兼卫生委员会主任委员、贵州省财政厅厅长等职。在贵州期间，花极大精力办理贵阳清华中学，并任董事长。1945 年 9 月任国民政府农林部长。1947 年任国民政府卫生部长，次年 10 月辞职，是年冬迁居香港。1950 年人民政府派人赴香港将其接回。1956 年被特邀为中国人民政治协商会议代表。1958 年 8 月在上海病逝。

有教养者的责任①

1915 年

今天下午我演讲的主题是“有教养者的责任”。所谓责任不仅指每个人对自己和其他人所承担的那些神圣的职责、重任和义务，也包括尽心尽力圆满完成这些职责、重任和义务。我所说的有教养者就是那些通过自己的训练，掌握了最好的事物，以自己和他人的最高级的发展为目标的人。

我选择这个主题是出于以下两个原因：一、人的才能的极大浪费；二、世上存在本可以避免的罪恶。第一点指的是，我们作为有教养的人，还没有用我们所拥有的才能和机会使我们的生命发挥得淋漓尽致；第二点说的是，我们作为有教养的人，对世上可悲的事情及其可以阻止的罪恶负有完全的责任。每个人，无论是否有教养，都有他自己的生活责任，他们都要承担责任。不过有教养的人能意识到他的责任，而没有教养的人则不能。因此，对于有教养者我们期待的是领袖才能，对于无教养者我们期待的是服从。因此，有教养者的责任是被强加的，而且也是无限增加

① 本文是周诒春在上海圣约翰大学开学典礼上的演讲。

的。如果所有有教养者都能意识并履行他们对自己和群体所承担的责任，人类生活将会更加有效率，我们所生活其间的世界将会更加美好，更加幸福，更加有吸引力。有教养者的责任是什么呢？他又如何来实现它们呢？简而言之，对此也许可以在如下两个标题下来加以描述：对自我的责任，对非自我或者说他人的责任。

在有教养者的头脑中，最重要的情感是自我，他的首要想法就是完全实现自我的幸福和满足。自我的存在不仅是正当的、神圣的，也是基本的、必需的，因为它是人类行为的动力和人类进步的原因。就像他那没有教养的兄弟一样，有教养者经常也会判断失误，被错误的自我认识冲昏了头脑。有变化的自我，也有不变的自我。变化的自我是短暂的、肤浅的、难以理解的；不变的自我是持续的、深刻的、真实的。变化的自我渴望立即满足，不变的自我追求超验的幸福。变化的自我是属于当下的，不变的自我是属于所有时代的。有教养者所追求的，不是变化的自我，而是不变的自我。对于他来说，为了获得不变的自我，他必须通过一系列持续和导向正确的行为来提防变化的自我。

上帝创造人类并赋予他体力、智力、道德和精神的力量。这些就是他的工具和材料，可以用来建立不变之自我的结构。要完成这种建构，首要条件是身体健康，除非他发展那些维持自身生存的四肢和器官，并使其处于良好状态才行，只有做到这样才行。紧接着身体健康的是心理健康，这涉及感觉、知觉、观念、判断和推理等方面的适当发展、调整和协调。在身体和心理的健康之上，是道德和精神的健康，它们是通过发展更加高尚的情感和更加细腻的情绪来实现的。人的所有这些身体的、心理的、道德的、精神的力量的最大发展代表了不变之自我的实现。这些就是有教养者对于自己所应承担的责任。

人不是自我存在或自足的生命，而是依赖其群体的生物。他的精神得自超自然的事物，他的生命来自于他的父母，他的幸福和伴侣之情来自他的妻子，他的本能的慰藉和自然的延续来自他的孩子，他的存在、教育、生活，甚至他的快乐都是来自他的朋友和社会。简而言之，他的一切来自于，也受益于其他人。没有其他人，他便无法存在。因此，从他活着直到他死去，他都受益于他人。他从他人那里已经得到的、正在得到的和将要得到的，他都应该连本带利甚至更多地来偿还。

说得具体一点，如果上帝真正受到爱戴，真正的宗教将会繁荣，我们的这个悲惨的世界将会变得光明和幸福。如果我们的父母真正受到爱戴，老年将会如同一个平静无云的秋日之灿烂的傍晚。如果我们的妻子真正受到爱戴，家庭将会如同乐园。如果我们的孩子真正受到关爱，逃课、流浪、贫穷和犯罪将会迅速消失。最终，如果社会真正为人所爱，贫困将会减少，无知将会消失，法律将得到改良，道德将会改善。简而言之，有教养者的存在依赖于社会，反过来说，社会的持续存在也依赖于他。因此只要有教养者严格地按照自己的良心来履行他对于他的同胞的责任，那么将不会有社会或人类的反常现象，这些现象不过是社会的病态而已。简而言之，这些就是他对于社会和他人的责任。

在详细论述了有教养者对于自我和同胞的责任之后，我还想就如何最好地完成这些责任再多说几句。请允许我在此指出，履行对于自我的责任和履行对于他人的责任就其程序而言完全是一回事。排除了他人，自我也就不复存在了。尽管有时按照个性来说会存在这种排除了他人的情况，但人并非孤独的存在，因此，远离了他人或同胞，他是没有意义的。人和创造是不可分离的。作为自我的人是工作者，他的同胞作为非自我构成了他工作的要素和领域。通过工作，他获得了技能，产生出成果。技能的获得是他的能力的发展，在他人或同胞中产生出成果是他的能力的表现和体现，也是自我的实现。通过工作，自我经由他人获得存在和发展。如果有教养者想要实现他对于自我和同胞所应尽的责任，他必须工作，持续地工作，认真地工作，勇敢地工作。通过工作，他构建了他人，通过构建他人，他也构建了自我。这就是伟大的圣人和贤哲的全部教导，这也是在我们之前在世上生活过的人的全部经历。

这个真理应该强调清楚，在人类历史上还没有哪个时代像今天这样，有教养者需要对此给予更多的注意。现在的欧洲处于狂热的混乱之中，文明也正安危未定，基督教正经受着考验，教育成为野心和自私的奴隶。高贵的人正在自我毁灭。有太多的夸夸其谈，太少的实际行动。他的理想太高，他的行动太弱。这就是为什么在欧洲人们正互相杀戮的原因；这就是为什么人们已经失去了对于誓言和信念的信仰；这就是为什么世界上存在诸如妒忌、憎恨、不公、猜忌、伪善、欺诈、疾病和不幸等众多邪恶的原因；这就是为什么兴盛的事物如此少而停滞和失败的事物如此多的原因。对于人类所从事的一切事情的后果都可以找到足够多的理由，除了超出人类控制和管理的那些原因，事情的失败是因为人类没有按照其理想来生活。他遵循的是自己的感情而不是思考和理想。

女士们，先生们，同学们，我们都有生命，我们必须过自己的生活。我们应该好好过呢，还是胡乱过呢？为了变化的自我生活呢，还是为了不变的自我而生活呢？仅仅为了我们自己而生活呢，还是也要为我们的同胞而生活呢？我们作为有教养的男人和女人，每个人都代表着某种东西，在生命中都有注定的任务要完成。我们应该好好完成还是胡乱完成呢？我们的愿望不就是让我们所生活的这个世界运转，让我们的存在更美好更幸福吗？如果我们赞同美好的和正确的，那么让我们所有人都尽量发挥我们的力量、能力，充分利用机会。让我们坚持我们的原则，坚定地支持这些原则，不允许在这些原则和我们之间存在任何隔阂。让我们消除世上的邪恶，治愈人类的伤口，恢复后代的信心。拯救和提高人类正是我们的职责，挽救和重建文明正是我们的职责。女士们、先生们，国家和世界的将来落在你们的肩上。作为这一代人中的有教养者，我们难道不是应该准备好承担和履行我们的职责吗？佛兰西斯·安·坎波（France Anne Kemble）说过：

> 神圣的重担乃汝所肩负之此生，
> 庄严视之，举之，承担之，
> 屹立，重负之下笃定行之。
> 勿因悲伤放弃，勿因过失胆怯，
> 须向前，向上，直至达成目标。

学生与社会事业

1916 年

社会事业为学生时代唯一有助于国之举也。近年来吾国国势，陵夷极矣。言政治，则土地日失，权利日削，满蒙、西藏，实权已非我有。本部十八行省，列强亦各有其势力范围，诚可痛也。然而为学生者，即欲有所补救亦乌乎能。言财政，则币制棼乱，物价腾贵，日甚一日，生活程度日高，而生计不加裕，其窘迫拮据，可想而知。今日吃饭问题，诚各重要问题中之最重要者也。然而为学生者，能有所尽力乎？不能也。言军政，则军人无所事事，甚至习海军者，不知游泳为何物，则其内容可知矣。军事之腐败既若此，为学生者，能改良之乎？力有所不及也。学生于求学时代，既不能有助于政治、经济、财政及军政矣，然则岂遵无一能有助于国乎？曰有，即从事社会事业，从根本上改革是也。

学生宜改良社会教育及从事调查也。社会事业亦多矣，然求其收效易而影响大者，则莫社会教育若。而社会教育，尤以改良戏曲为最要。戏曲善，则社会不期不善；戏曲不善，则社会不期而自恶。戏曲而忠爱义侠，不诲淫，不诲盗，不荒唐无稽也，则一般平民，不患其不爱国，不高尚，不真实。人人爱国，人人高尚，人人真实，则国焉有不富而强者哉？诚以戏曲之魔力，有非小说所可与比拟者也。戏曲之善恶，既有关国运也如斯，则为学生者，课余之暇，宜如何自度其才，自量其力，以改良之乎？不特有助于国，且亦足练作文也。至调查则兼观察、作文、交际而一之，其益尤大。医者治病，必先知病源。学者医国，必先知国病，而察其由来。欲知国病之源，则调查尚矣。今日知其病源，他日施以良方。七年之病，不患无三年之艾。学贵豫储，不豫不立，此调查所以亦为社会事业之主要者也。

学生宜提倡贫民教育也。社会事业之最有价值最有根底者，厥惟国民教育、社会教育者。急则治标也。国民教育者，眼光远大，治本者也。所谓百年树人，为后世着想者也。国民教育不普及之国，虽能称雄一时，终归淘汰；反之，虽含垢一时，终有出头之日。而国民教育之尤者，莫如贫民教育。受高等教育者须知，社会之所以栽培我者至厚，亦欲我与以更大之报酬耳。故对于社会之根本事业，不可不竭力提倡。即从事国民教育是也，亦即从事贫民教育是也。受高等教育者，非徒以求学终也。求学欲以致用耳。教授贫民者，所以致用，亦所以答社会之厚意于万一耳。

学生从事社会事业亦即开阔己之命运也。办理社会事业，非易事也，须有实行之精神焉。学生实行精神之缺乏，即我国不能雄视宇宙之一大原因。今欲不蹈覆辙，而有所建树，则莫如以在学时为始，即从事社会事业，庶养成实行之习惯。他日毕业应世，自不甘清净无为矣，此社会事业之有造于学生之实行力者也。既实行焉，则经验必长，而智识自增，此社会事业之有造于学生之学养者也。夫精神也，智识也，经验也，有为者不可缺一，非于求学时养之不可。而求学时代，唯从事于社会事业，为最能养之有素，则谓社会事业之亦可以开阔个人之命运，谁曰不宜？

许寿裳

(1883—1948)

生平简介

许寿裳（1883—1948），字季茀，号上遂，浙江绍兴赵家坂人。文史学者、作家、教育家。1902年以浙江官费赴日本留学，入东京弘文学院补习日语，结识鲁迅，成为终身挚友。曾编辑《浙江潮》，后转入东京高等师范读书。1908年与鲁迅一起加入革命团体光复会。次年4月回国，任浙江两级师范学堂教务长。辛亥革命后，任浙江军政司秘书。南京临时政府成立后，应教育总长蔡元培邀，任教育部佥事、科长、参事和普通教育司司长。1913年与鲁迅、钱稻孙代表教育部，做读音统一会会员，参与审定国语字音。1917年冬起历任江西省教育厅厅长、教育部编审、北京女子高等师范学校校长。1925年北京爆发“女师大风潮”，支持鲁迅和进步师生正义斗争，被段祺瑞政府通缉，愤然离校，到中山大学中文系任教授。不久，应蔡元培之邀，赴南京任大学院（中央研究院前身）参事、秘书长，后又任中央研究院文书处主任等职。1934年北上，任北平大学文理学院院长。抗日战争全面爆发后，任西北联大史学系主任、商学院院长、国文系教授以及华西大学教授等职。1946年夏应台湾省行政长官陈仪邀请，任台湾省编译馆馆长。后到台湾大学任教授兼国文系主任。1948年2月18日于台大宿舍被害身亡。著有《章炳麟传》《鲁迅年谱》《亡友鲁迅印象记》《我所认识的鲁迅》《俞樾传》《中国文字学》《传记研究》《考试制度述要》等。

鲁迅的生活[①]

1936年12月17日

前两天，王同学来说，定于今天下午三时半在本院开鲁迅座谈会，要我讲点关于鲁迅先生的生活情形，我便欣然地答应了，所以我今天所讲的题目是关于他的生活。鲁迅是预言家，是诗人，是战士。我在《怀亡友鲁迅》文中说过“他的五十六年全生活是一篇天地间的至文”，也就是一篇我们中华民族的杰作。这样伟大的一生绝不是短时间内所能说尽的，不过随便谈谈，得个大概罢了。

在开讲之前，我要问诸位一声，诸位大概在中学时代，甚而至于在小学时代已经读过了鲁迅的作品。读了之后，在没有会见他或者没有见过他的照相之前，那时诸位的想象中，鲁迅是怎样一个人？这种回忆，对于鲁迅的认识上是很有帮助的。我的一位朋友的女儿，十余年前，在孔德学校小学班已经读了鲁迅的作品。有一天，听说鲁迅来访她的父亲了，她便高兴之极，跳跃出去看，只觉得他的帽子边上似乎有花纹，很特别。等到挂上帽

① 本文是许寿裳在北平大学女子文理学院鲁迅座谈会上的演讲。

架，她仰着头仔细一望，原来不过是破裂的痕迹。后来，她对父亲说："周老伯的样子很奇怪。我当初想他一定是着西装、皮鞋，头发分得很光亮的。他的文章是这样漂亮，他的服装为什么这样不讲究呢?"

再讲一个近时的故事：这见于日本内山完造的《鲁迅先生》文中，用对话体记着有一天，鲁迅照常穿着粗朴的蓝布长衫，廉价的橡皮底的中国跑鞋，到大马路 Cathay Hotel 去看一个英国人。

"可是，据说房间在七层楼，我就马上去搭电梯。哪晓得司机的装着不理会的脸孔，我以为也许有谁要来吧，就这样等着。可是谁也没有来，于是我就催促他说'到七层楼'，一催，那司机的家伙便重新把我的神气从头顶到脚尖骨溜骨溜地再打量一通，于是乎说：'走出去!'终于被赶出了电梯。"

"那才怪呢！后来先生怎样?"

"没有办法，我便上扶梯到七层楼；于是乎碰见了目的的人，谈了两小时光景的话，回来的时候，那英国人送我到电梯上。恰巧，停下来的正是刚才的那一部电梯。英国人非常殷勤，所以这次没有赶出我，不，不是的，那个司机非常窘呢。——哈哈哈……"(《译文》二卷三期，日本原文见《改造》十八卷十二号)

关于鲁迅容貌的印象，我在此引一个英国人的话，颇觉简而得要，这见于 H. E. Shadick 的《对鲁迅的景仰》文中。他是燕大英文系主任教授，不曾会见过鲁迅，只是从照相上观察，说道：

"在我的面前呈现着一张脸，从耸立的头发到他的有力的颚骨，无处不洋溢出坚决和刚毅。一种坦然之貌，唯有完美的诚恳的人才具备的。前额之下，双眼是尖锐的，而又是忧郁的。眼睛和嘴都呈露出他的仁慈心和深切的同情，一抹胡须却好像把他的仁慈掩盖过去。

"这些特质同样地表现在他的作品中，在他的生命里……"

（原文见燕大周刊丛书之一《纪念中国文化巨人鲁迅》）

鲁迅的生活状况可分为七个时期：一、幼年在家时期，1～7岁；二、江南矿路学堂时期，18～21岁；三、日本留学时期，22～29岁；四、杭州绍兴教书时期，29～31岁；五、北京工作时期，32～46岁；六、厦门广州教书时期，46～47岁；七、上海工作时期，47～56岁。

一、幼年在家时期，1～17岁：预备时期（1881—1897）

这期的时代背景最大的有甲午中日之战。

鲁迅的幼年生活有他的回忆录——《旧事重提》，后改名为《朝花夕拾》——可供参考，现在略举几个特点如下：

（一）好看戏

（甲）五猖会（见《朝花夕拾》），是一件罕逢的盛事，在七岁时候，正当高兴之际，突然受了打击，他的父亲要他读熟《鉴略》数十行，背不出不准去，后来虽然背出，不遗一字，却已弄到兴趣索然。

（乙）社戏（见《呐喊》）。

（丙）夜戏，目莲戏（见《朝花夕拾·无常》）。

（丁）女吊（见《中流》三期）：绍兴有两种特色的鬼，一种是表现对于死的无可奈何，而且随随便便的“无常”；一种便是“女吊”，也叫作“吊神”，是带复仇性的，比别的一切鬼魂更美、更强的鬼魂。鲁迅临死前二日——十月十七日下午在日本作家鹿地亘的寓所，也谈到这“女吊”，这可称鲁迅的最后谈话（日本池田幸子有一篇《最后一天的鲁迅》记及此事，见日本杂志《文艺》四卷十二号）。

（戊）胡氏祠堂看戏：这点在他的著作里面是没有谈到，我从他的母亲那里听来的。在十余岁时候，胡家祠堂里演戏，他事先已经看好了一个地方——远处的石凳。不料临时为母亲所阻止，终于哭了执意要去看，至则大门已关，不得进去。后来知道这一天，因为看客太多，挤得石凳断了，摔下来，竟有被压断胫骨的。他之不得其门而入，幸哉幸哉！

他幼年爱好看戏，至于如此，可是后来厌恶旧剧了。

（二）好描画

（甲）描画：用一种荆川纸，蒙在小说的绣像上一个个描下来，像习字时候的影写一样。……最成片断的是《荡寇志》和《西游记》的绣像，都有一大本（见《朝花夕拾·从百草园到三味书屋》）。

（乙）搜集图画（见《朝花夕拾》：《阿长与山海经》和《二十四孝图》）：这和他后来中年的搜集、研究汉画像，晚年的提倡版画有密切的关系。

（三）不受骗

（甲）不听衍太太的摆布（见《朝花夕拾》八五页）。

（乙）对于《二十四孝图》的怀疑，“其中最使我不解，甚至于发生反感的，是‘老莱娱亲’和‘郭巨埋儿’两件事”（见《朝花夕拾》三五页）。

这样从小就有独到之见，和上述的艺术兴趣，可见他在此时期，天才的萌芽已经显露出来了。

二、江南矿路学堂时期，18～21岁（1898—1901）

这期的国家大事有戊戌变法和庚子义和团之役。

他的学堂生活从此开始，起初考入水师学堂，后才改入矿路学堂，《朝花夕拾》里有一篇《琐记》是可参考的。此外，还有几件事：

（一）爱看小说。新小说购阅不少。对于功课从不温习，也无须温习，而月考、大考名列第一十居其八。

（二）好骑马。往往由马上坠落，皮破血流，却不以为意，常说：“落马一次，即增一次进步。”

（三）不喜交际。至于苦学的情况，如以八元旅费上南京，夹袴过冬，凡上下轮船总是坐独轮车，一边搁行李，一边留自己坐。

三、日本留学时期，22～29岁：修养时期（1902—1909夏）

这期的大事是俄兵占领奉天，日俄开战，革命思潮起于全国，和他个人关系较切的有章太炎师的下狱，徐锡麟、秋瑾的被杀等。

这留学时期又可分为三个小段：（一）东京弘文学院时期；（二）仙台医学专门学校时期；（三）东京研究文学时期。

（一）东京弘文学院时期（1902—1904夏）

此时，我初次和他相识，他在课余爱读哲学文学的书以及常常和我谈国民性问题，这些已见于拙著《怀亡友鲁迅》，兹不赘述。他曾为《浙江潮》撰文，有《斯巴达之魂》《说鈤》等（见《集外集》），鈤即镭也。

（二）仙台医学时期（1904—1906春）

他学医的动机：1. 恨得中医耽误了他的父亲的病；2. 确知日本明治维新是大半发端于西医的事实。以上两点，参阅《呐喊》序文和《朝花夕拾·父亲的病》便知。但是据我所知，除此以外，还对于一件具体的事实起了宏愿，也可以说是一种痴想，就是：3. 救济中国女子的小脚，要想解放那些所谓“三寸金莲”，使恢复到天足模样。后来，实地经过了人体解剖，悟到已断的筋骨没有法子可想。这样由热望而苦心研究，终至于断念绝望，使他对缠足女子同情，比普通人特别来得大，更由绝望而愤怒，痛恨赵宋以后历代摧残女子者的无心肝，所以他的著作里写到小脚都是字中含泪的。例如：

（1）见了绣花的弓鞋就摇头。（《朝花夕拾》一一四页）

（2）“至于缠足，更要算在土人的装饰法中，第一等的新发明了。……可是他们还能走路，还能做事；他们终是未达一间，想不到缠足这好法子。……世上有如此不知肉体上的苦痛的女人，以及如此以残酷为乐，丑恶为美的男子，真是奇事怪事。”（《热风》三五页）

（3）小姑娘六斤新近裹脚，“在土场上一瘸一拐地往来”。（《呐喊·风波》）

（4）讨厌的“豆腐西施”，“两手搭在髀间，没有系裙，张着两脚，正像一个画图仪器里细脚伶仃的圆规”。（《呐喊·故乡》）

（5）爱姑的“两只钩刀样的脚”。（《彷徨·离婚》）

（6）“……女人的脚尤其是一个铁证，不小则已，小则必求其三寸，宁可走不成路，摇摇摆摆。”（《南腔北调集·由中国女人的脚推定中国人之非中庸》）

他的感触多端，从此着重在国民性劣点的研究了。可见《呐喊》序文所载，在微生物学讲义的电影里，忽然看到咱们中国人的将被斩，就要退学，决意提倡文艺运动，这电影不过是一种刺激，并不是唯一的刺激。

（三）东京研究文学时期（1906—1909夏）

1902年的夏天，留日学生的人数还不过二三百，后来“速成班”日渐增多，人数达到二万，真是浩浩荡荡，他们所习的科目不外乎法政、警察、农、工、商、医、陆军、教育等，学文艺的简直没有，据说学了文学将来是要饿死的。

然而鲁迅就从此致力于文艺运动，至死不懈。

此时，他首先绍介欧洲新文艺思潮，尤其是弱小民族，被压迫民族的革命文学。有两件事应该提到的：1. 拟办杂志《新生》；2. 译域外小说。这两件事说来颇长，好在他令弟知堂（作人）所作的《关于鲁迅（二）》（《宇宙风》三十期）文中已经叙明，我不必重复详说，只略略有所补充而已。《新生》虽然没有办成，可是书面的图案以及插图等等，记得是统统预备好了，一事不苟的；连它的西文译名，也不肯随俗用现代外国语，而必须用拉丁文曰 *Vita Nuora*。后来，鲁迅为《河南》杂志撰《文化偏至论》《摩罗诗力说》(《坟》)，绍介英国摆伦，德国尼采、奈宾霍尔、瑙威易卜生，及俄国波兰匈加利的诗人等。《域外小说集》初印本的书面也是很优美的，图案是希腊的艺术，题字是篆文“或外小说人”，纸质甚佳，毛边不切。

大家都知道《新青年》杂志是新文化运动“文学革命，思想革命”的急先锋。它的民七（1918）号，胡适之的《归国杂感》，说调查上海最通行的英文书籍，“都是和现在欧美的新思想毫无关系的，怪不得我后来问起一位有名英文教习，竟连 Bernard Shaw 的名字也不曾听见过，不要说 Tshekhov 和 Andrejev 了，我想这都是现在一班教会学堂出身的英文教习的罪过”。殊不知周氏兄弟在民七的前十年，早已开始译 Tshekhov 和 Andrejev 的短篇小说了。

鲁迅实在是介绍和翻译欧洲新文艺的第一个人。

总之，他在游学时期，用心研究人性和国民性问题，养成了冷静而又冷静的头脑。唯其爱国家爱民族的心愈热烈，所以观察得愈冷静。这好比一个医道高明的医师，遇到了平生最亲爱的人，患着极度危险的痼疾，当仁不让，见义勇为，一心要把他治好。试问这个医师在这时候，是否极度冷静地诊察，还是蹦蹦跳跳，叫嚣不止呢？这冷静是他的作品所以深刻的根本原因。

四、杭州绍兴教书时期，29～31 岁（1909 夏—1911 冬）

这时期的大事是辛亥革命。

民元前三年夏，他因为要负担家庭的费用，不得不归国做事了。在杭州任两级师范学堂生理学和化学教员一整年，在绍兴任中学堂教务长一年余，革命以后，任师范学校校长几个月。

在两级师范教化学的时候，有过这样的一件事："他在教室试验氢气燃烧，因为忘记携带火柴了，故于出去时告学生勿动收好了的氢气瓶，以免混入空气，在燃烧时炸裂。但是取火柴回来一点火，居然爆发了；等到手里的血溅满了白的西装硬袖和点名簿时，他发现前两行只留着空位：这里的学生，想来是趁他出去时放进空气之后移下去的，都避在后面了。"所以孙春台（福熙）的《我所见于"示众"者》里说："鲁迅先生是人道主义者，他想尽量地爱人，然而他受人欺侮，而且因为爱人而受人欺侮。倘若他不爱人，不给人以氢气瓶中混入空气燃烧时就要爆裂的智识，他不至于炸破手。……"（民十五，5 月，《京报副刊》）

五、北平工作时期，32 ~ 46 岁（民元至十五年秋，即 1912—1926 秋）

这期的大事，国内有民元中华民国成立，民四日本"二十一条"的威胁及洪宪称帝，民六张勋复辟运动，民十四孙中山先生逝世及上海"五卅"惨案，民十五北京"三一八"惨案及国民革命军北伐；国外有世界大战。

元年 1 月，临时政府成立于南京，鲁迅应教育总长蔡孑民先生之招，到部办事，公余老是抄沈下贤的集子。一日，曾偕我同董恂士（鸿袆）去访驻防旗营的残址，只见已经成了一片瓦砾场，偶尔剩着破屋几间，门窗全缺，情状是很可怜，使他记起了从前在矿路学堂读书的时候，骑马过此，不甘心受旗人的欺辱，扬鞭穷追，以致坠马的故事。

同年 5 月，到北京，住绍兴会馆，先在藤花馆，后在古槐书屋，这便是相传在槐树上缢死过一个女人，从此多年没有人要住的。八年移居八道湾，十二年迁寓砖塔胡同，十三年移入宫门口西三条新屋。

在北京工作十五年，其间又可分为前后两段，以《新青年》撰文（民国七年）为界，前者重在辑录研究，后者重在创作。

前期住在会馆，散值的工作是：（一）抄古碑；（二）辑故书，这二事可参考知堂的《关于鲁迅》(《宇宙风》二九期)；(三）读佛经。鲁迅的信仰是科学，不是宗教，他说佛教和孔教一样，都已经死亡，永不会复活了。所以他对于佛经只做人类思想史的材料看，借此研究其人生观罢了。别人读佛经，就趋于消极，而他独不然。

至于他的创作短篇小说，开始在民国七年4月，发表在同年5月号的《新青年》，正值五四运动的前一年。其第一篇曰《狂人日记》，才用“鲁迅”做笔名，“从此以后，便一发而不可收”，他的创作力好像长江大河，滚滚不绝。这是鲁迅生活上的一个大发展，也是中国文学史上应该大书特书的一章。因为从此，文学革命才有了永不磨灭的伟绩，国语文学才有了不朽的划时代的杰作，而且使他成为我们中国思想界的先知，民族解放上最勇敢的战士。现在时间有限，我只就《狂人日记》和《阿Q正传》两篇做个举例的说明而已。

《狂人日记》是借了精神迫害狂者来猛烈地掊击礼教的。据鲁迅自己说：“因那时的认为‘表现的深切和格式的特别’，颇激动了一部分青年读者的心。然而这激动，却是向来怠慢了绍介欧洲大陆文学的缘故。一八三四年顷，俄国的果戈理（N. Gogol）就已经写了《狂人日记》……但后起的《狂人日记》意在暴露家族制度和礼教的弊害，却比果戈理的忧愤深广，也不如尼采的超人的渺茫。”（参阅《〈中国新文学大系·小说二集〉导言》）这是实实在在的话，试问读到篇中所云：

我翻开历史一查，这历史没有年代，歪歪斜斜的每页上都写着“仁义道德”几个字，我横竖睡不着，仔细看了半夜，才从字缝里看出字来，满本都写着两个字是“吃人”！

又云：

有了四千年吃人履历的我，当初虽然不知道，现在明白，难见真的人！

有谁不感到礼教的迫害，有谁不想奋起而来攻击呢？他的其余作品有好多篇仿佛可作这《狂人日记》的说明，《祝福》便是一个例子。《祝福》的惨事，不惨在狼吃了阿毛，而惨在礼教吃了祥林嫂。

我那时在南昌，读到《狂人日记》就非常感动，觉得这很像周豫才的手笔，而署名却是姓鲁，天下岂有第二个豫才乎？于是写信去问他，果然回信来说确是“拙作”，而且那同一册里有署名唐俟的新诗也是他作的。到了九年的年底，我们见面谈到这事，他说：“因为《新青年》编辑者不愿意有别号一般的署名，我从前用过迅行的别号是你所知道的，所以临时命名如此。理由是：1. 母亲姓鲁；2. 周鲁是同姓之国；3. 取愚鲁而迅速之意。“至于唐俟呢?”他答道：“哦！因为陈师曾（衡恪）那时送我一方石章，并问刻作何字，我想了一想，对他说‘你叫作槐堂，我就叫俟堂吧’。”我听到这里，就明白了这“俟”字的含义。那时部里的长官某很想挤掉鲁迅，他就安静地等着，所谓“君子居易以俟命”也。把“俟堂”两个字颠倒过来，堂和唐两个字同声可以互易，于是成名曰“唐俟”，周，鲁，唐，又都是同姓之国也。可见他无论何时没有忘记破坏偶像的意思。

《阿Q正传》的署名是巴人，取“下里巴人”，并不高雅的意思(《华盖集续篇·阿Q正传的成因》)。大家都知道这是一篇讽刺小说，在描写中国民族的魂灵。知堂在十一年3月19日《晨报副刊》上说过：“阿Q这人是中国一切的谱——新名词称作‘传统’——的结晶，没有自己的意志而以社会的因袭的惯例为其意志的人，所以在实社会里是不存在而又到处存在的。……(他)承受了噩梦似的四千年来的经验所造成的一切‘谱’上的规则，包含对于生命、幸福、名誉、道德各种意见，提炼精粹，凝为个体，所以实在是一幅中国人品性的‘混合照相’，其中写中国人的缺乏求生意志，不知尊重生命，尤为痛切，因为我相信这是中国人的最大病根。”(仲密：《自己的园地·八》。后来印成单行本的时候，这一篇未见收入。)

《阿Q正传》，发表于民国十年12月，到现今是整整的十五年了。我每次读到它，总感觉一种深刻和严肃，并且觉得在鲁迅的其余作品中，有许多处似乎可当作这篇的注解或说明来读，因为描写阿Q的劣性仿佛便是描写民族的劣性故也。现在随便举出几点，彼此参照，便可了然，例如：

(1) 自大　阿Q和别人口角的时候，间或瞪着眼睛道：“我们先前——比你阔得多啦！你算是什么东西?”这宛然是以“中国地大物博，开化最早，道德天下第一”自负的国粹派的口吻，鲁迅所时常指摘的：“他们自己毫无特别才能，可以夸示于人，所以把这国拿来做个影子；他们把国里的习惯制度抬得很高，赞美得了不得；他们的国粹，既然这样有荣光，他们自然也有荣光了!”(《热风》十八、十九页)

(2) 卑怯　阿Q“发起怒来，估量了对手，口讷的他便骂，气力小的他便打……”试读《随感录·四十八》有云：“中国人对于异族，历来只有两样称呼：一样是禽兽，一样是圣上。从没有称他朋友，说他也同我们一样的。”（《热风》四三页）还有“通讯”云：“先生（旭生）的信上说：惰性表现的形式不一，而最普通的，第一就是听天任命，第二就是中庸。我以为这两种态度的根底，怕不可仅以惰性了之，其实乃是卑怯。遇见强者，不敢反抗，便以‘中庸’这些话来粉饰，聊以自慰。所以中国人倘有权力，看见别人奈何他不得，或者有‘多数’做他护符的时候，多是凶残横恣，宛然一个暴君，做事并不中庸；待到满口‘中庸’时，乃是势力已失，早非‘中庸’不可的时候了，一到全败，则又有‘命运’来做话柄，纵为奴隶，也处之泰然，但又无往而不合于圣道，这些现象，实在可以使中国人败亡，无论有没有外敌。要救正这些，也只好先行发露各样劣点，撕下那好看的假面具来。”（《华盖集》二二页）还有，《忽然想到·七》有云：“……可惜中国人但对于羊显凶兽相，而对于凶兽则显羊相，所以即使显着凶兽相，也还是卑怯的国民。这样下去，一定要完结的……”（《华盖集》五七、五八两页）

（3）善变——投机，迎合取巧　阿Q本来是深恶革命的，后来却也有神往，想“革命也好吧”……试读《忽然想到·四》里的话：“……其实这些人是一类，都是伶俐人，也都明白，中国虽完，自己的精神是不会苦的——因为都能变出合式的态度来。倘有不信，请看清朝的汉人所做的颂扬武功的文章去，开口‘大兵’，闭口‘我军’，你能料得到被这‘大兵’‘我军’所败的就是汉人的么？你将以为汉人带了兵将别的一种什么野蛮腐败民族歼灭了。然而这一流人是永远胜利的，大约也将永久存在。在中国，唯他们最适于生存，而他们生存着的时候，中国便永远免不掉反复着先前的运命。”（《华盖集》十二、十三两页）还有《算账》里说：“……我每遇到学者谈起清代的学术时，总不免同时想：‘扬州十日’‘嘉定三屠’这些小事情，不提也好吧，但失去

全国的土地，大家十足做了二百五十年奴隶，却换得这几页光荣的学术史……”（《花边文学》七九页）

（4）自欺——精神上的胜利法　阿Q在形式上打败之后，有种种妙法以自慰：或者算被儿子打了，或者说自己虫豸好不好，或者简直自己打两个嘴巴，就立刻心满意足了。这类自欺欺人，别设骗局的方法，在士大夫之间也何尝没有？“……有时遇到彰明的史实，瞒不下，如关羽岳飞的被杀，便只好别设骗局了。一是前世已造夙因，如岳飞；一是死后使他成神，如关羽。定命不可逃，成神的善报更满人意，所以杀人者不足责，被杀者也不足悲，冥冥中自有安排，使他们各得其所，正不必别人来费力了。中国人的不敢正视各方面，用瞒和骗，造出奇妙的逃路来，而自以为正路。在这路上，就证明着国民性的怯弱、懒惰，而又巧滑。一天一天地满足着，即一天一天地堕落着，但却又觉得日见其光荣。在事实上，亡国一次，即添加几个殉难的忠臣，后来每不想光复旧物，而只去赞美那几个忠臣；遭劫一次，即造成一群不辱的烈女，事过之后，也每每不思惩凶、自卫，却只顾歌咏那一群烈女。仿佛亡国遭劫的事，反而给中国人发挥‘两间正气’的机会，增高价值，即在此一举，应该一任其至，不足忧悲似的。自然，此上也无可为，因为我们已经借死人获得最上的光荣了。沪汉烈士的追悼会中，活的人们在一块很可景仰的高大的木主下互相打骂，也就是和我们的先辈走着同一的路。……”（《坟·论睁了眼看》）

此外，描写着的劣性还很多，限于时间，不及备举了。

十五年“三一八”惨案后，4月奉军进京，有通缉名单的传言，我和鲁迅及其他相识的十余人，避居D医院的一间堆积房里若干日，鲁迅在这样流离颠沛之中，还是不断地写文章，《朝花夕拾》里的《二十四孝图》《五猖会》《无常》，都是这时的作品。

这期的重要创作，已经结集者有：

小说《呐喊》

同上《彷徨》

论文《坟》

讲义《中国小说史略》

散文诗《野草》

回忆文《朝花夕拾》（前半部）

杂感集《热风》

同上《华盖集》

同上《华盖集续编》

六、厦门广州教书时期，46～47岁（十五年秋至十六年秋，即1926—1927）

时代背景是宁汉分裂，国民党清党运动。

这时期虽很短，只有一年，可是鲁迅感触多端，不很开口，“抱着梦幻而来，一遇实际，便被从梦境放逐了，不过剩下些索漠”，因之，生活极不安定，宿舍屡有更变。在厦门四个月，因为“不合时宜”，搬来搬去，终于被供在图书馆楼上的一间屋子里，虽对着春秋早暮景象不同的山光海气也不甚感动，所不能忘怀的，倒是一道城墙，据说是郑成功的遗迹。“一想到除了台湾，这厦门乃是满人入关以后我们中国的最后亡的地方，委实觉得可悲可喜。”（《华盖集续编》二二二页）到广州后，起初他和我同住在中山大学中最中央而最高的处所，通称“大钟楼”，后来搬出学校，租了白云楼的一组仍旧合居。“……我这楼外却不同：满天炎热的阳光，时而如绳的暴雨；前面的小港中是十几只蜑户的船，一船一家，一家一世界，谈笑哭骂，具有大都市中的悲欢。也仿佛觉得不知那里有青春的生命沦亡，或者正被杀戮，或者正在呻吟，或者正在‘经营腐烂事业’和作这事业的材料。然而我却渐渐知道这虽然沉默的都市中，还有我的生命存在，纵已节节败退，我实未尝沦亡。”（《小约翰·引言》）诸位请读《两地书》及《三闲集》里的《怎么写》《在钟楼上》两篇，便可以知道那时期他的生活的大略。

我不知道他在厦门大学担任什么科目，至于在中山大学，则任文学论和中国文学史等，因为选修文学论的学生人数太多，以致上课时间排在晚上，教室用大礼堂。这期的著作如下：

通讯《两地书》（与景宋合著）

回忆文《朝花夕拾》（后半部）

杂感集《华盖集续编的续编》（附在《华盖集续编》之后）

同上《而已集》

讲义《中国文学史》（未完）

七、上海工作期间，47～56岁（十六年秋至二十五年十月十九日，即1927—1936）

国家大事有十七年的北伐成功及“五三”济南事件，二十年“九一八”后东四省的沦亡，二十一年“一·二八”上海之战。

这十年之间，国难的严重，日甚一日，鲁迅对于帝国主义的侵略，国内政治的不上轨道，上海文坛的浅薄空虚，一点也不肯放松，挺身而出，“奋笔弹射，无所避回”，于是身在围攻、禁锢之中，而气不稍馁，始终奋斗，决不屈服。这时期可以称为短评时期。他的短评，都像短兵相接，篇篇是诗，精悍无比。不识者奚落他，称之为“杂感家”，殊不知这正是他的战士生活的特色。他不想做什么领袖，也没有“藏之名山”的意思，以为一切应时的文字，应该任其消灭的。《热风》序文里说得好：“……几个朋友却以为现状和那时并没有大两样，也还可以存留，给我编辑起来了。这正是我所悲哀的。我以为凡对于时弊的攻击，文字须与时弊同时灭亡，因为这正如白血轮之酿成疮疖一般，倘非自身也被排除，则当它的生命的存留中，也即证明着病菌尚在。”所以他的十多本杂感集大都是应时而作，只要时弊快快去掉，则他的文字本来愿意欢欢喜喜地消灭。

上海不是个好住处，不说别的，单是空中的煤灰和邻居的电线电收音，已经够使他心烦气闷了。他常对我说，颇想离开上海，仍回北平，因为有北平图书馆可以利用，愿意将未完的《中国文学史》全部写成。它的大纲早已成竹在胸，分章是《思无邪》《离骚与反离骚》《药与酒》……他的观察史实，总是比别人深一层，能发别人所未发，所以每章都有独到的见解。我们试读《而已集》里那篇《魏晋风度及文章与药及酒之关系》，便可窥见一斑。这是他的《中国文学史》的一段，思想很新颖，议论很透辟，将一千六百年前人物的真相发露出来，成了完全和旧说不同的样子。我正盼望这部大著作能够早日观成，不料他竟赍志以殁，连腹稿也同埋地下，这是无可弥补的大损失！

近年来，他写文章外，更致力于大众艺术和大众语文。前者是提倡版画，因其好玩、简便，而且有用，认为正合于现代中国的一种艺术。他个人首先搜集了许多件英、俄、德、法、日本的名刻，有时借给别人去展览，有时用玻璃版翻印出来，如《士敏士之图》《凯绥·珂勒惠支版画选集》，使艺术学徒有所观摩。一面在上海创办木刻速修讲习会，从招生以至每日的口译，都由他一个人担任的。这个艺术现在已经很有进步，可以说风行全国了。后者是鼓吹大众语，因为汉字和大众是势不两立的。他说：“现在能够实行的，我以为：（一）制定罗马字拼音（赵元任的太繁，用不来的）；（二）做更浅显的白话文，采用较普通的方言，姑且算是向大众语去的作品，至于思想，那不消说，该是‘进步’的；（三）仍要支持欧化文法，当作一种后备。”（《论大

众语》)

本期的重要著作，列举如下：

杂感集《三闲集》

同上《二心集》

同上《南腔北调集》

同上《伪自由书》(一名《不三不四集》)

同上《准风月谈》

同上《花边文学》

小说《故事新编》

杂文《集外集》

此外，近年散见各种杂志的文章，不曾由他自己结集起来，否则一定又添了一个有趣的书名。有一本题作“一九三五年——一九三六年鲁迅杂文集”，在他逝世的一个月——10月印行的，编次甚乱而销行甚广，绝不是他自己编订的东西，前面既无序文，书尾也不贴版花。自从他一去世，投机取巧的市侩，东抄西撮，纷纷出书，什么《鲁迅自述》啦，《鲁迅杂感集》啦，《鲁迅讽刺文集》啦，《鲁迅最后遗著》啦，陈列在书摊上，五花八门，指不胜屈。更有无耻之徒，冒名取利者，将别人的作品，换一个临时封面，公然题作“鲁迅著”，例如《活力》《归家》等等，尤其可恶。请诸位千万注意，别去上当！

以上所谈，只关于他的创作方面，至于翻译，已经印行的不下三十种，工作也极其认真，字字忠实，不肯丝毫苟且，并且善能达出原文的神旨，这也是译界中不可多得的珍宝。

总之，鲁迅无论求学、做事、待人、交友，都是用真诚和挚爱的态度，始终如一，凡是和他接近过的人一定会感觉到的。他的勤苦耐劳，孜孜不倦，真可以忘食，忘寒暑，忘昼夜。在广州住白云楼的时候，天气炎热，他的住室，阳光侵入到大半间，别人手上摇着扇子，尚且流汗，可是他能在两窗之间的壁下，伏案写稿，手不停挥，修订和重抄《小约翰》的译稿；编订《朝花夕拾》，作后记，绘插画；又编录《唐宋传奇集》等等。蛰居上海以后，为生活费的关系，勤劳更甚。书案前一坐下，便是工作；工作倦了，坐到案旁的一张藤躺椅上，看看报，或是谈谈天，便算休息。生平游览极少，酬应最怕，大抵可辞则辞。衣服是布制的；鞋当初是皮的，十余年来是胶皮底帆布面的；卧床向用板床，近十年才改；写字始终用毛笔。除了多吸烟卷而外，一无嗜好。他至死保持着质朴的学生时代的生活。

他的真挚，我不用说别的，就是游戏文字里，也是不失常度，试读《我的失恋》，便可知道。这本来是打油诗，其中所云："爱人赠我百蝶巾，回她什么：猫头鹰"，"爱人赠我双燕图，回她什么：冰糖葫芦"，"爱人赠我金表索，回她什么：发汗药"，"爱人赠我玫瑰花，回她什么：赤练蛇"（《野草》十一至十四页），似乎是信口胡诌了，其实不然。要晓得猫头鹰、发汗药之类，的确是他自己所心爱的或是所常用的物品，并没有一点做作。

他的富于友爱，也是常人所不能及的，最肯帮人的忙，济人的急，尤其是对于青年，体贴无微不至。但是竟还有人说他脾气大，不易相处，这是我所不解的。

他这样地牺牲了个人生前的幸福，努力为民族的生存和进步而奋斗，患肺结核而至于医师多次警告了，还是不肯休息，而且"要赶快做"，真是实践了他三十五年前所做的"我以我血荐轩辕"的诗句！

我说过：鲁迅之所以伟大，就在他的冷静和热烈双方都彻底。现在话已说多了，就引用他的《自嘲》诗中的两句作为今天谈话的总括吧：

横眉冷对千夫指，
俯首甘为孺子牛。

上句表冷静，下句表热烈。关于上句，请参阅“我的确时时解剖别人，然而更多的是更无情面地解剖我自己，发表一点，酷爱温暖的人物已经觉得冷酷了，如果全露出我的血肉来，末路正不知要到怎样”（《坟·写在〈坟〉后面》）。下句请参阅“救救孩子”（《狂人日记》的末句），“自己背着因袭的重担，肩住了黑暗的闸门，放他们到宽阔光明的地方去”（《坟·我们现在怎样做父亲》）。又景宋的哀诗所引用的“我好像一只牛，吃的是草，挤出的是奶”。即使在《自嘲》中，也可以看出他的伟大来。

吴 梅
(1884—1939)

生平简介

吴梅（1884—1939），字瞿安，号霜厓，江苏长洲（今苏州）人。戏曲理论家和教育家，诗词曲作家。终生执教，自1905年至1916年，先后在苏州东吴大学堂、存古学堂、南京第四师范学校、上海民立中学任教。1917—1937年在北京大学、东南大学、中央大学、中山大学、光华大学、金陵大学任教授。抗日战争全面爆发后，为避烽火举家“内迁”，从苏州经武汉迁到湘潭，从湘潭迁到桂林，从桂林迁到昆明。日机轰炸昆明后，又避至云南大姚县李旗屯。1939年3月因喉病复发在李旗屯去世。他一生致力于戏曲及其他声律研究和教学，被誉为“近代著、度、演、藏各色俱全之曲学大师”。主要著作有《顾曲麈谈》《曲学通论》《中国戏曲概论》《元剧研究》《南北词谱》等，又作有传奇、杂剧十二种。他的弟子既有名教授、大作家，如朱自清、田汉、郑振铎、齐燕铭，又有梨园界的大师，如著名京剧表演艺术大师梅兰芳、俞振飞，20世纪80年代的日本东京大学校长也是他的弟子，可谓桃李满天下。目前台湾的昆曲名家，都是他的第二代弟子。

词与曲之区别

我国文学改变之迹，皆由自然，非一二大文豪所得左右其间也。自乐府不能按歌，而唐人始有词，太白香山开其先，至飞卿而其艺遂者，南唐两宋，更为发辉光大之，于是词学乃独树一帜矣。北方学者，对于词学，不能尽通其症结，遂糅杂方言，别立一格，名之曰曲，创始于董解元，而关（汉卿）马（东篱）郑（德辉）白（仁甫）乃极其变。一时中原弦索，披靡天下，非复垂虹桥畔浅斟低唱光景矣。迨元末永嘉人工作南戏，琵琶拜月，后先登场，尽洗胡元古鲁兀剌之风，别名为南曲，以元剧为北曲。二者各行其是，初无轩轾也。至隆庆万历间，昆山梁伯龙，太仓魏良辅，始造水磨腔格，学者靡然从之。于是有昆曲，良辅工音律，尝楼居二十年，改易南词旧格，字字悠扬出之，伯龙作吴越春秋浣纱记传奇，使之订谱，天下始有清音。前北部弦索，至是自然淘汰焉。此即由词而北曲而南曲而昆曲之沿革大略也。

今人言声歌之道，辄将词曲并举，一若二者绝无异点者，此不知音者之论调也，词是一物，其中正犯变化，不能殚述，仅就文字上研究，其区别处正多。今略分数类言之。

一、音律。七音十二律，互乘为八十四调。以宫乘律为宫，以其他六音乘律为调，此无论雅乐燕乐及词曲，皆范围其内也。

玉田《词源》云，今乐所存，止七宫十一调。沈宁庵《南曲谱》亦云曲中宫调，止六宫十一调。是曲中宫调，亦不甚相悬。唯歌法则大不同。词之旧谱，能流传至今日者，仅《白石词集》旁谱十七支。其间所有“幺”“リ”“フ”“人”等字，与近世谱字，已不相合，况复节拍之存，缓急强弱，无从臆断。所可知者，诸词皆一字一音，初无繁声介乎其中，与朱子所述鹿鸣四牡等十二章诗谱，按之相合。是与北词之驰骤，南词之柔峭，绝不相类。是音律上之不同者一。

二、结构。词之为道，意内言外。自宋以来，作者虽多，而论其体例，只有小令中令长调之分耳。按诸起调毕曲之说，则首韵与两结韵，各宜慎重下字。试查白石旁谱，所列工尺，无有逸此范围者，然文字优美，初不在此也。曲则注重在尾格，而每支之起毕，反不必斤斤焉。一支者名小令，二支四支者名重头，全套有尾者名散套，其繁简多寡，与词大异。是结构上之不同者二。

三、作法。词之作法，不论小令中调长调，一言以蔽之曰，雅而已矣。曲则有雅有俗。何也，词无角目，曲有角目也。昔人歌词之法，今虽不可考，而两宋名词俱在，大抵主宾酬酢，皓齿一转而已。但冀一牌脱稿，即可引吭发声。初无套数之多少，更无忠佞之分配也。即如赵德麟述会真记事，既赋《蝶恋花》十章，与弹词家相近，毫无剧戏之模型也。曲则有清曲戏曲之分，清曲与词尚近，无容费辞，剧曲则邪正贤奸，最宜分析。无论立心端正者，我当设身处地，为之竭力写生。即彼行止奸邪者，我亦当舍经从权，暂测小人之腹。然而摹写忠贤行为，尚易下笔，至于人品恶劣之徒，往往对之棘手。盖作曲者必文人，文人与市井，必不相近，乃欲以文人之笔，摹市井之心，则终不能形似。所以旧传奇中，净丑诸曲，往往失诸太工，不合本相。是误以作词之法作曲也。此作法上之不同者三。

总此三项观之，词曲相异之点略见。然则词之变而为曲，亦有端倪可寻乎。曰，有之。即宋时大曲是也。宋时官本杂剧，皆以词牌叠用成套。《宋史·乐志》，谓真宗不喜郑声，而或为杂剧词，未尝宣布于外是也。其时歌词，虽无可考，而《东京梦华录》，所载杂剧队舞之制尤详，是已具搬演剧戏之性质矣。至《乐府雅词》，又备录董颖《道宫薄媚》大曲一套，其曲牌有排遍、十攧、入破、虚催、衮遍、摧拍、歇拍、煞衮等名，更与后世董西厢及元人杂剧相类。而史浩鄮峰大曲，有《剑舞》《采莲》等七套，并详录舞态歌词，及参军致语。大曲之详备，无有过于此者。（见《彊村丛书》）顾此等大曲皆以词牌作之，并非若董词及关马郑白等之套数也。东坡《哨遍》，隐括《归去来》词，已开代言之体，然以数曲代一人之言，且专赋吴越故事者，实自董颖此套为始。要之德麟《蝶恋花》十曲，开董解元之先声，此半则为元套数杂剧之祖。故戏曲之不始于金元，实自有宋一代变化中来，而大曲尤为词与曲嬗蜕之显而易见者也。

然则词在今日果不能歌乎？曰，不能也。白石自度曲十七支，备书旁谱，前人解释已详，虽有参差，大抵不甚误谬。至欲付诸歌喉，则仍有所不能。何也，以无节拍可考也。在姜谱，未尝无节拍，顾与近世诵习者大义异，是以工尺可以寻绎知之，而拍节则各持异说，无一人能折中定断也。（休宁戴长庚，会释姜谱，较为妥善。）然则词在今日必若何而能歌乎。曰，于无法之中，思得一捷径焉。其法维何，曰，词之谱法，虽已亡佚，而南北曲谱法，则固完全也。其六宫十一调，词与曲初无二致也，两宋旧谱，既不可复，姑以承曲之法歌词，虽非宋人之旧，而按律度以被管弦，较诸瓦釜不鸣，空谈音吕者，固高出倍蓰矣。前清高宗时庄亲王奉敕撰《九宫大成谱》。搜罗南北曲至富，两宋旧曲，被人声歌者，至有数十家。亦以歌词之法歌词也。云间许穆堂宝善，松滋谢默卿淮亦本庄邸遗法，先后成《自怡轩词谱》《碎金词谱》二书，一时词场，交口称誉。论其所诣，不在叶怀亭、钮匪石之下。成例具在，不妨更端继作也。第制谱之道，亦非易易，板式歧则句读多淆，宫调乱则管色不一。正犯误则集牌相错，阴阳混则四呼不清。此则鄙人与诸同学所当共同研究而已。唯始则区别词与曲之异点。而终以二者合并之。自思不禁失笑矣。

周作人
(1885—1967)

生平简介

周作人（1885—1967），原名櫆寿，字星杓，后改名奎绶，又名启明、启孟、起孟，笔名遐寿、仲密、岂明，号知堂、药堂、独应等，浙江绍兴人。散文家、诗人、文学翻译家。鲁迅二弟。1906年东渡日本留学。1909年在东京娶日本女子羽太信子为妻。1917年任北京大学文科教授。“五四”时期任新潮社主任编辑，参加《新青年》的编辑工作，参与发起成立文学研究会，发表了《人的文学》《平民文学》等重要理论文章，并从事散文、新诗创作和译介外国文学作品，成为新文化运动的重要代表人物之一。“五四”以后，作为《语丝》周刊的主编和主要撰稿人之一，写了大量散文，在他的影响下，20世纪20年代形成了包括俞平伯、废名等作家在内的散文创作流派。第一次国内革命战争失败后，主张“闭户读书”。20世纪30年代至40年代所写的散文，格调“一变而为枯涩苍老，炉火纯青，归入古雅遒劲的一途”，影响日益缩小。抗日战争全面爆发后，居留沦陷后的北平，出任“南京国民政府委员”、“华北政务委员会常务委员”兼“教育总署督办”等伪职。1945年以叛国罪被判刑入狱。1949年出狱，后定居北京，在人民文学出版社从事日本、希腊文学作品的翻译和写作有关回忆鲁迅的著述。从1952年8月起出任北京人民文学出版社编制外特约译者。1967年5月6日病逝，享年八十二岁。一生著述颇丰，代表作有《欧洲文学史》《雨天的书》《瓜豆集》《谈虎集》等。

新文学的要求[①]

1920 年 1 月 6 日

今日承贵会招我演讲，实在是我的光荣。现在想将我对于新文学的要求，略说几句。从来对于技术的主张，大概可以分作两派：一是艺术派，一是人生派。艺术派的主张，是说艺术有独立的价值，不必与实用有关，可以超越一切功利而存在。艺术家的全心只在制作纯粹的艺术品上，不必顾及人世的种种问题。譬如做景泰蓝或雕刻的工人，能够做出最美丽精巧的美术品，他的职务便已尽了，于别人有什么用处，他可以不问了。这“为什么而什么”的态度，固然是许多学问进步的大原因，但在文艺上，重技工而轻情思，妨碍自己表现的目的，甚至于以人生为艺术而存在，所以觉得不甚妥当。人生派说艺术要与人生相关，不承认有与人生脱离关系的艺术。这派的流弊，是容易讲到功利里边去，以文艺为伦理的工具，变成一种坛上的说教。正当的解说，是仍以文艺为究极的目的，但这文艺应当通过了著者的情思，与人生的接触。换一句话说，便是著者应当用艺术的方法，表现他对于

① 本文是周作人在北平少年学会发表的演讲。

人生的情思，使读者能得艺术的享乐与人生的解释。这样说来，我们所要求的当然是人的艺术派的文学。在研究文艺思想变迁的人，对于各时代各派别的文学，原应该平等看待，各个还它一个本来的位置，但在我们心想创作文艺，或从文艺上得到精神的粮食的人，却不能不决定趋向，免得无所适从。所以我们从这两派中，就取了人生的艺术派。但世间并无绝对的真理，这两派的主张都各自有它的环境与气质的原因，我们现在的取舍，也正逃不脱这两个原因的作用，这也是我们应该承认的。如欧洲文学在19世纪中经过了传奇主义与写实主义两次大变动，俄国文学总是一种理想的写实主义，这便因俄国人的环境与气质的关系，不能撇开了社会的问题，趋于主观与客观的两极端。我们称述人生的文学，自己也以为是从学理上立论，但事实也许还有下意识的作用：背义过去的历史，生在现今的境地，自然与唯美及快乐主义不能多有同情。这感情上的原因，能使理性的批判更为坚实，所以我们相信人生的文学实在是现今中国唯一的需要。

人生的文学是怎样的呢？据我的意见，可以分作两项说明：

一、这文学是人性的，不是兽性的，也不是神性的。

二、这文学是人类的，也是个人的，却不是种族的、国家的、乡土及家族的。

关于第一项，我曾做了一篇人的文学略略说过了。大旨从生物学的观点上，认定人类是进化的动物，所以人的文学也应该是人间本位主义的。因为原来是动物，故所有共通的生活本能，都是正当的、美的、善的；凡是人情以外人力以上的，神的属性，不是我们的要求，但又因为是进化的，故所有已经淘汰，或不适于人的生活的，兽的属性，也不愿它复活或保留，妨害人类向上的路程。总之是要还他一个适如其分的人间性，也不要多，也不要少就是了。

我们从这文学的主位的人的本性上，定了第一项的要求，又从文学的本质上，定了这第二项的要求。人间的自觉，还是近来的事，所以人性的文学也是百年内才见发达，到了现代可算是兴盛了。文学上人类的倾向，却原是历史上的事实；中间经过了几多变迁，从各种阶级的文艺又回到平民的全体的上面来，但又加了一重个人的色彩，这是文艺进化上的自然的结果，与原始的文学不同的地方，也就在这里了。

关于文学的意义，虽然诸家的议论各个有点出入，但就文艺起源上论它的本质，我想可以说是作者的感情的表现。诗序里有一节话，虽是专说诗的起源的，却可以移来作上文的说明：

> 情动于中而形于言；言之不足故咏歌之；咏歌之不足，故嗟叹之；嗟叹之不足；故不知手之舞之，足之蹈之。

我们考察希腊古代的颂歌（Hymn）、史诗（Epic）、戏曲（Drama）发达的历史，觉得都是这样情形。上古时代生活很简单，人的感情思想也就大体一致，不出保存生活这一个范围；那时个人又消纳在族类里面，没有独立表现的机会，所以原始的文学都是表现一团体的感情的作品。比如戏曲的起源是由于一种祭赛，仿佛中国从前的迎春。这时候大家的感情，都会集在期望春天的再生这一点上，这期望的原因，就在对于生活资料缺乏的忧虑。这忧虑与期待的"情"实在迫切了，自然而然地发为言动，在仪式上是一种希求的具体的表现，也是实质的祈祷，在文学上便是歌与舞的最初的意义了。后来的人将歌舞当作娱乐的游戏的东西，却不知道它原来是人类的关系生命问题的一种宗教的表示。我们原不能说事物的原始的意义，定是正当的界说，想教化学回到黄白术去，但我相信在文艺上这意义还是一贯，不但并不渐走渐远，而且反有复原的趋势。所以我们于这文学史上的回顾，也不能不相当注意，但是几千年的时间，夹在中间，使这两样相似的趋势，生了多少变化；正如现代的共产生活已经不是古代的井田制度了。古代的人类的文学，变为阶级的文学；后来阶级的范围逐渐脱去，于是归结到个人的文学，也就是现代的人类的文学了。要明白这意思，墨子说的“己在所爱之中”这一句话，最注解得好。浅一点说，我是人类之一；我要幸福，须得先使人类幸福了，总有我的份；若更进一层，那就是说我即是人类。所以这个人与人类的两重的特色，不特不相冲突，而且反是相成的。古代的个人消纳在族类的里面，个人的简单的欲求都是同类所共具的，所以便将族类代表了个人。现代的个人虽然原也是族类的一个，但他的进步的欲求，常常超越族类之先，所以便由他代表了族类了。譬如怕死这一种心理，本是人类共通的本性，写这种心情的歌诗，无论出于群众，出于个人，都可互相了解，互相代表，可以称为人类的文学了。但如爱自由，求幸福，这虽然也是人类所共具的，但因为没有十分切迫，在群众每每忍耐过去了；先觉的人却叫了出来，在他自己虽然是发表个人的感情、个人的欲求，但他实在也替代了他以外的人类，发表了他们自己暂时还未觉到，或没有才力能够明白说出的感情与欲求了。还有一层与古代不同的地方，便是古代的文学纯以感情为主，现代却加上了多少理性的调剂。许多重大问题，经了近代的科学的大洗礼，理论上都能得到解决。如种族国家这些区别，从前当作天经地义的，现在知道都不过是一种偶像。所以现代觉醒的新人的主见，大抵是如此：“我只承认大的方面有人类，小的方面有我，是真实的。”人类里边有皮色不同、习俗不同的支派。正如国家地方家族里有生理、心理上不同的分子一样，不是可以认为异类的铁证。我想这各种界限的起因，是由于利害的关系，与神秘的生命上的联络的感情。从前的人以为非损人则不能利己，所以联合关系密的人组织一个攻守同盟；现在知道了人类原是利害相共的，并不限定一族一国，而且利己利人，原只是一件事情，这个攻守同盟便变了人类对自然的问题了。从前的人从部落时代的“图腾”思想，引申到近代的民族观念，这中间都含有血脉的关系。现在又推上去，认定大家都是从“人”（Anthropos）这一个图腾出来的，虽然后来住在各处，异言异服，觉得有点隔膜，其实原是同宗。这样的大人类主义，正是感情与理性的调和的出产物，也就是我们所要求的人道主义的文学的基调。

这人道主义的文学，我们前面称它为人生的文学，又有人称为理想主义的文学。名称尽有异同，实质终是一样，就是个人以人类之一的资格，用艺术的方法表现个人的感情，代表人类的意志，有影响于人间生活幸福的文学。所谓人类的意志这一句话，似乎稍涉理想；但我相信与近代科学的研究也还没有什么冲突；至于它的内容，我们已经在上文分两项说过，此刻也不再说了。这新时代的文学家，是“偶像破坏者”，但他还有他的新宗教——人道主义的理想是他的信仰，人类的意志便是他的神。

儿童的文学[①]

1920 年 10 月 26 日

今天所讲儿童的文学，换一句话便是“小学校里的文学”。美国的斯喀特尔（H. E. Scudder）、麦克林托克（P. L. Maclintock）诸人都有这样名称的书，说明文学在小学教育上的价值，他们以为儿童应该读文学的作品，不可单读那些商人杜撰的读本。读了读本，虽然说是识字了，却不能读书，因为没有读书的趣味。这话原是不错，我也想用同一的标题，但是怕要误会，以为是主张叫小学儿童读高深的文学作品，所以改作今称，表明这所谓文学，是单指“儿童的”文学。

以前的人对于儿童多不能正当理解，不是将他当作缩小的成人，拿“圣经贤传”尽量地灌下去，便将他看作不完全的小人，说小孩懂得什么，一笔抹杀，不去理他。近来才知道儿童在生理上，虽然和大人有点不同，但他仍是完全的个人，有他自己的内外两面的生活。儿童期的二十几年的生活，一面固然是成人生活的预备，但一面也自有独立的意义与价值；因为全生活只是一个

---

① 本文是周作人在北京孔德学校的演讲。

生长，我们不能指定哪一截的时期，是真正的生活。我以为顺应自然的生活各期——生长，成熟，老死，都是真正的生活。所以我们对于误认儿童为缩小的成人的教法，固然完全反对，就是那不承认儿童的独立生活的意见，我们也不以为然。那全然蔑视的不必说了，在诗歌里鼓吹合群，在故事里提倡爱国，专为将来设想，不顾现在儿童生活的需要的办法，也不免浪费了儿童的时间，缺损了儿童的生活，即生命。我想儿童教育，是应当依了他内外两面的生活的需要，适如其分地供给他，使他生活满足丰富，至于因了这供给的材料与方法而发生的效果，那是当然有的副产物，不必是供给时的唯一目的物。换一句话说：因为儿童生活上有文学的需要，我们供给他，便利用这机会去得一种效果——于儿童将来生活上有益的一种思想或习性，当作副产物，并不因为要得这效果，更不管儿童的需要如何，供给一种食料，强迫他吞下去。所以小学校里的文学的教材与教授，第一须注意于“儿童的”这一点，其次才是效果，如读书的趣味、智情与想象的修养等。

儿童生活上何以有文学的需要？这个问题，只要看文学的起源的情形，便可以明白。儿童哪里有自己的文学？这个问题，只要看原始社会的文学的情形，便可以明白。照进化说讲来，人类的个体发生原来和系统发生的程序相同：胚胎时代经过生物进化的历程，儿童时代又经过文明发达的历程；所以儿童学（Paidologie）上的许多事项，可以借了人类学（Anthropologie）上的事项来做说明，文学的起源，本由于原人的对于自然的畏惧的好奇，凭了想象，构成一种感情思想，借了言语行动表现出来，总称是歌舞，分起来是歌、赋与戏曲小说。儿童的精神生活本与原人相似，他的文学是儿歌童话，内容形式不但多与原人的文学相同，而且有许多还是原始社会的遗物，常含有野蛮或荒唐的思想。儿童与原人的比较，儿童的文学与原始的文学的比较，现在已有定论，可以不必多说；我们所要注意的，只是在于怎样能够适当地将“儿童的”文学供给与儿童。

近来有许多人对于儿童的文学，不免怀疑，因为他们觉得儿歌童话里多有荒唐乖谬的思想，恐于儿童有害。这个疑惧本也不为无理，但我们有这两种根据，可以解释它。

第一，我们承认儿童有独立的生活，就是说他们内面的生活与大人不同，我们应当客观理解他们，并加以相当的尊重。婴儿不会吃饭，只能给他乳吃；不会走路，只能抱他。这是大家都知道的。精神上的情形，也正同这个一样。儿童没有一个不是拜物教的，他相信草木能思想，猫狗能说话，正是当然的事；我们要纠正他，说草木是植物，猫狗是动物，不会思想或说话，这事不但没有什么益处，反是有害的，因为这样使他们的生活受了伤了。即使不说儿童的权利那些话，但不自然地阻遏了儿童的想象力，也就所失很大了。

第二，我们又知道儿童的生活，是转变地生长的。因为这一层，所以我们可以放胆供给儿童需要的歌谣故事，不必愁他有什么坏的影响，但因此我们又更须细心斟酌，不要使他停滞，脱了正当的轨道。譬如婴儿生了牙齿可以吃饭，脚力强了可以走路了，却还是哺乳提抱，便将使他的胃肠与脚的筋肉反变衰弱了。儿童相信猫狗能说话的时候，我们便同他们讲猫狗说话的故事，不但要使得他们喜悦，也因为知道这过程是跳不过的——然而又自然地会推移过去的，所以相当地对付了，等到儿童要知道猫狗是什么东西的时候到来，我们再可以将生物学的知识供给他们。倘若不问儿童生活的转变如何，只是始终同他们讲猫狗说话的事，那时这些荒唐乖谬的弊害才真要出来了。

据麦克林托克说:儿童的想象如被迫压，他将失了一切的兴味，变成枯燥的唯物的人；但是被放纵，又将变成梦想家，他的心力都不中用了。所以小学校里的正当的文学教育，有这三种作用：（1）顺应满足儿童之本能的兴趣与趣味；（2）培养并指导那些趣味；（3）唤起以前没有的新的兴趣与趣味。这（1）便是我们所说的供给儿童文学的本意，（2）与（3）是利用这机会去得一种效果。但怎样才能恰当地办到呢？依据儿童心理发达的程序与文学批评的标准，于教材选择与教授方法上，加以注意，当然可以得到若干效果。教授方法的话可以不必多说了，现在只就教材选择上，略略说明以备参考。

儿童学上的分期，大约分作四期：一、婴儿期（一至三岁），二、幼儿期（三至十），三、少年期（十至十五），四、青年期（十五至二十）。我们现在所说的是学校里一年至六年的儿童，便是幼儿期及少年期的前半，至于七年以上所谓中学程度的儿童，这回不暇说及，当俟另外有机会再讲了。

幼儿期普通又分作前后两期：三至六岁为前期，又称幼稚园时期；六至十为后期，又称初等小学时期。前期的儿童，心理的发达上最旺盛的是感觉作用，其他感情意志的发动也多以感觉为本，带着冲动的性质。这时期的想象，也只是所动的，就联想的及模仿的两种，对于现实与虚幻，差不多没有什么区别；到了后期，观察与记忆作用逐渐发达，得了各种现实的经验，想象作用也就受了限制，须与现实不相冲突，才能容纳。若表现上面，也变了主动的，就是所谓构成的想象了。少年期的前半大抵也是这样，不过自我意识更为发达，关于社会道德等的观念，也渐明白了。

约略根据这个程序，我们将各期的儿童的文学分配起来，大略如下。

幼儿前期

（一）诗歌　这时期的诗歌，第一要注意的是声调。最好是用现有的儿歌，如北京的《水牛儿》《小耗子》都可以用，就是那趁韵而成的如“忽听门外人咬狗”，咒语一般的抉择歌如《狸狸斑斑》，只要音节有趣，也是一样可用的。因为幼儿唱歌只为好听，内容意义不甚紧要，但是粗俗的歌词也应该排斥，所以选择诗歌不必积极地罗致名著，只须消极加以别择便好了。古今诗里有适宜的，当然可用；但特别新作的儿歌，我反不大赞成，因为这是极难的，难得成功的。

（二）寓言　寓言实在只是童话的一种，不过略为简短，又多含着教训的意思，普通就称作寓言。在幼儿教育上，他的价值单在故事的内容，教训实是可有可无；倘这意义是自明的，儿童自己能够理会，原也很好，如借此去教修身的大道理，便不免谬了。这不但因为在这时期教了不能了解，且恐要养成曲解的癖，于将来颇有弊病。象征的著作须得在少年期的后期（第六七学年）去读，才有益处。

（三）童话　童话也最好利用原有的材料，但现在的尚未有人收集，古书里的须待修订，没有恰好的童话集可用。翻译别国的东西，也是一法，只须稍加审择便好。本来在童话里，保存着原始的野蛮的思想制度，比别处更多。虽然我们说过儿童是小野蛮，喜欢荒唐乖谬的故事，本是当然，但有几种也不能不注意：就是凡过于悲哀、苦痛、残酷的，不宜采用；神怪的事只要不过恐怖的限度，总还无妨，因为将来理智发达，儿童自然会不再相信这些，若是过于悲哀或痛苦，便永远在脑里留下一个印象，不会消灭，于后来思想上很有影响；至于残酷的害，更不用说了。

幼儿后期

（一）诗歌　这期间的诗歌，不只是形式重要，内容也很重要了。读了固然要好听，还要有意思，有趣味。儿歌也可应用，前期读过的还可以重读，前回听它的音，现在认它的文字与意义，别有一种兴趣。文学的作品倘有可采用的，极为适宜，但恐不很多。如选取新诗，须择押韵而声调和谐的；但有词调小曲调的不取；抽象描写或讲道理的也不取。儿童是最能创造而又最是保守的；他们所喜欢的诗歌，恐怕还是五七言以前的声调，所以普通的诗难得受他们的赏鉴；将来的新诗人能够超越时代，重新寻到自然的音节，那时真正的新的儿歌才能出现了。

（二）童话　小学的初年还可以用普通的童话，但是以后儿童辨别力渐强，对于现实与虚幻已经分出界限，所以童话里的想象也不可太与现实分离；丹麦安兑尔然（Hans C. Anderson）作的童话集里，有许多适用的材料。传说也可以应用，但应当注意，不可过量地鼓动崇拜英雄的心思，或助长粗暴残酷的行为；中国小说里的《西游记》讲神怪的事，却与《封神传》不同，也算纯朴率真，有几节可以当童话用。《今古奇观》等书里边，也有可取的地方，不过须加以修订才能适用罢了。

（三）天然故事　这是寓言的一个变相。以前读寓言是为它的故事，现在却是为它所讲的动物生活。儿童在这时期，好奇心很是旺盛，又对于牧畜及园艺极热心，所以给他读这些故事，随后引到记述天然的著作，便很容易了。但中国这类著作非常缺少，不得不取材于译书，如《万物一览》等书了。

少年期

（一）诗歌　浅近的文言可以应用，如唐代的乐府及古诗里多有好的材料。中国缺少叙事的民歌（Ballad），只有《孔雀东南飞》等几篇可以算得佳作，《木兰行》便不大适用。这时期的儿童对于普通的儿歌，大抵已经没有什么趣味了。

（二）传说　传说与童话相似，只是所记的是有名英雄，虽然也含有空想的分子，比较地近于现实。在自我意识、团体精神渐渐发达的时期，这类故事颇为合宜；但容易引起不适当的英雄崇拜与爱国心，极须注意，最好采用各国的材料，使儿童知道人性里共通的地方，可以免去许多偏见，奇异而有趣味的，或真切而合于人情的，都可采用；但讲明太祖、拏〔拿〕破仑等的故事，还以不用为宜。

（三）写实的故事　这与现代的写实小说不同，单指多含现实分子的故事，如欧洲的《鲁滨孙》（*Robinson Crusoe*）或《堂克诃台》（*Don Quixote*）而言。中国的所谓社会小说里，也有可取的地方，如《儒林外史》及《老残游记》之类，纪事叙景都可，只不要有玩世的口气，也不可有夸张或感伤的“杂剧的”气味。《官场现形记》与《广陵潮》没有什么可取，便因为这个缘故。

（四）寓言　这时期的教寓言，可以注重在意义，助成儿童理智的发达。希腊及此外欧洲寓言作家的作品，都可选用；中国古文及佛经里也有许多很好的喻。但寓言的教训，多是从经验出来，不是凭理论的，所以仅有顽固或悖谬的话，用时应当注意，又篇末大抵附有训语，可以删去，让儿童自己去想，指定了反妨害他们的活动了。滑稽故事此时也可以用，童话里本有这一部类，不过用在此刻也偏重意义罢了。古书如《韩非子》等的里边，颇有可用的材料，大都是属于理智的滑稽，就是所谓机智。感情的滑稽实例很少；世俗大多数的滑稽都是感觉的，没有文学的价值了。

（五）戏曲　儿童的游戏中本含有戏曲的原质，现在不过伸张综合了，适应他们的需要。在这里边，他们能够发扬模仿的及构成的想象作用，得到团体游戏的快乐，这虽然是指实演而言，但诵读也别有兴趣。不过这类著作，中国一点都没有，还须等人去研究创作。能将所读的传说去戏剧化，原是最好，却又极难，所以也只好先从翻译入手了。

以上约略就儿童的各期，分配应用的文学种类，还只是理论上的空谈，须经过试验，才能确实地编成一个详表。以前所说多偏重“儿童的”，但关于“文学的”这一层，也不可将它看轻。因为儿童所需要的是文学，并不是商人杜撰的各种文章，所以选用的时候还应当注意文学的价值。所谓文学的，却也并非要引了文学批评的条例，细细地推敲，只是说须有文学趣味罢了。文章单纯、明了、匀整；思想真实、普遍，这条件便已完备了。麦克林托克说：小学校里的文学有两种重要的作用：1. 表现具体的影像；2. 造成组织的全体，文学之所以能培养指导及唤起儿童的新的兴趣与趣味，大抵当于这个作用，所以这两条件，差不多就可以用作儿童文学的艺术上的标准了。

中国向来对于儿童，没有正当的理解，又因为偏重文学，所以在文学中可以供儿童之用的，实在绝无仅有；但是民间口头流传的也不少，古书中也有可用的材料，不过没有人采集或修订了拿来应用。坊间有几种唱歌和童话，却多是不合条件，不适于用。我希望有热心的人，结合一个小团体，起手研究，逐渐收集各地歌谣故事，修订古书里的材料，翻译外国的著作，编成几部书，供家庭学校得用，一面又编成儿童用的小册，用了优美的装帧，刊印出去，于儿童教育当有许多的功效。我以前因为汉字困难，怕这事不大容易成效，现在有了注音字母，可以不必多愁了。但插画一事，仍是为难，现今中国画报上的插画，几乎没有一张过得去的，要寻能够为儿童书作插画的，自然更不易得了，这真是一件可惜的事。

熊十力

(1885—1968)

生平简介

熊十力（1885—1968），原名继智、升恒、定中，号子真、逸翁，晚年号漆园老人，湖北省黄冈（今团风县）上巴河镇张家湾人。哲学家、思想家，国学大师，新儒家开山祖师。与其三弟子（牟宗三、唐君毅、徐复观）和张君劢、梁漱溟、冯友兰、方东美被称为“新儒学八大家”。1905年考入湖北陆军（特别）小学堂。1906年结识刘静庵，加入日知会、同盟会，组织黄冈军学界讲习社，联络军界、学界志士，宣传覆清，预备起事。后遭通缉，隐匿江西乡间。1908年返黄冈，教书为生。1911年武昌起义后，任湖北都督府参谋。1913年“二次革命”失败后，曾去江西德安教书。1917年至1918年间参与孙中山领导的护法运动。后慨然弃政向学，以探讨人生的本质，增进国民的道德为己任。1919年前后执教于天津南开中学，不久结识梁漱溟。1920年在南京从欧阳竟无学佛教唯识学，后受聘为北京大学特约讲师。1928年在国立中央大学（今南京大学）讲学。1932年11月返北平，仍在北大讲授唯识学，住崇外缨子胡同梁漱溟家。七七事变后辗转武汉、重庆等地。1946年4月回北京大学执教。同年夏受孙颖川之邀，回蜀主持黄海化学工业研究社哲学研究部工作。1947年春由重庆返回北大。1948年2月应浙江大学校长张其昀之聘，至浙大任教。1953年返京，次年迁上海定居。1956年起先后任第二、三、四届全国政协委员。1968年5月23日病逝于上海。主要著作有《新唯识论》《论六经》《原儒》《体用论》《明心篇》《乾坤衍》。

文化与哲学

1935 年

哲学年会，张申府君发表《我所了解的辩证法》一文。此会，吾未到场。唯据申府先生文中，提及目前国内有两件事，都是与哲学密切相关的：一是关于中国本位文化建设的讨论，二是需要一种新哲学的呼声。吾于此极有所感。但此问题太大，如欲详细讨论，则非费神不可。吾以久病，困于用思，艰于写文字，故欲就管见所及，略抒大意。

昨冬吾南行，过汤君锡予家，蒙钱、贺、郑诸君均在座，吾曾发一种议论，即谓中国学人有一至不良的习惯，对于学术根本没有抉择一己所愿学的东西，因之，于其所学，无有不顾天、不顾地而埋头苦干的精神，亦无有甘受世间冷落寂寞而沛然自足于中的生趣。如此，而欲其于学术有所创辟，此比孟子所谓“缘木求鱼”及“挟泰山超北海”之类，殆尤难之又难。吾国学人，总好追逐风气，一时之所尚，则群起而趋其途，如海上逐臭之夫，莫名所以。曾无一刹那，风气或变，而逐臭者复如故。此等逐臭之习，有两大病：一、各人无牢固与永久不改之业，遇事无从深入，徒养成浮动性。二、大家共趋于世所矜尚之一途，则其余千途万辙，一切废弃，无人过问。此二大病，都是中国学人死症。吾且略举事例。远者姑置勿论，前清考据之风盛，则聪明才俊之士，群附汉学之帜，而宋明义理之学，则鄙弃不遗余力。民国洪宪之变以后，时而文学特盛，则青年非为新文学家不足自慰；时而哲学特盛，则又非哲学不足自宠；时而科学化之呼声过高，则青年考大学者，必以投理工、弃文哲为其重实学，去浮虚之最高表示。实则文学、哲学、科学，都是天地间不可缺的学问，都是人生所必需的学问。这些学问价值同等，无贵无贱。我若自信天才与兴趣宜于文学，则虽举世所不尚，吾孤往而深入焉，南面之乐，不以易也。乃至自信我之天才与兴趣宜于哲学或科学，则虽举世所不尚，吾孤往而深入焉，南面之乐，无以易也。如此，则于其所学，必专精而有神奇出焉。试问今之学子，其习业果非逐臭，而出于真正自择者有几乎？又试就哲学言，其诸名家思想经介绍入中国者，如斯宾塞，如穆勒，如赫胥黎，如达尔文，如叔本华，如尼采，如柏格森，如杜威，如罗素，如马克思，如列宁，以及其他，都有译述，不为不多，然诸家的思想，不独在中国无丝毫影响，且发生许多驳杂混乱，及肤浅偏激，种种毛病，不可抓疏。此何以故？则因诸家之学，虽经译述其麟爪，或且逐陈其大旨，然当其初入，如由一二有力者倡之，则大家以逐臭之态度而趋附。曾未几时，倡者已冷淡，而逐者更不知有此事。夫名家显学，既成为一派思潮，则同情其主张而逐译之者，必有继续深研之努力，方得根据其思想而发挥光大，成为已物。今倡之者，既出于率尔吹嘘，逐之者，更由莫名其妙之随声附和。若此，则斯宾塞、穆勒，乃至马克思诸公之精神，如何得入中国耶？又就吾固有学术而言，今之治国学者，以西人有考古学，又且以考据方法，强托于科学方法，于是考据之业，又继乾嘉诸老而益称显学。问有究心义理者乎？此事殆疑绝迹，独有绍兴马一浮氏者，沉潜周孔六艺之场，贯穿华梵百家之奥，践履敦实，义解圆融，庶几扶持坠绪，然独行无侣，孤调寡和，斯学向后无人问津，盖可知已。佛家唯识之学虽来自印土，然实吾先哲早经融化而成为己物者，中间湮绝已久，自欧阳大师起而张之，民国八九年间，号为显学。乃不须臾，风会转变，而此学音响又绝矣。即就西洋科学而言，生物与地质较为易治，且有地域性质，则治者竞尚焉，而他科颇无闻矣。中国人喜逐臭，而不肯竭其才以实事求是；喜逐臭，而不肯竭其才以分途并进；喜逐臭，而不肯竭其才以人弃我取。如是陋习不祛，而欲谈中国本位文化建设，而欲谈新哲学产生，其前途辽阔，曷由而至哉？此吾于申府之提议，而不能无感也。夫新哲学产生，与中国本位文化建设，则必于固有思想，于西洋思想，方方面面，均有沉潜深刻的研究，然后不期而彼此互相观摩，长短相形，将必有新的物事出焉。否则终古浅尝，终古混乱，一切话都不须说也。

又就申府先生之提议，而略抒愚见。所谓本位文化建设，与新哲学产生，虽从两方面言之，实则目前最急者，唯新哲学产生一事。夫言一国的文化，则其所包络者广漠无垠，一砖一石，亦莫非其文化的表现。然究其根荄，要必在哲学思想方面。中国今日既未有新哲学产生，则为中国本位文化建设之谈者，殆如“见卵而求时夜”，毋乃过早计耶？愚意欲新哲学产生，必须治本国哲学与治西洋哲学者共同努力，彼此热诚谦虚，各尽所长，互相观摩，毋相攻伐，互相尊重，勿相轻鄙，务期各尽所长，然后有新哲学产生之望，此为第一义。次言创新，须知创新者，不是舍除其所本有，而向外移来人家的物事。移与创，分明不是一回事。故为全盘外化之说者，是太消灭自家创造力，自暴自弃之徒也。创新者，更不是从无生有，如魏晋人误解老子哲学之所云也。创新必依据其所本有，否即空无不能创。吾于《新唯识论》

中，曾言此理。如吾人生理，新陈代谢，是创新义也。新的血脉固不是陈的，然何尝不是依据陈的而变生得来耶？谈至此，则吾人对于固有哲学，宜研究抉择，以为温故知新之资。吾盖常留心于此，而谓晚周儒学，即孔家哲学，实为今人所当参究。何以言之？中国哲学由两汉而上，可谓儒道二家对峙之局，由两汉而下，可谓儒道释三家混合之局，而儒家真精神，实已式微。略陈其故，晚周思想号为极复杂，然言其大别，不外儒道名法墨五家。墨家、名家皆早绝，法家虽自秦汉以来，犹若流行未息，如汉萧何、文帝、昭烈、诸葛以及后之王荆公、张江陵等，但西汉以来法家，所讲者，只是行政方面一种综核与苛察的手段（唯萧何、文帝不为苛察，曹参守萧何之规，大抵何为治，是能综核名实，故当其转饷已能济军），已全失晚周法家意思。如《淮南》所述，法生于众，及法籍所以禁人君使无擅断，韩非任法不尚贤，即反对儒家人治，而主张法治等等根本思想，此皆晚周法家思想仅存者。西汉以后之法家，遂绝不注意及此。故吾谓晚周法家亡绝甚早。后之法家，实不足称为法家也。据此，名墨法三家，在晚周已骤起而骤灭。（秦之李斯是后世张江陵一流人，不足为法家。）故唯儒道二宗并行。所谓两汉而上，为儒道对峙之局者以此。魏晋以后，道家玄学与印度佛家迎合。自此，儒家虽未至灭熄，而释道混合之思想，实特别占优势。即儒家亦大变其本来，而杂于二氏矣。所谓两汉而下，为儒道释混合之局云云者以此。固有哲学的兴废，略如上述。吾今者何独有取于儒家，此又吾所不能不略言之者。

一、儒家的宇宙观、人生观，可谓离虚妄分别，而得到真实的了解。此意本非仓促所能言，非用简单与直率的语句可以表出，非深究儒家群籍而反之自心得其会通者，亦难与之谈斯义，然不得已而欲略言之，则其玄学，明示自我与宇宙非二，即生命与自然为一。哲学家向外觅本体，不悟谈到本体，岂容物我对峙，内外分别。此其为真实义者一。本体是流行不息的，是恒时创新的，(《易》曰："日新之谓盛德。") 是至刚至健的，是其流行也，有物有则，而即流行即主宰的。故如佛道之以虚寂言者，不悟虚寂舍不得动用。如西哲亦有言变动者，却又不能于流行识主宰。唯儒家所究为真实义者，此其二。本体的性质不是物质的，故唯物之论此所不许，却亦不是精神的，然必于此心之不物于物处，而识本体之流行焉。故儒者不妨假就心以言体，但绝不同于西洋的唯心论者，此则不可无辩。本体是无内外可分，不可当作一个物事去推寻，所以非心非物之论，亦此所不许。西洋哲学本体论上种种戏论，此皆绝无。此其为真实义者三。理解必待实践而证实，践履笃实处，即是理解真切处。实践不及，但是浮泛知解，无与于真理。此其为真实义者四。略陈四义。而儒家玄学上的价值，已可窥见。其所以夷诸子而独尊者，岂偶然耶?

次则儒家规模大。其在一般的哲学方面，对于以前固有的学术，能容纳异派而冶之一炉。如孟子重法守，至言"瞽瞍杀人""舜为天子"，不得拒捕，只有"窃负而逃"，以全恩谊。桀纣之诛，是诛独夫，不为杀君，此皆孟子融摄法家义也。荀卿言礼治，亦近法治。又孟荀并能辩义，有名家、墨家精神。至于《礼记》《周礼》，皆儒家巨典。《礼记》多融会道家，《大学》一篇言止定静安，是最著之例。《周礼》多融会法家，此尤易见。孔子只言敬，敬贯动静者也。及《礼记》始言静，《乐记》人生而静，《大学》知止而后定，定而后静，静而后安之说，此皆道家义，而儒家取焉。宋儒遂本之以援佛入儒。《周礼》的学说，王安石稍采其一部分，至近世而始尊其价值。清末孙仲容依之作《政要》，以与西洋法治国之政制相比附，当时亦多影响云。尝谓晚周各学派之亡绝，大抵老庄学派的影响为多。老庄思想根本反对知识，故名家则庄子攻之，墨家则庄子薄之。（只许为方士，薄之之词也。）法家尤为其所摧折，唯儒家容纳较宏。

三则儒家不反对知识，此等精神根本与科学相得。《论语》记“子入太庙，每事问”。足见其平时无在不存每事问的精神。吾以为科学成功，特别在此。事理本在目前，行而不著，习焉不察，则一切混沌过去。如壶水澎涨，苹果坠地，古今妇孺所恒见而不问者，至奈端、瓦特诸公，乃始肯问焉，而得有绝大发明。故尝谓科学成功，只是个每事问。孔子此等精神，即是科学精神。故其教学者以六艺，即礼、乐、射、御、书、数，即是当时简单的科学。虽逮后来新兴的宋儒，如程子、朱子，作《大学补传》，以即物穷理言格致，此其所以特异二氏之处。然儒家未及成功科学者，特以前有道家，后有释道合流，为之障碍耳。然晚周儒家于社会科学方面，自有许多发明。其见于群经者，要待整理而表出之。今西洋科学输入，将使儒家精神从此昭苏，而可妄疑其相扞格耶？

四，儒家言正德、利用、厚生，见于《书》者也。言制器利用，见于《易》者也。言人之所欲多者，其可用必多，见于《吕览》者也。（《吕览》虽杂，但儒家的成分较多。）孟子寡欲之说，寡其不正之欲耳，戒其纵欲以累心者耳，与释道主绝欲者迥殊。此等精神，与科学不相违戾，又不待言。

五，儒家言经济，《论语》则有不患寡而患不均之义。《大学》言理财，归之平天下。言伦理，孔子则由孝悌而推之为泛爱众，又曰：“老者安之，少者怀之，朋友信之。”先儒谓是天地万物一体气象，视虚言平等博爱者何如？孟子由亲亲而推之仁民爱物，又曰：“老吾老，以及人之老。幼吾幼，以及人之幼。”是皆将封建社会的道德观念，扩而充之，至于全人类与万物，即于无形中消灭封建社会的思想，其化言之功神矣。此正为今后世界所要求者，而谓儒家精神非科学的，何其自绝于真理之甚耶？

综上五义，略明儒家思想，宜图复兴，以为新哲学创生之依据。精力短促，辞难达旨，唯欲引起贤达之注意，故不避不文与迂陋之讥，冀高明君子进而论之。不然，哲学年会一哄而散，即有人提出问题，事后亦如雨后烟云。学人尚如此偷废，则吾民族其危矣，尚何文化与哲学之可云？

中国哲学与西洋科学

1938 年

余以固陋，承孙颖川社长之约，忝主哲学研究部讲席。不唯引为荣幸，而实深寄无穷之希望。黄海社本以研究化学工业之学理及其应用为宗旨，自范旭东先生创办，迄今将三十年。颖川社长始终主持社务，与诸同志艰难共济。先后在社担任研究工作之诸学者，潜心探索，多所发明。其于吾国化学工业之启导，厥功甚伟。国内私立科学研究机关最艰辛而最有成绩者，无如黄海，此世所共知也。颖川社长更于社内附设哲学研究部，征得本社群公同意，始以讲席下询于余。余曰："公等胡为有事于不急之务哉?"颖川曰："当今之务孰有急于此者，先生其正言若反乎？不佞于哲学虽无得，而深知且深信，开发人类思想，振扬人类精神，实以哲学为至要。哲学有国民性，中国哲学更不可忽视。今吾国人唯以向外移植科学为急务，而不思科学若无根于中国，如何移植得来？且中西融会之议唱之有素，而于中西底蕴及其得失，顾莫肯探究。悠忽度日，奚其可哉?"余闻颖川之言，深惬素怀，遂允来社，承乏讲席。今兹开讲，余唯本颖川社长之意，略为敷衍，以明宗趣。

其一曰：移植科学，须阐明中国哲学，培固根荄。夫科学思想，源出哲学。西洋科学之有今日，实由希腊时代哲学家，惊奇于宇宙之伟大与自然律之微妙，而富于求知欲。其后，哲人更由自我权能之自觉与自信，而得超越宇宙之表，以征服自然与利用自然，有如吾孙卿“制天”之论。科学发达，哲学为其根荄，此稍留心西洋文化者所共知，无须赘言。颖川尝谓余曰：“昔留学远西，常自思维，中国古代已有罗盘针与木鸢之发明，天算音律等学及药物学、炼丹炼金术、工程技术及机械之巧，皆创发甚早。地震仪器，做于汉世，先西洋甚远。地圆之论，发于曾子。小一即元子之说，倡自惠施。略征古代佚文，已多可惊之创见。中华民族科学思想，非后于西洋也。然自秦之一统以迄于今二千余年，而中国竟不能成功科学者，此其故安在?”余曰：此一大问题，盖思之累年而不敢遽作解答，其后怵然有悟，古代学术思想所由废绝，非偶然也，秦以后大一统之环境，固有以致是。(参考吾著《读经示要》。）而此环境中之大不幸，即儒家哲学思想实失其传。《大易》刚健、创进、日新之宇宙观、人生观，（横渠云：“易道进进也。”《系传》云：“日新之谓盛德。”）经儒考据之业，已莫之省。(易道亡而吾欲延之。详见《新唯识论》。《新论》通天人而一以贯之曰辟而已矣。辟存，刚健也，进进也，新新也。故《新论》演《易》也，援佛以入儒也。）而老、庄及佛氏虚寂之旨，使人流于颓废、虚伪，乃深中其毒于社会。故“智周万物”与“裁成天地”“辅相万物”“备物致用”“立成器以为天下利”之大义，后儒但识文句而已，不求其义。孙卿《天论》出于《易》，其书仅存，卒无讲明其学者。（以上参考《读经示要》。道家反知，崇神而不求备物，其流之弊，贫于物者，亦弗能伸其神。释氏精解析，清末以来好佛法者，群州其有科学，而不悟其多逞悬空之辨析，或不根理要。因明之学原为说教护符。其不能产生科学，良非偶然。《示要》中评佛，皆精粹之言，学者宜留意。）然则中国二三千年间，科学无从发达，其与秦以后儒学亡失相关，显然可见。

惩前毖后，今欲移植西洋科学于中国，必于中国固有哲学，若儒家正统思想及晚周诸子、宋明诸子乃至西洋哲学、印度哲学参稽互究，舍短融长，将使儒家正统思想有吸纳众流与温故知新之盛美，乃可为中国科学思想植其根荄。天下之物，未有根荄不具而枝叶能茂者也。有中国古代之儒家哲学，而后科学思想与之并兴。秦以后，儒家之易学失其真，（汉易皆术数之流耳。）而科学之萌芽遂绝。此中消息，历史具有明征，今人奈何不复注意。自清末废科学，设学校之倡议，迄至今日，四五十年间，国人只知歆慕科学万能，欲移而植之中国，乃唯恐固有哲学思想为之障碍，必取而尽绝之。学校首禁读经，（大学理工二科生徒纵不暇读经，而文法二科实不可废经。）而儒学在中国社会心理中，几全丧其信仰。至于各大学文科虽有中国哲学一课目，而教者所编讲义，大抵袭取外学若干新观念或新名词，（今人于外学殊少精研其底蕴与体系者。）而先以之为主。乃随意涉猎古书，以耳剽目窃之功，妄为拉杂附会，混乱一团。此岂其智之不及哉。古之学者于学术及理道，起殷重心，起尊严心。其求之切，故其用思不敢苟。先哲所云慎思、明辨、笃行是也。今掌教上庠者，于中国哲学以悠忽玩弄之心临之。学生亦复漠然，不感若何兴趣，不承认有何价值。大学之有中国哲学课目，仅为敷衍门面而设。凡有识之留意学风者，殆莫不有此感。由今之道，无变今之俗，将欲中国哲学界能为国人开独立用思兴自由自得之风，而免于稗贩兴拉杂之大耻。行见千年长夜，永无复旦之期，岂不哀哉！佛法有言“依自不依他”，今人适得其反。生心害政，弥堪忧惧。夫哲学亡绝，既不足导发人类精神，以长养其智周万物、裁成天地、利用安身之强力大欲，（智周万物、裁成天地、利用安身三语，皆大《易·系辞》传文。前已屡引，此复及之。利用安身一语，涵养深远。《读经示要》第一讲有云：“崇神而备物。”盖本之《易》旨。若只逐物而无灵性生活，即丧其神，非利用之谓也。身字非就个人小己而言，众生皆吾一体。《中庸》所云“成己成物”，己与万物莫不安，正释大《易》安身之义。今列强之务侵略者，将使天下人不得安其身，而其小己之身顾可安乎？易道不明，而生人之祸益亟矣。句尾大欲之欲，非常途所云私欲，须深玩。）而徒欲向外移来科学。不悟科学既无根荄于中国，如何移植得来？虽神州之大，族类之众，在此科学功能盛著之空气中，不无少数人能于某种科学有所见长，而此无源之水，终无渟蓄以成江河之可能，则不待蓍龟而已预卜。

自清兴学以至于今，四十余年来，朝野教育计划，始终以派送留洋为政策。而国内各大学一切空虚，不求改善，不务充实。即此可见，国人之于科学知识浮慕（无根故浮），只是虚伪宣传，而科学根本精神，中国毕竟无从盗得。夫知识技能可从他学者也，精神自是吾人从无始来，内在固有，岂可袭取于外？中国固有儒家大《易》为哲学界穷高极深之旨。中国科学精神实见于此。中国人若敬慎服膺而善发挥之，自有以维系身心，充实生活。而前之所谓强力大欲，自油然生，畅然遂，乌有沦为虚伪无实、空洞无物、卑劣无耻、奄奄无生气，如今之中国人乎？夫无强力大欲，科学不来舍，（理智或量智，《新论》所谓性智之发用也。如有杂染，即失其本明。若复舍染，炯然大明，则能破一切迷暗。由其本身即是强力故。此强力一词，义至广远。《易》之乾也，健也，《新论》之辟也。大欲者，求真之欲，孟子云善欲也。）中国人今日之大忧，无过于此。吾是以欲振扬儒家哲学，即大《易》之道，以为吾人生命资粮。资粮充实，而生命力强，科学乃得栽根于中国。

世或以大《易》为古代术数家言，此实不究孔子修定之义。孔子为儒家大祖，其道之大，具存于《易》。《易》道含宏万有，诚不可执一端以求。即以其关于科学者言之，全书名数为经，质力为纬，科学上最高之原理，固已无所不包通。如其以乾阳表能力，以坤阴表物质，而坤承乾之变化以凝，即坤元犹是乾元。易言之，即质原于力，非离力外别有实质，与力对待成二也。然则充盈大宇者，唯能力而已矣。（《新论》谓辟亦摄此义。）今物理学所发明与此不必相悖。《易》之爻变，以阴阳之布列不同，显物性由变合不同而成异，并非物各由特殊原质构成。此于化学足资参较。符号推理及辩证法首见于易，尤足珍惜。《系传》载羲皇运思之妙曰："仰观于天，俯察于地。""近取诸身，远取诸物。"古今大哲人、大科学家运用理智以探造化之秘奥者，其注意力无所不在，活泼泼的，皆同此一副本领。汉以后经师死守章句，宋明理家偏重反求，（反求吃紧，但偏重便有弊。）皆失却羲皇为学精神。科学不发达，职此之由。

民国八九年间，胡君适之提倡科学方法，用意固善。然学者尚不知涵养敏锐之观察力，不知理道无穷，随在触悟，唯恃吾人活泼无碍之灵感，则虽与之谈科学方法，又恶能运用此方法乎？吾国人早失灵感，急宜有哲学修养以苏复之。哲学之深于灵感者，无过大《易》。易者象也。其所观万化、通万理者，一由乎取象。取象者，灵感之妙也。随感所触，至理跃如呈现。六通四辟，大小精粗，其运无乎不在。易道"范围天地之化而不过，曲成万物而不遗"者，唯其本之灵感故也。学者玩《易》而自涵养其灵感，斯不至顽钝如木石，而可与占格物穷理之事矣。中国古代哲人，其为学也，非徒以习书册、治理论、玩文辞为务，要在自养其神明，以与天地万物相流通。灵思妙感，随处触发，无有闭碍而已。此非深于《易》者不能知。余潜玩旧学，归本于《易》，乃知中国科学思想自有根荄在。奈何欲向外求科学，而竟自伐其根荄耶？科学不可无根生长，当于中国哲学觅其根荄。此固颖川平生信念所在，而亦余之素怀。故凡扬科学而遂弃哲学者，不独昧于哲学，实亦未了科学也。

上来言中国科学当以固有儒家哲学即大《易》之道为其根荄而不可斩伐。其次，西洋学术与文化，应有中国哲学救其偏弊。姑言其略。科学无论若何进步，而其研究所及，终限于宇宙之表层，即现象界。易言之，即研究一切事物互相关系间之法则。至于事物之根源或宇宙实相，实相犹云本体，终非科学所能过问。中国哲学以大《易》为宗，其书纲领在双阐不易、变易二义。不易而变易是即体成用，（大用流行是名宇宙万象。用由体成，譬如由大海水成众沤。）于变易见不易是即用识体。（如于一一沤而知其各以大海水为体，不可于沤外别觅大海水。哲学家谈实体与现象者，往往说成二界，是大迷乱。《新论》特救此失。）科学只从变易方面设定为外在世界而研究之，而不易实体，（不易实体四字作复词用，实体无变易故。）则科学不可涉及。因科学方法以实测为基，必将研究之对象当作客观独存之物事。而所谓宇宙实相与吾人生命，实非可离为二，故不可作客观的物事去研究，科学岂不了不易，即其于变易而假定为外在物事，则其所可研究者只是大用流行中之粗迹而已，如《易》所谓穷神知化者，科学尚不堪语此。《论语》记："子在川上喟然叹曰：'逝者如斯夫！不舍昼夜。'"此中神趣无穷无尽，盖深达无生而生与生而不有之妙。科学何曾识得？近世数理化三大科学成绩伟大，最可惊叹，然究是表象的知识。语神化则障隔已甚矣。今日所需哲学之努力者尚无限。大《易》宝典幸存，何不钻研？

由科学之宇宙观而说人生，即宇宙为客观独存。吾人在宇宙中之地位，渺如沧海一粟。由中国哲学证会之境地而说宇宙，则天地万物本吾一体。孟子发大《易》之蕴曰："万物皆备于我。"曰："上下与天地同流。"程子曰："仁者浑然与物同体。"则基于日常实践中修养功夫深纯，达到人欲尽净，天理流行，直融天地万物为一己。无内外，无古今，无物我，无彼此，动静一原，体用不二，庄生所谓"游于无待，振于无竟"者，即此境地。在《易》则谓之大人。大人者，非与小人为对待之辞，以其体神居灵、冥应真极、独立无匹，则谓之大人而已矣。人生不有此旨，直无人生之意义与价值。西洋哲学家、天文学纵有说到吾人生命与大自然为浑一而不可分，要是思议所及，解说道理而已，与中哲证会境界，奚止判若天渊？证会之义极难言，非于此方儒、佛、老诸家修养功夫有深研者，未可与言证会也。西洋人无证会之旨，故其智能无论若何精深，而智慧蔽塞，胸量毕竟不能广大，物我对峙是其生活中之极大缺憾。西洋人不能会万物为一己，颇欲伸张其自我于宇宙之上，常有宰制万物之思。不知者以此为西洋人之大处，而知者则谓毋宁以此为西洋人之小处。以己胜物，终限于有对，何大之有？西洋人常富于种界划界之狭隘观念，以侵略为雄，其学术思想素误也。

西哲精于思辨，而中哲于此颇忽之，今宜取益西学。中哲归诸体认（即证会），而西哲于此亦所未喻，必须趣向中哲，方离戏论，而证实际理地。夫中哲不尚思辨，非无故也。上智超悟，无事于思辨也。且真理不可方物（此中真理一词最严格，盖指宇宙本体而目之。此理不可以实物比方之也），非思想所及，非辨词可表。一涉乎思，一形诸辨，即有方所，便与真理不相应。唯冥会而无思，默契而忘辨者，其至矣乎！然真极之地，神用斯彰。无思而思海波腾，忘辨而词锋峻利，固未可滞寂而废用也。通中西之邮，思辨而必归证会，证会而不废思辨，其庶几乎？

(思辨功夫却是向外追求。明儒黄宗羲讥世儒向外求理。西哲确如此。证会则反己自识，当下即真体呈露，何须向外寻求？夫计执外在世界而自失真宰，此世学之误也。然自识真宰又不妨施设外在世界，冲寞无朕，万象森然已具，何得废思辨?)

中哲谈本体，其根本大义曰体用不二。(此义《新论》益阐明之。)唯然，故《易》之《乾》卦曰“群龙无首”，义趣渊广无边，全堪玩索。万物皆天命之显，(儒家天命一词即本体之名。无声臭可得而实涵万理，备众善，故谓之天。其流行不息，故谓之命。一切物莫非天命呈显，譬如众沤莫非大海水呈显也。于万物而知其体即天命，犹之于众沤而知其体即大海水。)故一一物，各个本性具足，(庄生言：“泰山非大，秋毫非小。”夫克就物言，泰山秋毫大小之殊甚明，若即物而识其体，则秋毫得天命之全，是本性具足；泰山得天命之全，亦是本性具足。两皆具足，何小大可分乎?)亦复相望，互为主属。如甲物全具天命，即甲目为主，而视乙物及一切物皆属同体。乙物亦全具天命，即乙目为主，而视甲物及一切物亦皆属同体。万物互相望，皆如是。(参考《新论》《功能》《成物》二章。)故物莫不互相属，而无孤立之一物。然实各自为主，别无有首出乎一切物之上，得以总主万物而独尊者。如一微尘，自主自在。一切物皆然，是为“群龙无首”。(龙，神灵之物也，故以象万物各个本性具足而无一不神也。)

本体亦云宇宙之心。但所谓宇宙之心，实即众人或万物各具之心。(譬如众沤各具之水即是大海水。)非离万物各具之心外别有独在之神可名为心也。此心含万理，备众善。其在人伦日用中随感而显发者，莫非心也。如《论语》“居处恭，执事敬，与人忠”云云。解者或以为此吾人自律之德目，若从外制之者。其实，恭之德即吾心在居处时不放逸，不昏乱；敬之德即吾心在执事时不杂私欲，不肯轻肆失误；忠之德即吾心在与人交时不敢有一毫虚伪。据此而言，恭、敬、忠皆心之显也，非吾无主于中而徒从外铄也。（吃紧。）居处有不恭，执事有不敬，与人有不忠，其时，吾之主人公未尝不在也，（心为身之主宰，故禅宗谓心为主人公，今借用之。）但私欲起而障之，则主人公失其权能，乃若不在耳。（私欲如何而有？参考《新论》。）然私欲炽盛之际，陷于不恭、不敬、不忠之大恶，吾人未尝不内自愧耻。足征吾之主人公犹监督于隐微之地，不稍疏懈，否则愧耻无从生也。推此而言，人类一切道德行为皆发于吾人内在固有之真源。（此真源即所谓本体，但以其主乎吾身而言，则名之曰心；以之别于私欲，则曰本心。《易》之《乾》卦则谓之仁，亦谓之知；孟子、阳明谓之良知；宋儒谓之天理；《新论》谓之性智。）道德律之异乎法律，即法律纯依人与人之关系而制定，是从外而立之约束。道德律即纯由自我最高无上之抉择力，随其所感通而应之自然有则。道德律恒不受个体生存的条件之限制，（如杀身成仁之类。）由其发自真源，（见前。）自超脱小己之私也。于此可识生命本来清净，（此中生命一词与世俗习用者异义，此即目本体。孟子性善之论亦清净义。）不受染污，不肯坠退。是故明体而后识道德之广崇。（广大崇高。）西人谈道德不澈心源，（此心即是宇宙真源，故曰心源。向与朱智平君谈此，彼亦云尔。）知能虽多，而人欲日益猖獗，天性日益沦丧，不亦悲乎！（心理学研究心作用，首从神经系统征测，即本生理的观点出发，而不究心体。易言之，只是丢下源头不讲。今人只知行为派将心理作物理来说，其实任何心理学派都不能完全避免此失。心理学是科学，其言心不能不以生理为基础。只从缘形而发，感物而动的现象上来说心，何得不成为物理的看法？故以心理学的见地，而略闻中哲之本体论，直是无法了解，甚至顽钝无趣，抵死不承认。总之，如何是本心？又如何道在吾之本心，即是宇宙实体？此须返己做修养功夫，切实体究才得。）

上来略谈中哲本体论。吾固知今人绝不愿闻，然吾终不以今人之不愿闻也而遂无言。形而上学深穷万化根源，毕竟是众理之所汇通，群学之所归宿。严又陵先生颇识此意。太史公曰：“《易》本隐之显，《春秋》推显至隐。”（此二语含义极广大无边。严又陵以之附会内籀外籀二术，非无似处，然非其本旨也。容别谈。）形上学本隐之显之学也。学不通隐，万化无源，群学无根，此岂人间小失？西洋虽有形上学，而从思辨上着力，只是意想之境，实无当于本隐之显，则谓之无形上学可也。形上学非证会不足言，舍大《易》将何求？西洋学术推显则有之，犹未能推显以至隐也。彼无本隐之显之学，则其不能推显至隐，无足怪者。然今后科学日进，推显至极终不明其所以然者，或不求隐而不得。（隐可喻如大海水，显可喻如众沤。不可将隐显判作二重世界。）中国自昔有本隐之显之学，得西学而观其会通，将来可发明者何限？是在吾人努力而已。西洋知识论之兴，本以古今谈本体者纷无定论，于是转为知识之探讨。乃复自画于此，又置本体论而弗究，此非学术界之安于肤浅而自绝于真理之门乎？理智或知识终不堪得到本体，然则求证本体，必别有功夫在。谈知识论者何曾注意及斯？儒家修养功夫，从人伦日用中涵养察识，上达于穷神知化，可谓至矣。（涵养与察识二词义至深广，须于六经四子及宋明儒书中详究。）二氏（佛、老）功修均密，佛法视老氏更精微，然必折中于儒术，庶不致趣寂而流于反人生。此则阳明所常从事。惜其门下未克承之，孤怀耿耿，不能无望于后之人矣。西洋人距此事太远。天运推移，或有会心之日。

哲学要在体现真理，非可以著书持说为能事。《论语》记孔子之辞曰：“予欲无言。”又曰：“天何言哉？四时行焉，百物生焉。天何言哉?”此数语含蓄无尽，广大无边，非实备天德，同天化者，难与语此。圣人即天也，学必以圣人为师而后为实学。宋明诸儒犹承矩范。象山自谓稍一提撕，便与天地相似。此等实践精神，倘亦驰骋思辨者宜资观感欤！西洋人承希腊哲人之精神，努力向外追求，如猎者强力奔逐，不有所猎获不止。其精神常猛厉辟发，如炸弹爆裂，其威势甚大。于其所及之处，固有洞穿堡垒之效。西洋科学精神实在此。吾人今日固宜戒萎靡而急起直追。然西洋人虽有洞穿大自然堡垒之伟绩，而其全副精神外驰，不务反己收敛以体认天道不言而时行物生之妙（不言者，虚寂之至。《中庸》以无声无臭形容之。声臭且无，岂复有意为猛厉哉？然至虚至寂而四时行，百物生，则天下之猛厉未有可以方此者也。《新论》中卷融会空寂与生化之妙，知此意者可与论天道。又此中空字、虚字，非空无之谓，乃言其至有而无形象，至实而无作意，至净而无染污也。寂者澄寂，无昏扰，无滞碍，非枯寂也。）不能超越形限而直与造物者游，（不能二字一气贯下。形限者，形谓躯体，此为有限之物。吾人若只沦溺现实世界，即精神坠堕，不得超越形限之表。造物者非谓神帝，乃用为天道或本体之形容词。游字亦况喻词，言其备天道于己也。）其生命毕竟有物化之伤。物化者，言其生命坠退，而直成为一物，不得复其所禀于天道之本然。西洋人固自演悲剧而犹不悟也。孔子大《易》之道，强于智周万物，备物致用，而必归于继善成性，（人禀天道以生，即天道在人而说为人之性。天道本至善。然人之生也，形气限之，每有物化之惧，故须继续天道之善而完成吾性之本然。如此则即人而天矣。）反本立极，（《易》道反诸大本而立太极。太极者，宇宙本体之名，即天道之殊称也。继善成性，即与极为一。周子申其义，而曰立人极。人之极即太极也。）辨小而究于物则，（《易·系传》曰:“复小而辨于物。”此语不容忽。

科学研究事物之公则，其实测之方法，全要在微小处辨析极精，否则不能无误。孔子于《复卦》明此，颇符近世科学方法。）默说而全其天性，（《易·系传》曰：“默而成之，不言而信，存乎德行。”默者，无作意，不起虚妄分别也。成者，成就，谓证解成就也。夫默然冥证，不起想象与推求等，此时确非如木石然，却是自明白了。故云证解成就。佛家真现量，亦云证解，义与此通。中文简要，学者如更究佛典便易了，不言而信者，不言犹佛氏内证难言。内证即自明白了之谓。凡起心思议即是言说相。今至人证解之境，直冥然与太极为一，炯然自知而实离言说相。此时正是真体现前，故云而信。信者真实义。此境必经修养而后得。故云存乎德行。）科学知能与哲学智慧之修养二者并进，本末兼赅，源流共贯。此《易》道之所以大中至正而无弊也。

智慧为本为源，知能为流为末。溯流而不可亡其源，穷末而不可遗其本。此中智慧一词极严格。非洞彻真体，证见自性，不足言智慧也。前云默成之境为自明白了者，正是其真体呈露时之自明白了。不可虚泛作解。《易》云“大人与天合德”，孟子言“上下与天地同流”，此非知识推度，确是证解境地。学未至证解，不可言智慧。但求智慧不可反理智，不可废知识。须知智慧即是本体，本体是无知而无不知。无知者，非预储有辨析一切事物之知能故。无不知者，是为一切知能之源。征验于一切事物而自然会知。求知是本体自然之大用，如何遏绝得？老、庄反知，此是其病。佛氏虽用其理智，毕竟是宗教，其归趣在度脱生死海。虽观想所至特有精妙，然究与大《易》智周万物意义不同。要在于物观空，以归诸度脱而已。研佛法者，于其宗教思想不妨存而不论，而于观想精微处留意研寻，其可与儒术融通者究不少。哲学不当反知，而当超知。反知则有返于浑噩无知之病，是逆本体流行之妙用也。超知者谓超越知识的境界而达于智慧之域，直得本体，游于无待，体神居灵，其用不匮也。

西洋哲学毕竟不离知识窠臼，超知境界恐非西人所逮闻也。或谓神秘派即是超知之旨，（神秘，无锡华生德明译为密思。）然以此牵合超知境界，要是相似法。（相似言其似之而实非也。借用佛典语。）西学从无中哲涵养本原、荡尽情识功夫，（情识一词，《新论》曾有解译。）神秘派亦然，何可言证会？西洋哲学大概与科学同一向外求理，其精神常向外发展，不曾反己收敛以涵养本原，（在中国哲学上说，收敛一词之意义极深远，此功夫甚有次第。平常所云收敛精神，只是稍定得一时昏浮之气，未堪立大本。即不足言收敛也。孔子云："仁者乐山。"非收敛功夫极深，何得如山之厚凝镇定？佛之定，老之静，皆收敛功夫。其修为之层次严密，不及详。此等名词未可浅近作解。本原即谓吾人与万物同具之本体，以其主乎吾身而言，则云本心；以其为吾所以生之理而言，是吾自性，亦得说为吾之生命也。学者如收敛功夫太少，而心思唯是向外追逐，则有孟子所云"物交物"之患，而失掉自家生命。）则吾自性中大生、广生，官天地府万物之富有日新（大生、广生云云，皆吾自性德用。官天地云云者，天地之主宰不在吾性外，万物亦皆吾性分中物也。）与夫尸居而龙见、渊默而雷声之神用，（尸居云云，借用庄子语。尸居形容其静之至也。龙者神物，飞而见于天上，则变动不可测也。此言本体至静而变也神。渊者，深寂之极也。雷声，动之猛也。此言本体至寂而动也盛。二语义近，特复言之。善言天道者，无如此二语。庄子此处，深得于《易》。非收敛功夫深者，不能证会及此。）皆其所不能自喻。而唯恃强力思考，以向外探寻理道，往往探寻愈深，意见滋惑。虽复探寻所资，必以某种科学之正确知识为依据，然每一科学中之原理，皆不能视为形而上学中最普遍之原理。即综合各科学之原理，仍不相干，此可断言。故凡依据一种科学或一部分之知识以推论万化之真源者（即谓宇宙本体），纵其持之有故，言之成理，只可许为一家言。若谓其有得于真理，则稍有识者亦未敢遽云然也。吾非谓谈哲学者，可不依据科学知识，亦非谓思考可废，但须知穷理到极处，非反己收敛以达到证会之境，则盲人摸象之讥绝无可免。西哲之学终须更进，而会吾大《易》忘象忘言之旨。即二氏于此之所获，其足为西学对治锢蔽者，正不浅耳。（道家之一意收敛，佛氏空教之扫荡一切，高矣美矣，逞思辨者不可不悟此。）

西学精神唯在向外追求，其人生态度即如此。论其功效，如在物质宇宙之开辟与社会政治之各种改造，所获实多。然其受病之深，似达过其所获之利。由向外追求，而其生命完全殉没于财富与权力之中。国内则剥削贫民，国外则侵略弱小，狼贪虎噬犹不足喻其残酷，使人兴天地不仁之感。受压迫者一旦反抗，则其报之亦有加无已。昔人有言："煮豆燃豆萁，豆在釜中泣。本是同根生，相煎何太急？"使西洋人能留意中哲之学，反本穷原，而复其天地万物一体之量，将有去贪残兴仁让之几，而世界大同可期矣。夫财富不私于小己，（小己者，如资本家对劳动阶级言，固名小己；侵略主义之国家对所侵略之弱小言，亦名小己。）则财富为大生之资，（大生者，吾人与万物同一生命。实非可分割为各个之生也。）而非可恶也。权力不私于独夫，（近世独裁者，古之所谓独夫也。）则权力本公团之具，（人类不能无共同生活的组织，如此则公团自有权力。但此权力属于公团之各分子，原非任何私人所得独操。）亦非所患也。要在去私而已。去私必由于学。非反本穷原，灼然见天地万物同根之实，则恻悱不容已之几，无自而生，乌可言去私哉！

晚世科学猛进，技术益精。杀人利器供侵略者之用，大有人类自毁之忧。论者或不满科学，其实科学不任过也。科学自身元是知能的。而运用此知能者，必须有更高之一种学术。此更高之学术似非求之儒家大《易》不可。略言其故。大《易》双阐变易不易二义。自变易言，宇宙万有皆变动不居，科学所究者固在此方面。自不易言，则太极为变易之实体。（变易之万有譬如起灭不住之众沤；不易的太极譬如大海水。变易以不易为体，譬如众沤以大海水为体。体用不二之义极难言，唯大海水与众沤喻，令人易晓。然须知，取譬是不得已。若刻求相肖，便成大过。）而吾夫子于《乾》卦，即用显体，直令人反求自得者，曰仁而已矣。（参考《新论》及《读经示要》。）仁，本心也。其视天地万物，皆吾一体。故《系传》曰："吉凶与民同患。"《论语》曰："泛爱众。"此仁体自然不容已之几也。横渠《西铭》（言民胞物与）、程子《识仁篇》、阳明子《大学问》，皆有见于仁体。而阳明子直就人心恻隐之端上指示，使人当下识得万物同体真几，尤为亲切。仁便是不易之常道。尽管物理人事变化万端，日出不穷，而人与人或物之间，总有自然不容已之爱存在。（犬不以穷主人之不足豢养而改适他家，世多能言其事。畜生之笃于爱若此，而况人乎？）爱者，仁体之流行，非有所为而为之也。生天生地生人生物，同此爱种。（爱种谓仁体。）如何遏绝得？人之不仁者，非其本性然也，（本性即仁体，焉得有恶？）恶染深而障其性，故成乎不仁也。恶染本无源，而能障性，譬如浮云能障日，浮云岂有源乎？或问：恶染虽无源，毕竟如何起？答曰：是义宜详《新论》。（《新论》下卷《明心》章谈根义处最切要。中卷《功能》章谈染习，亦可与此处参看。）若简言之，则阳明子随顺躯壳起念一语，实已道破。何须更问恶染如何起？（本心发现时，却是万物同体，如见他人痛痒，自身便感不快是也。此时确没有从一己的躯壳上起念。试自反省之，便识得此是仁体。然而人之生也，形气限之。即此形气有时牵制心灵，古所云"心为形役"

者是也，当心为形役时，便纯在一己之利害得失上打算，即阳明所云“随顺躯壳起念”，是名恶染。小之见于饮食男女或日用取予之间习为不义；大之纵其欲壑，诱惑群众以从事侵略，夺国土，劫资源，谋殖民地。种种滔天大恶，皆从随顺躯壳起念而来。实则此等恶染，虽云顺躯壳起，但不可谓其自有源头。深切反省之自见。如谓恶染有源头，便与仁体相对，而成善恶二元之论。此大错误。）吾人必须识得仁体，好自保任此真源，不使见役于形气。（或问:形气岂非恶之源？答曰:汝大误。形气非离仁体而别有本，亦是从仁体显现。但仁体之流行必以形气为资具，便有时反为资具所役。大凡用资具者，往往有被用于资具的危险。试思之，极有味。）易言之，吾人日常生活能自超脱于小己躯壳之拘碍，而使吾之性分得以通畅然，（性分即谓仁体。）自然与天下群生同其忧乐，生心动念，举手下足，总不离天地万物一体之爱。人类必到此境地，而后能运用科学知能以增进群生福利，不至向自毁之途妄造业也。

夫求仁之学，源出大《易》。《论语》全部，苟得其意，不外言仁。（世儒但知《论语》有明言仁之若干条，不知无一字非言仁也。）宋明诸师犹承此心传。老持慈宝，（老子曰：“我有三宝，一曰慈。”）佛蓄大悲。真理所在，千圣同归，非独儒家以此为学也。今后生谈哲学者，崇西洋而贱其所固有，苟以稗贩知识资玩弄，至将学问与生活分离，仁学绝而人道灭矣。吾方欲进西人于仁学，而族间犹自难为。悲夫悲夫！吾谁与归？

西洋自科学发达以来，社会与政治上之各种组织日益严密。此其福之所在，亦见祸之相乘。夫人类自当扩大集体生活，云何可无组织？然组织不可过分严密，至流于机械化，使个人在社会中思想与言论等一切无自由分。（然组织三字至此为句。）个人失其思想等自由，即个人全被毁坏。此于社会亦至不利。个人之在社会，如四肢之在全身。四肢有一部失其活动力而全身不利。个人不得自由发展，而社会又何利之有？尤复当知，集团之组织如过分严密，则将有枭桀之富于野心者出于其间，且利用此等组织，视群众如机械而唯其所驱动。将以侵略之雄图扰乱天下，毁灭人类，而不虑自身与族类亦必与之俱殉。若希特勒之所为是其征也。故人类必须扩大集体生活，但必以个人之尊严为基础。而集团中之一切公共规律与各种机构，必不可妨害各个人之自由。将使各个人皆得以自由发舒之精神，而遵互相协和之正轨，使社会成为有机体之发展，不至机械化。则野心家不得刍狗万物，而人类之幸福可期矣。

大《易》之社会政治理想，依据其玄学上“群龙无首”之宇宙观，必以辅赞各个人之自主、自治为主旨，而成立共同生活之结构。如《礼运》之大同规划，即依据此义。（参考《读经示要》。）其中最要者，如“不独亲其亲，不独子其子”与“货不必藏于己，力不必为己”诸条，皆所以导扬其协和精神，去个人自营之私，以适宜于集体生活。然于思想及言论等，均无有纳于一轨、冶于一炉之规定。此所以辅赞个人自主自治之权能，而成天下为公之盛治也。《中庸》申大《易》之旨曰：“万物并育而不相害。”（并育不相害，此义甚妙。若有逞侵略野心而妨害并育者，此则万物之公敌也。）“道并行而不相悖。”（并行而不悖者，如诸子百家各持一端之见，似相乖悖，然大道本无定形，复无穷尽。吾人求道，不能体会其全，每各得于一端。若会而通之，则知大道不滞于一方也。故可并行不悖。但并行皆是道。如有以宰割万物为务者，此极无道，必不可与有道并行。从古迄今，未有无道而不覆亡者。）此为太平自由之极则。西洋之治，去此远甚。（有谓民主之治颇合于“群龙无首”义者，此说未允。今之民主国家，劳资尚未跻于平等，对外亦难言放弃宰割也。）

以上略谈儒家大《易》思想，对于西洋颇有补偏救弊之处。故时俗宣传科学而遂轻弃哲学，吾所不敢苟同。夫哲学之研究自当不限于中国，然研究必不可如乞丐沿门持钵，必不可无宗主。西洋、印度，博采旁收，自不待论。唯儒家哲学之在中国，元为正统派。儒道广大悉备，其根本在《易》。（汉人谓《易》为五经之原，甚有根据。）自秦失传，（秦人以《易》为卜筮之书。汉师承之，徒以术数释经。后世遂不究孔子之旨。）今更废绝。故须特为标揭以立宗主。此非墨守也。木有其根，绝其根而枝叶茂者，未之有也。水有其源，塞其源而流盛者，未之有也。室有其基，倾其基而室不败者，未之有也。夫《易》道广矣大矣，诚非寡陋如余者所及涉其津涯。然略综纲要，如双阐变易、不易二义，则万理包通于是，群学会归于是。（科学穷其变易；哲学探永恒之理，是不易也。）思辨证会双修，而不容偏废。（辩证法与符号推理，皆《易》首先发明。《复》卦明复小而辨于物，颇有实验逻辑意义。《系传》言辨物、正言、断辞。《易》之尚思辨，可谓至矣。然毕竟归于证会。《系传》言体天地之撰，言何思何虑，言默而成之，皆是也。）然则今之言哲学者专尚理智，未为得。而反理智亦非也。学至证会则即人而天。人乃得离形限，而复其生命之本然。学不至乎是，如蚕作茧自缚，何可云学？是以君子贵玩《易》也。佛老非不证实相，（实相犹云本体。）然偏得其虚寂。（老见到虚无，佛见到寂静。虽或有浅深，而所得大致相近也。）唯《易》明刚健创新，生生不息，似异二氏，而实相通。非虚寂不健，非虚寂不生，故相通也。（参考《新论》。虚寂者，宇宙真体，无形无象，无有作意，无有滞碍。故其生生化化之力，至健而新新不住也。庄生云“渊默而雷声”亦此旨。斯理深微，须深心体之。）然不着于虚寂，而深体健动生化之妙，此则《易》道所以为大中至正，而立人极也。佛法有反人生之倾向。老氏之流至于颓废。中国二千余年来，吾人极缺乏健动之力。（《易》《无妄》卦有健以动云云。）佛老之流弊中于社会者甚深也。（有谓清末以来可谓健动，而未见其利何耶？曰：子未了健义也。《易》《乾》卦明健义曰："刚健中正，纯粹精也。"孟子言性善，深得此旨。夫健则无恶也，无迷乱也。健以动则亨通而利贞矣，焉有不利者乎？吾国人清末以来之动，迫于外来之变而动。其动不由自力，非健动也。健动者，自性之动也。动而无不善，无不利也。被迫而动，动必颠倒。云何可利？岂唯中国，西洋人强力宰物，虽胜于夏族今日之昏庸，然未闻大道，非健动也。终亦自毁而已。）非以《易》道拯群生，乾坤其息欤？（近见辛树帜君足论此。）或曰：先生尊《易》，以为科学之根，而取其"裁成人地"云云，此与西人征服自然意思将勿同？《易》道与欧化竟无别耶？答曰：否！否！不然。西人未识本原（即不曾证得本体），物我对峙，徒以强力宰物而已。《易》不如是。《系传》不云乎，天道"鼓万物而不与圣人同忧"。此云天道者，谓本体显为大用也。大用之行，其势猛疾。鼓之为言动也。猛动之势，凝而成物。《易》之坤，《新论》之翕是也。此其刚健之神用，不能不有所借以自表现，故须成物也。然既成物，即形气日益为碍。万物繁然，莫不承天道之鼓动，以成殊形异质。既成而昧其所得于天道之本然，（吃紧。）乃以互相峙而互感其不足。（物各执其蕞尔之形以为己，而不知其本体即天道也。执形自不足。形则有时，有对便不足。）夫天道无作意，（作意犹言起意。犹人有意为何种造作也。天无作意。）虽鼓万物而实任物物之自尔。物之有情无情，非天定之，物自然也。（有情谓众生有情识也。无情谓无机物。无机物实非无情也，然从其情识不显而尝，则可云无情。）无情物对于有情，作生、依、立、持、养五因。（生因者，无情物成就，有情物始得生故。试设想无机物未有时，彼有机物即有情者如何得生?）依因者，谓诸有情依据无情物界（即无机世界，亦云自然界），方乃得生，故舍无情界无别处住。（依者依往。）立因者，即随转因。谓若无情界变异，有情亦随变异故。（生物必适应环境。故无情界其变异时，有情界随之变异。如关中古称肥沃，唐以后变为瘠土。人生其间亦必改造土壤，以便种植而维生活。）持因者，谓由无情界成就，而有情之根身相似相续生。（众生根身从受胎始至未死前，只是相似相续而生，非有固定之体。）赖无情界持之不绝故。（设未有无情界持此根身，则根身不能相续生。）养因者，谓由无情界养彼有情身命，令增长故。如上所说，无情于彼有情而为五因。是事诚然。（五因说，本之佛家法相宗。）然若谓此为天道之所安排布置，则又大谬。天道有心而无作意。（心者，神明之称。作意则如人之立意造作。天道非迷暗，故有心。但不可以拟人之观念言天，故不可说有作意。参考《新论》。）其德盛化神，而动于不容已。（《诗》曰："唯天之命，于穆不已。"命者，流行之谓。此不已义，深微至极。天道流行，只是个不容已，更无可致诘。）万物承鼓动而各有其生，则天道在物，而物莫非天道之显也。（天道非父，万物非子。天道成万物，如大海水成众沤，非可二之。）但当其鼓物时，既本无作意，未尝曰"吾当成此物，（吾者，设为天道之自谓。）不当成为彼物也"。于彼于此，天道无择焉耳。此与彼，元无所谓美恶。唯自有情言之，则有美恶耳。夫唯天道鼓万物而无所择也，及物既成，各为个体，形气所限，不能如其所受于天道之本然。（吃紧。）彼有情物者，厥号含识，众生皆含有情识。怀知而善感。一堕世间，缺憾万端。而有情物之忧患，遂与生俱来，将无可自拔矣。前云无情物对有情物为五因，似于有情甚厚。然天无意也，（作意，省云意。）本不为有情生无情。则虽云无情对有情作五因，而事实上无情之厚于有情者极有限。

确尔，无情之威势，其逼害有情者，乃不可称举。（非称说可尽，非举数所及。）寒燠异气，旱灾水涝，壤判肥硗，谷杂荑稗，河山阻绝，雾瘴毒深，长空高旷，大地辽远，雷电怒发，风雨不时，其足致有情于困顿、病痛、死亡者，几无时无地而不蹈其几。至于有情与无情，互相交涉，各怀三毒。（贪嗔痴，佛家谓之三毒。）以相同遇，恩怨翻于俄顷，笑谈挟以干戈，贪欲无厌，得陇更思望蜀，侵略所至，必令死灰复燃；变诈出以万端，阴谋藏若深壑，大宇为众恶稠林，人世只忧悲苦恼。清晨永夜，翘首暇思，吾不知天道鼓万物而成其如是者，果何谓耶？熊子曰：天道本无所为而为也，法尔如是，（法尔，用中译佛典语，犹云自然。但译音而不径译自然者，其义深故，如是二字宜深玩。）恶可以有情好恶相测度耶？夫物之限于形而易违其所受于天道之本然者，势也。物之可以复其本然而宰乎形者，理也。势不顺理，圣人则忧之。理本可以持势而使之不能过。然有情或不知从理而卒随乎颓势，圣人更忧之。圣人之忧，固出于体大道之诚而不得不然。但天道不息其鼓物之功，则物乃常有顺其颓势而不肯从理之过。圣人之忧终不释。天道亦不以圣人之不释其忧也而息鼓物之功。故曰“天道鼓万物而不与圣人同忧”。天之神功，圣人之忧，相与无穷无尽。天人之故只此而已。夫圣人以天化之不齐而不容已于忧也，于是有裁成天地，辅相万物之思。（裁成辅相云云，皆《易·系传》文。）裁成者，如大地之化或过，则裁制之，使得其宜，如雷电可殛人，今使供人用；风雨寒燠，可为衣服宫室以御之，皆是也。天地之产犹朴，（朴者，谓未经制造。）今以之创成新物，则为益极丰。此等新事物，固日出不穷也。（老氏守朴，便无裁辅之功。）辅相亦兼有情物言。于无情物而加制造是辅相义。于有情物顺其天性而扶勉之，使有以自达、自立、自底于善，亦辅相义。舜明于庶物，（自然科学由此兴。）察于人伦，（社会科学由此兴。）皆为裁成、辅相，而不得不有明物察伦之学。孔子作《易》，盖祖述大舜。孟子学孔，犹能言其事。（舜之明物察伦，孟子记之。）夫裁成天地，辅相万物，本于圣人之忧也。圣人明知天行之不与己同忧，而终不舍其忧，（天行谓鼓物之功。）圣人之健也。（忧与厌截然不同。佛氏对世间起厌离想，《阿含经》可见。后来大乘终不脱此。吾儒了然于世间之不能无险阻而有忧思，此忧发于万物同体之仁，而实于物无厌。故不忘忧者，恒奋发健进，而乐亦在其中。孟子言："君子有终身之忧，亦有终身之乐。"忧乐交存于中，圣人怀抱正如此。忧由于健，此意甚深。今人中国人贪淫苟偷，或忘己依人而不知忧，全失健德故也。）健而有忧，故有裁辅之思。大《易》科学思想之根荄，实在乎是。此与西人征服自然，绝不同一动机。裁辅本乎天道一体之仁而出，非有意宰物也。征服由于物我对峙，伸己以宰物，不知有仁也。裁辅之强力自性生也，征服之强力从欲发也。然则今日科学家发明杀人利器，为侵略者役，非无故也，其源不清也。西洋人不识仁，未有本隐之显之学，此可悲也。去岁原子弹发现，说者皆惊其惨酷。颇闻人言，科学似不当向人类自毁之方向努力，此意甚善。然如何转移方向，则非识仁不可。（孔言求仁，程子言识仁，其旨一也。非通隐不可。本隐之显之学，要在通隐。通隐即知仁。）今后世界学术当本《易》学之隐，以融西学推显之长，而益发挥本隐之显之妙。依西学之显，以求《易》学本隐之蕴，而益尽其推显至隐之功，庶几形下之学（科学）不滞于粗迹，（科学研究所及者，皆化迹也。）形上之学不遗于器理。（《易》曰："形而下者谓之器。"器有理则，故云器理。若穷形上者，唯言真如、无为，则与器世间截然为二矣，佛氏之敝也。溺虚静而反知者，亦将遗器理，老氏之敝也。）上下交符，大道不伤于破碎，宇宙乃复浑全，人生始得所依归。甚盛哉！吾人当竟此奇功，而未可以无所堪任自馁也。（无所堪任者，言无所堪能、无所任受。此亦本佛典。众生可悲在此。）

中西学术，离之两伤，通之两美。（通字与合字异。不辨异而言合，是混乱也。知其异而求通，自由会合处也。）余与颖川先生平生之志，唯此一大事。抗战八年间，余尝筹设中国哲学研究所，而世方忽视此事，经费无可募集。今颖川与同社诸公纪念范旭东先生，有哲学部之创举，不鄙固陋，猥约主讲。余颇冀偿夙愿。虽学款亦甚枯窘，然陆续增益，将使十人或二十人之团体可以支持永久，百世无替。余虽衰暮，犹愿与颖川及诸君子勠力此间，庶几培得二三善种子贻之来世，旭东先生之精神其有所托矣。千里聚粮，始于跬步，可不勖哉！

覃　振

(1883—1947)

生平简介

覃振（1883—1947），字理鸣，原名道让，湖南桃源人。爱国人士，辛亥革命先驱。1899 年与宋教仁、胡瑛结拜，后世称之为“桃源三杰”。1903 年 12 月就读于东京弘文学院，经宋教仁介绍加入华兴会，后担任中国同盟会总部评议员。1906 年被派回国，策划同盟会的起义。后因极力宣传革命被官府追捕，被迫流亡日本，到早稻田大学法律系就读。1908 年与共进会领导人焦达峰等回国准备发动起义，但在到达长沙的当日即被官府擒获，判处终生监禁。1911 年武昌起义爆发后被释放，后担任湘桂联军督战官。随军到达武昌后，担任中华民国军政府鄂军都督府秘书长。1911 年 12 月被黎元洪任命为代表到南京出席各省都督府代表联合会会议。1912 年任南京临时参议院议员。1913 年参加“二次革命”，事败后流亡日本。在日本期间加入中华革命党，被孙中山任命为湖南支部长。1917 年任大元帅府参议、湖南巡阅使。1924 年在中国国民党第一次全国代表大会上，当选中央执行委员。1932 年后历任南京国民政府立法院副院长、代理院长，司法院副院长等职务。抗日战争全面爆发后，积极支持国共合作抗日。1937 年底随南京国民政府移往重庆。1946 年内战爆发后辞官避居上海。1947 年 4 月 18 日在上海病逝。

救济农村与统制经济[①]

中央近数月来工作，十分致力于农村经济的救济。最近组织全国经济委员会，来统制全国的农业粮食矿产棉纱等，因此一般人对这个问题，非常重视。救济农村与统制经济，就是一个问题。因为农业本来是国家经济的一部分，尤其中国是以农立国的国家，所以讲到经济，当然以农业为基本单位。所以救济农村，与统制经济是不能分开的。就现在各国经济情形趋势来看，大概逐渐由个人自由经济，进于国家经济的组织，就是由个人经济单位，进于国家经济单位。中国产业落后，社会经济本极脆弱，国家经济自更难谈起。当此世界经济狂涛怒击的时候，要求我们国家经济的发荣，农村的恢复，更是一件不容易的事情。所以我们现在如果要实行统制经济，必须有“两个先问题”。第一要推究我们农村衰落的原因究竟在什么地方，中国数年来，内战频仍，一切苛捐杂税，又指不胜数，致人民劳动的收获，成本奇重，无法取偿，甚至终几辛勤，所得还不够缴捐税。在这种情形之下，农村怎得不衰落呢？现在我们要复兴农村，如果不先认清原因，取消一切苛捐杂税，是无法可以做到的。其次现在我们很想人民

---

① 本文是覃振在国府纪念周发表的演讲。

与政府合作，也就是想把社会经济与政府财政彼此沟通。可是中国现在社会的经济很畸形的，农村觉得枯乏，都市有时膨胀。譬如上海是全国金融的中心点，内地资财大都一天一天向上海集合，但是这种膨大的资金到了上海之后，并没有正当的活动。因为上海完全是一个投机的市场，一班富商巨贾，也专门喜欢做投机的买卖，更因为这几年政府发的公债稍多，他们就专做公债的卖空买空，各种交易所就成了操纵金融的枢纽。国家金融的紊乱，资财的浪费，实在根于这个原因。现在我们要稳定金融，调节物价，必须首先停止各种交易所的投机营业，才有办法的。“要认定经济基本的原则”，经济的原则是什么？第一要搜集技术的人才。现在我们要办理统制经济，如果没有技术人才，不妨借才异国。但本国的人才，必须使之集中，不要任其散漫。其次要力谋国家交通的发展。我国交通事业，迄今仍非常幼稚，各地方出产丰穑不均，可是富源蕴藏，实在不易统计，莫能调剂。本年6、7月间，贵州米每斗六元，而同时湖南的米，每担只值三元。同在接壤之内，而贵贱相去达三十倍。交通不便的害处，十分彰明较著了。以后假使交通不进步，各地货物金融无法迅速流通，那么统制经济依然办不到的。以上说的是国内交通，至于海运更谈不到，完全操在外人手中。在民国七八年时候，尚有华侨办过中国邮船两艘，但是政府不提倡不援助，不久失败了以后，便没有中国海船。在大洋中航行，国外交通完全靠洋人，如何使国际贸易达到水准呢？此外如化学工业、钢铁工业及其他重工业等，政府虽在计划，但究竟何时实现，还不可知。最痛心的，现在各地方封建的形态依旧，各地方经济还富于地方性，没有走上国家化的路上去。关于这点，说来时间很长，不能详细来谈，但是这确是统制经济必要的条件，要全体同胞注意的。

邹　鲁

(1885—1954)

生平简介

邹鲁（1885—1954），原名澄生，别号海滨，广东大埔县茶阳镇人。1905年得友人资助，曾游历日本，并加入刚成立的同盟会。返国后考入广东法政学堂。1908年趁慈禧、光绪先后去世之机，与诸同学在广州发动新军起义。事泄暂避香港，不久返校。武昌起义时，曾招募二百人组成敢死队支援东江起义军，使广东全省得以顺利光复。旋即与姚雨平等组成广东北伐军，联合江苏、浙江等省起义军，击溃清廷大军，占据南京。1912年任广东官银钱局总办，后辞职至北京任广东都督驻北京代表。1913年当选众议员。“二次革命”后流亡日本，入早稻田大学。1914年加入中华革命党。1917年参加护法军政府，任财政部次长。1920年任两广盐运使。1923年任广东财政厅厅长、广东高等师范学校校长。1924年当选为国民党第一届中央执行委员。同年6月任广东大学校长。1925年11月参加在北京召开的西山会议，成为西山会议派的主要成员。1931年任国民政府常务委员。1932年1月任中山大学校长。1939年1月任国民政府国防最高委员会常务委员。1940年2月任国史馆筹备委员会委员。抗日战争胜利后，任国民政府委员、监察院监察委员。1949年移居台湾。1954年病逝于台北。著有《中国国民党史稿》《回顾录》《邹鲁文存》《二十九国游记》《澄庐文选》等。

研究学问的精神[①]

1935 年 9 月 14 日

研究学问，在表面上来看，是个很浅显的问题，因为变成了一个人，尤其是一个学生，无论是大学小学中学都得朝着研究学问的路上走去，不过因为年龄和学识的不同，而研究的目标也随之而异而已。但倘若更进一步来说:我们要问，学问究竟是什么?为什么要去研究?研究的作用如何?这些问题，在开讲之前，我们都得先明白的。我们知道，学问是由于社会过去与现在经过无数人的经验积聚而得到的，同时我们要明白，研究学问必须应用到社会发展上面，始能成为有益于人类生存的学问。这是社会改造的努力目标，也是研究学问的主要目的。一个大学生，对于学问应有深切的研究，要有深切的研究，自非具有研究之精神不可。大体上来说，所谓学问可分为科学上的和道德上的两种。科学上的学问，如各位日常在课室内所学的举凡农、工、文、理、法、医等科的科目都属于这种，至于立身行事等等的学问，如我这几天来对各位讲过的对同学要互相敬爱，对于教师要能尊敬等

① 本文是邹鲁在中山大学对入学新生的第五次训词。

等，都是做人的学问。有了科学上的学问，如果没有做人的学问，则所得的科学上的学问，不但不能裨益国家社会，而且会反为国家社会之害，要有做人的学问以运用科学上的学问才能于国家社会有益。学问并不是为私，为个人享乐的东西，应将个人的研究扩大为公，成为解决人类的一切问题和促进社会发展的实际工具。所以科学上的学问和道德上的学问应该融合为一，对于人类社会才能发生有益的作用。这里我且举两件浅显的做人的学问来说。第一，是“公而忘私”。现在的人最爱讲私，你也要讲私，我也要讲私，结果便任何事情都做不成。譬如大家为国家服务，但大家都想争权夺利，结果便弄到国家由衰弱而至灭亡，“覆巢之下，必无完卵”，自己也跟着同归于尽；如果大家都不争权夺利，只想法把国家弄好，结果国家固然富强起来，而自己也能享受同样的幸福。又譬如在公司做事，如果职员贪图私利，小之则失了自己的信用，大之则弄到公司亏本，自己地位不保。更如学生在校，要自己一心一德，要以学校之利益做前提，学校好，大家同学都好，如果在校为了一己私利，受人利用，自己终要失败。总而言之，为私者不只害了公，而且也害了私；为公者即使至公，结果也是至私，因为私的利益是包含在公的利益之内。第二，是“不计成败”。一般人做事斤斤于成败为计，遂不免流于作伪，不知成败不能以一时计算，往往一时的失败，结果却是成功；有时以为是成功，结果却是失败。我们做事，只问这件事应不应该做，若是应该，我们就做去，虽遭失败，结果终能成功的；若是不应该做，我们也做去，虽则成功，结果还是失败。人若把眼光看得远些，就会把成功失败看透，就有勇气去做事。我现在举个大家都知道的很普通的例和诸位说说：宋朝秦桧，主张和金，和金事成之后，国家虽遭极大损失，而就他自己方面，却得到终身富贵，及子孙三代崇显，当时以为他是成功了，实则是一个失败，因为千秋万岁，秦桧都被人骂为卖国奸贼；岳飞当时抗拒金人，至遭以“莫须有”的罪被杀，连儿子都一同被害，那么很显明的他是失败了，但千秋万岁被人誉为忠君爱国，还是莫大的成功。所以成败不能就目前计算，应把眼光放远大些，把成败看透了，自然就不贪目前小利，而能成大功，做大事。上面所说的“公而忘私”和“不计成败”都是处事的方法、做人的学问。这种学问很多，这两种不过是很浅的例，举来说说而已。由此看来，我们要有科学上的学问，同时还要有道德的学问，以道德上的学问运用科学上的学问，这才有益于社会国家。

要得到学问，自然要切实去研究，研究的步骤，是由“博”而“约”。为什么要博？宇宙间的事物很多，不样样去加以研究，不能知得清楚；过去的事迹，极其复杂，不去研究，又怎能明白？所以虽是孔子，也说“学而不厌”，他读《易经》，到至于“韦编三绝”，可见他怎样去求博了。学问也固然要博，博后却不能不要约。宇宙之大，物质上、人事上的事物甚多，不去把它弄出一些原则原理，学问怎么会有结果？故孔子虽有很大的学问，但是他对曾子说“吾道一以贯之”，曾子对别人则说“夫子之道，忠恕而已”。这便是由博至约，故博之后，就要能约，不能约，就好比一串钱没有绳索着，变成散漫，要能博能约，自然非有特别的研究精神不可。

再说，就教授和教授方法来讲，也特别需要有研究精神。教授在课堂上课的时间有限，他所讲的，只是一些门径，是指引你的一条路，让你好知道走的方向，如果你不自己走去，你就不能达到目的。他又好像给你一把钥匙，好去开启图书馆的门，进去研究，如果你不进去图书馆里面研究，那你的所学就不能精进。虽以教人不倦，孔子他亦说“不愤不启，不悱不发，举一隅，不以三隅反，则不复也”，就是说“给你一个类，你不再推想下去，触类旁通，就不再教你了”，他的用意可想而知。可见除了教授所讲之外，我们要继续研究下去，否则学问就没有成功的希望。

再次，大学要注意理论与实践相互贯串，必须将理论与实际，联结起来。在理论方面去认识实际而更须在实际方面去反证理论，贯串到事实，就需要深切地研究，不用说别的，即以学校论，比如各位，在法学院的，天天讲法律，天天讲政治，法律讲自治，我们如何适用，到学生自治、宿舍自治起来，政治讲组织，我们如何适用到学生组织、员生组织起来，经济讲解决生活，我们如何适用到解决学生生活、学校生活起来，一院如此，他院亦是如此，它都要想想法子。总而言之，一件事情摆在面前，定要把理论和事实互相贯串，互相研究，然后才能得到一个结果。

研究的精神既然那么重要，那么这种精神要怎样才培养得成呢？第一，可以从实际上去培养。这层意思，我几天来都和各位讲过，我说无论学理、工、农、医，以至文、法科，都应把书本上所学得来的，应用到实际上去，将书本上的理论与事实互相印证。这样才能培养研究精神，增大研究的能力和提高研究的效率，也跟着能够延长研究的长久，而使学问加速地迈进。研究的精神，如不从实际上去研究，则这种研究亦必落空，从实际上去培养研究精神，成功固不必说了，纵使失败也还是成功，因为失败之后，可以再想别的法子去做，自可希望达到成功的目的。怎样去实践呢？首先要找寻问题的所在，比如种树，何以南洋盛产橡树，而我们这里则不能生长？棉花我们是很需要的，何以我们这里不去种棉？这就是我们所要找寻的问题，问题找到了，同时我们要想出其所以然的道理，于是我们知道橡树是适合热带地方的缘故，我们这里不是热带，因气候的关系故不能生长，当棉花结实的时候，最忌下雨，恰好我们这里是当棉开花的时候多雨，所以也不能种棉，这便是所以然的道理，也就是解决了这问题的因子。又如我们最要紧的工作是抗日，如何抗日？这便是一个问题，要抗日先要有抗日的精神，同时要有抗日的组织，如何组织？即我们来说，先要从学校内组织起来，慢慢扩大到全市、全省、全国，这便是解决的方法。总之，第一步要找出问题，第二步要解决问题，我们要这样去培养，有这样的精神才会产生出研究的结果。第二，可以从探求过去的实际上培养研究精神，现在一些问题，古人曾经研究过的，可供我们现在研究的借镜。试举个很普通的例看，当宋高宗的时候，金兵来侵，有一部分的人主张和，一部分的人主张战，主张和的人，以得到帝后的放回为目的；主张战的人，以为和是不行的，因为金人是得寸进尺，遗害至大，只有战才是办法，才能恢复失地。结果主和的意见被采用了，而致后来终宋之世，都不能恢复失地，只维持南宋偏安以至于灭亡。若照宋朝当时的情形来看，主和不行，那就非战不可。又如勾践，为夫差打败，国不成国，勾践独能忍辱负重，卧薪尝胆，“十年生聚，十年教训”，结果率复吴仇。用这两件过去的事实来判断今日之对日问题，那就可不言而喻了。我们对于事物，一面去研究，一面去探求古人对于这种是怎样应付，由此也可以帮助我们养成研究精神。第三，可从各方面比较上去研究。书本所说的，可以和事实比对一下，看它对不对。很多留学生回国后，所学而不能用，这于理论上或者不错，环境却不相同，那就生出问题了，所以书本上的东西，事实有时是行不通的，但是这本书所说的行不通，再拿别的书看看，或有行得通亦未可定。总之是由书本上说的和事实两相比较，可以增加研究精神。其次，是把现在的事和过去的事互相比较，过去是这样而行不通，我们现在就不好这样地做，这是拿过去的事和现在的事去比对研究，以引发研究的兴趣。再次，可以拿我国的事和外国的事比较，如日本行君主立宪是很好的，何以我国就行不通，美国、法国可行民主制度，我国何以不能得到同样的收获，……[①]这样地拿中外的事来做比较，我们所研究的才能适用。

最后讲到研究的对象和方法了。我再举个实际的例子对诸位说说:前几天曾对各位说过学校决定设立一种课外研究组的事情，由同学十五人至二十人合成一组，每一同学都要认定一个与其所学有关的题目研究，从事去搜集材料，预备材料，由教授指导之下，每月开会一次，每次至少要有两位同学将研究所得提出报告讨论。这样做去，每月有二次，一年就有二十次，可以解决二十个问题。一组可以解决二十个问题，全校有一二百组，什么问题都可以这样得到解决的方法。这是研究方面我们决定要做的事。

在目前看来，东三省是失掉了，华北是名存实亡，说来自然要痛恨那有守土之责者的失职。但同时我们也得把眼光移到自己身上，问问我国现在的文化是怎样的，我们的旧的文化有没有加以科学地整理和发扬？我们接受了西洋文化的效果怎样？说来惭愧，东邻的日本，几千年来都是学我国的，都能得到用处，近年来才讲维新，接受西洋文化，也已经有很大的成绩，他现在敢夸口说："几千年来我们都模仿他人，现在我们已经由模仿而进于创造了。"我国之讲维新和日本之讲维新时期相差不远，伊藤博文之出洋留学与唐少川先生出洋留学同一时期，日本邮船会社也与我国招商局同时设立，现在两相比较，我们除了无限的惭愧以外，我们应该明白各个的原因，而谋解决的方法。东北失陷，我们说军事长官不加抵抗，而骂他是卖国贼，目前各国的文化加紧地侵略，我们若果无法抵抗，就是等于和军事长官不敢抵抗外国军队侵略一样，同是国家的罪人。最近有人由美取道日本返国，对我说："奇怪极了，我看见日本人自上至下，都忙忙碌碌的，

① 此处略有删节。

好像是战败国一样，而我国则自上至下都安闲享乐，像是战胜国一样，甚至南京偌大政府没有一个主要的人在那里主持，这不能不认为是一桩怪异的事。”情形是这样，我们既然要负起救国的责任，那么我们必先振起精神去研究学问，准备自己的力量然后才能谈得上救国；若果仍旧敷敷衍衍，因循苟且，学着南京一类的人，不但误了个人，而且还要误了国家的。

蒋梦麟

(1886—1964)

生平简介

蒋梦麟（1886—1964），原名梦熊，字兆贤，号孟邻，浙江余姚人。教育家。曾任国民政府教育部部长、行政院秘书长、中国红十字会会长，长期担任北京大学校长。1899 年随家迁往上海，入天主教学校读英文。1900 年因义和团运动起，举家迁回余姚，在余姚城某校习英文、算术。1901 年到杭州一教会学校习英文，后因学潮全体学生离校。1902 年考入浙江省立高等学堂（前身为求是学院），改名梦麟。1903 年入浙江高等学堂（浙江大学前身）学习，次年中秀才。1904 年考入上海南洋公学（上海交通大学前身）。1908 年 8 月赴美留学。次年 2 月入加州大学，先习农学，后转学教育。1912 年毕业。随后赴纽约哥伦比亚大学研究院，师从杜威，攻读哲学和教育学。1917 年 3 月获得哲学及教育学博士学位后即回国。回国后，创办《新教育》月刊。1919 年初被聘为北京大学教育系教授。自 1919 年至 1945 年，蒋梦麟在北大工作了二十余年。在蔡元培任校长期间，他长期担任总务长，三度代理校长，1930 年冬正式担任北大校长。先后主持校政十七年，是北大历届校长中任职时间最长的一位。1964 年病逝于台北。主要著作有《西潮》（英文自传，后译为中文）、《孟邻文存》、《谈学问》、《文化的交流与思想的演进》、《新潮》等。

世界潮流[①]

1919 年

世界的潮流，一日一日地进化，觉得很快，吾人立在社会上不可不放开眼光，来观察世界近来社会的现象。现在中国的劳动界，已渐渐地发达起来了。前次在上海开全国学生联合会的时候，在席演说的人，就有一个宁波工人，穿着短衣上台演说，他说的话，都是很切实，很有道理。因为我们所知道的，是完全由书上或历史上或新闻纸上看来的；但是他所知道的，想是完全由手工上阅历上得来的。将来为潮流所趋发动起来，是不能免的事；吾人当深思考虑，预测将来，顺着潮流做去，加以引导的功夫，使将来的祸患，怎么才可以免去。我国自从五四运动以来，罢课罢市罢工的风潮，闹得很大，但是这一次的风潮，不是学生弄开来的，是早已经做成的，好像火炮一样，是早已将弹子装好了，学生不过先一步上前发动那机关，所以等到响的时候，四面八方都为振动。这一次的风潮，就可算为我国改造的起点了。以后我国的局势变幻处，不可以预料，我国的成败，全在吾人以后

① 本文是蒋梦麟在南洋公学的演讲。

的举动。这次巴黎签订和约，吾人当知非签字于将来和平保障书，是签字于吾人子子孙孙的死刑书。吾人观于各国对于这次签字的不满意处，诸君想都知道的。大战虽已告终，但是欧洲各处的鏖战，仍旧继续进行：俄国已陷入没有政府没有援助的状态，意大利与巨哥斯拉夫（南斯拉夫），声势汹汹地欲夺得波兰，捷克斯拉夫与匈牙利，或存了野心，或受了冤抑，巴尔干局势的纠纷，都是无法处置，日本与中国交恶日甚，又如十三小国的兴起，纠纷更多，全是将来的祸根。这次和议起初的时候，威尔逊就宣言十四信条，宗旨是很正大；但是现在和议的条件，哪里有一条能做得到的？威尔逊的宣言，可算是完全失败；和约签字，只可算糊糊涂涂地敷衍过去。这次战争以后，劳工问题更须注意。战败德国，都是工人的功劳，兵士四人，有三个是工人，故现在工人的气势很高。意大利内阁在和会力争菲墨，想回国的时候，固存他内阁的位置；但是虽已争到菲墨，内阁亦已被国内工人推翻。英国工人，从前见了美衣华屋的绅士，是很恭敬的；但是现在见了他们了，大多数的工人，都存着一种心理，以为现在的世界，是我们用力去做出来的，倒被那贵族绅士快快活活地受用，剩得我们吃苦，岂不是太没公道吗？现在观于英国法国美国德国与别国的工人罢工的风潮到处皆是，可知工人的势力，已一日一日地涨大起来。从前专制时代所用的仁政主义，来笼络那班劳动界是完全没有用了。从前那班劳动界，知识未开，故用牧羊的手段，一面圈养他，一面又宰烹他；但是现在的时势，万万办不到了。工人已大多数有觉悟，有知识，非顺着世界潮流去帮助他，开导他，将来的祸患上，一定是不可收拾的。

学生自治[①]

1919 年 10 月

今日北京高等师范成立纪念日，并学生自治会成立的日子，我得这个好机会和北京高等师范的学生诸君谈学生自治的问题，我心里很快活。这个问题，杜威先生和蔡孑民先生，已经在我的先讲过了，我不知道能否在两位先生讲的以外，加添些新意思。我想我们讲学生自治，要研究三个要点：

第一就是学生自治的精神。——精神就是全体一致到处都是的公共意志。这个公共意志的势力最大，凡团体有这个东西在里面，一部分的分子，就会不知不觉地受它感化。自治的基础就在这里。这个精神就是自治的基础，没有这精神，团体的意志，就不能结合起来；里边的分子非但不能互助进行，而且要互相阻挠；团体解散，都是从这里生出来的。诸君要知道团体是一个有机体，譬如一个人手足耳目口鼻，要和意志一致行动；若意志要看书，这眼去看了桌旁的一盆花，意志要讲英语，这口去操法语，意志要走，这脚偏不动，这岂不是变了一个疯子么？团体的

① 本文是蒋梦麟在北京高等师范学校的演讲。

精神，就是团体的意志，若分子不照这意志行事，这个团体就变了疯子。

所以团体结合的要素，不是在章程，是在养成一个公共的意志；换一句说，就是养成一个精神。在学校里面，我们也叫它作“学风”。我们旧时办学校的，也时时讲这“学风”两个字。我国从前的太学生在历史上很占重要的位置，他们聚了几万人伏阙上书的时候，虽很有权势的官吏，也怕他们，因为他们都从“富贵不能淫，威武不能屈”的“学风”中培养出来的。

学生自治，并不是一种“时髦”的运动，并不是反对教职员的运动，也不是一种机械性的组织；学生自治，是爱国的运动，是“移风易俗”的运动，是养成活泼泼的一个精神的运动。学生自治，要有一个爱国的决心，“移风易俗”的决心，活泼泼的勇往直前的决心；没有这种大决心，学生自治是空的，是慕虚名的，是要不得的。

第二是学生自治的责任。——学生自治既不是一个空虚的美名，大家就要去干这自治的事业，大家就负了重大的责任。诸君！学生没有自治以前，学校学风不良，你们可以归罪教职员；有了自治之后学风不良，你们只能归罪自己了。中国教育不良，大家骂办学校的人，办学校的人也不能逃罪；若学生自治以后，教育不良，大家就可以骂学生，到那时候，诸君岂不是变了中国教育不良的罪人！我们主张学生自治的人，也要受人唾骂，没有面目见“江东父老”了。我想学生自治，有四个大责任：

（一）是提高学术程度的责任。现在我们中国学校程度太低，教员说学生太懒惰，不肯好好求学；学生说教员不好，不能循循善诱。我想这两边的话，都具一方面的真理。今日讲学生自治，我把教员一方面的责任暂时搁起来不讲；我想做教员的应该责备教员，做学生的应该责备学生，不要彼此互相责备，彼此责备，就是彼此逃责任，那就糟了。做学生的，先要从自己身上着想，自己问自己，自己的责任，是不是已经尽了；若还没有尽，不要责人家，先责自己罢了。这就是真正的自觉。学生对于学术方面，要有兴会，要想得透，要懂得彻底，不要模模糊糊地过去，过一天算一天，上一课算一课，照这样做去，哪里能够提高学术程度呢?

（二）公共服务的责任。自治是自动的服务，是对团体服务。自动的服务，是自己愿意服务，不是外面强迫的；本自己的愿意，对于团体做公益的事。这是有两方面：一方面是消极的，一方面是积极的。消极方面是个人不要做对于团体有害的事，积极方面是个人要做对团体有益的事。消极方面就是自制，是消除乱源的办法；积极方面就是互助，是增进公共利益的办法。自治之中，自制和互助都不能少的。

（三）产生文化的责任。学生自治团体，不是组织了以后，学校里不闹“乱子”就算满足了；自治团体，要有生产力。农人自治，要多生农业；工人自治，要多出工作；学生自治，要多产文化。多产文化的方法，就是多设种种学术研究团体，如演说竞争会、学生演讲会、战剧会、音乐会等，互相研究，倡做种种事业。

（四）改良社会的责任。学生事业，不仅在校内，要与社会的生活相接触；以学生所得的知识，传布于社会，做社会的好榜样，使社会的程度，渐渐提高。

真正的自治，要负这四种责任。诸君！自治不是好玩的事吓!

第三点是学生自治的问题。——学生团体，是全校团体的一部分；学生团体所做的事，是全校负责任的。所以学生团体与学校中其他团体有密切关系，要联络进行，共谋全校幸福。这就生出几种问题来；这几个问题不解决，将来恐生出种种阻力。（一）学生个人和教职员个人或团体的问题。自治会成立后，学生个人行动，是否应受教职员的干涉？我说学生个人行动不当，不但教职员当干涉，学生团体亦当干涉，学生团体不干涉个人不当的行动，这自治就破坏了；所以学生团体不但要去干涉他，而且要教职员大家帮忙，共同维持全校的名誉。（二）学生团体和教职员个人的问题。学生团体应该欢迎教职员的忠告；诸君要知道教职员和学生，同是谋全校幸福的一分子。（三）学生自治团体和教职员团体的问题。这个问题，比较以前两个问题复杂不少，将来的问题，恐怕就从这里生出来。活泼有精神的自治会，必欢喜多干事，范围必渐渐扩大；那时因这范围问题，就会和教职员的团体发生冲突。有一件事发生，学生团体说：这是在教职员团体的范围以内的。此时两方面各要平心静气，推诚布公，把这个问题，大家来讨论，讨论有了结果，然后来照行；不要因一时之愤激，生出许多无谓的误会。两个团体之间，凡有一个问题发生，终要照这办法来做；行了一二年，范围就定了，学生自治的机关就稳固了。有了精神，知道了责任，又能平心静气来解决问题，学生自治会没有不发达的道理。

立志定向，切实读书，“自”“治”并重[①]

1920年9月

今日趁开学的机会，我可以同我们全校的同学晤聚一堂，实在非常的高兴。我觉得这个机会是很可宝贵的，因为我们平时虽也常同学生接触，但总只是一小部分。近来学校中都有一种通病，就是教员和学生除了课堂见面之外，毫无个人的接触，所以弄得好像不关痛痒的样子。这不但中国如此，就在外国也免不了。现在同诸君虽然不是个人的接触，却也是一个大聚会的好机会。我前天曾同校长谈过，打算下半年办一个校长与学生间的星期茶话会，每星期在第一院对面新租房子的本校教职员公会内，预备一些茶点，约定二三十位同学，同校长随便谈谈，可以彼此互通情愫。

还有关于社会方面的。我们现在不是天天讲新文化运动吗？那天在胡适之先生那儿谈天，他说现在的青年连一本好好的书都没有读，就飞叫乱跳地自以为做新文化运动，其实连文化都没有，更何从言新。这话实在说得非常的沉痛。所以我们此后，总

① 本文是蒋梦麟在北京大学开学典礼上的演讲。

要立志定向，切实读书。还有一层，就是物理化学等等物质上的文化也应该同文字方面的文化并重。比方现在饥民这样的多，因为交通等等关系，赈济就这样的困难；有时传染病发生，也往往弄得手忙脚乱，死丧无算。这都是物质文化太不发达的弊病，我们不可不注意。

最后对于同学自治问题，也有点意见。我近来学生认识得不少，据各方面的闻见，觉得最可惜的就是学生会总没有好好地组织，开会时秩序亦不甚整齐。我们时常说国会省会如何捣乱，其实像这样子，叫学生去办国会省会，又何尝不会捣乱呢！所以开会时必须注重议会法才好。学生会章程，上半年已经定好，采取委员制，现在已经付印。希望新旧同学平心静气地讨论，确定以后就大家遵守。本校的特色，即在人人都抱个性主义。我常说，东西文明的不同，即在个性主义。比如希腊的文化，即以个性为基础，再加以社会的发达，方能造成今日的西方文明。孔子虽然也讲个人，但是相对的而非绝对的，讲起个人总是联说到家族和社会上去。所以真正的个人主义，就是以个人为中心，以谋社会的发达，并不是自私自利。西方近代文明之所以如此发达，就因个人与社会同时并重。譬如双马车，定要两匹马步骤和谐，这车才能走得快利。我觉得北大这么大的一个学校，研究学问、注重品行的件件都有，就是缺少团体的生活。所以我希望大家，一方各谋个人的发达，一方也须兼谋团体的发达。从前严厉办学的时代，是“治而不自”，现在又成了杜威先生所说的“自而不治”，这都不好，我们要“治”同“自”双方并重才好。因为办学校用法律，决计不行的，只可以用感情化导，使得大家互以良好的情感相联络。这是我最后的希望。

什么是教育的出产品[①]

我们以前听了俾斯麦说，德国的强盛，是小学教育的功。所以我们也来办小学，以为小学堂办几千个，中国就强了。后来听说日本的强盛，也从小学教育得来的，所以我们大家都信小学教育，好像一瓶万应如意油、一粒百病消散丸，灵验无比，吃了就百病消散。小学学生现有三百多万了，哪知道社会腐败，比前一样，国势衰弱，比前一样，这是什么缘故呢？

第一是人数太少，中国四万万人，若以五分之一入小学计算，须有八千万人。这三百多万，只能占百分之四，还有百分之九十六的儿童没有受教育，哪里能够收小学教育的效果呢？第二是教育根本思想的误谬，我常常听见人说，学生是中国的主人翁，若是学生是中国的主人翁，谁是中国的奴隶呢？教育不是养成主人翁的。又有人说，教育是救国的方法，所以要小学生知道中国的危险，激发他们的爱国心；痛哭流涕地对小学生说，中国要亡了，这班天真烂漫的小学生，也不知中国是什么东西，只听得大人说“不好了”“要亡了”这些话，也就悲哀起来，弄得正在萌芽、生气勃勃的小孩子，变成枯落的秋草！

---

① 本文是蒋梦麟在20世纪20年代发表于上海的一篇演讲。

“主人翁”“枯落的秋草”两件东西，可算是我国办教育的出产品。

我们向来的教育宗旨，本来养成主人翁的。俗话说：“秀才，宰相之根苗。”向来最普通的小学教科书《神童诗》说：“朝为田舍郎，暮登天子堂。”我们又常常说，“范文正为秀才时，即以天下为已任”。个个秀才都要做宰相，个个田舍郎都想登天子堂，你看哪里有这许多位置呢？

我们向来读书的宗旨，却是要把活活泼泼的人，做成枯落的秋草。科举的功效，把天才的人才都入了彀中；读书的结果，把有用的人都变成了书呆子。这不像枯落的秋草么？

主人翁和枯落的秋草，本来是旧教育的出产品，也是新教育的出产品，不过方法不同罢了。

若以高一层论，读书是学做圣贤，王阳明幼时对先生说，“读书是学做圣贤”。若个个读书的人要做圣贤，国中要这许多圣人贤人做什么？我们现在的教育，还赶不上说这一层咧。

《大学》讲修身，齐家，治国，平天下，是中国教育的宗旨。到了后来，“规行矩步”“束身自好”算修身；“父为子纲”“夫为妇纲”“三从四德”等等算齐家；愚民的“仁政”算治国。你看身哪里能修，家哪里能齐，国哪里能治呢？

现在要讲修身，要养成活泼泼的个人；要讲齐家，要夫妇平等，爸爸不要把儿子视作附属品，儿子不要把爸爸做子孙的牛马；要讲治国，先要打破牧民政策，采用民治主义。

并要把个人和家的关系改变过，创造一个进化的社会出来，个人是社会的分子；不是单在家庭之中，做父亲的儿子，儿子的父亲，母亲的女儿，女儿的母亲，老婆的丈夫，丈夫的妻子，把家庭、国家认作社会的两个机关，来发展个人和社会的幸福，不要用家庭、国家来吞没个人，毁坏社会。

我们讲教育的，要把教育的出产品，明明白白定个标准。预定要产什么物品，然后来造一个制造厂。不要拿来一架机器，就随随便便地来造物品。据我个人的观念，我们以前所产的“主人翁”“枯草”和所产的宰相圣贤，都是不对。我们所要的物品，是须备三个条件的人。

（一）活泼泼的个人——一个小孩子，本来是活泼泼的，他会笑，会跳，会跑，会玩耍。近山就会上山去采花捕蝶；近水就会去捞水草，拾蚌壳，捕小鱼；近田就会去捕蝗虫、青蛙。他对于环境，有很多兴会。他的手耐不住地摸这个，玩那个；脚耐不住地要跑到这里，奔到那里，眼耐不住地要瞧这个，看那个；口关不住地要说这样、那样。你看如何活泼！我们办学校的，偏要把他捉将起来，关在无山、无水、无虫、无花、无鸟的学校里；把他的手脚绑起来，使他坐在椅上不能动；把他的眼遮起来，使他看不出四面关住的一个课堂以外；要他的口来念“天地元黄，宇宙洪荒”“人之初，性本善”，种种没意义的句子。现在改了“一只狗”“一只猫”“哥哥读书，妹妹写字”，这些话，就算是新式教科书了。还有讲历史的时候，说什么“黄帝擒蚩尤”这些话，小孩子本不识谁是黄帝，更不识谁是蚩尤。孩子听了，好像火星里打来的一个电报。还有叫他唱“陀、来、米、发、索、拉、西”的歌，叫他听“咿啦呜噜”响的风琴，不如小孩儿素来所唱的“萤火虫，夜夜红，给我做盏小灯笼”好得多。二十五块钱的坏风琴，不如几毛钱的笛和胡琴好得多。小儿的生长，要靠着在适当的环境里活动。现在我们把他送入“牢监”里束缚起来，他如何能生长？明代王阳明也见到这个道理，他说：“大抵童子之情，乐嬉戏而惮拘检。如草木之始萌芽，舒畅之则条达，摧挠之则衰萎。今教童子必使其趋向鼓舞，中心喜悦，则其进自不能已。譬之时雨春风，沾被草木，莫不萌动发越，自然日长月化。若冰霜剥落，则生意萧索，日就枯槁矣。……若近世之训蒙樨者，日唯督以句读课仿，责其检束，而不知导之以礼；求其聪明，而不知养之以善；鞭挞绳缚，若待拘囚，彼视学舍，如囹狱而不肯入，视师长如寇仇而不欲见，……是盖驱之于恶，而求其为善也，可得乎哉?”德国福禄培创教养儿童自然的法儿，他设了一个学校，用各种方法，使儿童自然发长；他不知道叫这学校作什么，一日他在山中游玩，看见许多花木，都发达得了不得，他就叫他的学校作幼稚园（Kindergarden）。“kinder”是儿童，“garden”是花园。幼稚园的意思是“儿童的花园”，后来哪知道渐渐变为“儿童的监狱”。我们把儿童拿到学校里来，只想他得些知识，忘记了他是活泼泼的一个孩子，就是知识一方面，也不过识几个字罢了。

无论在小学里或在中学里，我们要认定学生本来是活的，他们的体力、脑力、官觉、感情，自一天一天地发展，不要用死书来把他们的生长力压住。我们都知道现在中学卒业的学生，眼多近了，背多曲了；学级进一年，生气也减一年。这是我们中国教育的出产品!

（二）能改良社会的个人——个人生在世上，终逃不了社会，所以社会良不良，和个人的幸福很有关系。若我但把个人发展，忘却了社会，个人的幸福也不能存在。中国办学的一个难处，就是社会腐败。这腐败社会的恶习，多少终带些入学校里来。所以学校里的团体，终免不了社会上一种流行的恶习，不过比较的好罢了。学校是社会的镜子，在这镜子里面瞧一瞧，可以见得社会上几分的恶现象。不过学校里的生活，终比社会上高一层，所以学生可以有改良社会的一个机会。学校须利用这个机会，养成学生改良社会的能力。普通父母送子弟入学校的用意，是有两种希望：一种是为家庭增资产，以为“我的儿子”入了学校念了书，将来可以立身，为家增一个有用的分子；一种是为国家求富强，以为“我的儿子”求了学，将来可以为“拯世救民”的人才。第一种是家属主义的“余荫”，第二种是仁政主义的“余荫”。学校的宗旨，虽不与此两种希望相反对，但不是一个注重点。学校的宗旨，是在养成社会良好的分子，为社会求进化。社会怎样才进化呢？个人怎样来参加谋社会进化的运动呢？这两个问题，是学校应该问的。社会怎样才进化这个问题，我们可暂时不讲，个人怎样来参加谋社会进化的运动，是我们现在应该研究的。我想要学生将来参加改良社会的运动，要从参加改良学校社会的运动做起。我讲到此，不得不提起学生自治问题了。学生自治，可算是一个习练改良学校社会的机会。我们现在讲改良社会，不是主张有一二个人，立在社会之上，操了大权，来把社会改良。这种仍旧是牧民制度，将来的结果是很危险的。教育未发达以前，或可权宜用这个方法，如山西阎百川（阎锡山）的用民政治。但这个办法，是人存政存，人亡政息，不是根本的办法。江苏南通将来的危险也在这里。所以我们赞许阎百川治晋是比较的，不是单独的。若以单独的讲起来，这种用民政治，仍是一种“仁政主义”“牧民政策”。我是很佩服阎百川的，我并不是批评他，但我希望他一面“用民”，一面不要忘了这是权宜之计，将来终要渐渐改到民治方面去才好。我常常对人说，江浙两省，是江南富庶之地、兄弟之邦，得了两个兄弟省长，为何不照阎百川的办法来干一干呢？这种事情不干，如浙江的齐省长，没有事做，看了学生的一篇文，倒来小题大做。我想一省的省长，哪里有这种空工夫！

学生自治，是养成青年各个的能力，来改良学校社会。他们是以社会分子的资格，来改良社会，大家互助，来求社会的进化。不是治人，不是做主人翁；是自治，是服务。有人说，学生自治会里面，自己捣乱，所以自治会是不行的。我想自治会里边起冲突，是不能免的，这是一定要经过的阶段。况且与其在学校里无自治，将来在社会上捣乱，不如在学校中经过这个试验，比较地少费些时。

（三）能生产的个人——以前的教育，讲救国，讲做中国的主人翁，讲济世救民；最好的结果，不过养成迷信牧民政策的人才。不好的结果，自己做了主人翁，把国民当作奴隶，不来救国，来卖国；不来济世救民，来鱼肉百姓；到了后来，“只准州官放火，不许百姓点灯”。今后的教育，要讲生产，要讲服务，要知道劳工神圣。为什么要讲劳工神圣呢？因为社会的生产都靠着各个人劳力的结果，各个人能劳力，社会的生产自然就丰富了。假如大多数的人都是“四体不勤，五谷不分”，社会怎样能生存呢？又如杜威先生说，希腊文化很发达，科学的思想也很发达，何以希腊没有物质科学呢？何以物质科学到19世纪才发展起来呢？因为希腊人瞧不起做工的人。瞧不起做工，就不会做试验；不会做试验，就没有物质科学了。我们中国，素来把政治、道德两样合起来，做立国的中心，如孔子说的，“为政以德，譬如北辰，而众星拱之”，如孟子说的“王何必曰利，亦曰仁义而已矣”，都是道德和政治并提。我们学校，也不外“政治”“道德”四个字。如孟子说，“立庠序之教，所以明人伦也：父子有亲，君臣有义，夫妇有别，长幼有序，朋友有信”。几千年来的教育宗旨，都是一个“拯世救民”的仁政主义、牧民政策：今天以百姓当羊，来牧他；明天羊肥了，就来吃他。你看中国几千年的“一治一乱”，不是羊瘦牧羊，羊肥吃羊的结果么？现在我们假设百姓是羊，我们要羊自己有能力来寻草吃，不要人来牧；那么羊虽肥，不怕人来吃他的肉。这是讲句笑话罢了，我们哪里可当百姓作羊？百姓都是活泼泼的人。我们把百姓能力增高起来，使他们有独立生产的能力，哪要人来施仁政，来牧他们？

要能独立生产，要先会工作，要知道劳工神圣。美国教员联合会现在已加入劳动联合会。这是全国教师承认教书也是劳工。凡有一种职业，为社会生产的，都是劳工。劳心劳力，是一样的。“劳心者役人，劳力者役于人”，这两句话，实在有分阶级的意思在里面，未免把劳力的人看得太轻了。

把以上的话总括说一句，教育要定出产品的标准，这标准就是：活泼泼的、能改良社会的、能生产的个人。这就是我所瞩望的中国教育的未来。

夏丏尊

(1886—1946)

生平简介

夏丏尊（1886—1946），名铸，字勉旃，后改字丏尊，号闷庵，浙江绍兴上虞人。文学家、教育家、出版家。1901 年考中秀才。次年到上海中西书院（东吴大学的前身）读书，后改入绍兴府学堂学习，都因为家贫未能读到毕业。1905 年借款东渡日本留学，先在东京弘文学院补习日语，毕业前考进东京高等工业学校，但因申请不到官费，于 1907 年辍学回国。1908 年任浙江省两级师范学堂（浙江省立第一师范学校的前身）通译助教，后任国文教员。1913 年自告奋勇地兼任了该校舍监一职。他提倡人格教育和爱的教育，对学生既严格要求又关怀备至，被学生称为“妈妈的爱”。1919 年与陈望道、刘大白和李次九积极支持“五四”新文化运动，推行革新语文教育，被称为第一师范的“四大金刚”。1921 年受经亨颐之邀，受聘于上虞春晖中学，其间翻译了《爱的教育》。1925 年到上海，参与开明书店的编辑工作，其间翻译了日本山田花袋的《棉被》，是中国最早介绍日本文学的翻译家之一。1927 年任上海暨南大学中国文学系主任。1929 年任开明书店编辑所所长。1930 年元旦，《中学生》杂志在上海创刊，由夏丏尊与丰子恺等四人主编。1946 年病逝于上海。著有《平屋杂文》《文章作法》《现代世界文学大纲》《阅读与写作》《夏丏尊选集》《夏丏尊文集》等。

文学的力量

1933年8月31日

文学的有力量是事实。在几千年前，我们中国就知道拿文学来做移风易俗、改革社会的工具，这用现在的用语来说，就是所谓文艺政策。足见文学的力量，自古就已经大家承认的了。到了现在，因了印刷与交通的进步，识字者的增多，文学的力量愈益加增。我们可以说，文学的力量是非常之大的，只要看《黑奴吁天录》一书使黑奴得到解放，青年人读《少年维特的烦恼》有因而致自杀者，便可以明了。所以文学之有力量已是明白的事实，无须费词。今天所要讲的是以下三点：第一，文学的力量从何而来；第二，文学力量的特点；第三，文学对于读者发生力量需要什么条件。

一、文学的力量从何而来

我以为要讲文学的力量发生，应先讲文学的本身。文学的作品如诗歌小说之类，和"等因奉此"的公文，"天地玄黄，宇宙洪荒”的千字文性质不同。文学的特性第一是“具象”。我们平常说话不一定是文学的，但如果用文学的方法来说，便成为文学的了。譬如我们说：“日子过得很快。”这句话语不足称为文学。如果我们要使它文学化，第一就应当使其能够使人感觉到，即是使其具象化。于是我们便说：“流光容易把人抛，红了樱桃，绿了芭蕉。”这样便成为文学的说法了。为什么？因为后边的一句是具象化的：“抛”“红”“绿”“樱桃”“芭蕉”，都是可用感觉机关来捉摸的事象，比“日子过得很快”的说法有声有色很多。再好像我们听见人家说某某地方打仗，死了很多人。这句话当然使我们感动，但若我们果然亲身到了那个地方，眼睛看见累累的尸身，狰狞可怖，那我们所得的印象一定更深了。可见愈具象的事情愈能使人感动。文学的力量也是同样发生的。通常说，中国人胆子小，爱面子，爱虚荣，因为了这些劣根性，于是中国人到处吃亏。但是只讲我们中国人有这些不良的品性，我们听了感动甚少。经鲁迅氏在《阿 Q 正传》中，假了名叫阿 Q 的一个人，加以一番具体的描写，便深刻多了。

文学的力量是从“具象”来的，不具象就没有力量。

文学的特性，第二是情绪的。这情绪也是使文学有力的一个条件。大凡告诉人家一件事情使他去做，有好几种的方法，或是用知识，或是诉之于情感。知识能够使人知道“如此这般”，但是很不容易使人实行。如果用情感就不同了。我们用情感使人做一件事，若是能使对方动情，对方自然便去做了。所谓“情不自禁”者，就是指这现象的话。文学的作品并不告诉人家如何如何，只把客观的事实具象地写下来，使人自己对之发生一种情绪，取得其预期的效果。

以上是讲文学本身发生力量的缘由。次之，文学的力量还可以从文学作者发生。文学作者的敏感，也是使文学有力量的原因。所谓文学作者，便是那些感情和观察力比较常人来得敏捷的写作的人：普通人看不见的，他们能够看见；普通人感觉不到的，他们感觉得到；普通人想不到的，他们也想得到。因为文学作者对于社会、对于事物的观感，比常人特别强，所以社会有变动时，先觉者往往是文学作者。世间事件所含奥秘，一般人往往不能见到，经文学作者提醒以后，方才注意及之。譬如讲到妇女解放问题，最初发动的是文学作者易卜生，他的名剧《娜拉》便是妇女解放的先声。美洲的黑奴解放，普通人都归功于《黑奴吁天录》一书。因为人生很微细的地方，文学作者都能看得到，因而把他的敏感观察得到的东西发为创作，自然会使人佩服，对读者有力量了。

所以，文学的力量的来源，可以分作两部分：第一从文学本质而来的，由于具象，由于情绪；第二是从文学作者方面来的，便是由于作者的敏感。

二、文学力量的特点

文学的力量是感染的力量，不是教训。教训的力量是带有强迫性的，文学的力量是没有强迫性的，是自由的。近来常有一种作品，带着浓厚的教训性，露骨地显露着某种的教训。这些作品往往缺乏具象与真实的情绪，与其说是文学作品，不如说是口号的改装。口号是一种号令，具有强烈的强迫性，真正的文学的力量，性质绝非如此。文学并非全没教训，但是文学所含的教训乃系诉之于情感。文学对于世界，显然是负有使命的。文学之收教训的结果，所赖的不是强制力，而是感染力。良师对于子弟，益友对于知己，当施行教训的时候，常极力避用教训的方式，而用感化的方法，结果往往得到更大的功效。文学的力量亦正如此。

三、文学对读者发生力量的条件

文学的力量是不普遍的。文学需要着读者，某作家作了一本小说，如果国内读的人有了一万万，这一万万人也许都受了这本小说的感动，而还有三万万人没读这本小说的，是无法直接感动的。并且，一种文学作品并非对于任何读者都能发生效力。文学作品要对于读者发生效力，其主要条件是作者和读者之间的“共鸣”。作品对于读者有共鸣作用的便有力量，没有共鸣作用便无力量。这共鸣作用因空间时间而不同，因人的思想环境有别而各异。譬如讲失恋故事的作品，在我这个未曾尝过恋爱滋味的人读了，是不甚会发生共鸣的；西洋小说里面讲基督教的部分，在不懂基督教的人看来是不会发生兴趣的。一个作品里所表现的东西常有一般的与特殊的两种，大概描写一般的人性的东西，容易使多数人感动，对多数人发生有力量；至于叙写特殊的境遇的东西，如失恋的痛苦、孤儿的悲哀之类的东西，非孤儿和未曾尝过恋爱的滋味的人看了，感动要比较少。《红楼梦》是一部著名的小说，写林黛玉有许多动人的地方，但是这书在一百年前的闺秀眼中，和在现今的“摩登”小姐眼中，情形便不一样，她们的感受一定不大相同。某种作品有某种读者，《啼笑因缘》的读者和《阿Q正传》的读者，根本上是不同的人。

把上面的话归纳起来，就是：文学是有力量的。文学的力量由具象、情绪和作者的敏感而来，文学的力量，其性质是感染的，不是强迫的；文学作品对于读者发生力量，要以共鸣作用为条件。

吕凤子
(1886—1959)

生平简介

吕凤子（1886—1959），原名浚，字凤痴，号凤子，别署凤先生，江苏丹阳人。国画宗师，美术教育家。1905 年进苏州武备学堂学习。翌年考入南京两江优级师范学堂图画手工科。1910 年到上海创办神州美术院。翌年捐献家产创办正则女子职业学校。1917 年被聘为北京高等师范学校教授、专科主任。1919 年任上海美术专科学校教授兼教务主任。1928 年任中央大学艺术系国画组教授。1931 年作《庐山云》，在世界博览会获一等奖。1935 年从南京回丹阳，任正则女子职业学校校长。抗日战争全面爆发后，在四川璧山县重建正则职业学校，简称正则蜀校。1939 年创办正则艺术专科学校。1940 年出任国立艺术专科学校校长。1942 年任国立社会教育学院艺术系主任。中华人民共和国成立后，出任江苏师范学院艺术系教授、民族美术研究所研究员、中国美术家协会江苏分会副主席等职。1959 年 12 月 20 日在南京去世。

艺术制作

一

1943年在国立社会教育学院讲

在讲本题前，有几句话得先说一说。

（一）本人认宇宙间一切现象是无限生力的有限表襮，唯人生可能表襮无限生力，可能无限地生。这个可能无限生的自体通常叫作精神作用，或形，或自己，即宇宙本体。

（二）本人认精神作用的基本作用或原动力为无限生欲及无尽爱（一往求异之情），所欲得者为永久超现实的理想之实现，以故人生永久存创造复创造中过着理想生活。

（三）本人认统一于情意的一切心作用、一切行为是渗错的，不可分割的。通常叫偏倚情意理智作用实现的理想价值作美善真，而区别其活动为道德行为文化活动，应视为研究和说明的便利而立此分别。

本人对于本题的解释便以这几句说话做最后根据。兹且先说西方学者对于本题解释是怎样的，次述我国学者对于本题见解是怎样的，而后说本人对于本题的解释。

艺术制作是美的表现，制作艺术是美的追求，这是18世纪来西方学者一致这样说的，但对于美是什么，美在哪儿便所见各异。

形式主义者说，美在表现的形式，在比例均称统一调和等配合方法，美与材质无关。

理想主义者说，美在所表出之内容，即所示现之观念，美与形式无关。

自然主义者说，美即自然及人生之真，艺术制作应限于自然及人生之如实模写。

浪漫主义者说，美的特质是快感，艺术制作应限于抒写情感及想象。

唯美主义者说，美在艺术自身，无与人生实用，为美而求美应是艺术制作的第一义谛。

人生主义者说，美为人生理想价值之一，艺术制作总应有裨于人生。

这种种不同见解虽皆言之成理，然非绝不可通。有美的形式不应无美的内容，有美的内容必须备美的形式。自然自身即美的表现，则自然及人生当然可为艺术制作的内容。然艺术制作究为无限理想之表现，究为主观情感自觉的创造，则主观客观又岂不可合而为一？为艺术而艺术，为创造而创造，艺术制作之目的本与自然之目的无殊，本无不善者，则美善又岂不可合而为一？

西方学者对于艺术制作的解释大概如此，次说我国学者的见解。

艺成而下，艺盖指才能或才技说。才能必表而出之，故艺必成事。其事如礼乐射御书数，必以道术为内容。故道艺初犹区分，既则非习于某者不复能善于某（《礼·少仪》："问道艺曰：'子习于某乎？''子善于某乎？'"）。道艺无分，善美无别，殆为我国学者自古迄今一致见解。

一阴一阳之谓道，道为自然的永久行为。在人曰性，率性的行为便是继续自然行为的行为。继之者善也，儒者便于此立善的界说。

（一）善即诚，诚谓不欺，行乎自然者行不自欺也。

（二）善即信，有诸己之谓信，行乎自然者行乎己所同得也。

（三）善即美，充实之谓美，充实犹言慊足，行乎自然者行乎己所快乐具足也。

行乎自然者无为而无不为。为必有成，为必能生，人间一切事功均所生成。然非成诸外也，生自生，成自成也，故曰成之者性也。由此推知我国学者一视道艺美善之故，虽游艺亦作怡适情志解释，与西方学者视美为人生理想所以满足情感要求者义正相若。然我国学者视凡率性行为皆足怡情适志，无一不可以艺视之，学亦艺，道亦艺，真亦美，善亦美，与强立分别而为之辞者其通衍隘塞固有别矣。

王廙说，学书则知积学可以致远，学画可以知师弟子行己之道。

宗炳序《画山水》说，诚能妙写，亦诚尽矣。

谢赫说，图绘者，莫不明劝戒，著升沉。

张彦远说，夫画者，成教化助人伦，穷神变测幽微。

朱景玄说，画者圣也，盖以穷天地之不至，显日月之不照。

张放礼说，造乎理者能画物之妙，昧乎理者则失物之真。

这些说话都是儒者对艺术制作之解释。道家见解是否相同，这个看庄子几段说话可以知道。老子说，天下皆知美之为美斯恶矣，皆知善之为善斯不善矣。道家虽反对立美善为行为之的，其以天合天之主张要与儒家无差别也。

《庄子·田子方篇》说，宋元君将画图，有一史后至，儃儃然不趋，受揖不立，因之舍。公使人视之，解衣槃礴裸。公曰，可矣，是真画者也。

《达生篇》说，梓庆削木为鐻，见者惊犹鬼神，鲁侯见而问焉。曰，臣将为鐻必斋以静心，斋三日不敢怀庆赏爵禄，斋五日不敢怀非誉巧拙，斋七日辄然忘吾有四肢形体也，然后入山林观天性，形躯至矣然后成，见鐻然后加手焉，不然则已。则以天合天，器之所以疑神者其是与。

《天地篇》说，夫道覆载万物者也，洋洋乎大哉，君子不可以不刳心焉。无为为之谓之天，忘乎物忘乎天其名为忘己，忘己之人是之谓入于人。

以天合天是说行乎自然必先返乎自然，是说实现自己必先自觉，返乎自然必从忘己（己执或身执）忘物入手，实现自己又必凭借有限形象，这与西方学者说无限理想偶然表现于有限形物的意思又正同。

复次，述本人对于本题的解释。

本人尝说，人生活动得分两类，一类消极的因应活动，一类积极的创造活动。创造活动赅三事，即创造的三步骤：

（一）自己（自我）发现；

（二）一切己鉴赏或认识；

（三）事象构成即理想表现。

一谓创造活动系自己制作，必先发现自己，即自己自觉。二谓自己制作必凭借个别形物，必先了解个己。三谓所创造者必为表现自己的新事物。

又尝说，无限生欲暨无尽爱，实为创造活动最后推动力。无尽爱的唯一作用即爱异，永久求尽其爱不可得，即永久爱异，永久爱就异成异就异生异。无限生欲推动一切心作用尽力地生，无尽爱便指道一切心作用尽力地创造。创造复创造，永久以成己为事，即永久以成异为归。己不能离开一切个己而有所成，即不能离开一切异而表现其无限。

生无已，爱无穷也。异无已，美无极也。成无已，仁无尽也。这便是人生所以为人生，艺术所以为艺术。故本人认艺术制作即穷异成爱、穷爱成己、穷己成异的人生自己制作，给予艺术制作的定义亦即，“穷异成爱、穷爱成己、穷己成异的人生自己制作”这句说话。

我国学者一向视道与人生不可析离。道为生之质，艺为生之文，故载道之文，论道之学，修道之教，凡需表出才技者皆谓之艺。西方古代学者亦有认人生存在意义即为道德生活者，此皆与本人见解有相似处，但非本人见解所自出。

二

1947 年美术节讲

心能感于物而动，动必着事物，着事物有止于求适者。适谓合事物之理，合理始着事物而弗执着，始行乎理而不相害，始得因相安而各竭其能，各尽其生。

相安之义太大了。不相安必相害，相害必复使相安，这是求生者必循途径。求生者如舍全生而求个别的生，则其弊虽不欲相害而必至相害。

止于适者一切活动皆叫作艺术活动。活动成物止于个个，活动成事每贯一生。分别叫止于个者作艺术制作，贯一生者作人生制作，实无此必要。

如画，集多形成一形或合多部分成一体，必使不失多形或多部分特质，而在让地位，逊容光，所谓调和统一状态下构成之。在构成过程中有终感不治之形色则舍之，舍之非谓此弃材也。成画如此，成人又岂不然。

美术，是人们追求美的一种成物或成事的活动。成物叫作美术品，成事叫作人生制作，实则是同样的艺术活动或艺术制作。

物之美者止于美，不必叫作善，但也可叫作善。事之美者则多叫作善，便因善无不美，美无不善。

美的形象是变化调和，调和变化。愈变化愈调和，变化便是调和，愈调和愈变化，调和便是变化，这样的愈变愈复杂的形象也就愈美。美的内容是作者对于事物之理的感，理无二致，感有浅深，感愈深理愈邃，配合愈复杂的形象也就愈感内容丰富而愈美。形象内容总是调和的统一的。

许啸天

(1886—1946)

生平简介

许啸天（1886—1946），名家恩，字泽斋，号啸天，浙江上虞人。近现代作家。早年在绍兴大通学堂与秋瑾共事，参加光复会和反清革命，并著《越恨》一书记其始末。曾与夫人高剑华创办《眉语》月刊，跻身“鸳鸯蝴蝶派”报刊之列。早年热心于戏剧，参加春柳社、春阳社，后组织人本戏社、文艺动员剧社，除《粉墨登场》外，还撰写剧本有《拿破仑》《明末遗恨》《黑籍冤奴》等。抗日战争全面爆发后，剧社解散，流亡于江、浙、皖、湘、桂各省。1946 年重返上海，在诚明文学院任教，仍事写作。是年因车祸去世。主要著作有《中国文史哲学讲座》《清宫十三朝演义》《明宫十六朝演义》《唐宫二十朝演义》《民国春秋演义》等。

墨学的大概

1926 年 5 月 30 日

整理《墨经》这个志愿，自从我第一次读墨子书的时候，便种下了一条思想的根；我原是一个爱读《墨经》的人，以后每读一次，便把我整理的思想潮涌一次。但连带起了两个难问题：

一、墨学失传，已经有两千多年；孙诒让说墨氏之学亡于秦季——到如今再想整理他的著作，不是有残缺，便是有错误。

二、从来研究墨学的人，并不因历来尊重儒术而减少；但是各人有各人的态度，有各人的见解。我如今却应该用什么态度去整理?

往往因为这两个疑问，便打消了我整理的勇气。但是墨家同情心的深厚，义务观念的坚强，牺牲精神的伟大，实在值得吾人的崇拜，值得吾人的研究，更其是值得整理的，尤其是现在的人心时局，墨子思想却是一剂对症的良药，如何可不快快地整理，快快地宣传，以求挽回人心于万一。这样的环境逼迫着我，我于是也不顾自己的学问浅薄，方法简陋，先从整理文义入手，注解出这一部《墨经》来。而我自己解嘲，答复上面两条难问题，是：

一、自来一个学者事迹思想的流传，总不免有许多残缺错误的地方；何况我们中国史学特别不发达，史迹特别模糊的，有的是“箭垛式”的流传。胡适说：“怎样叫作箭垛式的人物呢？古代有许多东西是一班无名的小百姓发明的，但后人感恩图报或是为便利起见，往往把许多发明都记到一两个有名的人物的功德簿上去。”有的是“放大式”的流传。也许在当时是一个平常人，后来经过几千百年的传说把这人特别说成伟大了，这便是梁启超说《左传》中有名之韩、城濮、鞍、邲、鄢陵五大战。在当时皆一日而毕，被后人说作与后世国际大战等量齐观，这由于文章优美，能将读者意识放大。有的被当时人因感情用事，故意截止消灭它流传能力的。《中国历史研究法》里说，史料有为旧史家故意湮灭或错乱其证据者，《墨经》自然也不能逃这个例。所以要求整理墨子著作，而无残缺错误，这是不可能的；但是，我不能因为不能避免残缺错误而就此无整理。

二、自来研究墨学的人，果然很多；关系于墨学的著作，也不少。例如毕秋帆的《墨子注》、王念孙的《读墨子杂志》、孙诒让的《墨子闲诂》、李笠的《墨子闲诂校补》、王闿运的《墨子注》，以及张惠言的《墨子经解说》，梁启超的《墨子学案》《墨经校释》《墨学微》，胡适之的《墨子小取新诂》、《中国哲学史》中的《墨子哲学》，张纯一的《墨学分科》《墨子闲诂笺》。此外还有附刊在私人专集中讨论墨学的文章，真是举不胜举。每一种著作，都是怀抱着整理墨学的希望，只因各人整理的方法不同，研究的态度不同，到如今一班研究墨学者，还得不到统一的思想，因此墨学也不能达到昌明的一天。中国的学者，普通都犯了两个大病：一是意气用事的病，一是孤高独赏的病。因为这两个病根，中国的后学，永远得不到统一的学术思想、科学的治学方法。自然，墨子也不能逃这个例。所以要求整理墨子著作而避免与自来学者研究方法的冲突，这是不可能的；但是，我不能因为避免冲突而就此不指示后学一条治墨学的路。

墨子的生世，是不十分可考的；孙诒让说："墨子遗事在西汉时已莫得其详。"他流传下来的著作，固然是残缺不全；旧时《墨子》七十一篇今存五十三篇，便是这残缺不全的著作，是否全出于墨子之手，或全不是出于墨子之手也，还是一个疑问。胡适之说："自《亲士》到《三辯》皆后人假造的，前三篇全无墨家口气，后四篇乃根据墨家的余论所作的，《尚贤》到《非儒》二十四篇大抵皆墨者演墨子的学说所作的，其中也有许多后人加入的材料。《非乐》《非儒》两篇更可疑。《经》《经说》《大取》《小取》四篇不是墨子的书，也不是墨者记墨子学说的书，是"别墨"一派作的。《耕柱》以下五篇乃是墨家后人把墨子一生的言行辑聚起来作的，自《备城门》以下到《杂守》十一篇所记是墨家都守城备敌的方法，于哲学没甚关系。据此说来《墨子》这一部书竟没有一字一句是墨子亲自作下的。"但我可以下一句抽象的断语：墨子这个人，在周敬王、威烈王这一个期间里，确实是有的；《墨子》这一部书，虽说一时不能确定是墨子自己的著作，但假定它是墨家的思想，这句话，大概没有什么人反对吧？墨子既有这个人，《墨经》既然是墨子思想的表现；第二步，我们便该问：这墨家思想，于现在的世道人心有没有关系？自然，每一个学者的著作，都为的是要改造当时此地的环境，为环境所要求所逼迫而发的；在他著作的当时，绝没有注意到将来的环境如何，因此他的著作，也有因环境改变而失了时代的效用，也有因环境经过长时期而不变，仍旧能发生伟大效用的。但是，在我们后人整理前人一种著作，或是思想制度，先要问：我们现在的环境和前人当时的环境有没有变动？倘然环境变动，前人的著作思想制度，对于现在的环境，不能发生什么效力了，那也不值得去整理它；本来我们整理前人的思想制度，原是为现在环境的应用，绝不是为古人去做奴隶，也不是玩古董式地去赏鉴古人。根据这个定义，我可以认定墨家的思想，是于现在的世道人心极有关系，是极值得整理的。可以说现在社会的环境，和墨子当时的社会环境并没有什么改变；更可以说，现在社会环境需要墨家思想的救济，比墨子在当时还要迫切。

墨子生在战国乱世，人心浮狡残狠，他是一位热心救世的大慈善家，便大声疾呼地向一班残忍阴狠民众提倡“兼爱”。这“兼爱主义”，实在算是墨家思想的大前提；他又怕单说“兼爱”不能感动那强有力的政客军阀，便又提出“天志”两字来，说兼爱人类，原是天的志愿。天有无上的威权，任你如何狡诡的政客、强项的军阀，在势不能不服从天的志愿；又另外提出“尚同”的名义来解说所以不能不服从“天志”的原理。他先说明何以“天志”便是“兼爱”道：

以其兼而爱之兼而利之也。奚以知天之兼而爱之兼而利之也？以其兼而有之兼而食之也。

接着又说明虽天子也不能不上同于天志——“尚”字和上下的“上”字通用。理由道：

夫既上同乎天子，而未上同乎天者，则天灾将犹未止也。……故古者圣王，明天鬼之所欲而避天鬼之所憎；以求兴天下之利，除天下之害。（《尚同·中》）

他还怕这一类高深的哲理，不能够警觉那一班粗浅顽钝的政客军阀，便又提出“非攻”两字，用切实的利害去打动他。他在

《耕柱》一篇里说明攻国的大害道：

> 今大国之攻小国，攻者，农夫不得耕，妇人不得织，以守为事；攻人者，亦夫不得耕，妇人不得织，以攻为事。

这还是从理智上讲的，他又从情感上讲“非攻”的一段文章道：

> 今有一人，入人园圃，窃其桃李，众闻则非之；上为政者，得则罚之。此何也？以亏人自利也。至攘人犬豕豚鸡，其不义又甚入人园圃窃桃李；是何故也？以亏人愈多，其不义兹甚，罪益厚。至入人栏厩取人牛马者，其不仁义又甚攘人犬豕豚鸡；此何故也？以其亏人愈多，苟亏人愈多，其不仁兹甚，罪益厚。至杀不辜人也，拖其衣裘，取戈剑者，其不义又甚入栏厩取人牛马；此何故也？以其亏人愈多，苟亏人愈多，其不仁兹甚矣，罪益厚。当此天下之君子，皆知而非之，谓之不义；今至大为攻国，则弗知非，从而誉之，谓之义，此可谓知义与不义之别乎？（《非攻·上》）

在干戈扰攘人欲横流的战国，人人只知道自私自利，原没有“义”字的立足地。因此，他再进一步说，义便是利。《经》上里说：“义，利也。”“忠，以为利而强君也；孝，利亲也。”又说：“兼相爱，交相利。”“爱利万民。”“兼而爱之，从而利之。”“众利之所生，从爱人利人生。”“爱人者，人亦从而爱之；利人者，人亦从而利之。”“天必欲人之相爱相利。”“若见爱利国者必以告，亦犹爱利国者也。”这一类话，他简直认定世间所谓义，所谓善，所谓道德，都是从利中生出来的，没有利，便没有义，没有善，没有道德。我也有几句利便是义的说话：

人类本性，大都是为我的，是自利的；所谓道德，所谓善，大都又是主张为人的，主张利他的。……我人既要屈抑了自己的私欲，去孜孜不倦地在社会上行善，奔波于利他的事业，这岂不是违反了人类的天性，是一件不可能的事？但在广义的自利主义为我主义讲起来，为人何尝不是为己，利他又何尝不是自利？依据“主我的快乐主义”（Egoistic Hedonism）、“个人的快乐主义”（Individual Hedonism）、“利己主义”（Egoism）说来，各人得自己的快乐，是人世最高的善、最终的目的。人们有时虽然自己舍去快乐而趋之若鹜，这乃是欲求更大的快乐的牺牲：烈士殉国，学者求真理，孝子事亲和亲之爱子，这些事，都不过是求得自己快乐的手段。这些事，自身并不是善；只因由这些事生出快乐，所以才是善。

我们的抑制私欲，急公好义，以及服从那无上善的命令，并不是无为的，也不是真的做那利他不利己的大呆子。自古以来，不论中外，所谓善，所谓道德，都是向扩大的私欲和扩大的自利方面进行的。能使社会国家安全，便是自己安全。（《名言大字典·序文》）梁启超先生也说：

> 大抵凡墨家所谓利，皆含有两利的意思，故曰“交相利”。社会人人交相利，即社会总体之利也，彼曷从以利为教耶？（《先秦政治思想史·墨家思想二》）

求得社会总体的安全，便是自身的安全，这是最浅近的理。所以墨子便提出“义利一致”的学说来劝人。这“兼爱”“非攻”“天志”“尚贤”“尚同”等主张，便是墨子政治思想的表现。

他再进一步想：人为什么不肯兼爱？为什么要交相攻？这里面最大的原因，便是生活竞争；简单地说，便是“争利”。人和人争利，所以不相爱；国和国争利，所以交相攻。人原是最富于兼爱性的动物，利原是天给人人有得享用的一份东西，原不必争得；只因有兼利的人，便养成有不能兼爱的人。如今的土豪奸商资本家军阀政客都是兼利的人。但是人为什么要兼利？这里面最大的原因，是因人心浮靡，风俗奢侈。但是儒家教人专讲虚伪，专考究小过节和那烦琐的礼貌。胡适说：“儒家自孔子死后，乃一班孔门弟子。不能传孔子学说的，大端都去讲究那丧葬小节，请看《礼记·檀弓篇》所记孔门大弟子子游、曾子的种种故事，哪一桩不是争一个极小极琐碎的礼节（如曾子吊于负夏及曾子袭裘而吊子游裼裘而吊诸条）。再看一部《仪礼》，那种烦琐的礼仪真可令今人骇怪。”《淮南子·要略》里说：

> 墨子学儒者之业，受孔子之术；以为其礼烦扰而不悦，厚葬靡财而贫民，〔久〕服伤生而害事。

《墨子·公孟篇》里也说：

> 儒之道，足以丧天下者，四政焉：儒以天为不明，以鬼为不神，天鬼不说，此足以丧天下。又厚葬久丧，重为棺椁，多为衣衾，送死若徙，三年哭泣，扶后起，杖后行，耳无闻，目无见，此足以丧天下。又弦歌鼓舞，习为声乐，此足以丧天下。又以命为有，贫富寿夭治乱安危有极矣，不可损益也；为上者行之，必不听治

矣，为下者行之，必不从事矣，此足以丧天下。

本来礼节愈繁而人心愈伪，仪式愈多而靡财愈甚；人心愈伪便不能兼爱，靡财愈甚便不免兼利。一人兼利便相争，一国兼利便相攻。如今要把人心回复到兼爱一条路上去，第一便须不争利。如何可以不争利？便须节靡费；如何可以节靡费？便须删除烦琐的礼节，使人心日即于真，风俗日趋于朴。所以墨子又提倡“节葬短丧”和“非乐”的种种学说。他非但反对音乐，只因他要矫正当时浮华的风俗，以克苦为人生的第一信条，所以他连雕刻、建筑、烹调等奢侈的事项，一律反对。天的生产，支配给天下人平均享用，不容有丝毫厚薄的区别；倘有一人享用过分，便有几人受他过分的影响不得享用。不平的现状，便是争利攻国的导火线，兼爱的人类本性，也因之破裂。所以墨子的提倡俭朴，是要消灭人类的争端。同时他又提倡劳工主义，他意思说天虽把生产平均支配给人，但天上不能凭空落下米来，地下不能凭空长出房屋来，非得人去拿劳力换来不可，劳一天的力，便得一天的衣食住，劳一世的力，便得一世的衣食住。人一世的享用，须看你一世所劳的气力如何，是人定的，不是命定的。所以他又主张“非命”，叫人奋斗做人，不可信仰命运做人。胡适之说得好，“若人人都信命定之说，便没有人去做好事了”。“非命”“节葬短丧”“非乐”，这都是墨子科学方法经济制度的表现。

墨子的政治思想、科学方法，既如上述；但墨子并不是政治家，也不是科学家，他却是一位宗教家。他知道治乱世非借重宗教不可，所以他思想的出发点，便寄托在一个“天”字上面；他知道乱世强项的军阀、狡诡的人心，非仅仅一点政治思想科学方法可以制服的，他一开口便把个天抬出来。他说：

顺天意者，兼相爱，交相利，必得赏；反天意者，

别相恶，交相贼，则得祸。(《天志·上》)

他又说：

我为天之所欲，天亦为我所欲。(《天志·上》)

然有所不为天之所欲，而为天之所不欲，则夫天亦且不为人之所欲，而为人之所不欲矣。人之所不欲者何也？曰：疾病祸祟也。(《天志·中》)

他先把一个天立定了，说人不能不顺天的意志，人须为天之所欲；倘然你不顺天的意志，便要得祸，不为天之所欲，哪天便也把疾病祸祟人之所不欲的给人了。接着便说什么是天之所欲呢？天欲人之兼爱。墨子道：

天欲人之相爱相利，而不欲人之相恶相贼也。

《法仪篇·天志·上》说“顺天之意何若曰兼爱天下之人”与此同意。

为什么知道欲人之兼爱便是天的意志呢？墨子又答说：

以其兼而爱之兼而利之也。奚以知天之兼而爱之兼而利之也？以其兼而有之兼而食之也。

墨子既然主张是有天，他也不得不主张是有鬼；他的意志，想借天的威权去压倒暴君军阀的气焰，更借鬼的威权去压倒奸民小人的坏德。他的主张有鬼，和儒家的讲究丧礼祭礼形式上表示的有鬼的意思不同。儒家形式上的有鬼，他心里或者反是无鬼，他的敬祖先讲丧祭礼，是一种标榜的作用，想给子孙看了他的榜样，学着他敬重祖先一般地去敬重他。胡适之说儒家讲丧礼祭礼并非深信鬼神，不过是要用“慎终追远”的手段来做到“民德归厚”的目的。墨家却不然，他的说有鬼，是从精神上的主张有鬼，叫一般人知道鬼能监察人的善恶，能赏善而罚恶。他并不想自己讨便宜，他只望大家做一个好人。墨子道：

> 吏治官府之不洁廉，男女之为无别者，有鬼神见之；民之为淫暴寇乱盗贼，以兵刃毒药水火，退（退是抵御的意思）无罪人乎道路，夺人车马衣裘以自利者，有鬼神觉之。(《明鬼》)

说来何等凛凛可畏？不怕那顽钝奸狠的人不感化而做一个好人。因为他主张有天有鬼，他反而不主张有命；他意思是说人命的优劣，有天在上面主宰，有鬼在暗地里支配。但天的主宰，鬼的支配，也看你自己的做人好坏如何；归到根，还不是自己主宰自己，自己支配自己，所以没有预定的命运。和孔老的凡事都由天定的意见却相反。你倘然要得福，你只须上体天志，兼爱人类；不但平民百姓和官吏军阀要上体天志，便是那至尊无上的天子，也须上同乎天，才能得福。所以他思想的归结点，便在《尚同》一篇里。《中国哲学史大纲》里说墨子的宗教以“天志”为起点，以“尚同”为终局，“天志”就是“尚同”，“尚同”就是“天志”。所以这《天志》《兼爱》《明鬼》《非命》《尚同》几篇文章，都是墨子宗教观念的表现。

《墨子》的精华，全在这政治思想、科学方法、宗教观念三大部分里；这三大部分思想的发动，虽然由于战国时人心环境的趋迫，但它的应用时间，直到如今还不会消灭，且愈觉有急迫的需要。现在的人心如何虚伪？风俗如何浮华？军阀政客如何作恶万端？我所以急急把它整理出来，根据墨学色彩的浓淡，定《尚贤》《尚同》等二十四篇，墨者演墨子学说的，和《耕柱》《贵义》等五篇，墨家后人记墨子言行的为内篇；定《经》《经说》

《大取》《小取》等五篇，疑是“别墨”做的，和《亲士》等七篇，疑是后人假造的为外篇；却把《备城门》等十一篇无关于墨家根本思想的，定为附篇。

在现时学术饥荒的时代，我也无暇打“替古人辩护”“隔靴搔痒”的笔头官司；我只把《墨经》的文字，很忠实地解释一过，让读者自己去找墨家的真理。上面一番话，只是略略指点一条门径罢了。

徐养秋
(1886—1972)

生平简介

徐养秋（1886—1972），字则陵，江苏金坛人。教育家、历史学家。1910 年就读于南京金陵大学，1914 年毕业，获文学学士学位。1917 年夏赴美国深造，先后就学于伊利诺大学研究院、芝加哥大学和哥伦比亚大学研究院，获史学硕士学位、教育学硕士学位。1920 年回国后任南京高等师范学校（1921 年改建为国立东南大学，1928 年更名为国立中央大学，今名南京大学）教授兼教育科主任，其同事有陶行知、陈鹤琴、陆志韦等。任职期间，亲自主持创办了东南大学附中。1922 年加入中华教育改进社。1928 年受聘为金陵大学教授，并担任金大中国文化研究所所长。同时还担任了外交部条约委员会专门委员，从事中国外交史的研究。1937 年抗日战争全面爆发，随金大中国文化研究所转移至皖南屯溪、江西婺源、南昌、武汉，而于 1938 年秋到达成都，继续担任所长。不久，应聘赴重庆南温泉政治大学外交系任教授。1946 年返回南京，再任中央大学教授兼教育系主任。1947 年晋升为中央大学师范学院院长。南京解放后辞职，专任南京师范学院教育系教授。“文革”前夕完成了耗时十年的《汉代教育史》一书。1972 年 8 月 10 日病逝于南京，享年八十六岁。

教育上之国家主义[1]

1920 年 11 月 12 日

两年前的今日德国向协约国提出求和条件，历史上最大战争，于是结束。此次欧战，以维也纳会议，与柏灵会议为导线，盖二会皆破坏国性者也。比利时以蕞尔小国，而敢起而与雄长世界之日尔曼民族抗者，亦以其破坏其国性故也。则此次大战，真可谓为国性之战争。盖各国之所以战，牺牲生命财产，而不顾者，无非欲发展其国性耳。自 15 世纪以还，战争大抵因国性问题而起，关系既如此之大，“国性”两字，亦值得吾人之研究。国性（Nationality）蕴蓄甚繁复，有如热带之森林，一时实难下一适当之定义。今试从土地、宗教、语言、人种、文化，各方面言之。

自土地方面言之，说者往往以为有公共土地，可为国性存在之标准，此说实不足恃。盖世界人种，固有无土地而其国性存在者也。犹太人散居各国，无自主之土地，然其国性仍能保持勿失；小亚细亚之亚米利亚人，无自主之土地，亦不失其固有之国

① 本文原载《教育汇刊》1921 年第一集。

性，此皆土地不能为国性标准之明证也。

自宗教方面观之，以为有公共宗教，可为国性存在之标准，此说亦无成立之理由。如俄国有二百万之回教徒，而英国亦有各派教徒，见笑于 Voltaire，法有教会与自由思想派之争，然此三国各有其国性。

再以人种言之，则国性亦不以同一人种，而始能存在。总世界计之，由同一人种组织成国家，而保持其国性者，唯北极之冰岛一国。千年前诺曼士（Normans）人自欧洲大陆迁居其地，至今未与外族混杂，其余各国，莫非杂种。

公共语言，亦不能为国性存在之标准。如瑞士一小国而有三种，英国数万人操盖列克语（Gaelic）（即在国会亦能用之）。法国之巴斯葛（Basques）人不操法语，加拿大人民反有操法语者。故公共言语，亦不能为国性存在之标准。

由上言之，土地、语言、宗教人种，均不足为一国国性存在之标准。然则国性以何者标为准乎？曰“文化”。“文化”该括公共思想、遗训、习惯、风俗，以及希望诸端。国性标准既定，试研究其演进之迹，其演进程序，可用下列二律以解释之。

第一为接近律。国以宗为原生细胞，宗有血统关系，信仰同习俗同所居近，易于结合，合而成族，初为机械结合，患难来遂成精神结合。患难有二类：（一）自然界之凌虐；（二）外族之侵略。一战自然，而经济范围定，再战外族，而政治范围定。民族之政治，范围之界线，以血画成，一度因外强而流热血，则国性坚定；一度加以遗训统一思想之势力，国性于是乎成立，于是一国有一国的“文化”。

第二为变动律。原初之民，国性单纯，强吞弱，则吸收其国性。于是由单纯而复杂，如此迁变，历时既久，遂成近世各国复杂的国性与“文化”。此种国性，古代有之，罗马哲人，亦自觉之，日耳曼族侵入欧洲部落之见极深。历中古时代，欧洲民族不知国性为何物，至丹特氏出，始有国性观念，后各民族亦渐觉悟。至18世纪，而国性自觉心大起，各民族群起而争国性。于是乃悟国性上之两大原则：（一）一国“文化”，即国性之所寄托，欲保存国性，须将“文化”由少数贵族传于一般平民；（二）“文化”，由民族陶铸而成，初以“文化”定现存的国性，即可根据现存的国性改铸“文化”，为将来国性所寄托。

问题即如何使国性实现。盖除教育无他法也。明此理，首推普鲁士。德人与法皇拿破仑战而败，丧师辱国，拿翁条约非常严酷，普人常备军不得过四万二千人，于是 Scharnhorst 首创用征兵制，名虽实践条约，实则通国皆兵，其兵始不为条约所限，此以武备求国性者也。而费希氏以为武备，非养成国性之良法，深信欲强国，非教育不为功，以教育造成国性，费氏实首创之。德意志帝国统一以后，教育宗旨，纯以养成国性为事，其教育中含有以下的分子：（一）爱祖国；（二）爱皇室；（三）传布德之文化，以德为欧洲文化之渊薮，故德人应尽传播条顿文化之责任；（四）希望更大的日耳曼帝国，以日耳曼版图，应包括神圣罗马帝国的版图，苟德人有侵略野心，则此等土地，决不为外人所侵占，此种思想深入人心，故1915年有德国女子与美国友人通信云：“德人从未抱侵略主义，苟我国有此种主义，则呵尔斯泰因阿尔塞斯洛伦比利时波尔的海岸俄罗斯省不致入人之手矣。”1902年，德皇提倡爱国、爱皇室教育。小学儿童所诵习之课本，即有“Kaisar loves us. He has a large army. We love him too”等语。从前德国学校功课语言一门，1892年前每学期习拉丁文七十二小时，至该撤时，1902年减至六十余小时，以其时间练习德文；其教地理，则教以德之疆界，及德与邻国工商业之关系，谓德之境外有土地，应属德国版图，而仍在他人掌握中者不少，借此唤起其民族雄心。故其提倡战争也，均借口于自卫，以实行其侵略主义，少而习之，壮而行之，有不感慨奋发，以谋自效于国者乎？

深知教育可养成国性之原则，继德而起者，有法国。普法之战（1870—1881）法人一败涂地，其致败原因，为军事无准备，国民无国性、自觉心。1870 年普法开衅时，法将密书 Michel 驰往 Beyort 部署，抵其地后，与法政府电云：“寻不着我军队将官，不知哪里去了，怎样办?”法国军队之无纪律如此，宜其败也。其后法人始知国性之重要，1882 年，实行征兵制，以为自卫之具，更竭力提倡国性教育，以养成国民爱国精神。其最注重者，为公民知识，其中所包，有（一）国家观念。教时以家庭为喻，谓若有人侮其家者，则一家之父兄子弟，必将群起而自卫。国家亦然，设有外人侵其国境，能不群起御敌，为国牺牲乎？（二）勇敢。公民知识教科书中，选择不畏死之故事，教之，如儿童为父兄冒死御敌，儿童保护其弱弟，击死瘈狗等，以资模范。（三）恢复其旧版图。以亚尔塞斯洛伦两省，为其“失掉了的天国”，恢复两省，即法人之天职云云。

又在地理上，讲国防，以边疆形势教示儿童，如某处有炮台，某处有重镇，均足以自卫。并有一教科书，反复致意于其国之东北一隅，地势平坦，易为敌人所乘，极宜注意云云。1914 年之战德人竟置公法于不顾，犯比利时中立，由此而攻法。

其引起人民纳税之热忱，则使儿童看军队操练，教师即从旁诏之曰:此军队，即我法之父兄舍身为国者也，一旦国家有事，保护我法人生命财产者，唯此军队是赖。维持此种军队，公款浩大，非国人大家分任，则款不易筹，纳税即是为此。使儿童明白纳税为人民之义务。

其仇恨德人之心，亦竭力提倡，拉盎（Laon）师范校前有纪念铜像三所，以纪念此校之教员三人，在普法之役为国捐躯者。

学生瞻仰铜像，有不低回往复而生敬仰，因敬仰而图报复者乎？

总之，法国自1881年后，教育莫不以养成国性的自觉心为鹄。故1914年之战，能从容出师，与普鲁士军队相见于疆场，始终不屈。或谓其得于协约之助，然较之1870年之役屡战屡北，望风而走者，其相去何止天壤？而原其所以至此者，皆三十年来教育之功。

由此可知国性可改铸，改铸之效率最大者，莫若教育。德之国性在爱国，并爱皇室；法之国性，唯在爱国。军国主义（Militaristic）之国家，战在自卫；好斗（War Loving）之国，在侵略。两者相卫，法胜于德矣。且法之提倡爱国，亦自有其理由在。谓亚尔塞斯洛伦两省，多法人，应由法治，若德强取而有之，则以此二省之关系，二国永久猜忌，而互增军备，终必扰乱欧洲和平，此即其所持爱国之绝大理由也。

美国四十年前之教育，偏重个己主义，学校大都为私人或教会所设。近四十年来，始有国性可言，重公共习惯，及公共希望。又以国内多外侨，如波兰人、希腊人、意大利人、日耳曼人之侨居于美者，其子弟多不谙美国语言文字，美国人以为其与其国有关，乃有所谓美化教育者（Americanization），其宗旨在使侨民子弟与美国“文化”同化。课程所注重者，为美国国史、地理、文学、语言等，且防止过激主义；乃教之以工业原理，使儿童明白实业为公共生活，互助则共受其福，捣乱即自相残害。可知时势变迁，国性中须随时增加新分子。教育本非一成不变之物，随时镕铸国性，俾新旧交融，此则教育之事也。

德法美三国教育，皆以提倡国性为归，而美国则更进一层提倡大群思想，以各国风俗习惯，编成小册，教导儿童，使有一种廓大态度，表同情于世界。是于提倡褊狭国性之外，更提倡大群之主义者也。较之德法，仅拘拘于一隅者，倜乎远矣。

今试反而求诸中国，兴教二十余年矣，有人人能唱之国歌否乎？除国语外，有提倡联络国内感情之工具否乎？课程上有特别注意公共思想企望之养成者否乎？有提倡大同主义者乎？二十年来办学无广大的宗旨，无通盘筹划的计划，枝枝节节，故有今日之教育现状。教育无宗旨，故教材教法，都无根据。欲教育改良，须即定宗旨，以养成吾国“文化”，为国性之寄托。同时并提倡大同主义，以救其偏。宗旨定，则选择教材，遂有标准，如历史资料之取孔子之大统一主义，岳飞之激昂报国等事实，国文资料取文天祥之《正气歌》，郑所南之《心史》，史可法之《答清睿亲王书》等。以地理言，则在可以搜集此类资料。中国自胜清以来，所有赔款、割地、租港、开商埠等，无不可纳之史地范围，以唤起国民之国性自觉心。但根据此等事施教，有激起学者怀恨之心之流弊，故教者须提倡超出人上之心，以矫正之。工业上，商业上，学术上，如能超出人上，则国势自强，不必处心积虑，以复仇为事也。此则提倡国性教育者所应三致意者也。

历史教学法[1]

历史不是数千年来的陈迹，是活的。除非不承认现在的生活是活的，那么可说过去都是死的。否则，吾人既承认现在生活是活的，那么过去的也必是活的。因为没有过去的文化，哪里会有今日的文化？教历史的人，须认定过去是活的。有了活的教材、教法，便有有生气的希望。倘教材是死的，教法断不能有生气的。但是历史活不活，就看你取材的眼光了。

历史非专讲爱国主义的，爱国主义固然要提倡，但此不过历史所包含的一种，倘使偏重此端，就有流弊。所以历史应该一方面提倡大同主义，一方面保存爱国主义，两者不能冲突须如国家乃世界国际团体的一员（a member of the family of nations）。既为国际团体的一员，所以一国有一国应尽的责任。世界各国应以人道为公共目的，应设法求达到这个目的，始与大同主义不相背谬。要提倡大同，必须在教历史时养成学生世界民族的同情，拿国家主义附属在大同主义之内，国史上提倡国家主义，就没有流弊了。

历史非为激刺或养成想象而设，“历史所以训练想象”一语，

① 本文原载《教育汇刊》1921 年第二集。

此乃因果倒置：想象是教历史的工具，有了想象，而后学生方能领会过去的生活；教历史必须用想象，但却不是因要训练想象而后教历史。我们为什么要教历史？就教授历史的目的而论，有二条件：

一、要使学生重度本国古人的生活，因而引起己群的觉心，所以要教本国史；

二、要使学生重度外国古人的生活，因而引起大群觉心。有己群觉心而后知爱国，有大群觉心而后能与世界民族表同情。

有此二重目的，用想象为主要工具，学生始能心领神会，与古人共同生活，而后能晓得古今生活如大河一般，长流不息。现在的生活，上承过去的生活，下起将来的生活，互相继续，绵延不断。

历史教材，有了宗旨，那么可以选教材。选择教材，必须有线索，使上下古今贯串起来。历史教材的线索，可分为三种：

一、以公共思想为线索，即唯心史观，Psychological Interpretation of History；

二、以经济发展为线索，即唯物史观，Economical Interpretation of History；

三、以科学思想为线索，即科学史观，Scientific Interpretation of History。

以上三种眼光，教历史的都可拿来选择教材，有时三者并用成一大汲古绠，亦未始不可。唯大学以下学校，不能三者并用，只可采取最适合学者心理的一种。此种为何？即用经济发展的线索，以组织历史的教材，所以采取此种，有下列三层理由：

（一）古人经济生活与现在的经济状况，相同之处甚多。以经济的发展为组织的中心，则学者可用已有的经济生活之经验，去领会古人的经济状况，教学上有许多便利。

（二）关于吾国经济状况，有两种生活最为紧要，即农工是。其余的经济事业，都不过附属而已。此二者在教室内，最能与学生自表（Self-expression）的机会。学生学历史时，可演出古人的生活，如国民三四年级，可用黄河流域古时农民的生活，或汉人造砖的方法，作为教材。学生表而出之，在教历史上可用体动的表白（Motor-expression）。

（三）用经济的史材，则可将校内许多功课与历史联络（Correlation of Subjects），如图书、手工等，都可与历史贯通起来，一例之内，有多数学科目之位置。[麦克麦雷（Mcmarry）说举例教法（Teaching by types）] 唯经济史料内隅 type 最易觅得，有了隅，学生就可以以一反三了。

现行普通历史教科书中，此种材料甚少，所以历史教员责任极大，要自己负搜集材料的责任。此种办法，亟宜实行，高等学校教师、学生，也应当做这种功夫，去搜集经济史材料，为中小学校的参考书。如以经济眼光为中心，所取来的材料，儿童必能领会，很有兴趣，不似从前读那些盈篇累牍的战争史，毫无兴味了。

历史教学法中，有许多心理的困难，第一种即唤起想象的困难。想象为读历史的特色，有具体想象，分人与物两种，如古物之想象，古人之想象。人物之自然的社会性的背景之想象，皆教历史时教师所应注意的，使学生有正确的想象，尤为紧要。

一、时间问题。普通对于时间的观念（Time perception），乃由一件一件事体联络起来的，空空洞洞的时间（empty time）非人所能领会的。小孩对于时间观念很短，因为没有长时间的经验，不能推想。所以国民四年级以前，我可说断不能用时间长的教材。如说某某年有某某事发生，换言之，即编年的历史，这是极不适宜的。至少须到国民学校毕业，进了高小，才有较长的时间观念。（过学龄者，不在此例。）但亦只能用高小初年时间，亦不宜过于注重，时间宜渐渐引长。

二、空间问题。又有空间观念的困难，此种观念，学地理上亦用得到。譬如讲几千里以外的人物，就要用这个观念。此种观念的教法，可以实地练习。到三四里路以外的地方，观察古迹，使学生先有此经验，然后再教以某处为三里或四里这几倍，如此就可以练习空间观念。

此外古人的心理状态（mental attitude）最难领会，恐非青年期以下的儿童所能。所以青年期以前的历史，不宜用古人心理态度的教材。古人经济生活的教材，较易领会，因为经济生活，可用最具体的方法表白出来，心理态度，却做不到。

除此几层以外，教法上常犯杂碎的弊病。换句话说，就是没有教材的组织，使学生强记零碎事实（isolated facts）。如每年每月每日有某某事，没有中心点，也没有线索。须知有组织的有条理的教材，容易记忆；合逻辑秩序（logic order）的教材，比较杂碎的教材，容易记得。历史教材，尤宜有中心。现行历史教材，犯杂碎的很多。历史教材，有一种情形，与其他学科目不同。算术教材有一定的次序（sequence），学者必须顺序渐进，不能随意超越。而历史则不然，可以分期研究。教历史的，可以用近今为起点，亦可用远古为起点，程序深浅，看教材繁简与学的过程性质之难易为标准，没有次第关系。这也是选教材时候应该要留意的地方。

怎样可以激起学者的想象？方法很多：（一）例如讲到一件事情，就叫学生做某古人的行动，说古人语言，所谓 dramatization 即是。与其正式做戏，毋宁用白描的戏（pageant）。正式的戏太详尽，夺学生想象之机会；白描戏学生有想象的余地。（二）用图画或模型以激起想象亦可，唯二者亦有流弊，就是学生把图画模型当作原物看，以假作真，容易误会，不复再用想象，那就糟了。譬如讲埃及的金字塔，学生把图中的金字塔，作为真的，以为不过是这么高这么大啊。又如看荆轲刺秦皇图，以为地图与匕首就只有那么大啊。又有以图画为主体，不去再用想象之弊。怎样可以免了这些弊呢？要使学生知道图画非古物照样的尺寸丝毫不错的构造（reproduction），乃是古物缩小的代表（representation）。图画模型，都是有用的教具。倘图画模型不与原物大小相等，应该使学生知道是原物的几分之几，所谓以假作真。国民小学学生最易犯此病，在中学就没有这种流弊了。教员从图画上发问，引起学生想象，可免学生以图画自身为主体之弊。

历史教学，务使过去活现出来，成了一个真实的事情，到学生的眼前来（make the past real），能使过去事实活泼泼地涌到眼前，有“今朝都到眼前来”之概，已尽一部分教历史的能事了。

教历史须使过去活现，尤须使过去与现在联络。兼教时事史，即有联络机会，将时事新闻做材料，揭示几个标目（topic）出来，如“劳动问题”“国际重要问题”“本国经济或教育的状况”，等等。叫学生在日常报纸上去收集，使几个学生担任一个标目，各个分工去做，担任什么标目的就专心采集那类的时事。要在教室中分组报告，教员随时指点古今关系之处。此种教法，极有兴味，历史便非过去的陈迹了。高小三年级及中学俱可用之。

中学历史，宜用暗射地图，历史而无地图，就无从讲起。故校中宜置有单张暗射地图，叫学生填，且应与学生笔记夹在一处，可以不致散失。又中学教历史，应与学生做历史的文字之机会。譬如出一题目上，就指点图书馆中某书某书，可以参考。做成纲要，示以应行讨论的事情，叫学生自己去读书，教师则随时督促之，不时询以读了多少、笔记如何，读完后就可以做。做的事实须皆有证据，宜注明从某书某页中参考来的，并须有参考书目录，载作者姓氏及出版时期、地点。这也是所以养成研究历史的一种法门。

历史材料，有原著（source material）及述著（secondary material）的分别。原著如郑所南的《心史》是，述著如司马迁的《五帝本纪》是。述著是采取前人材料，重做一番，间或加以自己的意见，故述著不可信之处，较原著为多。如欲养成学者有“为历史而研究历史”的一种态度，如欲求真正的古人生活（real picture of the past），须从原著中找出来，不得已而借重述著，方免虚假不真（false picture）之病。在中学校做教师的，应该介绍学者数种史学原著，叫他们知道什么是原著，什么是述著。

上课的时候，应该温习上次所讲的事实，然后再提起本日所讲的功课。教法可用问答式或报告式，就是先给学生几个题目，叫他们自己去研究，到上课的时候来报告。报告有错，先令其他学生改正之；报告不完，可令其他学生补足之；报告完，可令一个学生总结一下，提出纲目，使全体整理一番，然后可清楚了。

指定新课，须分上中下三等次。上等是有天才的，可以任他们尽力研究上去；中等是平常的；下等应该叫他们学到最少的限度。此外尤宜要有纲目，就是下次所欲讲的，下次又须温习。那么有次序，有头绪，温习自修，均能提纲挈领了。

对于历史教学法一个问题，中国现在很乏人研究，可说才有动机。国史教材，真是如一盘散沙。教法可改良之处，亦很多。所以这个事情，很可以着实去用功夫，好像一个未辟的境界，奇遇正多着呢！希望正大着呢！

中古大学及其精神[1]

大学制度为形成西洋近世文化之主要因子。其起缘与发展过程不唯研究教育史者不当忽略，亦留心近代文明史者所亟宜知者也。考西洋大学之最古者，设于亚力山大城（Alexandria），为希腊文化之结晶体，规模宏盛。近世治举之归纳方法，彼时已发其凡。惜此种精神不久即消沉，而大学亦解体。至中古之世，黑暗时期告终，大学潮流乘机而起，发荣滋长，迄今弗替。夷考中古大学，最初称为Universitas，系罗马法典中名词即一种社团（corporation）之意。凡因共同兴趣而结合者，不特学术，亦经济社会团体，均可称为Universitas。13世纪大学本称为Studium Generale，其性质为分科大学；政府及教会致书于大学，封面及简端称呼皆用Universitas Vestora（英译曰Corporation General），指教师学生而言；可知大学者，教师学生因共同兴趣而结合之团体也。嗣后删繁就简，去第二学而留Universitas一字，此大学名称之由来也。

自11世纪之末至15世纪期间，西欧各邦重要城市大学，逐渐崛兴。其故何在？教会专制势力减少，人类求知兴趣复活，社会秩序较佳，商业及经济状况亦较活动；中产阶级，不复终日劳

① 本文原载《史地学报》。该报是南京高等师范学校史地研究会的机关刊物，1921年创刊，初为季刊，后改为月刊。1926年10月停刊。

碌，得有余暇以研究学问，人生观因之改变。自5世纪至9世纪内，平民受教会封建制度之压迫，不复知一己尚有价值。至10世纪而还，独立人生观（Be Yourself）始萌芽，个己排脱社会的知识的桎梏而求独立资格，始可言研究学问。非然者，个人人格且不存，尚何研究学问之足云？学问乃一己享用之事也。中古人生观之改变，实为大学兴起之一大原因。

思想解放之结果，特殊人才，应运而生。精研法律、潜心哲学之大师，各出心得，以号召青年。最早者为法律家伊勒吕（Irnerius），哲学家亚彼拉（Abelard）。伊氏最精罗马法，在包罗尼亚（Bologna）讲学，从之者如归市。亚氏在巴黎讲哲学，听讲者亦众，户限为穿。当时有这豪杰之士，为大师硕儒，主持教坛，此大学兴起之第二因。

古学复兴，学者有研究之资料。中古学术，大抵自希腊、罗马传下。然希腊哲学与罗马法之一部分，经黑暗时代，废弃不讲者有六七百年之久。11世纪而后，始逐渐恢复亚里士多得之哲学。亚氏之著作，至13世纪内始有拉丁译本：一自亚拉伯文译出，一自希腊原文译出。亚氏之名学、物理学、生物学与伦理学等，至是始复活而研究。亚氏之学说，遂成中古学者知识威权之一种。法学至6世纪罗马皇贾士丁民宁（Justinian）招集法家纂修历来罗马皇颁布之律令，颜曰民汉会典（Corpus Juris Civilis），中世一部分散佚。伊勒吕勤于搜集，复成完璧。至于教会法律（Cannon Law）之恢复，则以格雷兴（Gratian）之功为最大。维时神圣罗马帝国国皇常与属地教市及教皇争权，各欲拥法律根据以自卫，罗致学者搜讨法典，于是法学遂成为一种最有系统之学术。哲学法学而外，七艺之内容，亦渐臻充实。是为大学兴起之第三原因。

11世纪末年以还，哲学家法学所用之治学及讲学方法，较之中古初年学者所用方法，已大有进步。当时之著名哲学家、法学家所用之方法为演绎名学法（dialetical method）。此法最适于研究法律。因法律最重条文，条文既举，再审案情。伊氏自己之研究法律，分析功夫最深。整理法律，分别部居，各如其分。其教人亦然。尼古时代学者所用方法，支离杂乱，以保存古学为目的，欠推理及整治功夫，伊氏乃一变其法。亚彼拉氏所用方法，与伊氏同。其教法尤能引人兴趣，激人思想。冲破古代束缚思想樊篱，始于亚氏。讨论事物，以怀疑为出发点，次之以反复发问，最后乃探求真理，彼实为中古解放个己思想之第一人。问其所著书《是与非》（Sie et Non）之任一例，即可证其卓识大胆。当教会威权极盛之时，彼乃敢问："耶稣是否欺人?"（Was Christ a Deceiver?）亚氏讨论每先提出问题，继并列是非两方面之理由，各专证据若干，任学者自下断语，可谓循循善诱。当时教师不独有真实学识，且有新法以满足学生求知热忱，此大学兴起之原因四也。

大势所趋，匪唯万流景从，即教皇与国王，亦多方奖掖学者。封建时代法律带地方性质，甲城土著至乙城，即失其法律上之保障，游学者甚感困难，然君主乃颁特别保护游学者之法律，如腓烈赤髯皇（Frederick Barbarossa）1158 年所颁保护波罗尼亚大学师生之法令，即一例也。且当时执政者咸以城市之得为讲学中心为荣幸，而当时学者亦大有贡献于政治法律。且大师所在，从游者动辄万人，一城骤增如许人口，于工商业之促进，不无影响。于时教皇亦另眼看待其教区中之来学者，因彼与国王争权时，学者可授教会法典为之臂助。游学者得身体及财产之安全外，且可免一切杂税，即来自外邑为学者购用之货物，税亦可免，教师薪水，亦有由市政府供给者。国外学生费用匮乏时，得向当地贷金机关借款，利息较通行者为低。得教皇及国主之提倡，与地方政府之优待，此大学兴起之五因也。

此外原因正多，以上只就荦荦大者而言耳。要之：自 12 世纪至 16 世纪为各大学渐次勃兴之时代，除意大利之沙勒罗大学外（Salerno），西欧大学，以波罗尼亚与巴黎大学为最早，均在12世纪。英之牛津（Oxford）与剑桥（Cambridge）二大学亦在12世纪内。西班牙之沙拉蛮卡大学（Salamanca）在13世纪中成立。唯日耳曼各大学，则在十四、（十）五、（十）六三世纪内，次第成立。中古大学内部之课程，亦大可研究：神学、哲学、罗马法、教会法、文典、条词学、数学、音乐、几何与天文等均备。但各大学有其专长，如波罗尼亚之法学，巴黎之哲学是也。一大学中，仍分数科，如波罗尼亚之有法律、文学及哲学，巴黎之有哲学、神学及医学是也。当时无理科，理科归入哲学。

中古大学研究学问之方法，亦大可注意，有合于今之修学法者，沙朋之洛基（Rorger of Sarbonne）所倡修学之法，历有数端：一曰：每日必以一小时专注研读所爱读之课，读时不唯不可轻轻放过，必笔录其中之最精部分。二曰：每人每日必记其视为最重要之思想一条，若是则年得三百六十五条，积之即多，终身受用不尽也。书中之思想既为我用，又恐其久而忘，为学贵乎互相切磋，故其修学之法第三点曰：将每日研究所得材料，时与同学共讨论。沙氏亦注重读书时之思考力，庶免学而不思之弊。此数事者，在近世修学法中尚有位置，而13世纪大学教师亦当注意学生修学功夫。即此一端，已足见中古大学之重学者自动之精神。

中古大学以教师为中心，教师所在，学校随之。中古大学初起时，皆无一定校址，不若今之大学，受校舍之牵制而不能移动。教师或借礼拜堂，或在私人屋内讲学，而从之游者，并不因此减少。如亚波拉在巴黎讲学时，学生有三万人多，内有教皇一人、教会重要职员二十余人、政界要人数十人，亦可见大学教师魄力之雄厚，影响之宏大矣。匪独学界，即一般社会中人，亦受感化。如市政府待遇不周，则教师、学生数万人相率而去，此事为法律所承认，然城中人实不愿有此种事发生，故当委曲优待学界。夫大学既为教师与学生共同趣味之结合机关，维持费皆出于学者之脩金，而不仰给于公家之津贴。当时教师、学生一德一心之精神，可以想见。

封建时代地方主义最盛，而大学则为代表国际主义之机关。大学学生，来自各国各地，学术公开，打破国界，教师多为国际人才，讲学亦不限于一隅，巴黎剑桥，任意讲学。大同主义，唯大学中有此精神。

近世科学，最重归纳法。然此法不起于近世，中古大学教师即有用之者。如 13 世纪牛津大学之培根（Roger Bacon）最重实际之观察。当谓研究真理之障碍有四：一曰盲从不正确之学说，二曰盲从遗传公认之学说，三曰盲从无经验者之主张，四曰强不知以为知。若此四碍不除，真理终不可见，彼所最反对者，即因袭学说与主观见解。求学重实验，此种治学之科学态度，中古大学亦不多让后世之大学。

最后曰中古大学之自治精神，是即民治主义之先声。当时大学学生数目，有较东大学生多至三十倍者。聚千万学生于一地，而秩序不致紊乱，学生之自治力有足多者。但或有以塞门（Symond）所辑之《醇酒、妇人与酣歌》（*Wine*，*Woman and Song*）一书，形容当时大学生生活堕落之片面者，然亦不足为病。少数行为不检之士，累及全体，古今同慨。中古大学何独不然？

至于中古大学训育方面，亦自有其组织。至 13 世纪初年，巴黎大学学生，分为四大自治区，名为国籍区（Nations）。每大区又分为若干小自治区域。大区有学生代表四人，由各区选举，间有由教师与学生共同推举者。其职务为负校内一切自治之责，学生与市政府有交涉时，亦由区代表处理。新生按国籍入区，一切入学手续及膳宿，由区代表指导之。大区兼收附近各地学生，如英国区内有德意志及波兰学生。中古大学学生，皆中等阶级之子弟，在学校时寝食于自治精神，对于专制颇不满意。嗣后西欧人民与君主民治者，由中等阶级发其端，其故可以深长思矣！

爱尔兰问题[①]

1922 年

爱尔兰问题，为近今世界最大问题之一；此问题迄今尚未得完全之解决，近者又有所谓南北之争。此其因果之纷繁，实非数语所可尽。今略溯其已往之情形，则近日情形之所由生，自不难知矣。

爱尔兰南北之争，由来已久。其间经济关系，各不相同：北方为乌尔斯脱，注重工业，有工党之组织；南爱尔兰则重农业，无工党之组织。而所谓新芬党（Sinn Fein）则由南爱尔兰之抱国家主义者所创。至其种族，亦复不同：北为苏格兰人（Scotch），南为西尔的人（Celtic）。以言宗教，则北为新教，南为旧教。此爱尔兰南北不同之点也。

至其与英国相持不下者，已五百年于兹。当欧战前 1912 年至 1914 年间，英人承认爱尔兰之自治。1914 年，欧战发生之前，自治议案（*The Home Rule Bill*），亦经国会通过。后因战起，未即实行。当战时，德人之敢于宣战者，亦预知英人如参与战事，则

① 本文原载《史地学报》。

其内部必将有分裂之一日也。1910至1914年间，爱尔兰人争自治最烈。欧战猝发，自治遂搁置。爱尔兰之国家主义派（Nationalistic Party）与北爱尔兰工党（Unionist），举视德为公敌，一致助英战德。其后自治议案，久不实行。爱尔兰人遂不言自治，而径求独立。主此说者，实唯新芬党。新芬党者，起于1905年。所谓新芬，义即自主，主张爱尔兰人，不出席于大英议会，攻击国家主义派及北爱尔工党。其国家主义派，始则主张出席大英议会，至1916年，见自治不实行，遂一致援助新芬党。1916年，新芬党遂革命，揭绿金二色旗帜。当未革命前，爱尔兰人凯斯门（Casement），潜与德国交换意见，德人即怂其革命，并允用潜艇输入军火。事为英人所觉，军火为英之巡洋舰截获；凯斯门上岸时，英人捕而枪决之。然革命不因此而中止。1916年4月，新芬党在杜柏林（Dublin）起事，计杀千二百人；英军被杀者，亦五百人。革命未成，临时总统皮尔斯为英人所杀。翌年，英人复许其自治。唯爱尔兰南北不相一致；南则要求自治，北则反对之。盖恐其既得自治权之后，对于北人或有歧视也。1918年，英政府许爱尔兰组织临时议会，制定宪法；后因条件不合解散。新芬党因益知英无许其独立之诚意，遂欲排斥英之势力，建立新国。乃不顾英之压制，径行宣布爱尔兰共和国成立，举华列拉（Valera）为大总统，葛利斐士（Griffith）为副总统。唯葛氏与华氏，虽属同党，然其意见，亦有不同。建立共和国之后，至1919年，和会开会，爱尔兰亦有代表赴会。爱尔兰人归化美国者多，美上院亦赞成爱尔兰独立。威尔逊在巴黎时，并接见爱尔兰代表，讨论爱尔兰问题，唯劳合·乔治不接见。其后美不签字于《凡尔赛和约》，一部系因爱尔兰问题，未得圆满解决之故。美上院议员，曾有“爱尔兰问题不解决，则不签字”之宣言。

自1918至1921之三年间，纯为新芬党争自由时代。其间新芬党牺牲甚大，唯终未能有成。迨至去岁 12 月间，此问题始得暂时之解决。盖当 12 月之先，英曾邀爱尔兰代表（华列拉亦在内）至伦敦，讨论爱尔兰问题。至 12 月 6 日，双方议定，其办法则承认爱尔兰为大英属国（Dominion）之一部。内政完全独立，唯外交须经过英政府。自有国会，行政司法独立，自有法庭，警察亦独立，自设海陆军；出入口税及国内税则，均由其自定；货币亦由爱尔兰自铸。（加拿大、澳洲均如此。）唯此外有附约数条：

一、爱尔兰国会议员，当宣誓忠于英王“Faithful to the King George V and his Successors”。

二、爱尔兰之总督（Governal General），由英政府委任。

三、遇有战事，英海军可使用爱尔兰之海军根据地及其一切便利。

此外爱尔兰宗教自由。外交政策，须得英政府同意。英上院为爱尔兰最高审判机关。其最为爱尔兰人所不满意者，即海军根据地任英使用，以及司法未得完全独立之二项。至于南北分合之问题，任北方于一月内决定以公文通知英国。（其结果则不造成合并，其原因即由于宗教种族之不同也。）此条件议定后，旋即签字；唯尚未得最后之解决。现新芬党召集全国会议，俟会议后，始能解决之。唯华列拉与葛利斐士二人，意见不同。华列拉主张独立，反对新约。葛氏则赞成爱尔兰属于英国，为其领土之一部。新芬党内部，盖已不一致矣。

自现今之情势观之，所谓爱尔兰问题者，一方即南北分合之争议，一方则新芬党分裂为二派。若长此迁延，则英或将用激烈手段以对付之，亦未可料。故以现状而论，此条件实无不可接受之理由也。

至英人之不允爱尔兰独立者，亦自有故。英人每自称大英帝国为国家之集团（Association of Nations），其意实望所有多数属地与之合作。如或不然，则经济势力以及海权，立将崩裂。现今英国粮食，全恃属地之供给。若海权崩裂，一旦发生战事，与世界隔断，即将饿死。其不允爱尔兰独立者，亦因其地处英国肘腋之下；若任其独立，一旦有事，其海港为敌国所利用，则英将立受其害也。

记者按：爱尔兰问题，据近今之记载，则已得一部分之圆满解决。今举其12月6日以后之事，略述于此，庶可备研究此问题者之参考焉。

12月6日，和约签字。及12月14日，新芬党议会开会。约文提交议会后，两派争辩多日，无有结果，22日休会。本年1月3日，国会复开。7日投票表决，以六十四票对五十七票，批准和约，不加修正。华列拉及其阁员，遂于9日辞职。10日议会提议组织自由联邦临时政府，举葛里斐士为大总统。11日召集南爱尔兰国会。（该国会议员系去年5月所选举。）14日，遂在杜伯林开会。其后批准和约，并举定临时政府之阁员。此绵延若干年之爱尔兰问题，于是遂得一部分之解决。

唯其中犹有未决者，即南北问题是。南北问题，当议和时，定由北方于一月内自行解决。本年1月间，乌尔斯脱答复英国，谓不愿与南部合并。然英政府仍希其统一，现方从事调停。唯就爱尔兰南北经济种族之差异观之，则南北之联合，恐终难成为事实。故此问题，现今虽得一部分之解决，然而此之纠纷之种子，尚未尽泯。是爱尔兰之前途，尚未可遽作乐观也。

初级中学之功用及其课程①

在未讨论此问题之前，先将学生学龄及中国与美国学制之比较，绘表于下，俾便讨论。

我国新制	高级中学			初级中学			小学					
我国旧制		中学				高小			国小			
就学年数	12	11	10	9	8	7	6	5	4	3	2	1
学　龄	17	16	15	14	13	12	11	10	9	8	7	6
就学年数	12	11	10	9	8	7	6	5	4	3	2	1
美国旧制	中学				高小				国小			
美国新制	高级中学			初级中学			小学					

一、功用

照新制观之，学生年龄达十二岁，即为初级中学之第一年。许多心理学家，考得学生在十二岁，正当青年初期，此时其性情与前期迥殊：第一，自觉心之发达；第二，对于练习之功课，易生厌恶；第三，有理解之能力。若仍照旧制，则此时正为小学之第七级，方法不更变，且无特设之课程以为青年之准备，是明知

① 本文原载《教育汇刊》1922 年第四集。

不适合于儿童之心理而一意孤行，其不以儿童为主体也明甚。美国教育家，有鉴于旧制之失策，乃迎合儿童之心理，而改为六三三制，创行至今，仅十余年于兹耳，此初级中学制之功用一也。又欧美行旧制之时，十二岁之学生，因学校不合其心理，多发生退学之举；至于学生之父母，见学校方法之毫不更变，并无准备青年实用之课程，以为纵学至八年级终了，亦不足供谋生之用，乃多不令其子女继续修学。有此二因，七、八年级之学生，退学者甚多。苟行六三三制，则在十二岁之时，功课变，教法新，适合学生目前及将来的需要，实足以增加学生入校之吸引力，并免去学生辍学之均势，此初级中学制之功用二也。第三种功用，即便利于教课之分门，Departmentalization of Teaching。所谓教课分门者，即一教员认定教某种功课，于是此教员在是校，即完全担任此课程。夫教课分门办法，在四四制除少数小学第八级采用外，其余七级，大率不用。何以不用？第一，即因学生人数少，教员聘用时有困难之点；第二，因分门教授，则设备需多，小学校经费少，不易办。而初级中学经费较充，易增设备，学生人数，因将第十级学生抽下为初级中学生之故而加增，于是教员之聘用亦便。由此可知教课分门制，在初级中学实能办到。或问曰:教课分门，果有何益乎？则应之曰:第一，教员专精，其对于取材及教法，易适应学生之性情；第二，教员分担，则学生所接触之教员多，可于各教师之品德，兼取其长。然分门教授亦未尝无流弊，即专任之教员，眼光易于偏向，不能顾及其他课程，行此制时，不可不慎也。第四种功用，即在适应学生之个性差。大凡基本原则成立以后，可以引起许多实施方面之进行，夫初级中学为实施方面，而其根本原则，则在适应学生之个性差。近世经研究心理者之调查，始知学生之智慧能力，实不相等，如照旧制，则分别智慧，殊不便利。即以升级而论，如有一七级儿童，其程度已达第八级或第九级，则其升级仍按步就班，则必发生种种流弊：第一，此学生对于功课不起兴味，敷衍塞责；第二，社会少用人才之机会。例如一学生已达毕业程度，而不使之毕业，即少若干时期替社会做事，殊为可惜。初级中学制中，可用三法以适应个性差：（一）连升二级，Double promotion；（二）论功课升级，Promotion by subject，以一学程为单位，视学生对于此功课程度达何年级，而升入何级；（三）论成绩之优良，而加学生分数，使便于升级。例如甲学生得 87 分，而全级平均分数为 85 分，则此学生之分数，当加至 $87+85/100\times15$；同时乙学生得 83 分，则此学生之分数，当为 $83-85/100\times15$。择分数最优，从各方面证明其确有能力而升级。初级中学尚有第五种功用，即七、八年级学生，至青年初期时，若强其与未成年之幼儿，同处一校，则甚不满意，盖彼等自觉程序较高，易于发奋上进，故当依心理年龄而区别之。

概括言之，初级中学之目的：（一）为谋公共教育之发展。夫凡为公民，即当受普通教育，因有学生无机会受公共教育，甚或于七、八级逃学者，故特创此法，使其有兴趣。盖一校中，添设一校舍，则初级中学学生之心理，自觉有一种新气象，每见儿童之挂带新徽章，或增一新设备，均较满意，此盖有特别吸力者也。（二）学校得发现学生特别兴趣、才干、能力，而施以相当之设备与教育。（三）学生对于课程，得正当之尝试。尝试功课之经程，必由渐进，非突如其来。旧制小学教法，自成一局，忽至中学，骤行尝试，毫无基础，往往失败。而初级中学，在第七级时，即与学生有尝试之机会。

二、课程

美国初中有用五组课程者：（一）普通组，Academic course，如本国语、外国语、代数、几何等，为预备升学之用。（二）工业组，如工业数学、图案等，系就普通科学中抽出者。（三）商业组，如簿记、买卖论及商业应有之知识。（四）农业组，如农业化学、植物学、农业知识、农业教育、乡村状况等。（五）家政组。因男女同学故，特设家政组，每年30学分，共修90学分，内有54学分为必修科，余则在五组中，任选一组之课程而修之，其学级愈高，选修愈多。三年内既有36学分为选修，但必须依其所认定之一组选修，不可时常更改。如此三年后，至高级中学，则可继续尝试修学矣。然欲实行初级中学制，课程宜如何排列，三年内应如何养成求学兴趣之习惯，于此遂发生一问题，即第二年选修某组，第三年可否改选他组？余意新学制，既以适应为主旨，第二年亦可改选他组课程。他若实行新学制选课指导尤宜留意，其余附带问题正多，时间匆促，不暇细述，如欲知详细情形，可参考以下诸书报：

Bridge：*Jenior High School*

15*th year Book*

Educational Review

School Review

任鸿隽

(1886—1961)

生平简介

任鸿隽（1886—1961），字叔永，四川省垫江县人，祖籍浙江湖州。学者、科学家、教育家和思想家。1908 年赴日本留学，在东京高等工业学校应用化学科学习。1909 年经但懋辛、朱芾煌介绍加入中国同盟会，与吴玉章联系甚密。1911 年武昌首义后归国，任孙中山临时总统府秘书。后因袁世凯窃国称帝，愤而弃官去美求学，连续获得美国康奈尔大学化学学士和哥伦比亚大学化学硕士学位。1915 年在美国发起成立中国科学社，创办《科学》月刊。历任中国科学社董事会书记、理事、社长等职。1918 年回国，任北京政府教育部教育司司长、北京大学教授、上海商务印书馆编辑、国立东南大学（现南京大学前身）副校长。1935 年担任四川大学校长，对校务进行多方面的改革。正当他在事业上蓬勃发展之际，他的夫人陈衡哲（川大西洋史教授）连续著文抨击四川政治社会，从而遭到四川上层社会的不满和忌恨。任鸿隽不免受到牵连，壮志难酬，因而于 1937 年 6 月愤然辞职。1938 年任中央研究院秘书长、总干事兼化学所所长。抗战胜利后赴美考察。1947 年回国，埋头著述，写出《最近百年化学的进展》、《大宇宙和小宇宙》以及自传体《前尘琐记》等专著。中华人民共和国成立后，任全国政协委员、上海市科联主任委员、上海图书馆馆长等职。1961 年 11 月 13 日病逝于上海。

科学与实业之关系

1920 年 6 月

有人问："我们中国人和欧洲人程度相差有几多呢?"我答："至少有三百年。"这个话怎么讲呢?欧洲科学未发明以前，他们的学术思想社会情形，也同我们现在的中国差不多。有了科学过后，才有他们那些天文、地理、物理、化学的学问。有了这些学问，才有那机械、制造、轮船、火车、电灯、电话的新发明。所以讲到近世欧洲的文化，简直可以把这科学的出世，作为一个新纪元。这新纪元开辟以来，算到如今不过三百年罢了。如今先要讲科学究竟是个什么事体。

我们要认识一个人，不但要知道他的姓名，并且要知道他的来历。兄弟今天要说科学是个什么事体，自然也得把科学的来历讲一讲。诸位晓得欧洲中世纪的时候，宗教势力甚大。学校中所研究的不是希腊、拉丁就是亚里士多德逻辑。古人所不曾说的，他们便不敢越出范围一步。所以当时思想界也是极其守旧，而且枯槁。到了十六世纪的后半期，有位英国哲学大家培根先生出世，著了许多书，极主张求学的人所当研究的不是古人遗留下的故纸，却是那天地间自然的现象。求学的方法，也不是徒然背读古人的书能记得用得便了，是要自己去观察与试验求那切实可靠的事业。他创的这种为学的方法，现在我们叫作归纳法。归纳法的意思，就是凡事先从事实入手，由许多事实中再抽出一个公例。这个话看来容易，做起来却是极烦难的。比如今年某处养蚕，还未到成茧的时候，便通通病死了。要研究这病死的缘故，平常人第一的想头是蚕神菩萨没有供得高。但是他把蚕神供过，他的蚕还是不好。有点知识的人，就要想到或是地方太潮湿了，天气太寒冷了，桑叶不适于养饲，蚕室不合于构造。但是他把各种都改良了，他的蚕子还是生病，而且用他种蚕子来饲养，便有十分收成。于是想到这是蚕种上有病。他把显微镜拿来一看，果然看出病点所在。于是他可断定有病的蚕种，是无论如何不能得好收成的。这种先研究事实，然后断定结果的办法，就是归纳法。

对于自然界或人为的现象，能用这种归纳的方法去研究出来他的结果，便是科学。譬如空中闪电是天然界最常见的现象，但是中国自来的圣贤哲人，没有一个懂得这闪电的真理的。摩擦生电的事，东西的古人都已知道，但是没有拿来解释空中的电。随后伏尔塔发明用金属与酸生电之法，弗兰克林用风筝引空中的电，才渐渐晓得空中的电和实验室中的电实在是一个物件。近来的电学发明过后，我们竟把电来点灯、行车、打扇、传话，几乎无所不为。那空中的电更失其神秘的特权了。但是电究竟是一个什么东西？有人说它是气，它何尝是气？如其是气，何以能用金属传导呢？有人说它是力，它也未必是力，如其是力，何以能起化学分解呢？化学方法发生的电，和用机器发生的电，是一是二？人力造成的电，和天空中的电，又是一是二？这种问题，本来不易解决，但是现在却有几分眉目了。现在电子的学说发明，我们可以说电是一种有形质的物体。那电池中的电，和发电机中的电，与摩擦而生的电，只是一种电子在那里活动。空气中的电子，有时因为雨点关系，降下地面，上层的空气便成了阳性，上层的阳电和下层阴电相中和时，就是空气中的放电了。兄弟刚才讲这许多电的话，意思是要证明这闪电的一个最平常的事，经了中国几千年的学者未曾说明，及至科学发明以后，又经了百余年的研究，才略有眉目。可见这格物致知、读书穷理的几个字，是不容讲的；而科学的能事，也可以略见一斑。

兄弟想人类知识的进化，要经三个阶级：第一是迷信时代，对于各种事物现象，以为有鬼神主使，只是听其自然，并不知其能然；第二是经验时代，对于各种事物现象略知其因果关系，但是知其然，而不知其所以然；第三是科学时代，于各种事物现象，不唯能明其因果关系，并且明其原理与主动之所在。这三个阶级，可举一例以明之：譬如有人患疟疾，在第一阶级的人，只是求神祷鬼，再也不去求医治。第二阶级的人，便用些小柴胡汤，或金鸡纳霜去医治。他们晓得这类药可以医疟病，却不晓得是什么道理。第三级的就是现在的科学家用那实验的方法，证明疟疾是由蚊子传染的，他们便去设法剿灭蚊子，蚊子灭后，疟疾也自然没有了。

兄弟上面所讲的是科学与人类知识的关系，但是兄弟今天的题目，是科学与实业的关系。诸君或者要说兄弟讲得离题太远了。其实近世的实业无有一件不是应用科学的知识来开发天地间自然的利益的。所以说科学是实业之母。要讲求实业，不可不先讲求科学。这科学与实业的关系，若一件一件地讲起来，便同做一部发达史一样，今天断乎做不到。兄弟且把重要的关系提出几件来，和大家讨论讨论。

第一是科学与实业发生之关系。近世实业和旧时实业不同之点，是近世实业多用机械，旧时实业多用人工。因为有机械，所以用力少而成功多。从前用手纺织，一人几十天方能成布一匹。近时用机器纺织，每人一天能成布几十匹。因为这种变动，欧洲自机器发明以后，竟起了一个工业的革命。工业革命的意思，就是说新工业出现以后，从前那种师徒相传、一家同作的工业，竟无立足之地了。这种机械的发明，自然也是由科学来的。与机械连类而及的就是蒸汽机关和电力发动机的发明。大家晓得机械没有原动力是不能做功的，蒸汽机关和电力发动机是供给发动力最重要的器械。一部蒸汽机关，可当百千万人的力量。吴稚晖先生常说大家只晓得中国有四万万人，不晓得英国有几百万部蒸汽机，比较起做功的力量来，比中国人还多着呢。其三是化学上的发明。这化学的功用，在能化腐朽为神奇，化无用为有用。近来实业属于化学的居其大半，有个最显著的例证：纽约城中人家所弃的渣滓食物，有人集了一个公司收去取油，每年纽约市政府不但省了一笔垃圾费，还得三四百万的收入呢。

第二是科学与实业进步之关系。诸君晓得中国是文明最古的国。有许多东西，几千年前已经发明了。譬如罗盘针相传是黄帝发明的，西方诸国古代的航海家，还在中国来购买此物。但是中国的罗盘针，还是从前的旧样。现在西方海船上用的罗盘针，讲究精致之极了。又如火药，也是中国发明最早，但是现在所用的火器，不是购自外国，就是仿造他们的。要和现在欧洲打仗所用的比较起来，更是天渊之别了。请问中国的工业，何以无进步？是因没有发明。何以没有发明？因为是没有科学的研究。讲到发明这件事，兄弟还记得在美国的时候，有一天到纽约图书馆的发明注册室，不觉惊叹不止。满室中所藏的，皆是美国专利特许。就美国一国而论，每年以新发明得专利权的，已不下数万。有许多的发明，实业焉得不进步呢？

第三是科学与实业推广之关系。一地的实业，彼此有互相的关系，本来可以逐渐扩充的。唯必先有科学，方有扩充的方法。譬如用硫铜矿做原料来造硫酸，得了硫氧气体之外剩下的氧化铜，用科学的研究，竟可拿来炼铜，于是乎因制造硫酸兴出炼铜工业了。又例如制碱的时候，先用食盐和硫酸造成硫酸钠，一方面得的盐酸气体，这个气体放在空中，最为有害。但是能设法把这气体收集起来，就成了盐酸工业。据英国的历史，这造盐工业、造纸工业、造漂白粉工业，竟是连汇而及的。不过科学未发明以前，有许多工业都是不可能，于是由他种工业而生的副产物，也不免于废弃于无用之地了。

照上面所讲的，科学与实业的关系，可以略见一斑了。但是科学家未必就是实业家，实业家也未必是科学家。要求科学与实业有关系，必须先求科学家与实业家有关系。这科学家与实业家的联系应该如何呢？据兄弟所知，外国讲求科学家与实业家的联络，有几种办法。第一，设如创办实业的就是发明科学的人，两者合而为一。这可不必论了。其次，外国的大公司，每每自己设有实验室，请了许多专门家在那里替他们研究改良实业的方法。例如美国普通电机公司、卫司特好斯电机公司、以石提满照相器具公司，皆有很大的实验室，请了许多极有名的科学家在那里研究。在常人看来，这种费用简直与实业无关。但兄弟曾亲听见他公司的经理说，这请专门家来研究改良工业的办法，是一件最有利益的事体。其三，更进一步，有许多公司简直向那边的大学校交涉，每年出费若干，在大学校中特设一科，就请大学校的先生及学生替他研究他的工业问题。有时学生的用费，也由公司贴给。若是研究的结果有了新发明，须归公司专利。照此看来，外国的科学家，不但同实业家很有联络，而且实业家也很信仰科学，颇有相依为命的意思。无怪乎他们实业的进步发达，日新月异了。

我们中国现在的实业和科学的程度都还未到那种特别研究的地位，但有一件兄弟要望各位教育家、实业家注意的。现在在外国留学实业的，也渐渐多了，兄弟觉得国内的实业家，和在外留学的实业学生，尚欠一点联络。兄弟曾经在外国住了几年，把自己的经验略说一说。在美国大学毕业过后，再进毕业院，正是可以专门研究的时候了。但是在外国多住了几年，国内的情形便有些隔膜，不晓得要研究何种实业，回国方才能适用。由他方面看来，国内有许多企业家想办实业，却苦于无人为之计划。这两面间隔，若不联络起来，中国实业的振兴就不知要迟延几多时日。兄弟前几年就发一个议论，要在外国留学生中设立一个机关，把留学生各种专门人才调查出来，报告国内。一面国内要办实业而需相当人才的，也可以把想办的事体，及各种实业情形，报告国外，使留学的据以为研究的资料。将来归国过后，就可本其所学举而措之，岂不胜于在外辛辛苦苦研究几年，回来仍是一个高等游民么？今天商学两界及科学社的朋友皆在此间，兄弟提出这个问题，请大家讨论，倘有可以尽力之处，科学社是不敢惮劳的。

单就实业一方面而言，兄弟觉得有几种普通心理，若不除去，也是实业的障碍。第一是求利太奢。常人的意见，以为办实业就如开金矿一样，一锄头就要挖一个金娃娃。其实实业上的事情，皆是刮毛龟背，积少成多的。比如从前欧洲的生银，常合有一千二百分至两千分之一的金子。这样少量的金子，用平常方法取出来，是不合算的了。但是用电气分解的法子，这一千分之一，便足敷用费。还有几百分之一，可作利息。这提金的事，也居然成了一种工业。可见实业只要可以获利，并不在利厚。现在中国的利息太高，正是实业不发达的缘故，不可狃以为常的。第二是求效太速。常人的意见，今天拿资本去经营实业，明天就要它见效。其实越是远大的事体，见效越迟。德人从前的人造颜料公司，费了四十万马克，请了许多化学家研究了二十年，才能造成，成功之后，就能垄断世界的市场，岂是区区计较朝夕之利所能做得到的吗？第三是不能持久。凡人创办一种事，难有不经挫折立刻成功的。唯挫折之后，重张旗鼓，再接再厉，方能转败为成。若一有失败，便心灰意懒，不复前进，那就终于失败了。兄弟曾听说南通张季直先生初办大生纱厂的时候，折了本没钱过年，跑在上海去作秦庭之哭，方才敢回南通。现在可成了中国的实业大家了。兄弟在科仑比亚的时候，有一位先生来讲演，手中拿了一个玻璃瓶，装了半瓶石炭酸。有人去看他的瓶子，他说莫摸，我这瓶药水花了两百万金元的。可见他们把这一二百万的失败，看得并不着重。

兄弟的话讲多了，现在请说几句总结的话。兄弟不信儒家的话，说什么“正其谊不谋其利，明其道不计其功”。兄弟以为现今的社会上应该有个“利”字的位置。但是兄弟所说的利字，是从天然界争来，把无用的物质变成有用，无价值的东西变成有价值。不是把你囊中的钱抢来放我的囊中，算为生利。我们中国现在的大患，岂不是抬包袱打起发，把人家的钱拿来放在自己包中，便为发财么？其实弄来弄去，钱财既不加多，生产愈形消耗，社会焉得不贫苦呢？所以兄弟今日的希望，就是学界中人越是多讲点学问，实业界中的人越是多办点实业。真正的兴点利益，使那一班抬包袱打起发的朋友，也通通来做这生利的事业，我们中国的事情就渐渐有希望了。

在四川大学开学典礼上的报告

1936 年 9 月 14 日

今天是本校二十五年度第一学期的开学典礼，得与各位教职员先生、各位新旧同学见面，个人非常高兴。

回想到去年的九月，我初来本校，在欢迎会的席上，曾经向大家宣布两点：

一、如诸位欢迎的标语所说的，把学校现代化。

二、把学校办成名副其实的国立大学，就是把“国立”二字真实化。

以往这一年来，一切的设施与计划，都是努力向这两方面进行，虽为时无多，总算已经奠定了相当的基础，如图书、仪器等大量的备置，校舍的改建，延聘名学者来校讲学，分在平沪各地招生，使省外各地青年都有来学的机会，要使本校属于整个国家的，不因为地理上的限制，而仅成西南的一个组织。

今天在这里的同学，有来自外省的，有来自本省各地的，有旧同学，也有新同学。至于教职员先生，此次新从外面来的，不在少数，个人除代表本校竭诚欢迎外，并希望师生能共同努力，造成本校新的良好校风与浓厚的学术空气。

今天个人要向诸位报告的有三点：

一、同学的数目。本年度招考新生，投考的学生比较往年为多，因此，我们把取录的标准也提高了许多。录取的新生约有三百人。截至上星期六止，旧生注册的凡四百三十四人，新生有二百零二人，共六百三十六人。不过注册还没截止，有许多是因为远道或请了病事假的，不久当可来校。现在的同学，各省都有，希望大家能互相切磋，舍短取长，养成淳朴好学的校风。

二、新聘的教授。本年度新聘的教授约在二十人以上，现在略为介绍一下：

1. 文学院

张真如先生，是国内有名的哲学家。曾任厦门大学副校长，及北京大学哲学教授，此次请假返川，任本校文学院院长。

A. 中国文学系

闻在宥先生，曾任山东大学教授，对于西南民族语言，尤多研究。

戴家祥先生，曾在南开大学任教。

萧涤非先生，曾在山东大学任教。

B. 外国文学系

谢文炳先生，曾经在川任教，现任外文系教授兼主任。

钟作猷先生，曾在北大任教，此次方由英国爱丁堡毕业归国。

C. 史学系

范祖淹先生，专研究欧洲专期历史，此次方由英国返国。

杨筠如先生，专研究中国上中古史。

D. 教育学系

张敷荣先生，在美国专门研究教育多年，今始归国。

刘绍禹先生，为本校心理学旧教授，去年赴美研究，现已返校。

2. 理学院

A. 化学系

王琎（季梁）先生，是国内教育界及化学界名宿。在中央大学任教十数年，后在中央研究院任化学研究所所长，现在我们请王先生来教化学，兼化学系主任。

B. 数理系

张宗蠡先生，是光学专家，在北大多年。现在本校担任数理系主任及物理学教授。

王子香先生，物理学教授，对于无线电极有研究。

余介石先生，原在重庆大学教数学，对于中等数学之研究与教授之经验均甚深。

C. 生物系

仲崇信先生，曾任北平师大植物学教授，现在本校仍担任教植物学的课程。

戴立生先生，曾任西部科学院生物主任，现任本校动物学教授。

3. 法学院

A. 政治经济学系

凌均吉先生，于地方行政及中国外交史是很有研究的。

李崇伸先生，担任本校农业经济教授。

朱文先生，曾任上海商学院院长、教授等职，现任本校工商管理、国际贸易教授。

B. 法律学系

刘雅声先生，在比国研究法律多年，于法律哲学极有心得。

胡鉴民先生，曾任中央大学社会学系主任，现任本校社会学教授。

4. 农学院

程复新先生，曾任浙江大学森林系教授，现任本校森林系主任。

李超然先生，现任本校园艺系教授。

杨开渠先生，现任本校农艺系教授。

四院共廿五位。在这样交通阻滞的地方，承诸位先生肯不辞跋涉而来，个人非常地感激与欢迎。将来各位先生对本校都有很伟大的贡献，是不待言的。

5. 体育方面

以往虽有三位体育指导，学校方面总觉得缺少一位筹划一切的人。现在聘请黄中孚先生担任体育部主任。黄先生在华北体育界，很负盛名，前任清华大学体育指导多年，继复赴美研究，本年刚从国外回来，必能增加诸位同学的运动技术与兴趣。并为提倡女同学之运动起见，特新聘女生体育指导员一位，希望女同学于读书之余，多做操场上之活动。

6. 校医的增聘

在我初来校的不久，据校医室的报告：每周患病的平均在二百人以上，以后虽逐渐减少，但学校方面对于同学的健康仍极注意，现在特由外面请了一位富有经验的医师，来担任我们的校医，这是与诸位生活方面，关系比较密切的。

7. 工程处的组织

本校校舍改建，动工在即，工程需人管理，现聘曾在武汉任事，富有工程经验的杨介眉先生担任工程处主任。

三、学校的新设施

1. 校舍的建筑。诸位知道，校舍的改建，去年就在计划，因为工程比较大，经费和校址的问题，俱待商讨与决定，且非一时可得解决。现在一切均筹划就绪，已登报招标，待本月底开标决定承办人以后，即可动工。

2. 课程标准的厘定。对于课程标准的厘定，曾经过相当时间的商讨和考虑，现在决定两个原则：

A. 注意基本工具之训练

要求高深的学问，必须具有坚固的基础，故本年度课程，对于基本工具的训练特别注重。具体言之：即在第一、二年级，必须将中国文、外国文，及普通科学修读完毕，到三、四年级时然后学习专门功课，免致好高骛远，一无所成。所以本校自本年度起，决定各院系一、二年级定英文为必修课程。定国文为文学院一、二年级，理法农三院第一年级之必修课程。

B. 注重自动地研习

本学期为免除教学上灌注式的弊病起见，除少数特别情形外，所有讲义决定完全废除。要大家多读书，多动手笔记，以养成自动地探讨研求的精神。

3. 生活指导委员会的组织。从前的训育委员会，现改为学生生活指导委员会，委员由学校各教职员中遴聘，训育主任亦改为指导主任。意思是注重积极的指导，而不仅是消极的制裁。指导委员会主席，现请王季梁先生担任。

现在请各位院长暨生活指导委员会主席王季梁先生演讲。

四川大学的使命[①]

1935 年 9 月 16 日

今天是开学的第一日，也是本学年举行纪念周的第一次。我想借这个机会来和诸君一谈四川大学的使命。

凡是四川人应该记得历史上有两句名言，是“天下未乱蜀先乱，天下已治蜀未治”。这两句话可以说是由历史事实归纳得来的。我们只看明末及前清末年的历史，便可证明这个公例的不谬。

这个历史公例成立的理由，第一，是因为四川地形四塞，容易与外界形成隔绝，所以许多揭竿而起的乱事，在外间不会发生的，在四川则可闹得天翻地覆。第二，因为四川全省被许多高山大川分割，一旦发生了乱事，便容易分成许多小部落，彼此互争，各不相下，所以战事也就不容易平息。第三，因为地理的关系，人民的知识程度常常在水平线以下。既然知识不高，就不明白社会的需要，而常常为自私自利地引起战争。

以上是四川易乱难治的一般情形。同时，我也应该看到历史

① 本文是任鸿隽 1935 年 9 月在四川大学本学期第一个纪念周的演讲。

的另一方面，即因为地理的特殊、物产的丰给，历史上也常常有外间尽管在乱，而四川仍然得到小康的时候。这如三国时代的蜀汉、五代时的后蜀，都是好例。所以，我们做四川人的，尽可不必悲观。只要我们有开明的领袖和有相当知识的人民，四川不但不会先天下之乱而乱，而且还可以先天下之治而治。

说到此处，我们可以说，四川大学的第一大使命，就是要输入世界的知识，使我们睁开眼睛，晓得世界的进步到了什么程度，人类的大势是个什么情形。那么，我们从前所有蛮触战争、部落思想，都可以不攻自破。换一句话说，我们要拿知识来开通，来补偿地形的闭塞。第二个大使命就是要建设西南文化的中心。大家晓得，西南这两个字，近来被用来做特别区域的代表，我们决不赞成。我们从文化方面来看，以为中国的文化，都偏于沿海口岸。即就黄河、扬子江两个流域来说，也是下流近沿海的地方文化比较发达。我们现在所谓西南，是指黄河、扬子江两水的上流省份而言。大概说来，黄河流域，要包括陕西、甘肃、青海；扬子江流域，要包括四川、云南、贵州。在这个广大流域之中，只有四川土地比较肥饶、物产丰盛，有做文化策源的资格。这个文化中心的要求，四川大学当然是责无旁贷的。第三个大使命，当然是在现今国难严重之下，我们要负的民族复兴责任。四川在过去革命的时期，民族精神最为发达，所以，参加革命工作的人士也比较众多。这是我们最引为庆幸的。不过，从前革命的时代，我们奋斗的对象不过是腐败的政治阶级，比较的容易成功。目前，对于我们的使命加以最威胁的敌人，确是世界上有数的强国。我们不能望拿从前对抗腐败政府的准备来抵抗它而希望成功。我们要抵抗目前的侵辱，挽救当前的国难，必须要有较大的能力与深厚的准备。这些除了在学问上去研究、去学习，是没有法子得到的。所以，我们有一天要民族复兴，就不能不向大学去做预备功夫。反过来说，四川大学对于民族复兴的责任，是非常的重大，我们虽欲委卸而不可能的。

说到预备的功夫，似乎有什么特殊的举动。其实不然，在我个人的意思，如事情还未到十分紧急的时候，最好的预备的办法，还是按部就班、各尽其责要紧。那就是说，做教员的还是尽心地教书，做学生的还是专心地求学。不过有一件我们必须留意，我们现在学习的方法，是不是和我们的目的背道而驰。譬如说吧，我们学习的时候，若所用的方法，完全是被动的，那么，要他毕业之后忽然会自动起来，对于所作所为有独立而前的发展，是绝对不可能的。又如，学的时候，注意在理论的探讨与文学的训练，那么，学成之后，要他去利用所学做实事的改进，也是不可能的。

因为如此一个大学，对于它的使命，是否能够完成，对于它的目的，是否能够达到，不必等到它的毕业学生已经出了社会任事之后，而在它学科的教授方法中，早已多少明白了。我个人因为说到此点，想把今后的四川大学实际应用方面发展，把大学各科的教法从自动方面发展，关于这两方面实施办法，现在有一件可以先为报告：

一、关于实际应用问题。我们很想把学校的功课，在可能范围内，使能与社会事实发生关系。如学政法的，我们可以使他们去研究地方政治或县政实施；学经济的，可以叫他们去调查商业状况与农村经济；学农业的，可以叫他们改良农作物种子；学物理化学的，可以叫他们调查及改良土工业之类。

二、关于自动教法。我们想在可能范围内，渐渐地废除讲义制而代以参考书或概要制。用书或概要制的好处，就是至少使学生得自己寻一点材料或一些书籍来完成他们的讲义，而不至于死守一部讲章，其他一切都可不必措意，这种懒惰的心理最为害事，我们是必须打倒它的。

从本学期起，我们把各门的课程标准，已有相当改革了。本来课程不过是一些材料，要这些材料真正成为有用的物品，还要如何地运用方法。上面所说的两层，是使这些材料成为有用物品的必需条件，我们希望以教员及学生的合作今年能够慢慢地办到。

还有一层，我上次在欢迎会中也曾说过，我觉得四川的青年学生们身体太不康健。它的证据，除了在校医处看病的人数众多之外，每天得到学生假例的信也不在少数。我希望，同学们对于身体的卫生及运动格外注意。大家要记得，没有强健的身体是不会有强健的头脑的。

在国立四川大学全体学生欢迎校长会上的演讲

1935 年 9 月 18 日

今天承四川大学全体同学欢迎我兄弟及各教职员，我们很感谢你们的盛意。我记得北大有个习惯，凡每期教员初来校，必须讲演一次，这是拿作见面礼的。今天川大开欢迎会，使我与诸位同学得一个初次见面谈话的机会，如此彬彬有礼，使我尤为高兴。我和四川大学的关系，最初是在民国八年熊锦帆先生的时代。当时，我虽拟一个办理大学的计划，卒以环境关系，未克成功。民十一年高等师范学校时代，曾来此地讲话。第二次讲话是民十九年在南校场成都大学。此次算是第三次了，而各次学校的情形各有不同。这可以表示四川高等教育的进步。川省教育组织虽有进步，但拿大学来说，则去理想尚远。今天我把来此后所得各种感想拿来讲，想来各位也有同感吧。

第一讲到校舍。四川大学校舍的朽坏，首先就使人得到不好的印象。记得《大公报》记者张季鸾来蜀，于川大很失望。他说，川大不唯不及国内各国立大学，即私立大学亦不如。再如，李仪祉先生来川参观也说川大远不如山西大学。这可见到川大给一般人的印象是怎样。四川大学的校舍分两部，一皇城，二南校场。除皇城内的办公处及南校场旧有的尊经书院外，其余的房屋大半均朽坏，不蔽风雨。昨天我们去接收农院，看见那里的讲堂、寝室，有些长几尺高的树子，更是稀有的笑话。这也是四川大学的一部分，将来必须改建的。

第二讲到设备。文法两院的书籍杂志及理学院的设备，都不够。前几天，我根据教育部的视察用报告发表谈话，听说理学院杂志不过十一种，内尚有一种英语周刊。后来知道这个报告有错误，但书籍杂志的不够用，则仍为事实。至理学院因房屋太坏了，屋顶常有倒塌之虞，许多仪器都不敢搁在外面，如此将何以做实验？

第三讲到学科及为学的方法。关于这方面，似乎有一个很矛盾的现象。同学一入学校，似乎就是专门人才，所有课程都完全是专门的功课，如国文系则教文字学、音韵学，史学系则教各国史，英文系则教莎士比亚，理院物理系则教高等物理。这自然是很好的，不过关于很重要的科学〔学科〕，如像国文、英文、算学等，普通训练太觉缺乏，即学专门学科，收益必定很少。往日有此种课程标准，不过他们中间经过多年的高中阶段，我国的中学尤其是四川的中学如何够得上。同时，我们讲授的方法是注重讲义。各教授讲义给同学念念，实验室照讲义写一次，算是毕业。这样被动式的教育，在小学中犹当改良，何况大学。这种矛盾如不改良，将来毕业同学出外求学任事，必有很多困难地方。这是我们在外常常看见的。

以后改良的事，本人到此未久，不能有确定的计划，但是现在所见到的，可述之如下。以后的计划可分为两种，一是永久的（长远的办法），一是临时的（眼前的办法）。永久的计划，如武汉大学，由中央及地方筹款，在校外另建新校舍，不唯校舍问题解决，而且延聘教授及学生学问也同时解决。我们也不妨仿照武汉大学办法，立一个五年计划。此种计划实行之后，我想川大一定很有成绩。此是永久的。至临时计划，今年图书设备仪器，增加的增加，改革的改革。如文法两院的图书馆，既嫌狭小，又地远不便于看书，我们想另建一个图书馆。理学院方面的实验室，也应设法添盖。

此外，就是科学方面，物色教授人才颇不容易。一因川大设备不够，他们恐怕到此地不能研究他们的学科。今天来到的几位先生是很有牺牲精神与决心，才得同兄弟到来的。我把他们介绍一下，有文学院院长杨伯屏先生，法学院院长徐敦璋先生，秘书长孟寿椿先生，训育主任钟行素先生，文书课主任郑颖孙先生，会计课主任刘立之先生，还有文法农各院诸先生。这是兄弟短时间内所能约到的。

至课程标准，我们现在重新改定，由一年级新生起逐渐施行由浅入深。以前课程太多，现在我们把各系课程减少。但这是给你们一些时期去自动研究或读书，不是给你们玩耍的。教授担任钟点也相当的少，使教授与学生有多的时间去讨论与研究。

课外运动，我们以后特别注重。据查各院同学每日有病求医的常有三四十人之多，约占学校人数十分之一。这可以表示同学身体的不健康，是很不可忽视的现象。我们打算以后特别注重体育，添运动场与运动器具。希望靠了运动的力量，使川大同学身体格外强健。此外，各种团体的组织（是学术文艺团体，不是政治团体）也当特别提倡，使同学得到一些合群的训练，及明了会的组织及规则。这样，我希望同学不但有强健的身体而且有活泼的精神，将来方能担任国家大事。

最后，我还要申明几句。兄弟此次放弃外间的事业，入川来办这个大学，除了想替社会贡献一点心力，替川中青年立一点教育基础外，别无所图。希望大家向着这个目的进行，那么，四川大学的发扬光大，是不难计日而待的了。

进步的基础[①]

1937 年 6 月 15 日

诸君，我今天要讲的题目是“进步的基础”。因为我新从内地出来，晓得大家希望知道一点内地的进步情形，同时我觉得进步要有一个基础，方才不至于三前两却，永远达不到目的所在。我所以选择这个题目，是想要趁这个机会来讨论一下进步的基础在什么地方。

我现在暂且把四川来做一个内地的代表，来讲一讲四川的情形。

我们要讲目前的四川，不可不回顾一下过去的四川是个什么情形。过去的四川，大家都知道是混乱，黑暗，战争频仍，民不聊生。至于产生这些祸害的原因是什么，大概说来有以下几个。第一，是防区制度。什么是防区制度？就是一个地方由军阀派兵前去驻扎。在那个区域以内，无论是师长也好，旅长、营长也好，对于当地人民的生命财产都有生杀予夺的自由全权，而且对于上官与国家也不负任何责任。所以每一个防区，就等于春秋时

① 本文是任鸿隽在南京中央广播电台发表的演讲。

代的一个小诸侯。在一省的区域以内，要供给几十百个小诸侯，民力焉得不枯竭？生活焉得不困苦？不但如此，因为防区就是军人敛财致富的宝山、扩充势力的地盘，所以每一个军人都要拼命争到一个防区，以便满足他们的欲望。这便是民国以来四川的战争独多的一个大原因。第二，是人们负担的繁重。我所谓的负担有两种，一是田赋。大家晓得外间的田赋是每年一征的，四川的田赋在防区制度时代是每月一征的，那就是说，每年要征十二次。所以本年是民国二十六年，四川的田赋有已经征收到民国百年以上的。如其四川在旁的方面不免落伍，在纳税方面却比其他省份前进了几十年，这是一个奇怪的现象。二是苛捐杂税。四川苛捐杂税的众多，只要举一个例便可以明白。我在成都看见民国十九年某商家的一张纳税单，由嘉定到成都不过四百里的路程，这个商人便上四十几次的捐，而且因为沿途留难也走了二十几天才到。请问照这情形，商业如何进行？第三，是鸦片的祸害。我们晓得四川原是产烟的地方，清末民初经过几次严禁，才渐渐有消灭的希望。后来在防区制度时代，经过军阀的提倡，又回到从前繁荣的状况了。记得民国十九年，宜昌关一个地方出口的烟税有四千万元之多，其出产的数量也就可以想见。现经中央禁烟委员会严厉管理之下，听说种烟可以分年禁绝。不过种烟能否如期禁绝尚是问题，而吸烟的人则不但不会减少，而且还有增加。这是什么缘故？因为四川的鸦片是公卖的。公卖即无异于公开的推销。我曾经在内地的一县旅行，看见城内的“特许店”“吸户管理处”随处皆是。这些都是烟馆的别名，即是官办的烟馆。在这种情形之下，要禁止人民吸烟，岂不等于掩耳盗铃？第四，是交通的闭塞。四川的许多祸患，如像军人的横行，政治的腐败，社会事业的不发达，人民知识的落伍，都可以说发源于交通的不便。交通的闭塞，虽然大半得之于天然，但天然的缺陷正要人为的力量去征服或改善，方可以谈到进步。

以上所说的四件事，我们认为是四川黑暗混乱的原因。目前因为中央的力量到了四川，都有了相当的解决与进步。如防区制度，自川政统一，督察专员制度推行以来，已算废除了。但防区制度起源在于兵多。除非把军队裁减到某种程度以下，这个制度的威胁依然存在。如田赋的负担，虽然由十二征减到四征，但加上各种地方的附加税，仍有八征之多，这在饥馑荐臻的人民是负担不起的，还有减轻的必要。如鸦片公卖，即是公然推销，这简直是拿民族做牺牲品以图从中取利，与复兴民族的政策背道而驰，非立刻改正及撤销不可。如开发交通，现在虽有了四省公路的完成及成渝铁路的开工，但非把川湘或川陕铁路联络起来，四川的交通问题不算解决。

讲到此处，我们以为一个地方的进步有自动的与被动的不同。被动的进步，并非出于真知灼见，或甘心情愿地要做，而是由于外力的压迫不得不做。压力一去，便可立刻回复原状。这种进步，是敷衍一时的，是靠不住的。自动的进步，必须对于环境有明白的认识，对于事情有深切的了解，而且经过审慎考虑的结果，然后按着计划逐步进行。这种进步才是真的进步。换一句话说，真的进步，有几个心理的条件做基础。这几个条件是什么，我们在下面略为说明。

第一，正确的人生观。一个人在黑暗的社会中处久了，最容易发生一种同流合污、得过且过的人生观。理想主义几次碰壁之后，便使你起一种滔滔皆是、何必自苦的感想。这样你的行为便不知不觉地，由进步的而归到保守的了。其实社会上自有真是非、真善恶，除非你把是非善恶认得清楚，如何能舍非而取是，去恶而就善呢？譬如军阀是一切罪恶的泉源，我们不能当学生时便狗血淋头地骂军阀，回头军阀给你一官半职，你又神圣文武地恭维他了。小而至于对人接物的信用礼貌，我们都应该有一个不容假借的标准，不要图一时的便利，什么都可以不顾。孟子说：“无是非之心非人也。”孔子说：“见义不为无勇也。”我们要能辨别是非，而且勇于为义，才能说到进步。

第二，充分的现代知识。现在的事业，可以说百分之百都需要特殊知识，没有现代的知识而想把社会现代化是不可能的。譬如说吧，我们常常听见人说，四川的水力怎样的多，但却无人指出水力究竟在什么地方。又常听见四川从古相传的谚语说：“打开雷马坪，世上无穷人。”但却无人知道打开雷马坪的方法是什么。有人说，中国今日的大毛病，是以十八世纪的方法生产，二十世纪的方法消耗。这个话前半句在四川是绝对正确的，后半句在四川也有一部分正确，根本上都是由于现代知识的缺乏。现在要促进落后的生产，革除谬误的现代的生活，都非有充分的现代知识不可。

第三，虚心从善的态度。一个人要求进步，必须先发现自己的缺点。一个社会亦然。要求社会的进步，必须先发现它的不完备、不满足。所以容纳批评的虚心，是社会及个人进步的基础。我对于四川一切的批评，是什么都有，什么都不见得好。换一句话，就是什么都有改良的余地。这一句话，绝不是鄙薄四川，而是对于四川抱有绝大的希望。但是要改良，必须先承认它的不良。若是没有这一点容纳的虚心，那只好让井底之蛙去夜郎自大了，还说什么进步。

以上三项，一正确的人生观，二充分的现代知识，三虚心从善的态度，我认为是任何社会进步的基础。尤其是文化落后的内地，应该特别注意。我们希望内地进步，不要忘记了培植基础的工作。

在四川大学第六届毕业典礼上的讲话

1937 年 6 月 25 日

各位来宾，各位先生，各位同学：

今天本大学举行第六届毕业典礼，承各位来宾光临指导，我们是非常荣幸！

国立四川大学成立，在时间上不算久。可是因为系三大合并之故，第一届即有毕业生，现在已经是第六届。本届毕业生共有一百七十五名，去年有三百三十人。两年相较，则本年差不多只够去年二分之一。不过去年毕业同学中，很多是由其他的学校转来的，而本届毕业同学中转学生极少，故本届毕业诸同学，将来在事业上成功或失败，对于社会国家有功或有过，均颇足代表本大学成绩。希望诸位能努力为母校增光。

本人业经辞职，并蒙中央照准，教部已令由张真如先生继任。本人来校两年，深察中国当前大学教育之所急，力求学术空气之养成，专门人才之造就，而使本大学跻于当代大学之林。想诸位当亦知之审而听之熟。本人现以行将离校，适值第六届诸位毕业同学结束之时，愿以数言为赠。

我们知道在学校里毕业，正是社会始业，为一切事业之起头，所以毕业二字之英文为Commencement，意思正是始业。在学校中所习者大多为理论，投身社会，则犹由教室中而至实验室，应以曩日所学之理论，做今日实验之根据；以今日之实验，做曩日所习理论之证明。相互辩证，必有所得。然曩者之所学，未必足应今日之用。欲在社会上谋有所建树，尤非易事，故本人欲以下列三点为诸君勉：

第一，应忠于所学。

在学校中学习数年，于所学粗具基础。到社会必须用其所学，方可望有所阐发。若以一时之环境关系，弃之中途，则于学业于事业必两无所补，故应忠于所学。

第二，要有所不为。

世无完善之社会，均待有不断之改良。青年初入社会，最易为社会不良之习尚所熏染。故必立定主张，分其善恶，判其缓急，权其轻重，要有所不为。孟子说："人有不为也，而后可以有为。"即是此意。

第三，要继续求学精神。

在大学四年，为时颇暂，所学自难足用。曾有人说过："在大学毕业不过仅仅是得到一把开图书馆的钥匙。假如你不用或不善用这把钥匙，你绝不会获得事业上的成功。"所谓善用，是要继续求学的精神，随时随地留心，不断地努力，则无论做事或读书，将必有很大的成就。

四川人口近七千万，仅有三个大学，学生总数不过一千四五百人，则约五万多人中仅有一个大学生。其责任之重大，于此可以概见。本大学前后毕业之学生已一千有奇，合其他大学总计之，至少亦有二三千人，则川中每县应可分配一二十人。如均能用其所学而为社会谋改进，未始不可立见宏效。希望诸君好自为之，将来功成业就，才不辜负诸君多年之辛苦，才不辜负国家的培植及诸位先生的指导！

张君劢

(1887—1969)

生平简介

张君劢（1887—1969），原名嘉森，字士林，号立斋，江苏宝山（今上海宝山）人。政治家、哲学家，中华民国宪法之父。1906年公费留学日本，就读于早稻田大学政治经济科，结识了梁启超和张东荪等人。1910年毕业，获政治学学士学位，起程回国。次年经殿试被授予翰林院庶吉士。1912年5月赴北京，任北洋政府秘书，并和汤化龙一起促进各派政治势力邀请梁启超回国。1913年赴德国柏林大学攻读政治学博士学位，其间为参加反袁斗争，决然放弃学业而回国。后再度求学德国，拜德国著名的生命哲学家倭铿（也译奥肯或奥伊肯）为师。由于心系国家的政治命运，1922年初再次放弃博士学位归国。是年3月在上海参加上海总商会聂云台和江苏省教育会黄炎培组织的“国是会议”，起草《国是会议宪章》。1929年在国民党的压制下，曾短暂赴德国任教。回国后秘密成立中国国家社会党，并于1934年7月召开了第一次党代会。1940年与陈布雷在云南大理合办民族文化学院，任院长。1945年4月代表中国出席联合国国际组织会议，任《联合国宪章》大会组委员，于1946年4月至6月，代表中国签署《联合国宪章》。1946年1月作为民盟代表出席政治协商会议。1949年3月移居澳门，其间李宗仁曾请他出任“行政院长”，力辞不就。同年11月赴印度讲学。1952年转赴美国，从此再未归国。漂泊期间虽生活清苦，但他始终坚持拒绝国民党当局的资助，收到汇款必悉数寄返。1969年2月23日在美国旧金山病逝。著有《中西印哲学文集》《新儒家哲学发展史》《民族复兴之学术基础》等。

人生观[①]

1923 年 2 月

诸君平日所学，皆科学也。科学之中，有一定之原理原则，而此原理原则，皆有证据。譬如二加二等于四；三角形中三角之度数之和，等于两直角：此数学上之原理原则也。速度等于以时间除距离，故其公式为 $s = d/t$；水之元素为 H_2O：此物理化学上之原则也。诸君久读教科书，必以为天下事皆有公例，皆为因果律所支配。实则使诸君闭目一思，则知大多数之问题，必不若是之明确。而此类问题，并非哲学上高尚之学理，而即在于人生日用之中。甲一说，乙一说，漫无是非真伪之标准。此何物欤？曰，是为人生。同为人生，因彼此观察点不同，而意见各异，故天下古今之最不统一者，莫若人生观。

人生观之中心点，是曰我。与我对待者，则非我也。而此非我之中，有种种区别。就其生育我者言之，则为父母；就其与我为配偶者言之，则为夫妇；就我所属之团体言之，则为社会为国

① 本文是张君劢应吴文藻之邀，为即将出国留学的清华学校学生所做的演讲。这篇演讲一经发表，立刻引起了一场激烈的“科玄论战”，梁启超、张东荪、胡适、丁文江、吴稚晖等名流纷纷发表文章，争相参战。

家；就财产支配之方法言之，则有私有财产制公有财产制；就重物质或轻物质言之，则有精神文明与物质文明。凡此问题，东西古今，意见极不一致，绝不如数学或物理化学问题之有一定公式。使表而列之如下：

- （一）就我与我之亲族之关系
  - 大家族主义
  - 小家族主义
- （二）就我与我之异性之关系
  - 男尊女卑
  - 男女平等
  - 自由婚姻
  - 专制婚姻
- （三）就我与我之财产之关系
  - 私有财产制
  - 公有财产制
- （四）就我对于社会制度之激渐态度
  - 守旧主义
  - 维新主义
- （五）就我在内之心灵与在外之物质之关系
  - 物质文明
  - 精神文明
- （六）就我与我所属之全体之关系
  - 个人主义
  - 社会主义(一名互助主义)
- （七）就我与他我总体之关系
  - 为我主义
  - 利他主义
- （八）就我对于世界之希望
  - 悲观主义
  - 乐观主义
- （九）就我对于世界背后有无造物主之信仰
  - 有神论
    无神论
  - 一神论
    多神论
  - 个神论
    泛神论

凡此九项，皆以我为中心，或关于我以外之物，或关于我以外之人，东西万国，上下古今，无一定之解决者，则以此类问题，皆关于人生，而人生为活的，故不如死物质之易以一例相绳也。试以人生观与科学做一比较，则人生观之特点，更易见矣。

第一，科学为客观的，人生观为主观的，科学之最大标准，即在其客观的效力。甲如此说，乙如此说，推之丙丁戊己无不如此说。换言之，一种公例，推诸四海而准焉。譬诸英国发明之物理学，同时适用于全世界；德国发明之相对论，同时适用于全世界。故世界只有一种数学，而无所谓中国之数学，英国之数学也；世界只有一种物理学化学，而无所谓英法美中国日本之物理化学也。然科学之中，亦分二项：曰精神科学，曰物质科学。物质科学，如物理化学等；精神科学，如政治学生计学心理学哲学之类。物质科学之客观效力，最为圆满；至于精神科学次之。譬如生计学中之大问题，英国派以自由贸易为利，德国派以保护贸易为利，则双方之是非不易解决矣；心理学上之大问题，甲曰智识起于感觉，乙曰智识以范畴为基础，则双方之是非不易解决矣。然即以精神科学论，就一般现象而求其平均数，则亦未尝无公例可求，故不失为客观的也。若夫人生观则反是：孔子之行健与老子之无为，其所见异焉；孟子之性善与荀子之性恶，其所见异焉；杨朱之为我与墨子之兼爱，其所见异焉；康德之义务观念与边沁之功利主义，其所见异焉；达尔文之生存竞争论与哥罗巴金之互助主义，其所见异焉。凡此诸家之言，是非各执，绝不能施以一种试验，以证甲之是与乙之非。何也？以其为人生观故也，以其为主观的故也。

第二，科学为论理的方法所支配，而人生观则起于直觉。科学之方法有二：一曰演绎的，一曰归纳的。归纳的者，先聚若干种事例而求其公例也。如物理化学生物学所采者皆此方法也。至于几何学，则以自明之公理为基础，而后一切原则推演而出，所谓演绎的也。科学家之著书，先持一定义，继之以若干基本概念，而后其书乃成为有系统之著作。譬诸以政治学言之，先立国家之定义，继之以主权、权利、义务之基本概念，又继之以政府内阁之执掌。若夫既采君主大权说于先，则不能再采国民主权说于后；既主张社会主义于先，则不能主张个人主义于后。何也？为方法所限也，为系统所限也。若夫人生观，或为叔本华、哈德门的悲观主义，或为兰勃尼孳、黑智尔之乐观主义，或为孔子之修身齐家主义，或为释迦之出世主义，或为孔、孟之亲疏远近等级分明，或为墨子、耶稣之泛爱。若此者，初无论理学之公例以限制之，无所谓定义，无所谓方法，皆其自身良心之所命起而主张之，以为天下后世表率，故曰直觉的也。

第三，科学可以以分析方法下手，而人生观则为综合的。科学关键，厥在分析。以物质言之，昔有七十余种元素之说，今则分析尤为精微，乃知此物质世界不出乎三种元素：曰阴电，曰阳电，曰以太。以心理言之，视神经如何，听神经如何，乃至记忆如何，思想如何，虽各学家说不一，然于此复杂现象中以求其最简单之元素，其方法则一。譬如罗素氏以为心理元素有二：曰感觉，曰意象。至于杜里舒氏，则以为有六类，其说甚长，兹不赘述。要之皆分析精神之表现也。至于人生观，则为综合的，包括一切的，若强为分析，则必失其真义。譬诸释迦之人生观，曰普度众生。苟求其动机所在，曰，此印度人好冥想之性质为之也；曰，此印度之气候为之也。如此分析，未尝无一种理由，然即此所分析之动机，而断定佛教之内容不过尔尔，则误矣。何也？动机为一事，人生观又为一事。人生观者，全体也，不容于分割中求之也。又如叔本华之人生观，尊男而贱女，并主张一夫多妻之制。有求其动机者，曰，叔本华失恋之结果，乃为此激论也。如此分析，亦未尝无一种理由。然理由为一事，人生观又为一事。人生观之是非，不因其所包含之动机而定。何也？人生观者，全体也，不容于分割中求之也。

第四，科学为因果律所支配，而人生观则为自由意志的。物质现象之第一公例，曰有因必有果。譬诸潮汐与月之关系，则因果为之也。丰歉与水旱之关系，则因果为之也。乃至衣食足则盗贼少，亦因果为之也。关于物质全部，无往而非因果之支配。即就身心关系，学者所称为心理的生理学者，如见光而耳目，将坠而身能自保其平衡，亦因果为之也。若夫纯粹之心理现象则反是，而尤以人生观为甚，孔席何以不暇暖，墨突何以不得黔，耶稣何以死于十字架，释迦何以苦身修行：凡此者，皆出于良心之自动，而绝非有使之然者也。乃至就一人言之，所谓悔也，改过自新也，责任心也，亦非因果律所能解释，而为之主体者，则在其自身而已。大之如孔墨佛耶，小之如一人之身，皆若是而已。

第五，科学起于对象之相同现象，而人生观起于人格之单一性。科学中有一最大之原则，曰自然界变化现象之统一性（Uniformity of the course of nature）。植物之中，有类可言也。动物之中，有类可言也。乃至死物界中，亦有类可言也。既有类，而其变化现象，前后一贯，故科学中乃有公例可求。若夫人类社会中，智愚之分有焉，贤不肖之分有焉，乃至身体健全不健全之分有焉，因此之故，近来心理学家，有所谓智慧测验（Mental Test）；社会学家，有所谓犯罪统计。智慧测验者，就学童之智识，而测定其高下之标准也。高者则速其卒业之期，下者则设法以促进之，智愚之别，由此见也。犯罪统计之中所发见之现象，曰冬季则盗贼多，以失业者众也；春夏秋则盗贼少，以农事忙而失业者少也。如是，则国民道德之高下，可窥见也。窃以为此类测验与统计，施之一般群众，固无不可。若夫特别之人物，亦谓由统计或测验而得，则断断不然。哥德（Goethe）之《佛乌斯脱》（*Faust*，即《浮士德》），但丁（Dante）之《神曲》（*The Divine Comedy*），沙士比尔（Shakespeare，即莎士比亚）之剧本，毕格那（Wagner）之音乐，虽主张精神分析，或智慧测验者，恐亦无法以解释其由来矣。盖人生观者，特殊的也，个性的也，有一而无二者也。见于甲者，不得而求之于乙；见于乙者，不得而求之于丙。故自然界现象之特征，则在其互同；而人类界之特征，则在其各异。唯其各异，吾国旧名词曰先觉，曰豪杰；西方之名曰创造，曰天才，无非表示此人格之特性而已。

就以上所言观之，则人生观之特点所在，曰主观的，曰直觉的，曰综合的，曰自由意志的，曰单一性的。唯其有此五点，故科学无论如何发达，而人生观问题之解决，绝非科学所能为力，唯赖诸人类之自身而已。而所谓古今大思想家，即对于此人生观问题，有所贡献者也。譬诸杨朱“为我”，墨子“兼爱”，而孔孟则“折中”之者也。自孔孟以至宋元明之理学家，侧重内心生活之修养，其结果为精神文明。三百年来之欧洲，侧重以人力支配自然界，故其结果为物质文明。亚丹斯密，个人主义者也；马克思，社会主义者也；叔本华、哈德门，悲观主义者也；柏拉图、黑智尔，乐观主义者也，彼此各执一词，而绝无绝对之是与非。然一部长夜漫漫之历史中其秉烛以导吾人之先路者，独此数人而已。

思潮之变迁，即人生观之变迁也。中国今日，正其时矣。尝有人来询曰，何者为正当之人生观。诸君闻我以上所讲五点，则知此问题，乃亦不能答复之问题焉。盖人生观，既无客观标准，故唯有返求之于己，而绝不能以他人之现成之人生观，作为我之人生观者也。人生观虽非制成之品，然有关人生观之问题，可为诸君告者，有以下各项：曰精神与物质，曰男女之爱，曰个人与社会，曰国家与世界。

所谓精神与物质者：科学之为用，专注于向外，其结果则实验室与工厂遍国中。朝作夕辍，人生如机械然，精神上之慰安所在，则不可得而知也。我国科学未发达，工业尤落人后，故国中有以开纱厂设铁厂创航业公司自任，如张季直、聂云台之流，则国人相率而崇拜之。抑知一国偏重工商，是否为正当之人生观，是否为正当之文化，在欧洲人观之，已成大疑问矣。欧战终后，有结算二三百年之总账者，对于物质文明，不胜务外逐物之感。厌恶之论，已屡见不一见矣。此精神与物质之轻重，不可不注意者一也。

所谓男女之爱者：方今国内，人人争言男女平等、恋爱自由，此对于旧家庭制度之反抗，无可免者也。且既言解放，则男女社交，当然在解放之列。然我以为一人与其自身以外相接触，不论其所接触者为物为人，要之不免于占有冲动存乎其间，此之谓私，既已言私，则其非为高尚神圣可知。故孟子以男女与饮食并列，诚得其当也。而今之西洋文学，十书中无一书能出男女恋爱之外者，与我国戏剧中，十有七八不以男女恋爱为内容者，正相反对者也。男女恋爱，应否作为人生第一大事，抑更有大于男女恋爱者，此不可不注意者二也。

所谓个人与社会者：重社会则轻个人之发展，重个人则害社会之公益，此古今最不易解决之问题也。世间本无离社会之个人，亦无离个人之社会。故个人社会云者，不过为学问研究之便利计，而乃设此对待名词耳。此问题之所以发生者，在法制与财产之关系上尤重。譬诸教育过于一律，政治取决于多数，则往往特殊人才为群众所压倒矣。生计组织过于集中，则小工业为大工业所压倒，而社会之富集中于少数人，是重个人而轻社会也。总之，智识发展，应重个人；财产分配，应均诸社会。虽其大原则如是，而内容甚繁，此亦不可不注意者三也。

至于国家主义与世界主义之争：我国向重平和，向爱大同，自无走入褊狭爱国主义之危险，然国中有所谓国货说，有所谓收回权利说，此则二说之是非尚在未决之中，故亦诸君所应注意者也。

方今国中竞言新文化，而文化转移之枢纽，不外乎人生观。吾有吾之文化，西洋有西洋之文化。西洋之有益者如何采之，有害者如何革除之，凡此取舍之间，皆决之于观点。观点定，而后精神上之思潮，物质上之制度，乃可按图而索。此则人生观之关系于文化者所以若是其大也。诸君学于中国，不久即至美洲，将来沟通文化之责即在诸君之双肩上。所以敢望诸君对此问题时时放在心头，不可于一场演说后便尔了事也。

科学之评价[①]

1923年5月

……今天讲题是近来我和人家开战的中心问题。观战的人，或许不知道我们战争目的是什么，所以我今天将战场消息略为报告诸君。

有人说科学能支配人生，然即就人类对于科学，研究其成绩得失一端，可以证科学是为人所用，而非人为科学所用。因为我们对于自己所手造的事物，甲时觉得好，至乙时又觉得坏；科学既是人造的，故亦不能逃人类好恶范围以外。即此一端，科学能否解决人生，已可想见。数学上面，二加二等于四；化学上面，氢二氧成为水；……这都是科学公例，使我们以后做事情计算便捷。但是科学自产生到现在，其于人生的利害究竟如何呢？在吾国人或不觉得此是问题，因为认科学一定有益的；在欧洲则成为问题，已有数十年之久了。

自从文艺复兴后，以为用科学就可以发见宇宙真理，昔日议

---

① 本文是张君劢在中国大学发表的演讲。中国大学初名国民大学，1917年改名为中国大学，是孙中山等人为培养民主革命人才而创办。该校于1913年4月13日正式开学，1949年停办，历时三十六年。

论纷如之事件，甲以为是，乙以为非，就是一二人的意见是了。自有实验的科学，而后有真正明确的条件——公例——这就是科学（Science）的成绩。譬如天体之运行，化学之元素，力学上之运动公例，生物学上说的人类进化的渊源，乃至于社会学上社会之原始，都要找出一定的公例来。科学的目的也就在此。

但是，自19世纪下半期后，对于科学，渐由信仰而趋于怀疑，尤其是法国人怀疑最烈。盖世界各国中感觉最锐之民族，莫如法国；在他国所未觉到者，而法人则已觉到。譬如主权不可分之说，创自16世纪之布旦（Bodin）；布氏所以创此说者，意在压倒藩侯，尊崇王室。及帝王神权之说过盛，流于专制，于是卢骚创国民主权论。近年以来，厌恶国家之思潮大盛，于是又有法人狄骥氏欲去国民主权而代以社会互助说。此三人者，皆能见及几先，发前人所未发，故法国人之先知先觉，真令人五体投地。

19世纪之初期，崇拜科学最烈者，有法之孔德氏。孔氏之推尊科学，可见之于其思潮时代分类法。孔氏分人类思潮为三时期：

第一，神学时期。一切现象都以神话解释。

第二，形上学时期。欲求最后之原因解释一切。

第三，实证主义时期。舍去最后原因说，只研究现象相互之关系，而成一种公例。

与孔氏同时者，有蓝能（Renan）、戴恩（Taine），皆崇拜科学的著名文学家。然19世纪中叶以降，怀疑的人很多。随便举几个例，则有哥尔诺（Cournot）、李诺维（Renowier）、蒲脱罗（Boutront）、柏格森（Bergson）诸人。此类人之立说虽各不同，要不外科学之能力是有一定之限界之一义。这就是我今天所要说的评价。

第一，科学目的，在求一定之因果关系，将这些关系化为分量的。譬如物体下坠，第一秒多少，第二秒多少，第三秒多少，皆有一定比例。一球之上，左右各加一力，则所行线路为平方形之对角线，如是因有多少，则果有多少。故科学方法最成功之地，无过于物理界。

虽然，我们生活于世界上，是否一切事都可以分量计算？照科学说，马力多少，则蒸汽机之运转力有多大；发电机多少强，则电灯可点若干盏。虽然，此种方法，能否用在生物学与心理学上？生物学、心理学上仅言因果，已属不易，又如何说得到分量的因果？譬如细胞之分裂，由一而二，而四，而八，而十六，而三十二，以至于千；于是而有肠胃有筋骨。其所以成为生机体者，学者求其原因于细胞，而细胞之中，无因可求，故杜里舒氏创为生机主义以解释之。至于心理学，近来有智慧测验之法，对于孩童授以若干题目，限时解答，最敏捷者认为最聪明，稍迟者次之，又迟者又次之。其意所在，无非要使心理学上的因果关系，一如物理学。这是我决不能相信的。何以故呢？人类为血肉之躯，五官之感觉，如何由耳目而传递于脑神经，当然有因果可求；且饥思食，寒思衣，倦思睡，皆为生理所支配，是无可免的。社会之中，有种种习惯以支配之，见客则问姓名，由声音笑貌可以推定人之喜怒，一事之开始前与终了后，可以测定人之行为如何，凡以此故，心理学上有若干种公例。然谓一人之心理，若其意志力强弱之由来，与其因意志力之强弱而定其成功与失败。此外如文学之创作，思想之途径，乃至个人之意志与社会进化之关系，谓其可以一一测定，这是科学家的梦语了。

第二，科学家但说因果，但论官觉之所及，至于官觉之所不及则科学家所不管。物理学者以物性及物性之变化为出发点，植物学者以草木为出发点，生物学者以有生之物为出发点，此皆有形的，而为人耳目所及。然各种科学最高原则，如论理上之公例，如因果律，已不是耳目之力所能及。伦理学上善恶是非之标准，以及人类之美德如忠信笃敬之类，哪一事是有形的？进化论之学者欲以内界之精神化为有形的，乃采所谓沿革的方法（Genetic method），谓人类之道德可见之于社会制度，亦是进化而来。如此做法，无非要使一切无形者悉求之于有形之中。吾以为沿革的方法之是非，系另为一事。若谓论理的推理由于习惯而来（经验派哲学之言），道德为环境所支配，这是科学欲以有形解释无形之故，乃将人类精神之独立一笔抹杀了。

第三，科学家对于各问题，不能为彻底的回答。譬如物理学家以物质为出发点，物质何自来，则为科学家所不问，此就自然科学方面言之也。政治学家以国家为出发点，至国家主义与国际主义之利害比较，则非科学家所问。生计学以财物之产生为出发点，至物质文明之利害问题，则非科学家所问。此就社会生活之变迁言之也。夫物质之本性为何，生命何自来，此等问题，诚哉其为纷争不决。然既为人类，即对此诸事不能不生疑问；解决不解决，另为一事，而其不能不问，则人类之天性也。譬之达尔文之书虽以实证为方法，然于生命之原始，则叹为不可知。其所以叹者，则心中有此疑问为之也。乃至国家主义之利害，物质文明之利害，虽科学家以分科研究之故，势不能旁及题外之文。然人类前进方向与其行动大有关系，故于其所达之境之利害得失，常不胜其低回往复。然科学家于事物之本体与夫人类向上之途径，既不能与人以满足之解决，而犹傲然以万能自居，此则引起人类对科学恶感之最大原因。

第四，我所欲言者，非科学本身问题，乃科学的结果。西欧之物质文明，是科学上最大的成绩。人生原不能离开物质，然一国之文明，致令人以物质文明目之，则是有极大原因在。而其原因之可数者，利用科学之智识，专为营利之计，国家大政策，以拓地致富为目的，故人谓之为物质文明。

欧洲各国以工商立国之故，派领事，派银行团代表，投资外国灭人家国。国家既以此为方针，故其教育人民，亦不外教以智识，授以技能，以达国际间兵战商战之目的而已。要知道专求向外发展，不求内部的安适，这种文明是绝对不能持久的。甲以工商主义侵乙，则乙必起而奖励工商，以求等于甲或凌驾而上之；甲乙之工商既相等，争投资于未开发之地，则甲乙必各争海陆军之强弱；而其参谋部又持先发制人之计，于是事端朝起，宣战之书夕至，此则 1914 年大战之由来，彰彰明甚者也。吾以为国际间之所求，专在有限之物质，则物质有限，而人欲无穷，谓如此而可为国家久安计为人类幸福计，吾不信焉。

诸君听我的话，或不明白我意思所在。我的意思，就是要诸君认清今后发展之途径，不可蹈前人覆辙。什么国家主义、军阀主义、工商主义，都成过去；乃至思想方面，若专恃有益于实用之科学知识，而忘却形上方面，忘却精神方面，忘却艺术方面，是绝非国家前途之福。方今欧美先知先觉，在精神方面提倡内生活，在政治方面提倡国际联盟，这种人已经不在少数；只看我国人如何响应他，必可以达到一种新境界。而亚美两洲之中国美国，尤为地大物博，非若欧洲地小国多，故适于提倡大同主义，观之威尔逊之热心国际联盟，与吾国大同思想之发达，是其明证。敢告诸君，我所说的并非梦话，欧美知识界之新学者，都已趋向我所说的新路上来了。

假令以上评价之标准不谬，则教育之方针，可得而言：人生在世，计有五方面：曰形上，曰审美，曰意志，曰理智，曰身体。

（一）形上　人类在世，若但计官觉界所及之得失，而不计内界之心安理得，以言乎个人，则好为功名富贵之争，而忘君子为己之学；以言乎国家，则好为开疆拓土之谋，而忘民胞物与之义。

欲矫此习，唯有将天地博厚高明悠久之理教学生，是之谓形上。

（二）美术　人类终日劳动，走至郊外空气新鲜地方，就觉得胸中非常愉快；及入油画馆，又觉得人巧可夺天工，可知美术与人生幸福有莫大关系。

（三）意志　往往有理智的判断上，以为极不可能的事，而靠着意志的力量，竟可以实现。李广之矢可以贯石，及知为石，则屡试不中，可知知识与意力是两事。而任何难事，意志力强者往往可以通过。以近年德俄革命之成功言之，皆其政治家意志教育之结果。1918 年少数德国社会党竟能推翻数百年爱戴之皇室。1917 年俄之革命之成功亦出人意料之外。可知政治潮流，苟有意志坚强之人，自有转移之法。若认为事事受环境之支配，则唯有一步不能行而后已。独惜今之教育家受外交家之流毒，专以迁就社会为长策，故其唯一立脚点，则在“维持现状”（Status Quo）。在此种主义之下，人类之心能，潜伏而不见者，正不知其几何。总之，意志教育可以改造社会，惜焉教育家不加注意，而徒委之社会革命党之手，是一件大不幸事。

至于理智身体方面，现代教育自有相当之成绩，不可以抹杀的。

我的讲演，现在差不多要完了，但是我更要为诸君总结几句。若以欧洲已往之思潮为官觉主义，而以吾人之思潮作为一种超官觉主义，则其利害得失当如下表：

第一，官觉主义之结果：实验科学发达，侧重理智，工商立国，国家主义。

第二，超官觉主义之结果之预测：重精神（或内生活）之修养，侧重情意，物质生活外发达艺术，国际主义。

今后吾国将何去何从，是文化发端之始的极大问题。望诸君再三注意。

中华民族文化之过去与今后之发展

1936 年

世界历史书籍中，所以称道古今民族者，每举其遗留于人间之成绩。曰太阴历本，曰金字塔，曰象形字，此埃及人之成绩也；曰日食月食之推算，曰十二星宿之分，曰以第七日为休息日，此巴比伦之成绩也；曰保存古代之记载，曰信仰一神教，此希伯来之成绩也；曰市府国家，曰泰利司欧里几之数学，曰柏拉图与亚历斯大德之哲学科学，曰意克梯努（Ictinus）之建筑，曰苏福克尔司之戏剧，此希腊之成绩也；曰开疆拓土，曰传播希腊文化，曰大筑城邑与沟渠，曰编制法典，此罗马之成绩也；曰喀斯德，曰婆罗门教，曰佛教，此印度之成绩也。凡此民族之有成绩者，人谓之曰文化民族，占世界历史中之若干页。

吾中华民族在文化史中之地位如何乎？吾族足与埃及、希腊、罗马、印度等并肩而立，欧美学者所公认者也。乃近年之国人激于环球大通后所受之惩创，反而自鄙夷其文化，若已不足自存于今世者，甚至怀疑于其民族之本身若不足与白人相抗衡者，此乃目眩于一世纪之短促，而往忘千万年之久远矣。事物之成败得失，以历久不坏为准。彼白种之兴也，始自欧洲文化复兴以降，人智大开，学术大进，探险殖民，远及各洲。及英、法革命后，政局大定。于是欧洲之学术、法制、工商，无往而不为人所取法。然以时考之，不过五百余年，他人五百年之成效，安能与吾族历四千余年之久者，相提并论乎？吾族之特色，自古代迄于今日，犹能保持其生命，视埃及、巴比伦之长埋地下，视希腊、罗马之主已再易，视印度之为人奴隶者，大有天壤之别，此必吾族之自处，有以胜于其他各族者无疑义矣。更自今日推及将来，白皙人种入罗马占领全欧以来，尚无有势均力敌者与之度长絜短，自其欧战后之精疲力竭观之，安知白人之在今后定有胜算之可操？视吾族之沦于五胡辽金元清，而犹能恢复其故我者，适与不适，亦正未易逆睹矣。如是，自时间久暂言之，正不必以百年来之失意，而遽怀疑于吾族之前途也。

一、中华文化之来源

吾族之文化何自来乎？吾国人之所深信者，曰由于文武周孔之制作；换言之，乃吾祖若宗之所精心结构。然欧人之研究文化者，鉴于埃及、巴比伦与希腊等文化之互相影响，乃创为华文西元之说，所引以为证者，曰十二星宿之分，曰分周天为三百六十度，曰以六十为一甲子。凡此诸事，无一不与巴比伦之旧说相吻合，遂有法人拉克伯里氏（Laconferie）中国文化来自西亚洲之说，与哥比诺伯爵（Count Gobinau）导源于印度之说。夫秦汉以后，亚欧交通之迹象已甚显著，佛像来自印度，天马产于阿拉伯，则华夏文物得自西方者，固可以按图而索。若夫历史记载以前，人种之往还，文化之互易，有谁得而考证之者，何能据天文学上一二端与巴比伦之相似，据以之断定全部文化之来源乎？美国支那学者洛佛尔（Dr. Berthold Laufer）氏自衣食方法之异同，以定文化之是否同源，其论较为精审。洛氏曰：自农具、耕牛、车乘诸端言之，中国文化与古代之西亚诸族如巴比伦等有极相类处，然自牛乳之使用言之，则东亚民族……与中亚……及古代……绝异，以其一以牛乳为饮料而一则否也。中国自古时早知饲羊，然不以羊毛为衣，与中亚之游牧民族异。洛氏自此衣食之异，乃从而断之曰：各民族之初期，其资生之法大概相同，可凭之以推定其出于同一祖先。然自其相异之点言之，则中国文化即在有史以前，固已离西方影响而为自身之发展。《世界史大纲》之作者威尔斯亦有言曰："中国人之造成其文化，似乎出于自发，无外界援助。近来作家有创为中国文化得之古代色木族（Sumer，即巴比伦文化之初祖）之说者，据河南出土之有色陶器，与中亚细亚东欧早期之陶器有相似处，以见在邃古时两方已有文化上之接触。然中国与色木族之兴也，同以新石器时代之文化为基础，一起于塔里木河，一起于佛兰梯司河下流，既有峻岭之障，又有沙漠之隔，两地人民虽欲往还移居而势有所不可得。"由此洛氏与威氏言观之，可以坚吾人之所信，曰中华文化乃吾民族自己造成者也。

呜呼，凿井耕田之具，生聚教养之制，祖宗经之营之者，自史后言之，为四千余年，自史前言之，为万年，为十万年。为之子孙者衣食于斯，教养于斯，尝借祖宗之庇荫，自居于神明贵胄，何图以百年来之失败，并祖宗艰辛缔造而尽忘之，甚至有昌言打倒之者，何其轻举妄动至于如是。以一家一族言之，子孙于父祖之遗泽，常展玩不忍释手，其诗文书牍之稿，令后人想见其下笔之勤，若夫尝建大功立大业者，尤同族所引为门楣之光。呜呼，民族后辈之于其先人之制作，不当如是耶？

二、中华文化之特产

文化史之记载，详于各国之所独，而略于各国之所共，盖重其所异而忽其所同，人之心理然也。下自日用饮食之微，上达制作之精，此之所有，彼之所无，最易唤起史家之注意，或记载焉，或比较焉。指南针与火药之发明，所以为欧人所称道者，以其为中国之所独；丝茶之由来，欧洲学者颇有研究之者，以其为中国之所独。所以称埃及，必举金字塔者，以其为埃及之所独；所以称希腊，必举美术与哲学者，以其为希腊之所独；英国为宪法政治之祖，而他国则否，此为英国之所独；以革命改变欧洲政局，以法国革命之力为最大，此为法国之所独。明乎此理则史家之于文化史，所以必举各国之特有成绩者，从可知矣。因其所特有，以推定民族创作力之有无。

欧洲人于吾国人之发明品，津津乐道者，曰指南针，曰火药，曰花炮，曰纸，曰钞票，曰丝，曰茶，曰瓷器，曰金鱼。次为游戏之具，曰风筝，曰毽子，曰纸牌，曰围棋，曰象棋，曰走马灯。兹者为有益于人生日用之物，其中如指南针，如火药，如纸，如瓷，足与欧洲理化学上之发现相提并论，至于博弈之具，曾何足道，然小智小慧，亦为欧洲人之所不弃。盖吾国人平日之眼光，重其大者，曰经史子集，曰典章制度，曰有关风化升降之孝悌忠信，其为微物而左右人生者则忽视之。指南针之利便航海者何如，火药之影响于战术者何如，在吾之不重视物质之国，未尝以此自夸，必待欧人称道之后，而后自知其重要，此则两方观点之不同实为之也。

虽然，吾族文化之成绩，奚止如上所云，盖更有其大且远者，则宗教、社会、学术、美术是已。

第一，孔子之教，宗教乎？非宗教乎？世人辩之者众矣。谓为宗教乎，则孔子不语神怪，且无教会宗门之制，其界于一般宗教之神秘也可知。谓为非宗教乎，则孔子尝有畏天命、事鬼神之说，敬天尊祖，自为孔子所许可。我以为自其学说言之，孔子之教决与宗教殊科，自社会敬天尊祖之习惯言之，自有宗教元素存乎其中，盖孔子之道以人事为本位，而上及乎至隐之天道，二者一以贯之者也。《中庸》之言曰：

> 子曰：素隐行怪，后世有述焉，吾弗为之矣。君子语大，天下莫能载焉，语小，天下莫能破焉。君子之道，造端乎夫妇，及其至也，察乎天地。

唯孔子之道，造端乎夫妇，而致极于天地，故与耶稣以人间为地狱者迥然异辙，与佛教之超脱生死轮回者亦自不可同日而语。西哲杜里舒尝游北京之雍和宫与大成殿，既出而告我曰，一则富于幻想与鬼怪（指欢喜佛言之），一则光明易简。此言也，可谓道中孔道之真相矣。孔教博大而无所不包，故鲜与他教发生冲突，佛教之来也迎之，耶教之来也迎之，乃至四方哲学之来也，科学之来也，无一而不迎之。佛教入中国后，尝有三武一宗之难，然皆起于佛道之间，而不起于儒释之间，则孔教之博大宽宏也可知。至于西洋史上历时三十年之宗教战争，尤为吾国之所绝无。一言以蔽之，是皆孔子之厚赐于吾民族者也。

第二，孔子关于社会组织之说，汉儒尝引申其义，而为白虎通之三纲说，曰君为臣纲，父为子纲，夫为妻纲。自西方民主之说入中国，君臣之义与君主之制大为世所非笑。自西方小家庭之说入中国，昔曰子孝弟恭与夫对伯叔或从兄弟之礼让，概视为大家庭之流毒而非之。至于夫纲之说，亦以其背于男女平等之学说而视为不足道。我以为孔子生当春秋封建之世，臣杀其君之祸，史不绝书，其所谓尊君，亦犹法儒布丁氏言主权之贵乎统一，英儒霍布斯之言专制，言各有当，何能以今日之学说评二千年前之先哲乎？父为子纲之说，犹之各民族史父权之制，为社会学中所常见。大家庭乃各国农业时代合族聚居之通例，非我国所独有，及乎子弟众多，应析产而分居，宋儒张栻且尝言之，奚待西欧人而始发现之乎？至于夫纲之说，自其今日言之，谓其背乎男女平等，然西人家庭与社会之间，除礼节上尊崇妇女之外，以家庭实权言之，何尝操于女而不操于男，对于既婚之妇许其有独立财产，斯为西方近世特有之制；以社会地位言之，多数职业，何尝操于妇而不操于男，所谓男女平等者，视为女子权利之增长则可，何尝有两性间真平等之可言哉？凡此孔子之三大原则，自社会进化之阶段言之，本无可非，其所以为此言者，乃时代实使之然，何能执二千年后之是非，定二千年前之人之功罪哉？况乎舍社会进化之标准而就理之是非言之，则孔子之言，自有其至当不易之价值。凡社会必有别上下、定民志之秩序，今日所谓铁的纪律，所谓领袖制度，皆久乱后求有新秩序之呼声之表现。君为臣纲之说，作为治者与被治者之关系以观之，父为子纲、夫为妻纲之说，作为家庭间负责人之关系以观之，安在此等学说可以一概抹杀哉？西人劳佛尔赞扬吾国社会之说曰：

> 中国文化于史后时代大进步之关键，在乎其社会的与民事的德行之健全发展，此种学说之造极，成为孔圣所定之政治伦理系统，以祀祖结合同族也，家庭生活之神圣与纯洁也，子孙之孝敬也，以个人纳入家与国中而为其一员也，皆为中华人之种族的与国家的历久长存之大因，中华文化与其制度所以具有不可破坏之活力者

在此。

异哉！旧社会制度之优点，唯外人稍窥见之，至于二千年后之子孙唯知毁谤而已。

第三，以吾国闭关时代之学术，较今日欧西分科发达之哲学科学，其为望尘莫及，自无待论。盖思想不同、环境不同、物质设备不同有以致之，非吾祖宗心思才力之不如人也。处二千年帝政之下，思想言论，绝无自由，所凭之以为研究之对象者曰圣经、贤传，莘莘学子又埋首于科举帖括之业，以得一第为荣，则吾国学术之消沉，何足怪乎？以三二千年之经过言之，战国时代，百家争鸣，儒、墨、道、名、法各家，各立门户，以张己说，比诸古代希腊，殆无逊色。秦汉以后，国家一统，汉武罢黜百家，表彰六艺，学者所致力者收遗书、存师说、明训诂而已。魏晋以清谈相尚，庄老风行，佛教又入中土，聪明才智之士，尽集于宗门之中，佛教骎骎夺儒席而代之。自唐韩退之作《原道篇》，宋孙明复作《儒辱论》，中华民族渐复其自觉之性，而濂、洛、关、闽之理学以兴。明代承象山之余绪而发挥之者，是为阳明，支配有明一代之思想者，亦唯阳明。清代惩明末讲学之猖狂，而返乎朴实，于是汉代考据之学又昌，胡、阎开其先，惠、戴继其后；至于咸同之间，曾文正虽有义理、考据、辞章三者并重之论，而欧化已东，非复吾国旧日智力所能抵抗矣。近百年以来，东西方学术之优胜，所以影响于我者如何，容俟后论。但就两千年来汉宋两家之成绩言之，自有其历劫不磨之价值。宋学之所以照示吾人者，曰存心养性，曰修齐治平，曰出处进退，其目的在乎收敛身心，故于体验方面特别用力，明道之所谓主静，阳明之所谓良知，要不外乎去人欲之私就天下之公。虽西方人亦有以哲学之名名吾国之理学者，然一则以内心生活为主，一则以外界认识为主，二者之内容，迥乎不同。自孔孟迄于宋元明清学者知身心之省察克治，且力求义理之标准以范围人心，更本其平日之修养以效忠乎社会，故穷而在下，则聚徒讲学，达而在上，则致国于治平。如宋之二程朱陆、明之王阳明、清之曾文正皆其尤显者，而世乃以“道学先生”讥之，更见其浅陋而已。至于汉学家之工作，在收拾遗经于灰烬之后，更以文字之义久而尤晦，非经训诂注释，后人难于诵习，自汉之马、郑，迄于唐之孔氏，皆尝以此为毕生事业者也。清儒惩明末之空谈，返而求诸六经，所以辨诸经之真伪与文字之嬗变者，其方法益精确，立言益谨慎，故近人如梁任公等以“科学方法”称之。斯二派在旧日学术史上，彼此互相排斥，然而平心论之，非有义理，何以范围国民思想；非有训诂，何以阐明文字变迁。曾文正并重之论，自学术之多方面言之，最为平允矣。

汉宋二家之学，自其辅翼圣道言之，可谓属于经之范围；自其阐发思想言之，可谓属于子之范围；此外所当论者为史部集部，然集部为诗文之总汇，沿革如何，派流如何，盛衰如何，为文学以内之事，与普通学术异，姑存而不论。但就史部言之，则吾国史籍浩繁，为世界其他国所罕见，篇目之多，内容之富，颇类于各国之百科全书。至其短长得失，梁任公于其《历史研究法》中，已尝论列，而西人对于“二十四史”赞赏之词，吾国人所不可不知焉。洛佛尔氏曰：

> 方古代印度欢欣鼓舞于神话，而忘其历史记载之日，中国人对于一切事物，不论其属于内政与外族交通，皆本极正确、极细致、极公平之心从而记载之，中国人之传统，详载于“二十四史”中，可谓世界诸大奇迹之一，此艰辛之工作，即中国所自造之最永久之纪

念碑。

简而言之，学术方面除伦理学及亚历斯大德所手创之其他科学，吾华族不如希腊外，视其他诸族，吾国皆有过之而无不及焉。

第四，西方哲学之中，真、善、美三者并重，吾国哲学之中，重善而少言真、美。唯三者之并重也，除政法、伦理之属于善，科学、哲学之属于真者外，尤注重美术。文学也，绘画也，雕塑也，建筑也，西人视为构成国民生活之重要部分，而为政府所不敢忽视。视吾国人之于诗词、绘画、雕刻等或为文人学士游戏笔墨，或属于欧阳文忠所谓足吾所好玩而老焉者，二者之相去，不可同日语矣。西人本此眼光以求吾国之美术品，屈原《楚辞》，杜甫、李白之诗，欧西久有译本，即《牡丹亭》《西厢记》，西人既译其剧本，且组织剧团而演之于西欧，其重视之也如此。西人又收罗吾国名画，乾隆时内府所藏晋代顾恺之画，因拳乱而流传于英，大英博物馆中视为稀世之宝矣。西人于吾国之画，最倾心于唐宋以来之所谓南派，以其笔简而气壮，景少而意多。尝以米元晖、倪云林、石涛之作示西方画家，彼欣喜欲狂，不自知其手舞足蹈，诚以吾国之选题布景有方非西方画家所能及者矣。西人于吾国雕塑，始以为我受佛教美术之影响，如云冈，如龙门石窟，皆北魏之佛龛也。1907 年有山东嘉祥县武氏祠前汉代石狮子之发现，1911 年法人又查获霍去病墓道之石马，乃知佛教东来之前，吾国之雕塑固已臻上乘矣。至于吾国建筑之朴实、坚固、优美三者俱备，梁思成已预其清代营造法式中，著《吾国建筑沿革》一文以疏通证明之。近来吾国校舍已渐不模仿欧式而复归于吾国之宫殿式矣。凡此西人之好恶，原不足以定吾族文化之高下，然吾国之美术，彼既视为神品，吾等为子孙者，奈何反不知爱重乎？

以上宗教、社会、学术、美术四端之简单写叙中，可以知吾民族文化特点之所在，此特点中，即足以见我之所有与彼之所无，而吾祖若宗之对本国，对世界宁有愧色乎？

三、中华文化所以历久长存之故

中华文化内容之特点，既如前述，然更有其特点之特点，即中华文化之生命，较他族为独长。与吾族先后继起之其他文化民族已墓木高拱矣，而吾华族犹巍然独存，其所以然之故，不可不深考焉。兹举古代文化民族生存年龄如下：

甲、埃及

（一）旧帝国当西纪前 4000 年

（二）中帝国当西纪前 2100 年

（三）新帝国当西纪前 1700 年

西纪前 527 年灭于波斯

西纪前 332 年灭于亚历山大

乙、巴比伦

（一）色木时代当西纪前 3000 年

西纪前 2750 年灭于萨贡

（二）萨贡时代当西纪前 2750 年

西纪前 2100 年灭于哈木勒比

（三）哈木勒比时代约为一百年（是为巴比伦之始）

西纪前 2000 年灭于喀西族

丙、亚西里亚

强盛之期始于西纪前 1100 年

灭于西纪前 606 年

丁、希伯来

移居巴勒斯丁在西纪前1400年

西纪前1050年诸族统一选举沙尔为壬

西纪前722年灭于亚西里亚

戊、波斯

强盛之期始于西纪前650年至前625年间

西纪前330年降于亚历山大

己、希腊

建国之始西纪前1000年

西纪前146年灭于罗马

庚、罗马

建国之始西纪前753年

西纪后476年西罗马亡

西纪后1453年东罗马亡

辛、印度

吠陀时代始于西纪前2000年

西纪后1001年灭了回教徒

西纪后1526午蒙古子孙拔勃氏建莫卧儿帝国

西纪后1774年为大英帝国所统治

吾华民族之年岁何如乎，中华历史之开始，除盘古等之神话外，计有二说：第一说，司马迁主之；第二说，则以龟甲文为实物证据，而托始于殷朝。

（一）据《尚书·尧典》始于西纪前2400年

迄于今日共约四千三百年

（二）若以殷朝为有实证之期则始于西纪前1766年

迄于今日为三千七百年

更以吾族之年岁与他族相较：

1. 埃及独立生存年龄三千五百年

2. 亚西里亚独立生存年龄五百年

3. 希伯来独立生存年龄二百余年

4. 波斯独立生存年龄二百年

5. 希腊独立生存年龄八百余年

6. 罗马独立生存年龄至东罗马灭亡为止二千二百余年

7. 印度总年龄三千九百余年，独立时代为两千年，余则失其独立

以七族之年龄与吾族之四千三百或三千七百年相比，则吾族为全球第一老大哥显然矣。自有历史以来，绵延不绝者，除吾中华外，世间已无第二国。日本尝以万世一系之皇位自夸于世，吾人宁不能以“万寿无疆之民族”自傲于全球乎？

以上诸族之中，如巴比伦，如亚西里亚，如希伯来，如波斯，皆不出乎同一西亚洲之地点，其享国岁月之短，殆如齐之灭宋、楚之灭越，或汉唐宋元明之相代，不得视为一族之兴亡。其可与吾国度长絜短者，当推埃及、希腊、罗马、印度四族。埃及之特长，在建筑，在宗教，自西纪前 1000 年，已不复能维持其独立，相继而为希腊、罗马、阿拉伯、土耳其之隶属，今则为英之保护国矣。其西纪前 2000—3000 年之政治得失，以年湮代远之故，即西方专家，亦罕能论定，故本论中暂付阙如。但就余三族与吾国比较而言之。

第一，印度之与吾国，地为同洲，且以佛教来自彼方，吾人心中与之最为莫逆。然以国势言之，印度最不能自立，且为未尝统一之国。其三千七百余年之历史中，上古时代，有诸明之学，有四姓之制，有佛教之兴起（西纪前 485 年），是为印度文化之发源。当西纪前 334 年以至前 327 年间，亚历山大尝由西北印度侵入中印度，幸亚氏早死而印度得免为人隶属。中古时代，自西

纪前200年迄于西纪后1000年，所以统治印度者，为本国之诸王，在文艺上、宗教上能发挥印度本色。而吾西行求法之高僧如法显，如玄奘，当笈多王朝超日王与戒日王之世，正印度之盛时也。至于近古期中，自西纪1001年以降，为回教徒之侵入，历时五百余年之久。又继为帖木儿子孙拔勃氏莫卧儿帝国（1526年始）之统治，约一百五十余年。至1764年以降，受东印度公司之支配，而为英之属国矣。如是，印度民族于文化上虽有独到处，而政治则非其所长，至于对外之抵抗力尤为薄弱，而近二千年竟完全丧失其独立。此印度之所以亡也。

第二，希腊为地中海东端之岛国，地势支离破碎，区民各据一方而立为小国，后人称其政制为市府国家，最著者曰雅典，曰斯巴达。地小而人稀，由人民直接主政，故世界之民主政治于此产生。波斯尝遣远征军以图希腊，连战十三年之久，卒为希腊所败，盖民主国之军队能应付外敌，且战胜东方君主国，实以此为嚆矢。自是后二百年间（西纪前499—前300年）为希腊文化全盛期，文学、美术、哲学、数学无一不蓬勃以兴，至今令西欧各国奉之为文化之祖。然其国内小邦间，甲乙丙丁各不相下，因此演成内争。其学者意苏克勒氏（Isocrates）叹曰："苟有外人入吾国而察吾之现状，于吾之因细故而相残，而自毁其国，必目为世间之大愚，否则，吾人攻取亚洲有何难乎？"其后希腊降于马基顿，西纪146年夷为罗马之行省矣。如是希腊之民主政治与其科学哲学之工作，为有史以来之大贡献，独其不脱小国之观念，内部相残以自杀其国力，此希腊之所以亡也。

世界历史中拓地之广，享国之长，差堪与中国相伯仲者，当推罗马。罗马于西纪前3世纪之末，征服南意大利后，因争地中海商业，与卡西治开战，历百年之久，卡人始为罗马之属。罗马犹不自足，复平埃及、小亚西亚、西班牙、法国，至该撒时代，威力远及英伦，盖地中海之四国无非罗马之属，与吾秦汉盛时，约略相类矣。该撒声威既远及异域，自任为迭克推多，自此以后，罗马由共和而改为帝政，其建筑与文艺之发展，亦以此时为盛。自君士但丁时起，罗马帝国裂为东西二部：一以罗马为都，治欧西；一以君士但丁堡为都，治欧东。及西纪476年西罗马帝为日耳曼人被迫去位，于是欧洲非复罗马人之欧洲而为日耳曼人之欧洲。东罗马帝为希腊文化所支配，至1453年为土耳其所灭。罗马晚年之失败或曰由于政治之紊乱，或曰由于民俗之骄奢，或曰由于罗马人对于日耳曼种之来漫无准备，要其所处之境类类于晋之于五胡，宋之于辽、金、元，猝遇强暴之敌而莫之能御。此罗马所以亡也。

吾国三四千年之历史如何乎？我无喀斯德，故无严格之阶级高下之别；人种语文之纯一，远在印度上；统一之局大定，非印度小国众建之比；中心文化早立，故佛教之来也，有增益而无变更；各宗教间之不两立，不如印度之甚；其为外族并吞之时至暂，非久即恢复其独立。此我之所以异于印度也。希腊为岛国，我为大陆国；希腊为民主，我为君主；希腊重理智，我重力行；一则如水之轻灵透彻，一则如山之稳重凝固。此我之所以异于希腊也。至于我与罗马之相类处，较以上印、希两国为多。罗马人祀祖，我亦然；罗马人生长于父权之家庭，而我亦然；罗马人好远略，而我汉、唐之人民亦然；罗马人注意于统一全国之行政，而我亦然；罗马人之理智，逊于希腊，注重实行，而我亦然。然外敌之来也如匈奴，我能拒之，而罗马不能；至于入主吾土之外族如五胡，如蒙古，我能同化之，而罗马不能，是我之异于罗马矣。合此种种而计之，人种语言之纯一，文事武功之双方发展（印度为单方），文化根据之深厚，均有独到之处。虽云理智稍逊于希腊，然亦非全不发达，其性情又宽厚而能持久，且善于蕴蓄实力，以图卷土重来，此殆吾族所以四千余年之久而犹存欤？

四、今后之发展

凡上所论，皆古代民族也，吾族与之相形，不特无逊，且时有过之者。乃近百年以内，与欧洲之白人相处，我无往而不败。此白人即日耳曼人种，露头角于西纪 5 世纪中（其入罗马为 410 年），历千余年，始而接受耶稣教，继而稍具政治规模。及 15 世纪，大振起学术，改革宗教，发现新地，广兴工商，所谓民族的国家，于以产生。民族文学也，民族政治也，次第兴于各国，至 19 世纪法国革命后，而民意政治遍于全欧。以言学术，则科学方法之正确，非我之所能及；以言政治，则国民主权为基础，非我之所及；以言教育，则国无不识字之人民，非我之所及；以言军事，则坚甲利兵，通国皆服军役，非我之所及；以言工艺，则发明之品，日新月异，非我之所及；以言财政、经济，则收入之富，支出之繁，又非我之所及焉。此自 15 世纪以降日耳曼族之新文化，有为前代各族所不及者矣。

吾族之与欧人相遇也，始视为夷狄而轻之，继则被迫而开港通商，鸦片烟之战也，英法联军也，犹因通商而启衅。安南、台澎之失地，旅大、九龙之租借，则进于领土之争。数十年来所以因应之者，有曾李之军事工业政策，有张之洞、张百熙之教育政策，有康有为之百日维新，有辛亥之革命，更有关于家庭者曰家庭解放，关于社会者曰社会改造，关于智识者曰提高科学。最近数年，……凡外国之轩然大波，吾之老辈与青年无不心中怦然欲动，欲移植之于东方，直如病危之际，医药乱投，而病尤不可救矣。

窃以为文化之改造，非易事也，舍己而求人，是为忘其本根，采他人之方而不问其于己之宜否，是为药不对症；心目中但欣羡他国之制，而忘其本身之地位，是为我丧其我。虽欲建树而安从建树乎？吾人不敏，敢贡二义：

第一，自内外关系言之，不可舍己循人；

第二，自古今通变言之，应知因时制宜。

文化之建立，犹之种树，不先考本国之地宜，则树无由滋长，且国民习性与制度相表里，习性不改，则新制无从运用，此己之不可离者一。日日瞪眼以静待世界之变，因他人之变而效颦，抑知己之不能自立，即失其所以为己，虽学而不得其似，此己之不可离者二。抑所谓己焉者，非独限于现代之人，当推本于过去之己，则祖宗是矣。国中少数学者不特不能窥见前人制作之精意，专毁谤先人以自炫其新奇，冥冥之中，使国人丧失其自信力，实即所以摧毁其自己。古人之立言，必有其所以然之故，孔子之尊王，所以裁抑封建诸侯，而非以压倒民众；古人提倡德化，言乎德礼之重要，非非薄近代之法治；古人尊德行之说，言乎身心当修养，非谓物质科学之不当注重。乃至古今制度学说中，有为历史上之尘垢秕糠所蒙者，应为之分别洗涤。孔子自孔子，不因秦汉后君主专制之政而损其价值。阳明自阳明，不得以明末之心性空谈而抹杀之。今人读古书，当求古人之真面目，不可合其相连以起者而排之。要而言之，从善意方面加以解释，自能于四千年之历史中求得其精义，以范围国民心志。若徒加以谩骂，甚且以宦官、外戚、缠足、科举、娶妾等事，概以归罪于孔子之教育，直丧心病狂而已。

抑近人之中，非不知注意历史，然社会上提倡汉人治学方法，相率趋于考据一途，夫文字事实之考订，非不重要，然立国教民，必有其大经大法，此即曾文正所谓义理也。求义理于四千年之文化史中，择其行于古而适于今者以为圭臬，则本位文化以立，而与现世亦无扞格不入之弊矣。

且唯此推本于古代文化之政策中，然后求得吾族之真正自我，不独其源流贯通，且于新文化中自能发挥吾族之特点。英有英之经验哲学，德有德之先验主义，英有英之宪法政治，德有菲希德、黑格尔之国家观，彼等不以模仿他人为能，唯务发挥一己之特长，乃其文化之所由立也。所谓不可舍己循人者其意如是。

欧洲 15 世纪以来之文化，与吾国中古以降欧洲中古以降，有决然不同者：第一，中古所以统一全欧者，曰神圣罗马帝国，曰教皇，是为天下而非民族国家，与吾国之自秦以降等焉。及乎近代，民族国家，代之以兴，文字也，制度也，工商也，军事也，教育也，皆以本国为本位，全欧之中，有英俄德法等国，要皆不忘其本族之利害。其教民也，务使人人识字，人人通晓爱国大义，唯分子之健全也，而后国家赖之以维护；其理财也，务使人各有衣食，且能有积贮；其练兵也，有通国皆兵之制，人尽其卫国之责。质而言之，民族国家之中心，人民是矣。第二，民族国家养成健全国民之方法，除文字、智识之教育外，以人格发展为第一义。父母之于儿童也，导之以义方，更许以随时表示其好恶，以养成其独立判断之能力。其人于社会也，赋以言论结社之自由，盖个性发展之结果，唯有许以各行其是，非古代“道一风同”之教所得而范围之矣。个人之与个人，团体之与团体，其相待也，有公平竞争之原则，各人于比赛之中，可以表示其所长，然比赛有两造共守之规则，则虽争而不至于相残相害，以损社会之元气，与孔子所谓御射时君子之争，其用意正同。质而言之，人格之自由发展，乃现代道德教育之要素焉。第三，自 15 世纪以降，人类智识之对象，曰自然界，曰人事。大地之间，无一不入于科学哲学研究之范围，唯知识之无穷极，因而真理曰在变迁之中，有牛顿学说而有牛顿之时空，有相对论而有相对论之时空，因达尔文而有物种微变之说，因田佛利而有突变之说，学说之变也不已，而人之所以接之者，亦日不暇给，盖现代生活之第一特点曰变曰动，与中古之墨守故常者，不可同日语矣。凡此三者，皆现代欧洲文化之特点，吾族既为现世界之一员，不能不采他人之长，以补一己之短，然因此外来元素之增益，吾之政治、学术、风俗、人情，将大异乎昔日，其间之相去，不仅如秦汉之异乎周代，唐宋之异乎秦汉，或明清之异乎唐宋。其为划分时代之新文化无疑焉。所谓应知因时制宜者，其意如是。

五、结论

尝统观四千年之历史，吾祖若宗所以建立吾族文化者，根基若足其深厚，所拓疆土之广，所含人种之多，与夫成绩之彪炳，享国之长久，求之各国，鲜有匹敌之者。吾侪之为子孙者，不应托庇先人宇下而自满，不应坐享前人之成而自逸，盖东西诸国张目伸手，眈眈逐逐于吾旁，由通商之要求，而进于藩篱之撤尽，由藩篱之撤尽，将进而为本部之分割，吾民族亡而文化随之以亡矣。吾同胞乎，其深信历史之过去，以增高其自信力，其毋忘环球大势之注意，以谋所以因应，庶几上无愧于先人，下为来者树悠久无疆之业乎！

吾先人当外来文化之侵入，而谋所以处之者，固有术矣。晋室不纲，五胡窃发，北方诸省，陷于鲜卑、氐、羌诸族者数百载，斯时佛教直取孔教而代之。历隋、唐之后，吾族之自觉性恢复，而孔子之精神，赖佛家明心见性说之触发，而复活于来人理学之中矣。今日东西之外患，视五胡如何？或曰东西人之智力，非五胡所能比拟，或曰东西洋人之入寇，不至如五胡之甚。乃至欧洲文化之优胜，视佛教又如何？或曰科学之力只及于思想与技术，不及于伦理；或曰科学能影响于吾人之全部人生。凡此双方之是非，诚未易得一定论，然吾族今日政治上、思想上犹能维持其主权，则为人所共见，或者由沉睡而觉醒之期，不必如由五胡、南北朝而达于隋唐之历时久远。征诸往史，吾族之能消化外来元素已成为我之所固有，本已得然无疑，其亦继战国、唐、宋之后，而另成一文化大振之新时期乎？此由既往推将来而有以知其必然者也。

吾国思想界的寂寞[①]

1948 年 11 月 12 日

目前吾国的思想界，可以说到了一种惰性或睡眠的状态之中，这是说近百年来没有欧洲文艺复兴后的那种蓬勃气象之故。

我近年来时常注意外来的挑动和我们自己的反应，总觉得我国思想界，呈着一种沉寂和有气无力的情形，现在我举几个证据来说明：

第一，原子能之发明。经过第二次世界大战，我们才知道空中战斗力的厉害，可以以几百几千架飞机轰炸一个大城市，使生产力破产，人心动摇。到了战争末期，又发明了原子弹，终于把战争结束。广岛一弹，炸死居民九万人，长崎一弹，亦死了四万人。据英国政府派人往日本调查原子弹威力的考察团回去报告说:假定有一原子弹掷在不列颠岛上，如平均每亩地上之居民以四十五人计，那么五万居民将被炸死，就等于第二次世界大战中，被德国飞机所炸死的英国平民的总数。原子弹的威力如此厉害，所以全世界的科学家，如爱因斯坦，如奥本海，如康普顿、

① 本文是张君劢在国立武汉大学发表的演讲。

犹利，都认为原子弹之使用，已经不是战争谁胜谁败的问题，而是人类的生存问题了。他们都在大声疾呼，原子能之发明究竟毁灭人类呢，抑为救济人类？试问在世界科学家这样锣鼓喧天的环境中，我们国内的科学家、思想家对此问题有什么讨论？有什么悲天悯人的议论没有？我们不能说因为自己不能制造原子弹，就无法发表议论，要知这是攸关全世界、全人类的命运问题，我们生活在地球上面，难道还有脱逃的希望吗？在人家不但军事家在研究，外交家在讨论，甚且还召集许多科学家听取意见；而我们国内对这问题可有一份报告？可有详尽的文章发表？这是我所谓吾国思想界的麻木，第一个证据。

十几年前，我在《明日之中国文化》一书中，提起过一部书，这部书就是英国汤因比氏的《历史的研究》，此书出版后，就引起我的注意，而且我时常觉得这是20世纪第一部大著。不仅我个人如此看，其他世界学者都有推崇赞佩的批评。试问世界上有如此一本伟大的巨著，我们的思想界中，特别将这本书提起过的有几个人？把这本书的内容详细来讨论的有什么人？把汤氏议论的是非加以批评的，又有什么人？或以汤氏的方法，应用于中国历史的各时代，又有什么人？这是我所谓我国思想界的麻木，第二个证据。

我们从五四运动以来，不是时常听见有人说向世界现代文化迎头赶上去的话吗？尤其于第二次世界大战以后，科学发明与新武器的关系，是大家所知道的，并且又有一种趋向，就是从前科学研究属于私人的事，现在已变成国家职权之一项了。譬如美国在第二次世界大战中，设立一个科学研究发展局（简称OSRD），后来原子弹就由这个机关生产。当时该局的主持人布庶博士，曾著有一书，曰：《科学——无穷的边界》，他对战争期内美国科学研究工作与发明新武器，以及今后科学研究总机关之工作如何进行，都有详细论述。这样的书，我们国内思想界却沉寂无声，除了任鸿隽在《大公报》上载了一篇短文外，并无其他人把布庶书全部讲起过，也不见中央研究院把此问题提出讨论过。

诚然，抗战期中，书籍太少，颠沛流离；抗战之后，又忙于复原，国内政局又如此动荡，如何能有兴趣来注意这种空论呢？这种答复，我不但承认，而且还要责备政府，对国家治安不能负责，对人民衣食不能负责。但我认为世界上科学与哲学思想的发动不一定是在国家承平之时，譬如英国的霍布士、洛克，德国的康德，乃至我们的孔子、孟子，无一不在乱世中成功。所以我的结论：我们思想上的努力不应以社会不安做理由，反之，世界愈乱，我们在思想上、言论上、行动上，愈应努力。

钱基博
(1887—1957)

生平简介

钱基博（1887—1957），字子泉，别号潜庐，江苏无锡人。古文学家、教育家。钱锺书之父。早年参加革命。1913年任无锡县立第一小学文史地教员。1918年任无锡县图书馆馆长。1920年后任吴江丽则女子中学国文教员、江苏省立第三师范学校（现无锡高等师范学校）国文与经学教员及教务长。1923年后历任上海圣约翰大学国文教授、北京清华大学国文教授、南京中央大学（今南京大学）中国语文学系教授、无锡国学专修学校（现苏州大学）校务主任、光华大学（今华东师范大学）中国文学系主任及文学院院长等职。抗日战争全面爆发后，历任浙江大学中文系教授、湖南蓝田国立师范学院（现湖南师范大学）国文系主任、南岳抗日干部训练班教员。1944年倭寇犯湘，钱基博大义留守师范学院，王耀武苦劝无果，不得不强行将钱老转移。抗战胜利后，任武汉华中大学（今华中师范大学）教授。1957年11月30日去世。著有《古籍举要》《经学通志》《现代中国文学史》《韩愈志》《明代文学》等。

孔子圣诞演说

1923 年

解题：孔子者，国学运动家也，吾人纪念孔子，当努力为国学运动。今日之国学运动当分三层说明之：

一、国学

二、国学运动

三、今日之国学运动

昨日为孔子生后之第二千四百又一年圣诞日，本校以今日补行祝典。承学生会诸君先期函约演说，博文质无底，将何以酬诸君之意耶？

虽然，今日之祝典，以其为孔子圣诞而纪念之也。不知吾人之所以纪念孔子者，果何为耶？易言之，即孔子纪念之价值何在？

或曰：以孔子为教育家而纪念之也。以博观孔子一生只自居为学者，而未尝以教育家自负。其所以自称者，一则曰："我非生而知之者，好古敏以求之者也。"再则曰："发愤忘食，乐以忘忧，不知老之将至！"三则曰："学而时习……有朋自远方来……人不知而不愠，不亦君子乎！"是夫子自道，只自居为学者。而其所以为天下大宗师者，只不过孔子自己努力学，表现其学者之人格。而人之见之者，亦不期然而然鼓之舞之，去模仿他学已耳。今日之好为人师者，不学孔子之学，而妄学孔子之教，此教育之所以失败也！或曰:孔子不尝言“诲人不倦”乎？是孔子以教育家自居也。然按《论语》:“子曰:‘学而不厌，诲人不倦，何有于我哉？’”乃自谦之辞，非自居之辞也。且此章旧三句连读者误也。当以“学而不厌”为句，“诲人不倦”与“何有于我哉”连读为一句。盖以“学而不厌”自任，而“诲人不倦”则以“何有于我”谦不居也。故纪念孔子为教育家，鄙怀未敢赞同也。

或曰:以孔子为哲学家而纪念之也。博按孔子赞《易》，以社会学归纳于宇宙论，说明夫人相与之故。其有造于中国哲学者，功不浅矣，然此等研究哲学之成绩，当由治哲学者纪念之，非吾人今日所以纪念孔子之意也。

或曰:以孔子为宗教家而纪念之也。此种观念之谬误，人多能辨之者！夫宗教家必有天帝之崇信。而孔子之言天，不过以为自然之定律，非必认为人格的造物主而崇信之也。

然则吾人今日之所以纪念孔子者，果何为耶？曰:以孔子之为国学运动家也。虽然，吾人须知孔子当日之所得国学，即周公之学。易言之，即鲁国之学。因孔子之努力整理宣传，而于是周公之学，一变而为孔子之学；鲁国之学，一扩充而为中国之学。皆孔子之努力，有以致之然也。读《论语·学而时习》一章，可以想见孔子国学运动之努力焉！

夷考孔子当日之所以努力于国学运动者，约分三步功夫:（一）诵百二十国宝书；（二）周游列国；（三）整理国学。《春秋左氏传》载:韩宣子聘鲁，见《易象》与《鲁春秋》，曰:“周礼尽在鲁矣！”可知《易》《礼》《春秋》者，鲁之国学，非韩宣子之所习见也；孔子删《诗》《书》，订《礼》《乐》，赞《易》，修《春秋》，即孔子之整理国学，不待言矣。然而孔子之删订，必在列国周游以后者。《庄子》曰：“曲士不可以语于道者，束于教也。”注称：“曲士，卿曲之士。”使孔子未尝周游列国。殚见洽闻，而言国学；则孔子者，不过抱残守缺；等于庄子之所谓曲士已耳！何以成其“大哉孔子之道”？此孔子删《诗》订《礼》以前，所为必先之以周游列国也。然《春秋》百二十国语言文字，不尽统一。《春秋公羊传》时有齐言。《左氏传》载：“楚人谓乳毂，谓虎於菟。”《说文》称：“秦始皇初并天下，丞相李斯乃奏同之，罢不与秦文合者。”此言文不统一之明证。故孔子未游列国之前，先以深通文学之子夏，如周，求百二十国宝书，精研各国语言文字。然后一车两马，周游四方，与各国贤士大夫游，上下议论，而后知道并行之不悖。归而删《诗》《书》，订《礼》《乐》，赞《易象》，修《春秋》。而于是周礼之《易象》《鲁春秋》，咸一变而为孔子之“六经”，此孔子之道，所以如日中天，亘古昭垂也。

诸君今日在圣约翰大学精研欧西文字，虽不出国门一步，而博以窃比之孔子如周，诵百二十国宝书。昔鲁国之学，以孔子之努力，扩而充之以成中国之学。然则诸君今日之所以纪念孔子者，莫如努力于国学运动以绍先圣之大业。俾中国之学，更扩而充之以成世界之学。此则博之所愿于诸君者也。则请为诸君言“今日之国学运动”。

同学诸君谛听！当知今日之国学运动，非中国问题，而全世界问题。盖欧洲大战以还，学者之论调一变。德国人特请印度诗人台莪儿（即泰戈尔）讲森林哲学，鼓吹东方之精神生活。举国青年，欢迎若狂！而于中国之老易，尤研治不遗余力。法国班乐尉从中国归，亦组织中国学院，以推广中国文化自任。美国哈佛大学至以二十五万美金求一汉学讲师而不可得。梁任公《欧游心影录》载一西方学者谈话，谓："此次欧洲大战，实足以醒西方科学万能之迷梦！而今以往，欧洲非努力输入中国文明，不足以起衰救敝。"故曰:今日之国学运动，非中国问题，而全世界问题也。虽然，吾人之所谓国学者，果足以副世界人类之渴望耶？此则视乎吾人之努力！

虽然，吾人欲努力为国学运动，不可不了解所谓"今日之国学运动"一语，含何意味。请分三层说明之：

一、国学。国学者，章太炎谓之国故然。然博窃以为国故之"故"字，不如用"学"字之为妥适也。"故"字有二训：一曰旧也。《易·杂卦》："革，去故也。"《周礼·天官太宰》："以八统诏王御万民，……二曰敬故。"注："不慢旧也。"物旧则坏，人旧则死。人死亦称物故，见《汉书·苏武传》师古注。今曰国故，得无谓吾国已陈旧乎？虽然，中国之为旧国。固也。诗不云乎？"周虽旧邦，其命维新！"西人戏诋吾国为老大，吾则何忍以此自诅骂乎！今曰国故，是自承为老大也！吾不忍也，"故"亦通"诂"。《说文》："诂，训故言也。"引诗诂训。孔颖达疏："诂训传者，注解之别名。诂者，古今异言，通之使人知也。""诂训传"本作"故训传"。见《诗·周南》陆德明音义，《汉书·艺文志》师古注。曰国故者，得无谓通中国古今之言而明其故乎？质言之，为古今做翻译而已。则是谓宣扬国华之大业，仅等于象胥之转舌也！则又浅如乎言国学也！国故二字之不适用既如此，则莫如称国学。《说文》："学，觉悟也。"则是叠韵为训，学之为言觉也。明心见性之谓觉。耻不若人之谓觉。国学者，国人自觉之谓；而所谓国学运动云者，质言之曰国人自觉之运动云尔！请进而论国学运动。

二、国学运动。运动者，运转亡已，推陈出新之谓。有运动而后国学有生气。国学之在国史，三四千年来，时时蜕转，未尝间断。其在春秋战国之交，诸子九流，家自为说；极睇参差，而道术之言，遂遍于天下。其为国史上极灿烂之国学运动，固无论已！降逮西汉，有黄老学与孔学之对抗运动。既而孔学定于一尊，又有古文学、今文学之对抗运动。然汉儒治经，古文家囿于诂训章句，今文家牵于五行灾异，而引以应用于人事；太史公谈所谓“博而寡要，劳而少功”，破碎逃难，不厌人心。于是魏晋之交，又有老庄之学起反抗孔学之运动。方其盛也，南方学者，如向秀、谢万之流，尝援老庄以说经。而北方学者，如徐遵明、李铉辈，皆笃守汉儒诂训章句之学；于是儒家者流又有北学南学之对抗运动。李延寿《北史·儒林传序》所谓“南人约简，得其英华；北学深芜，穷其枝叶”，旗鼓各张，至隋唐而未沫。浸假而佛学东渐，骎骎与老庄代兴以对抗孔学。又浸假而孔学与明心见性之佛学孕接，妙合而凝，以酿朱儒之理学运动。理学运动之极盛而中分，又有程朱“道问学”，陆王“尊德性”之对抗运动。亘宋、元、明以迄于清，又有汉学宋学之对抗运动。怒澜洄洑，三四千年来，一波未平，一波复起。稍治国史者，可以窥见国学运动之壮大焉！虽然，此历史之国学运动也，非所语于今日之国学运动。

三、今日之国学运动。今日之国学运动，在历史殊少先例。历史之国学运动，咸为内部之对抗。而今日之国学运动，则以欧化之反感。是历史之国学运动，由于内竞；而今日之国学运动，缘于外感也。必不得已而求其类，其宋儒之理学运动乎，盖宋儒之理学运动，印度佛学孕接之所致也；今日之国学运动，欧洲科学构接之所致也，皆外感也。

今日之国学运动，在海外，吾不知。若在国内，有以个人努力于国学运动者，曰章太炎，曰梁任公。然二人之努力国学运动同，而所以努力者不同：章太炎之治国学，文理密察，足以有别，可字之曰理智的国学家；梁任公之谈国学，意趣洋溢，足以感兴，可字之曰情感的国学家。有以学校努力于国学运动者，曰北京大学，曰东南大学。然二大学之所以努力者亦不同。盖北京大学以不肯轻信古人之态度，整理国学。而东大则以不许轻疑古人之态度，研治国学。是北大为怀疑的国学运动，而东大则反之而为宗信的国学运动，宗风各倡，然而重考据，尚证佐则一。世所谓新汉学者是也。有以柏格森、倭伊铿诸哲学说之东渐而正在酝酿发酵中者，曰新宋学。张君劢之伦所倡者也。自今以往，吾约翰大学亦将参加此国学运动矣！所不可不先决者：将为章太炎之理智的乎，抑如梁任公之情感的乎？将出于北大之怀疑的态度乎，抑如东大之宗信的态度乎？将随人脚跟，治新汉学乎？抑有开必先，倡新宋学乎？方针定而后进行有鹄的。

虽然，国学运动云者，国民自觉运动之谓。吾则既言之矣。无国民之自觉者，不足以参与国学运动。所谓自觉者：第一不可不极深研几国学之内容，此非于国学先切实下一番功夫不可。第二须觉悟国学之不如欧美之学者何在，其胜于欧美之学者又何在？而因以考见欧美今日需要国学之所以然。此又非综合世界各国之国学以参伍比较不可。博粗闻国故，独愧未尝治欧美学问文字，不能究此大业！而诸君之于欧美学问文字，固治之有素者也；倘能浚发国民之自觉而努力事此，孔子万岁！中国万岁！诸君亦万岁！

国学历代变异的问题[①]

1925 年

我上一回讲国学分科研究的问题，这一回是讲国学历代变异的问题。就是上一回是研究国学的科别，今回是讨论国学的代殊；上一回是国学平面的解剖，这一回是国学纵断的视察。

现在人一提到“国学”二字就不知不觉地得到一种暗示，说“这才算是我们中国几千年藏在家里的一件老古董”。轻薄少年，不消说是要笑它“腐臭不堪”，就是爱护国学的人，也只觉得“这件古董，好比夏鼎商彝，古色古香，煞是可爱”！不知我们“国学”这件古董，并不是像普通夏鼎商彝一般的古董，一成不变，终古如此，是与时俱新。我比它是件活宝贝，时时刻刻，会变新花样。所以一个时代，有一个时代特殊产生的国学。现在酝酿作势，又像要变花样。不过究竟怎样变，要变成一个什么东西，还在不可知之数。难道是像夏鼎商彝的古色古香，几千年老是这样的吗？说虽这样说，然而国学的变，也要经过相当时期才能成熟，不是说变就变。所以黄帝以来，尽管唐、虞、夏、商、

① 本文是钱基博在江苏省立第三师范学校的第二次国学演讲。

周……一直到清朝，朝代换了近三十个，也不是代代能够产生一种特殊的国学。据我现在想把国学分作西周文学、东周文学、汉学、魏晋文学、唐学、宋学、清学七种。

讲到国学的起源，伏羲虽然画八卦，然而不过当它作一种符号用，并没有多大的意义。黄帝之书，著录于《汉书·艺文志》者二十余种，可称得“斐然有述作之志”了，然而班孟坚又一一说明是“依托”。现在流传的《素问》《内经》等书，就是其中的一种，这是靠不住的。到了大禹，治水成功始流传了两部大著作，一部是《禹贡》。纪山川，明土壤，辨贡赋，总算是四千年前世界最古的一部人文地理学。一部是《洪范》。虽然箕子所述，然称“传自神禹”，自然是神禹有著作权的，这部书说明天人相与的道理；这可算是世界最古的一部人生哲学。这两部书，比诸欧儒所称世界最古的书，像摩西的《旧约全书》，还要早五六百年。这可算是西周以前的两部国学大著，当得特笔的！

西周之学，就是文王、周公之学。文王演伏羲的八卦，成了六十四卦，从此成了一部《周易》。而武王克商，问箕子殷所以亡，就传了《洪范》之学。周公思兼三王，制礼作乐。大约黄帝以来，唐、虞、夏、商，一脉相传的国学，到此算结了一笔总账。因为周公之子伯禽封于鲁，所以鲁就传了西周之学。春秋时，晋韩宣子聘鲁，见《易象》和《鲁春秋》，便说“周礼尽在鲁矣”！这可算是鲁传西周之学的一个铁证。后来孔子删《诗》《书》，订《礼》《乐》，赞《易》，修《春秋》，从新又把西周之学，整理一番，后人称作“六经”，古人也叫作“六艺”。我们现在要治西周之学，当然要治六艺（《易》《书》《诗》《礼》《乐》《春秋》）。不过太史公谈有句话：“六艺经传以千万数，累世不能通其学，当年不能究其礼。故曰‘博而寡要’。”这种“博而寡要”的六艺，要去治，实在令人头痛！那么我们用什么方法，能够从这个的中间，得到西周之学的一个要呢？据我看，西周之学，只是根据现实人生的社会，说明两个观念：一个是“礼”，一个是“易”。他见到社会是有条不紊，所以说“礼者天地之序也”。他一方觉到社会的现象是变动不居，就说“天下之动”，“刚柔相推而生变化”。讲到此地，我因想到我从前研究社会学，知道19世纪法国有位哲学者，叫作Comte，中国人译作孔德，是社会学的创始者。

这位孔德先生以为：“社会之有组织，是由物理上的平衡公例而成为一定的秩序。这种秩序，便是社会的静态。研究这种静态的，便是社会静学。但是这种社会秩序，依着它自然的趋势，常常会得变迁。这种变迁，就是社会的动态。研究这种动态的，就是社会动学。”照西周之学来讲，说“礼者天地之序”，便是孔德所说“社会的静态”；说“天下之动”，“刚柔相推而生变化”，便是“社会的动态”。那么，西周之学，研究社会静态的社会静学，便是三部礼书——《周礼》《仪礼》《礼记》；社会动学，就是“见天下之动”的一部《周易》。此外除《乐经》放失不可考，再有《尚书》《诗经》《春秋》，这三部书，只算是“天下之动”的一个记录。话虽然这样说，不过孔德讲社会的动态，是一种进化的观念，西周之学的易，却是认定“无泰不否，剥复循环”讲。就是认定《周易》的一个“周”字——周而复始讲去。这是“西周之学”的一个大要。

东周之学，只是西周之学的分裂。《庄子·天下篇》，就是说明这种分裂的趋势。诸子之学，从此而起，其中最重要的，就是儒、墨、阴阳、名、法、道六家。而太史公《论六家要旨》说：“道家……因阴阳之大顺，采儒墨之善，撮名法之要。”照这句看，我们可以知道“道家实集诸子之大成而为一切东周之学所从出”。道家创于老子，老子与孔子同时。据《史记》(《孔子世家》

《老子韩非列传》），都载“孔子问礼老子”。现在人高唱老学，一面捧老子，一面又放不下孔子，就因此说“孔子之学出于老子”；我从前也说过。现在想来，孔子问礼老子，也不过一种“集思广益”的意思。论到学，孔子究竟与老子不同。孔子是西周之学的一个整理者，老子是西周之学的一个破坏者。老子说“守静笃”，“静为躁君”，已是对于“见天下之动”的《周易》下了一个总攻击；又说“礼者忠信之薄而乱之首”，简直说“礼者天地之序”是要不得。后来老子为道家始祖，孔子为儒家的始祖。儒家和道家不同，就是一个努力做西周之学的整理功夫，一个努力做西周之学的破坏功夫。努力破坏的结果，就造成西周之学的分裂而为东周之学。我们要了解东周之学，当得要下一番研究诸子的功夫。必不得已而思其次，就是把《太史公自序》中间引其父谈《论六家要旨》和《汉书·艺文志》两篇文字读读，也可明白其流别，晓得个大概。

到了秦始皇一统天下，听了丞相李斯的话：“天下有藏诗书、百家语者，皆诣守尉杂烧之。有敢偶语诗书弃世。”从此西周之学和东周之学，同付一炬！所以汉学，不过从灰烬中间，将西周之学掇拾起来，下一番补订功夫。西汉之世，“言《诗》，于鲁则申培公，于齐则辕固生，于燕则韩太傅。言《尚书》自济南伏生。言《礼》自鲁高堂生。言《易》自菑川田生。言《春秋》，于齐鲁自胡毋生，于赵自董仲舒”（据《史记·儒林传》），这是今文之学。什么叫作今文呢？只因为古人传经，口耳相明，并没有文字。到了汉儒，就把它用当日通行的文字记录下来，所以唤作“今文”。西汉经师诵习的经书，就是这种本子。到了西汉之末，又出了费直的《易》，孔安国的《书》，毛公的《诗》，和河间献王献的《周官》《左氏春秋》，说都是从山崖屋壁发见古人的原本，和通行的今文本子不同，所以又别称古文之学。从此西汉之学，经了汉儒一番掇拾补订之后，就分了今文、古文两派。西汉儒者，本信今文。到了东汉，古文占了最后的胜利！这是汉学的一个大概情形。不过汉承东周之后，倘使继续把东周之学，一线相传地研究下来，时代衔接，岂不顺当？为什么缘故拾了东周之学，倒转上去掇拾补订西周之学，做这种舍近图远的勾当呢？这其中也有一段历史：我们看到汉初将相，张良师黄石公，欲从赤松子游。曹参听了盖公的话，用黄老术治齐。可见当日阔人，和东周之学有关系的不少！如果讲到西周之学，刘歆《移让太常博士书》明明说：“汉兴……时独有一叔孙通。……至孝文皇帝……在汉朝之儒，唯贾生而已。”可见西周之学，在汉初衰极了！然而一班儒者——热心西周之学的人，并不因此灰心短气，还是抱残守缺，孜孜矻矻。这也难得！据《史记·儒林传》说：

> 汉兴……诸儒始得修其经艺。……然……孝惠吕后时，公卿皆武力有功之臣。孝文时颇征用。然孝文帝本好刑名之言。及至孝景，不任儒者。而窦太后又好黄老之术。……及今上（指武帝）即位，赵绾、王臧之属明儒学，而上亦乡之。……及窦太后崩，武安侯田蚡为丞相，绌黄老刑名百家之言，延文学儒者数百人。而……天下之学士靡然乡风。

从此东周之学转衰！照此看来，我们可以知道所谓汉学，最初是西周之学和东周之学争，结果西周之学占了胜利。后来是古文之学和今文之学争，结果古文之学占了胜利。总结一句话，可称作国学的还原。然古文之学，从此就占了我们国学的重镇！

汉学碎义逃难。刘歆说得好：“缀学之士。……苟因陋就寡，分文析字，烦言碎辞；学者罢老，且不能究其一艺！”这固然是指西汉今文家说。然而西汉今文家，还知道讲究些微言大义。到了东汉，一班古文家，只讲讲训诂章句，没有湛深的思想，支离破碎，简直可厌得很！所以到了魏晋时候，老庄之学又渐渐兴盛起来了！何晏、王弼，就是开风气的两个人。《晋书·王衍传》称：“晏、弼祖述老庄，谓天地万物，皆以无为本。”老庄之学，是魏晋之学的一个重心，也就是东周之学的一个重心。换句话说，魏晋之学，就是西周之学的衰歇而东周之学的重兴。在魏晋时候，西周之学只有一部《易经》，当日的学者，常常把他和老子并称。赞人家的学问，说“研精老易”，便了不得！王弼、韩康伯做《易经》的注解，中间用老子的话就不少。其实老子知常，《易经》观变；老子明天之道，《易经》察民之故；老子守“归根之静”，《易经》见“天下之动”；老子以“玄”言道，是绝对的；《易经》以“阴阳”言道，是相对的。根本既差，就有一二处相同，也是枝叶末节，怎样可把老、易并作一谈呢？所以魏晋人治《易》，只是老学的旁通。他们的易学，也自成其为魏晋之易学，并不能把他当作西周之易——文王、周公、孔子之易一例看。那时，佛法从西方输入，非相非法，谈空遣有，正和魏晋学者祖述老庄，忘形自得，超乎象外的脾胃适合。所以梁释僧佑辑《弘明集》，其中所载的文，就多取佛法和老庄相引证。这是国学第一次的门户开放，结果就成了国学的印度化。

唐学虽没有多大的发明，然而继往开来，也尽有可以特笔的地方。据《唐书》称，唐太宗因为儒学多门，章句繁杂，诏国子祭酒孔颖达与诸儒撰定五经义疏，凡一百七十卷，名曰《五经正义》。这就是现在称作《十三经注疏》的底本。那时，一方面既注意整理西周之国学，一方面又尽量输入印度之佛学。贞观三年，玄奘三藏求法西行，只身遍历五印度，尽礼戒智诸论师，受法而归，在长安开了个译坛。佛学之大乘一派，从此就在中国兴盛起来了！

宋学也叫作“理学”。因为宋儒不欢喜和汉儒一样，做琐碎的考证功夫；专从“形而上”方面，探求宇宙和人生的原理，所以叫作“理学”。这个“理学”，实在是“印度之佛学”，和我们“西周之学”，妙合而凝，孕育的一个胎儿。中间又分朱、陆两派：朱熹上承程颐，还要“道问学”，尚带些汉学的色彩；陆九渊下开王守仁，便只“尊德性”，佛学的色彩愈来得浓了！不过宋儒只承认“理学”是文武周孔一脉传下来的西周之学，不承认有佛学的成分掺在中间。这也可见我们中国学者一种故步自封，阳儒阴释的习气！其实这一回国学的印度化，好像替国学辟了一个新领域，宋儒的功绩着实不少，何必讳所从出呢？

南宋以后，朱学极盛。到了明朝，出了一个王守仁，陆王之学，渐渐压倒程朱了！所谓朱陆之分，从此成了学界一个大问题。这实在是宋学的一个余波，不必细谈。我们讲到清学，实在是数千年来国学的一种倒流运动，也可称作“国学第二次的还原”（汉学是国学第一次的还原，见前）。因为从明朝一班遗老，像孙奇逢、李二曲、黄宗羲讲陆王之学一转而为康熙间陆陇其、李光地、张伯行一班人出来讲程朱之学，又一转而为乾嘉间惠栋、戴震一班人出来讲东汉古文之学到嘉道间，庄方耕、刘申受、龚自珍、魏源一班人出来，索性主张西汉今文家言，连东汉之学，都不屑讲。从此久被东汉古文之学克灭的西汉今文之学，从新死灰复燃，站起来，和东汉古文之学做一种对抗。一直到现在，国学界两个重镇，像章太炎先生，就是古文家的都头；梁任公先生，便是今文学的后劲。所以汉学——尤其是东汉之学，实在是占清学的一个中坚。不过清儒讲汉学，究竟和汉儒不同。

汉儒讲学，最谨师法家法；先师传授下来的学问，弟子一个字不敢易。而清儒却不主张墨守。不惟弟子对于先生，时时加以纠正，就是汉唐的旧注旧疏，也要驳难；甚至经文，也有勇气去改。这种精神，实在是宋儒一种“求是”的精神。不过宋儒虽然要想“求是”，然而没有考据的功夫，不免武断！到了清儒，就实事求是，把宋儒求是的精神，运用汉儒考据的方法。他们治学的成绩，就远胜宋儒。所以人说“清儒治汉学”，这句话太笼统，只好说“清儒是用汉儒的考据功夫来治学”。若论他们“求是”的精神，几乎像宋朝的学者，不信传疏，驯至疑经，疑经不已，遂至改经删经一样，虽然不学宋儒的武断，然而比之汉儒牢守着师法家法，终是不同。这一点，或许也是现在一班讲清学者没有注意到。然而我这番话，也不是说清儒个个如此，只限于戴震一派。惠栋讲古文学，就不免墨守。嘉道以后一班人讲今文学，又嫌守凿附会。这是清学的大概。

我现在要结束了。现在人讲国学的时间性，总说汉学宋学。这句话实在不对。时代的国学，我虽然讲了七种，然而如果真正就国学的时间性而论，只有西周之学、东周之学和宋学三种。汉学不过抱残守缺，把西周之学，掇拾整理一番罢了，并没有多大的时间性。倒不如宋学能把西周之学，和印度之学接合起来，成功一代特殊的国学。这也是我一种比较不同的见解。现在欧化东渐，又有个西方美人，要来和我这个东方古国举行一种学术结婚了。或者“枯杨生稊，老夫得其女妻”，竟会诞育一位宁馨儿，像从前宋学一样。或者也许因“老夫耄矣”，血气已衰，终至流胎？这且看吧！

国学之意义及治国学方法之评判[①]

1926 年 3 月 27 日

今天承欧阳校长招我来贵校演讲国学。我想诸位第一句先要问:“什么叫作‘国学’呢,这‘国学’两个字,究竟怎么样解释才对?”我记得从前小时候,在蒙馆里读书,第一部《论语》,开篇第一句书就是:“学而时习之。”从前老先生,照着“叠韵为训”的一个大例,下着注说“学,觉也”。换句话说:“学”就是“觉悟”的意义。因为学的目标,要在能使得人觉悟。学得有效无效,就看这个人得了一种学问以后,究竟得到一种觉悟没有。譬如学科学,就是要使人们觉悟到自然界和人生的关系;学政治社会学,就是使人们觉到人生的关系,不能离开群众的全体;其他文学、哲学、心理学,一切关到内心的研究和记录,是在要使得人能觉悟,更不必说。照这样说,“学”就是“觉悟”。“国学”的意义,就是“国性的自觉”。“国性的自觉”这句话,有两层意思:第一层意思,就是我们学了国学,我们可以觉到这个国家和我们的关系,不仅是法律、政治等等能够保障我们生命

① 本文是钱基博在北京女子师范学校附属中学校(简称师大女附中)发表的演讲。

财产一切权利，并且它的历史，它的文化，也很够惹我们的系恋，发生一种固结不解的爱。就像我们处在今日的中国情势之下，人人可以觉到法律政治早已没有效力，生命财产早已没有保障，然而我们的中国，还比一切大英、大美、大日本和苏俄无论世界何等的强国，来得可爱，就是我们中国数千年的文化和历史，系恋住我们的心，不忍得抛撇缘故！这是一层。第二，我们觉得中国数千年文化古色古香，自然来得可爱，然而我们也要觉到中国的文化，经了数千年，好比一面古镜，搁了岁月，也许尘封生翳，当得加以磨拭，才能光可鉴人；万勿把镜面上封了的尘，就当它镜面看，忍不得磨拭，那就千年尘封，愈古愈暗淡！这也是处在今日的中国情势之下，我们新得到的一种觉悟。所以“国学”的意义，就是“国性的自觉”；国学的任务，就是要促起我们“国性的自觉”。这是我的一番愚见。

怎样才能促起我们“国性的自觉”呢？那就要讲到“治国学的方法”。讲到治国学的方法，就离不掉读书。怎样去读书呢？我就得提起我们同学老祖师孔老夫子一句话，叫作“博学于文，约之以礼”。这就是治国学颠扑不破的一个方法。所以他的高第弟子颜回，赞他的老夫子“循循然善诱人”，也不过说，“博我以文，约我以礼”。什么叫作礼呢？孟子道得好：“礼之实节文斯二者。”照他上文说:就是因人心之仁义而为之品秩，使各得其序，叫作“礼”。所谓“博学于文，约之以礼”，只是把“博文”所得到的学问，观其会通，归纳出一个条理。这种功夫，照现在说，就是西洋哲家所常用的一种归纳方法。所以孔夫子的学问不可及，不在他的“多学而识之”，能够“博学于文”，还在他能“约之以礼”，观学问的会通。他还有一个学生，叫作子贡，竟老实当他的老师是一个“多学而识”的学者，那就没有颜回来得高明，能够知道他的先生“博文”而后，还要做一番“约礼”的功夫。所以孔子就得提醒他，说道："非也，予一以贯之。"然而从前宋儒读了这句书，竟误会作孔子不要"多学而识之"，这是大错！孔子"博学于文"，又自己称"默而识之"，孔子何尝不做"多学而识之"的功夫？不过"多学而识"之后，满肚皮学问，好像满地散钱，收拾不起，就得觅一条绳贯串它才行。所以"博学于文"，能够"多学而识"之后，还得要"约之以礼"，去做"一以贯之"的功夫，才得有归宿。然而假没有"博学于文"，做过"多学而识之"的功夫，好比一个钱都没有的穷人，就拽了条绳子，也无用！胡适之在他的《中国哲学史大纲》绪言里说："宋儒注重贯通，汉学家注重校勘训诂。但是宋儒不明校勘训诂之学，故流于空疏，流于臆说。清代的汉学家，最精校勘训诂，但多不肯做贯通的功夫，故流于支离破碎。"这番话，最能发见汉学、宋学的症结。换句话讲，就是汉学家能够"多学"而不知道"贯一"，宋儒知道"贯一"而不能够"多学"。汉学家的学问，像散了满地的钱，没有绳贯串得起；宋儒拽了一条绳，又没有钱串。所以汉学家功夫没有彻底，宋儒又好像躐等，这都是"偏之为害"！

然而汉学、宋学，都离不掉做读书功夫。不过一样做读书的功夫，汉学讲考据，重客观的外证，宋儒明义理，重主观的内证。现在一班新汉学家，想要应用西洋的科学精神来读书，自然主张做客观的外证功夫。有人问我"意见怎样"，我说："不错！现在一班新汉学家，提倡客观读书，我很赞成！不过我还有一句话要问：'你为什么要读书？'"这个人惘然不知所对。我就对他说："读书者并不是为有了书要读，是为我自家受用要读。"如果读书的功夫，仅仅做到"客观地读书"而住，这个读书的究竟目的还没有达到。倘使说："古人费了心著书，我们不可辜负他，所以要去读。"我觉得我对于古人，没有负这等义务！既然如此，就是“读书要我自家受用”，这个主观的读书功夫，哪可不讲？所以我讲到读书法，就是主张：读书第一步，须用客观的外证功夫；再进一步，就要讲到“主观的读书法”。倘使第一步读书的功夫做到，不想进一步做“主观的读书”功夫，这个读书的究竟目的，就没有达到！就是读书没有彻底！就便读书有得，也和我身心没干，所得的不过是物——名物训诂之末，所谓“外铄我也，非求自得者也”！汉儒是也！倘使第一步“客观的读书”功夫没有做，就要做第二步“主观”的功夫，这个就叫“躐等”！这等人的读书意见，就是“武断”！就是以我诬古人！宋儒往往犯此毛病！不过宋儒教人读书，最喜欢说“切己体察”，这句话，是主观读书法最要紧的一层意思，很可以矫正现在一班读书人的流弊，我更得加以说明。

讲到“切己体察”四字，须晓得这个“己”，有“空间之己”，有“时间之己”。据我看现在许多人读书，有的没有切定自家这个“空间之己”去体察，有的没有知道切定“时间之己”去体察。就像一班“西洋化”者，读了许多西洋学者的著作，觉得西洋制度文物，色色比中国好。是不错！不过要想把西洋的一切制度文物，硬搬来中国做，就不成功了！为什么呢？就是因为他忘记了自家这个“空间之己”是“东洋大海中国之己”，不是“西洋之己”。但知道西洋的制度文物好，而没有切定这个“东洋大海中国之己”下一番体察功夫的缘故！又像一班国粹老先生，欢喜讲唐虞三代，甚至说“忠君就是爱国”，要想复辟。我们看似好笑；他却自以为是。他也不想“中华民国”一块招牌既然竖起，万万没有恢复君主、老店新开之可能！这是什么缘故呢？就是因为他忘记了自家这个“时间之己”，不是“唐虞三代之己”，也不是“汉唐宋元明清之己”，是“中华民国纪元以后之己”，而没有切定这个“时间之己”体察一番的缘故。这两等人，我说心地皆不坏，只是他读书没有知道“切己体察”这一种主观读书法，所以就失掉他们国性的自觉，不免“生于其心，害于其政，发于其政，害于其事”！

现在一班治国学者，讲到做客观的外证功夫，最有成绩，要算章太炎先生治《说文》和诸子，他不但能“多学而识之”，也很能“一以贯之”！这是人人知道的。至于做主观的内证功夫，虽然没有多大的成绩，然而正在十分努力的时候，我就佩服北京梁漱溟先生，我很祝颂他的成功！

治国学，是否就尽在“读书”中间？这个问题，将来诸位读书多、积理深的时候，自然能解决，不用我来繁絮。

张子之学[1]

1939 年

宋儒周程张朱，周敦颐为理学之开山，张载稍后起，然于二程（颢、颐）兄弟为尊属，称以表叔。周敦颐官南安军司理参军时，二程父珦摄通守事，视其气貌非常，引与为友，使二子受学焉，即二程也。大程曰："昔受学于周茂叔，每令寻仲尼、颜子乐处，所乐何事。"又曰："自再见周茂叔后，吟风弄月以归，有'吾与点也'之意。"而于载则为外兄弟之子，卑行也。载至京师，与语道学之要，餍服焉。时载讲易京邸，听从者甚众。因谓之曰："二程深明易道，吾不及也。"朱子推敦颐为二程之学所自出；然二程之于敦颐，一则曰茂叔，再则曰茂叔，非先生长者之称。而生平无一言及《太极图说》，顾屡称载之《西铭》，如大程曰："《西铭》，某得此意，只是须得子厚如此笔力，他人无缘做得。孟子以后未有人及此，得此文章，省多少言语。"又曰："孟子之后，只有《原道》一篇，若《西铭》则是《原道》之宗祖也。《原道》却只说道，元未到得《西铭》意思。"又曰："《西

[1] 本文是钱基博在国立师范学院国文系的第二次学术演讲。

铭》，横渠文之粹者也。横渠道尽高，言尽醇，自孟子后，儒者都无他见识。”小程曰：“《西铭》明理以存义，扩前圣所未发，与孟子性善养气之论同功。”成以载之学为上继孟子，而子敦颐却未见如此推崇。及朱子以《通书》解《太极图说》，以《太极图说》说《通书》，用力于此二书，而见二程之言性与天道，与敦颐无不合，遂推为二程之学所自出。其实载之《西铭》《正蒙》，亦于二程无不合，而推之敦颐亦无不合也。

从前于思作《中庸》以说天命之性，孟子道性善以修率性之道，开宗明义，而未有体系，所以理而不为学。至周敦颐、张载，乃本《中庸》以上推之《易·系辞传》，而后天命之性，率性之道，有体有系，厘然秩然；犹若以为未足，更本《易·系辞传》以上推诸老子“道可道，非常道”“有物混成，先天地生”。拈出“无极”“太虚”之义，以补《易·系》之所未言，而后先天之道，天命之性，有统有系，厘然秩然。周敦颐之《太极图说》《通书》如此，张载之《西铭》《正蒙》亦如此。唯周敦颐颇讳其出于老，而张载则不甚讳，《正蒙》屡引老子“谷神不死”之说。大抵周敦颐之学，以老子为祧，以《易》为祖，以《中庸》为宗，以诚为本，以主静立诚，而己之性无不尽；而载之学，以老子为祧，以《易》为祖，以《中庸》为宗，以仁为体，以礼行仁，而人之性无不尽；敦颐之学，以《太极图说》挈其要，以《通书》明其义；而载之学，以《西铭》挈其要，以《正蒙》明其义。二程屡称《西铭》，而于《正蒙》或有微词。然吾人不读《正蒙》，不知《西铭》立说之所以然，《西铭》只是要学者求仁而已，然前乎仁而所以立天下之大本，后乎仁而所以行天下之达道，非读《正蒙》不明。《正蒙》曰：“大易不言有无，言有无，诸子之陋也。”似与敦颐太极、无极之说有乖。然不言无极，而不能不言太虚，则亦无乎不同，而要其原本于老子。

老子曰：

> 有物混成，先天地生。寂兮寥兮，独立不改，周行而不殆，可以为天下母。吾不知其名，字之曰道。
>
> 道生一，一生二，二生三，三生万物。万物负阴而抱阳，冲气以为和。
>
> 天下万物生于有，有生于无。
>
> 道可道，非常道，名可名，非常名。无名天地之始，有名万物之母。故常无，欲以观其妙；常有，欲以观其徼。此两者同出而异名，同谓之玄。玄之又玄，众妙之门。

盖笼有无而称玄，而《易·系辞传》则言有而不言无，以为“易有太极，是生两仪，两仪生四象，四象生八卦”。“是故刚柔相摩，八卦相荡，鼓之以雷霆，润之以风雨，日月运行，一寒一暑。乾道成男，坤道成女。”“生生之谓易，成象之谓乾，效法之谓坤，一阴一阳之谓道，继之者善也，成之者性也。”老子言：“道生一，一生二，二生三，三生万物。万物负阴而抱阳，冲气以为和。”正与《易·系》言有太极以后之情状相同。然不过老子所谓“有名万物之母”，而未及“无名天地之始”。老子所谓“天下万物生于有”，而未及“有生于无”。可道之道而非老子所谓“先天地生”“不可道”之常道也。孔子不言性与天道，《易·系》《中庸》言有太极以后之性与天道，而不及“先天地生”“不可道"之常道，周敦颐、张载乃根极于老子"先天地生""不可道"之常道，以补《易·系》《中庸》之漏义焉。

《太极图说》曰：

无极而太极，太极动而生阳。动而生静，静而生阴。静极复动，一动一静，互为其根。分阴分阳，两仪立焉。阳变阴合而生水火木金土，五气顺布，四时行焉。五行一阴阳也，阴阳一太极也，太极本无极也。五行之生也，各一其性。无极之真，二五之精，妙合而凝，乾道成男，坤道成女。二气交感，化生万物。万物生生而变化无穷焉。

盖融老子、《易·系》之义，而冶之一炉者也。老子曰："无名天地之始，有名万物之母。"无极而太极也。老子曰："天下万物生于有，有生于无。"则所谓五行一阴阳，阴阳一太极，太极本无极也。太极无极，二而一，一而二，此老子"有""无"双观之所以同谓之"玄"也。观太极图中间一○，即易有太极也。○旁两抱，即两仪二画也。不过伏羲在太极上而直画两画，而敦颐却把伏羲两画弯转，抱在太极两旁，亦从老子负阴抱阳，冲气为和之说悟出。老子所谓："道生一，一生二，二生三，三生万物。"统体一太极也。"万物负阴而抱阳，冲气以为和。"物物一太极也。特敦颐讳所自出尔。

敦颐之所谓"太极"，载则谓之"太和"；敦颐之所谓"无极"，载则谓之"太虚"；敦颐无极太极，明理之无形，而载太虚太和，以无形为理。《正蒙》曰：

太和所谓道，中涵浮沉升降、动静相感之性，是生氤氲相荡胜负屈伸之始。其来也几微易简，其究也广大坚固，起知于易者乾乎，效法于简者坤乎。散殊而可象为气，清通而不可象为神，不如野马氤氲，不足谓之太和。语道者知此，谓之知道；学易者见此，谓之见易。

此本《易·系》相摩相荡之义。至曰：

太虚，无形气之本体。其聚其散，变化之客形尔。太虚不能无气，气不能不聚而为万物，万物不能不散而为太虚。循是出入，是皆不得已而然也。然则圣人尽道，其间兼体而不累者，存神其至矣。彼语寂灭者，往而不反；徇生执有者，物而不化。二者虽有间矣，以言乎失道则均焉。气之聚散于太虚，犹冰凝释于水，知太虚即气，则无无。

未尝无之谓体，体之谓性。

此以衍老子常有常无之观。夫欲体太虚以存神而尽道，则所谓道者不可以迹象求，不可以见闻知，而超绝一切形相言议之表。老子曰：

视之不见名曰夷；听之不闻名曰希；搏之不得名曰微。此三者，不可致诘，故混而为一。其上不皦，其下不昧，绳绳不可名，复归于无物；是谓无状之状，无物之象。是谓惚恍。迎之不见其首，随之不见其后。

道之为物，唯恍唯惚。惚兮恍兮，其中有象；恍兮惚兮，其中有物；窈兮冥兮，其中有精，其精甚真，其中有信。

恍，非有；惚，非无；此道之所以不可名言，而体道者之所以必超闻见也。《正蒙》则曰：

形而上者，得意斯得名，得名斯得象。不得名，非得象者也。故语道至于不能象，则名言亡矣。

由象识心，徇象丧心，知象者心，存象之心，亦象而已，谓之心可乎？天之不御，莫大于太虚，故心知廓之，莫究其极也。人病其以耳目见闻累其心，而不务尽其心；故思尽其心者，必知心所从来而后能。

有无一，内外合，此人心之所自来也。若圣人则不专以闻见为心，故能不专以闻见为用。无所不感者虚也，感即合也，咸也。以万物本一，故一能合异，以其能合异，故谓之感。若非有异，则无合。天性乾坤，阴阳也。二端，故有感；本一，故能合天地生万物。所受虽不同，皆无须臾之不感。所谓性即天道也。感者，性之神；性者，感之体。唯屈伸动静终始之能一也，故所以妙万物而谓之神，通万物而谓之道，体万物而谓之性。

一故神，譬之人身，四体皆一物，故触之而无不觉，不待心使至此而后觉也。感而后有通，不有两，则无一，故圣人以刚柔立本。两不立，则一不可见，则两之用息。两体者，虚实也，动静也，聚散也，清浊也，其究一而已。

而体是一以用心，则谓之仁。仁者以天地万物为一体。“天地之塞吾其体，天地之帅吾其性。民吾同胞，物，吾与也。”“大其心，则能体天下之物。物有未体，则心为有外。世人之心，止于闻见之狭；圣人尽性，不以见闻梏其心。其视天下，无一物非我。孟子谓尽心则知性知天，以此。天大无外，故有外之心，不足以合天心。见闻之知，乃物交而知，非德性所知。德性所知，不萌于见闻。”“形而后有气质之性，善反之，则天地之性存焉。故气质之性，君子有弗性者焉。”盖弗性而后能大其心也。唯是心以行仁，于是有礼。礼者体也。“天体物不遗，犹仁体事无不在也。礼仪三百，威仪三千，无一物而非仁也。”大抵以仁存心，以礼行仁。相传载著《正蒙》时，处处置笔砚，得意即书，而传其学者少。至明末，衡阳王夫之，乃衍其绪，而注《正蒙》数万言，以深究为仁之方。为《礼记章句》数十万言，以阐明《礼记》之意。其后湘乡曾国藩，校勘《船山遗书》，而序其指曰：“圣王所以平物我之情，而息天下之争，内之莫大于仁，外之莫急于礼。”虽未窥见载为学之本原，而于其学之全体大用，颇絜其凡也。夫周敦颐之《通书》立诚，而载之《正蒙》明虚；而国藩更融通其指以为之说曰：

人必中虚不着一物，而后能真实无妄。盖实者，不欺之谓也。人之所以欺人者，必心中别着一物，心中别有私见，不敢告人，而后造伪言以欺人。若心中了不着私物，又何必欺人哉。其所以自欺者，亦以心中别着私物也。所知在好德，而所私在好色，不能去好色之私，即不能不欺其好德之知矣。是故诚者，不欺者也。不欺者，心无私着也。无私着者，至虚者也。是故天下之至诚，天下之至虚者也。当读书则读书，心无着于见客也。当见客则见客，心无着于读书也。一有着，则私也。灵明无着，物来顺应，来来不迎，当时不杂，既过不恋，是之谓虚而已矣，是之谓诚而已矣。

则是以致虚为立诚之本，而推宗于载焉。

易者，圣人有以见天下之动，而不主静。老子则以静为躁君，以谓“致虚极，守静笃，万物并作，吾以观复。夫物芸芸，各复归其根，归根曰静，是谓复命。复命曰常，知常曰明”。周敦颐主静以立极，载则体虚而持静。而曰：“至虚之实，实而不固；至静之动，动而不穷。实而不固，则一而散；动而不穷，则往且来。”“静者善之本，虚者静之本。”皆宗老而非本《易》也。

周敦颐好称颜子，而载好称孟子。周敦颐以道自乐，从容涵泳之味洽，载则以礼自持，好学深思之功专。大程吟风弄月仿佛周，小程严气正性差似张。而朱熹则曰：“伊川、横渠甚严。若天资大段高，则学明道；若不及明道，则且学伊川、横渠。”大抵载之学，是苦心得之。观其言曰：

书须成诵，精思多在夜中，或静坐得之。不记，则思不起。但通贯得大原后，书亦易记。

书多阅而好忘者，只为理未精耳。理精则须记，了无去处也。

义理有疑，则濯去旧见，以来新意。心中苟有所窥，即便搭记，不思则还塞之矣。

不知疑者，只是不便实作，既实作则须有疑。必有不行处，是疑也。欲事立，须是心立。立心不钦，则怠惰，事无由立。

盖其学之苦思力索如此。可以为后学法焉。

吴铁城

(1888—1953)

生平简介

吴铁城（1888—1953），字子增，祖籍广东香山，生于江西九江。1909年经林森介绍加入中国同盟会。1911年武昌起义爆发后，任九江军政府总参议官，负责办理与军事有关的工作，后被推举为江西省代表出席南京各省都督府代表会议。1913年参加“二次革命”，后随孙中山赴日本，入明治法政大学攻读法律。1915年8月5日奉孙中山之命前往檀香山主持党务，并任华侨《自由新报》主笔，力倡反对袁世凯。1917年回国，任孙中山护国军政府大元帅府参军，军政府改组后，随孙中山去上海。1924年9月随孙中山北伐，任大本营参军长；10月回师广东参加平定商团叛乱，兼任广州市公安局局长。1926年任国民革命军第六军第十七师师长。1927年6月任广东省政府委员兼建设厅厅长，翌年游说张学良易帜。1929年当选为国民党中央执委、国民政府立法委员、南京总理陵管理委员会委员。1931年任警察总监、侨务委员会委员，仍兼任国府委员。1932年1月任上海市长兼淞沪警备司令。1937年调任广东省政府主席。1939年开始主持国民党港澳党务，翌年任国民党中央海外部长。1941年任国民党中央军十七师师长兼广州卫戍司令。1945年抗日战争胜利后，任最高国防委员。1947年任国民政府立法院副院长。1948年任行政院副院长兼外交部部长。1949年移居台湾。1953年在台北病逝。

国民应如何救中国[①]

当此民族生命万分危险，大好河山日蹙千里，日本军队侵我边境的时候，我全国民众在奔走骇惶、激昂慷慨、悲愤忧伤之余，亦曾静观默察，一思此空前无比的国难，造因何在乎？亦曾一思将何以奋发自强，以避免将来莫大的恐怖，渡过空前未有的难关乎？亦曾一思如何雪耻图强，如何负起救亡御侮的责任，恢复民族固有光荣的历史乎？

从整个世界的情势、中国目前的局面以及人类争存的原则来讲，我们此刻自然只有“积极抵抗”，始能打开民族的出路。而且也唯有和衷共济，集中国力，一致救国，才能挽救这空前未有的厄运，开展我民族复兴的新机。

然而，我国本为历史上优秀的文化民族。论人口，论领土，论气候，论物产，以及一切构成国家的元素，都在他国之上。为什么受人侵略，受人蹂躏呢？

我们在抵抗奋斗的时候，如果对于这一点，不先深思而考虑，不究他国所以强盛的道理，反省我国所以衰落的原因，自亦不能确立救国大计，昭示奋斗的途径。如果大家只知盲目地救

---

① 本文是吴铁城在上海无线电台发表的播音讲话，具体时间不详。

国，浮嚣地奋斗，而救之不以其道，奋斗不得其方，则抵抗奋斗的结果，亦必无伤于强敌的毫末，无补于我们民族的危害。

在这里，我们记得1806年当德国被拿破仑战败以后，有一位爱国的哲学家斐希德（Fichte）对他们的国民演讲说：

> 我们现在已经被征服了，但是我们是否再要受敌人的耻辱，是否永远不能恢复民族的光荣，这全靠我们的自决，全靠我们的努力。
>
> 大家要知道，德国的失败并非一二人之咎，而是全国人民共同的过失，是我们全国人民的愚昧、昏聩、幼稚、怯懦，种种病态所酿成的结果。
>
> 武力的战争，现已过去了。今后的战争，是知识的战争、道德的战争、品性的战争。我们是否能参加这种战争，也要看我们国民有没有决心。
>
> 我们现在不要苟安，不要因循，不要消极，不要徒事悲愤，应当进行彻底的思索，设法以自拔于苦痛。
>
> 我们所以有生命的价值，因为有我们民族永续的生命。民族若亡，我们虽生犹死；民族若存，我们虽死犹生。所以，我们应该为民族的生命，而牺牲，而奋斗。

中国今天的局势，正同德国当时一样。而斐希德氏对德国民众的演讲，也等于对我们国民的演讲一样，很值得我们国民的参考和猛省。然而德国民族，已因斐希德演讲的感化，而雪耻自强了。我们中国民众，却受了一百年列强的侵略与压迫，尚不能觉悟，不能自强。这不能不说是我们民族精神上最大的弱点与危害。现在一般国民，都已知道“国难”这个名词。然而真正能明白国难的意义、国难的原因者，到底有几人呢？真能脚踏实地，挽救国难的，又到底有几人呢？大家要知道，“忧患是以兴邦”，敌国外患，并不是国难，武力侵略，也不足以亡国。唯有民族自己的堕落，实为一国最大的危机，亦是民族召亡的原因。假使举国民气团结向上，举国民志努力奋发，则国基自然能巩固，民族自然能发展。现在中国最大的危险，就在一般民众，尚不知国难的真意，不知国难的原因。而一班领导民众，奔走救国的，也只会做形式上的激昂，而不能做实际上的努力。所以，近百年来，虽每次国难之后，都有救国运动，然每次救国运动，终不能救得中国。

我们觉悟的民众，应该痛定思痛，从今以后，彻底认识国难之意义，反省国难的原因。须知国难之来，初非一朝一夕之故，亦非一两个人之咎，而是全国人民共同的过失，是全国人民平时愚昧、昏聩、幼稚、懦怯、萎靡、自私、因循、怠惰，种种积弊，所酿成的恶果。继此以往，我们应该深自痛责，努力自新，脚踏实地，永下艰苦勇杀奋斗救国的决心。

刘文典
(1889—1958)

生平简介

刘文典（1889—1958），原名文聪，字叔雅，笔名刘天民，祖籍安徽怀宁，出生于安徽合肥。现代杰出的文史大师、校勘学大师与研究庄子的专家。学贯中西，精通英、德、日、意等多国语言。1906年就读于芜湖安徽公学，因聪明好学，积极上进，得到该校教师陈独秀、刘师培的赏识。1907年加入同盟会。1909年留学日本早稻田大学。1912年回国，在上海于右任、邵力子等主办的《民立报》担任编辑，宣传民主革命思想。1913年再度赴日本，次年加入中华革命党，并任孙中山秘书。1916年回国后，在北京大学任教，研究诸子著作。1917年担任《新青年》英文编辑和翻译。1923年出版专著《淮南鸿烈集解》，受到学术界极大重视。1927年起历任安徽大学校长、清华大学国文系主任，同时在北大兼课。1938年至昆明，先后在西南联大、云南大学任教。所讲授课程，从先秦到两汉，从唐、宋、元、明、清到近现代，从希腊、印度、德国到日本，古今中外，无所不包。专长校勘学、版本目录学、唐代文化史。1956年被评为一级教授，被推选为全国政协第一、二届委员。以古籍校勘学为终身志业，主攻秦汉诸子，其主要著作除《淮南鸿烈集解》外，还有《庄子补正》《说苑斠补》《三余札记》《群书校补》《杜甫年谱》等。1958年7月15日病逝于昆明。

历代循吏史实①

1946年6月5日

诸位在负县政府之前，讨论历代循吏列传，作为人治事的标准，这是很好的。自己不揣谫陋，来参与研究，内心十分欣慰！唯范围太大，时间有限，不能详细讨论，仅就汉代与清代的循吏，摘要提出讲讲。何以古代有循吏，现代无循吏；汉清两代，循吏为何特别多，自有它的时代背景。在未讲本题以前，要知道世界文化派别如何，出发点如何，才知道循吏的产生，实非偶然。世界文化分为三系：印度文化，系出世的，如置不讲；仅就希腊与中国文化，异述如左：

一、希腊文化

希腊文化发源最早，其对象是“物”的文化，盖希腊滨海，交通便利，商业发达，受环境之影响，一班学者即以物质为研究之对象，欧洲各国文明，均受此文化之支配，虽苏格拉底、亚里士多德等，关于人生的究竟，亦有所发挥，但其整个文化的重点，仍在于物。

① 本文是刘文典在云南省县长考试及格人员讲习班上的报告。

二、中国文化

中国平原广袤，适于农业；所有经典，都是讲开物成务、利用原生的道理。

除小部分注重农业改良外，其最大精神，均注重人的行为之修养，做内圣外王的工作；虽不忽略异物质，但整个文化重点，纯是对“人”，如孔子之无暖席，皇皇不息，墨子之无黔突，率弟子以助弱小国家，均为救国救民起见，全无自私自利之心。所谓王者，乃天下之共主，由正心诚意、修身齐家治国以至平天下，为最伟大之思想。但此种工作太大，古文自修者，亦有大小之差别，而有历代循吏之产生。

科学是研究一部分的现象，如天文学研究天文，地理学研究地理，等等。仅研究其对象之事实，而未尝指导人做内圣外王之工作。照科学解答，人是由各种物质细胞组合而成，与其他动物无异。抱此物质见解，则人生观自然狭小；更有消极的，只知争夺豪奢，以供此物质之享受，而人体上的修养，则不知顾及了。我国先哲之思想，开物成务，务使人人要享幸福，万物各遂其生，其人生观何等伟大。中国儒道墨法各家，均系由修身以治人，从根本上做起的。

儒家以仁义为主，谓礼为人生日常所践履，出入必由之门径。道家以仁义为对待的，认为宇宙是随时变更的，一切制度适于此，即不适于彼，主张循其自然，随时变更，见地极真，但是往往流于空洞，不切事实。墨家与儒家相近，唯主张兼爱无差等，是其大不同处。法家认为法律为人生行为的标准，犯法者即为坏人，不能在法律之外另定标准。各家主张虽不同，但其出发点则一致。至于循吏传所载者，多属儒家，间有道家人物；而酷吏传所载者，尽为法家人物。我们懂得中国的哲学，才知道循吏的基本要点。

“循吏”两字，《史记》已有。《汉书》是班固班昭继《史记》而作的，迄于西汉末为止，是中国一切文学的中心，最完备的历史书籍。所谓史书，不仅包括帝王谱系、政治记录，而是整个文化的记录。《汉书·艺文志》，包〔括〕有书、志、表、传，可谓一部哲学史、学术史，为中国一部最大的学术思想史。《后汉书》即无书、志、表，仅有传一种，两相比较，狭小多了。颜师古（子推孙）著《汉书》匡谬正俗，见地极佳，可知其推崇备至之心理。

循吏的“循”，作“顺”字解，即奉公守法、循良的意思。再有“抚循”，即安慰抚爱之意。《汉书》循吏，最著名者，为龚遂、黄霸，均由外官调为宰相。汉制最好地方官、成绩优良者，一经查明，即升调为朝廷大官，因此人人感奋，循吏辈出。汉宣帝调龚遂进京问治，遂对曰“为政如理乱绳”，最为得体。盖县政极繁，要办得井井有序，有条不紊，须有耐心，顺情理之。至于将魏高欢教诸子理乱丝，其子高洋，抽刀断之，欢称为能。意谓遇纷乱之事，陷于不能理时，只有快刀斩乱麻之一法，取其迅速了结已耳。有时固应采此断然之手段，但处理县政总以细心为上。所有循吏事实，以后再为分别讲述。

图书在版编目(CIP)数据

有教养者的责任 : 民国演讲·第六编 / 刘文典等著.
— 北京 : 中国文史出版社, 2019.12
ISBN 978-7-5034-9452-9

Ⅰ. ①有… Ⅱ. ①刘… Ⅲ. ①演讲-中国-民国-选集 Ⅳ. ①I266

中国版本图书馆 CIP 数据核字(2017)第 299847 号

责任编辑: 薛媛媛

出版发行: **中国文史出版社**
社　　址: 北京市海淀区西八里庄 69 号院　邮编: 100142
电　　话: 010-81136606　81136602　81136603（发行部）
传　　真: 010-81136655
印　　装: 北京新华印刷有限公司
经　　销: 全国新华书店
开　　本: 720×1020　1/16
印　　张: 23.5　　字数: 279 千字
版　　次: 2019 年 12 月第 1 版
印　　次: 2019 年 12 月第 1 次印刷
定　　价: 69.80 元